LES OS DE JUPITER

Faye Kellerman

LES OS DE JUPITER

roman

TRADUIT DE L'AMÉRICAIN
PAR DOMINIQUE RINAUDO

ÉDITIONS DU SEUIL
27, rue Jacob, Paris VIe

COLLECTION DIRIGÉE
PAR ROBERT PÉPIN

Titre original : *Jupiter's Bones*
Éditeur original : William Morrow and Company Inc., New York

ISBN original : 0-688-15612-6

ISBN 2-02-048651-2

www.seuil.com

Merci à tous ceux qui ont su me donner envie
de sortir du lit le matin.

À Jessie, pour ce projet si passionnant.
À Rachel pour l'élégance et le style.
À Ilana pour les bons moments et les jeux.
À Aliza pour les câlins chaleureux.
À Anne, ma mère, pour son soutien inconditionnel.
À Barney, mon agent, qui a su m'écouter vingt-quatre heures sur vingt-quatre, et que je n'ai pas ménagé.

Et à Jonathan, mon partenaire en crime comme en amour.

Prologue

Depuis quelques jours, Europa croulait sous les rapports scientifiques et les recherches, au point que seuls ses besoins naturels les plus élémentaires arrivaient à lui faire lever le nez de dessus son travail. Et elle essayait de rattraper la nuit ce qu'elle n'avait pu faire le jour : pédaler sur son vélo d'appartement, appeler ses amis, essayer de vivre un peu. Elle voyait le temps fuir aussi vite que Noé avait vu monter les eaux du déluge. Ce rythme infernal lui avait valu des crises d'angoisse et des accès sporadiques de palpitations cardiaques, ce qui lui arrivait rarement car elle était dans une forme olympique et une santé de fer. Vu le patrimoine génétique de ses parents, elle était partie pour vivre longtemps. Sa mère était morte peu après la soixantaine, mais c'était une femme usée.

Pas comme son père.

Il devait être septuagénaire, maintenant. Et, narcissique comme il l'était, probablement en excellente santé.

Enfin... elle le pensait.

Mais assez de rêveries. Les exigences de son calendrier professionnel ne lui en laissaient pas le temps.

Sauf qu'un souvenir revenait souvent la hanter, fragment du passé qui se glissait comme un diablotin sournois dans son esprit au moment où elle s'y attendait le moins.

À la recherche du temps perdu.

Assise au bord du lac, elle regardait l'eau clapoter doucement contre le rivage. Pour son dixième anniversaire, son père ayant décidé de l'emmener camper, ils étaient partis seuls tous les deux, échappant aux braillements des frères qu'on avait laissés à la maison avec la mère. Il avait choisi, dans les montagnes de San Bernardino, un endroit qu'aujourd'hui encore Europa aurait été incapable de situer exactement ; et depuis que leurs relations avaient cessé, elle n'avait pas pris la peine de se renseigner.

Le moment magique, celui qui avait marqué son esprit, s'était produit la nuit. À l'époque, les étoiles ne faisaient pas l'objet d'investigations scientifiques rigoureuses ; elles n'étaient pas non plus les éléments inanimés de quelque théorie cosmologique, mais des millions de diamants sertis dans l'écran velouté du ciel. Il y avait clair de lune – de lune décroissante, Europa s'en souvenait. Les rayons de l'astre jouaient sur les petites crêtes des vagues, dont elles épousaient la caresse. Ils venaient de finir de dîner – truite au feu de bois et guimauve grillée en dessert. Elle s'était glissée sous sa couverture, son père à côté d'elle.

Tous les deux, tout seuls.

À cette époque, il occupait tout le paysage de sa vie.

Pour l'aider à s'endormir, il lui avait raconté des histoires, ce qui n'était pas dans ses habitudes. Des contes d'empires du mal dans des pays lointains appelés « trous noirs ». Il y avait aussi des héros, les chevaliers de Quasar aux pieds agiles. Et quand les démons des trous noirs essayaient de capturer les chevaliers de Quasar avec leur arme secrète appelée « gravitation », les chevaliers se transformaient en rayons invisibles et immatériels et s'échappaient plus vite que la lumière.

L'histoire était d'autant plus fantastique que le prof de physique avait bien dit que rien ne pouvait voyager plus vite que la lumière. Quand elle l'avait fait remarquer à son père, il avait ri et lui avait planté un baiser sur la joue. C'était la seule fois de sa vie où Europa avait reçu de lui une telle marque d'affection. Il n'était pas ouvertement méchant, non, plutôt inattentif. Absent, surtout ça.

C'est à cette nuit-là qu'elle repensa lorsqu'on lui annonça la nouvelle : son père était mort, et dans des circonstances douteuses.

1

– Le problème, lieutenant, c'est que le corps a été déplacé.

– Quoi ?! s'écria Decker à qui la voix d'Oliver parvenait étouffée par la friture dans la radio de la voiture banalisée. Mais par qui ?

– Eh bien, par le grand manitou de l'Ordre, j'imagine. Marge a réussi à poser des scellés sur la porte de la chambre. C'est là qu'on a trouvé Jupiter...

– Tu pourrais parler plus fort, Scott ?

– ... l'ennui, c'est qu'il est passé un tas de gens sur la scène du crime et qu'on a touché au corps à cause du sanctuaire.

– Du « sanctuaire » ?

– Ouais. Quand on est arrivés, les membres de la secte étaient en train de l'habiller et de dresser une espèce d'autel...

– Où est-il, maintenant, ce corps ?

– Dans un petit vestibule attenant à une sorte d'église...

En bruit de fond, Decker entendit quelqu'un le corriger : « de temple ».

– Il y a quelqu'un à côté de toi, Scott ?

– Euh, une seconde, je vais...

Decker attendit en pianotant sur son volant que Scott reprenne la ligne. Cela prit un moment.

Oliver parlait à voix basse.

– Je leur ai interdit de tripoter le corps tant que vous ne seriez pas arrivé. Comme je suis du genre plutôt méfiant, je monte la garde avec une espèce de gourou qui se fait appeler « frère Pluton ». Je me suis fait remplacer par un planton pour qu'on puisse parler tranquillement.

– Il faut vraiment que tu parles plus fort, dit Decker, l'oreille déchirée par les grincements dans la radio.

– Ce Pluton refuse de laisser entrer la police, répondit Oliver en haussant la voix. Il n'arrête pas de répéter que la mort est naturelle et nous agite son certificat de décès bidon sous le nez. D'après lui, la bouteille de Stoli qu'on a trouvée sous le lit ne pouvait pas appartenir à Jupiter parce que Jupiter ne buvait pas.

– Un certificat de décès ? répéta Decker. Le coroner est déjà passé ?

– Non. C'est un type du nom de « frère Nova » qui l'a signé.

– Qui c'est, ce « frère Nova » ?

– Ah ça, patron...

– Vous leur avez expliqué que nous ne faisons qu'appliquer la procédure habituelle en cas de mort subite ?

– J'ai essayé, mais pour faire entendre quelque chose à ce Pluton... (Il rit.) Il prononce « Pluto », et je me suis retenu de lui demander ce qu'il avait fait de Dingo.

Decker sourit. Oliver faisait preuve d'une discrétion inhabituelle.

– Tu lui as dit qu'il fallait faire transporter le corps à la morgue pour l'autopsie ?

– Je vous laissais le soin de leur annoncer la bonne nouvelle. Parce que pour l'instant, entre Pluton et ses pantins, ça rigole pas. Remarquez, ils n'ont pas l'air d'une bande de rigolos. Qui a signalé le décès ?

– La fille de Jupiter. Europa Ganz. Elle enseigne à la Southwest University of Technology, où Jupiter a été un grand ponte autrefois. Jupiter, enfin... Emil Euler Ganz ; c'est son nom. Apparemment, la fille n'a rien à voir avec la secte.

– Comment a-t-elle appris le décès ?

Bonne question.

– Je n'en sais rien, Scott. Les détails sont plutôt flous, ajouta Decker d'un ton hésitant. Essaie d'en savoir plus sur ce certificat de décès. Ce Nova doit être un membre de la secte, non ?

– J'imagine. Probablement leur médecin attitré. Mais ça ne l'autorise pas à signer un certificat officiel.

Et comment ! Decker avait monté son détecteur de conneries au maximum.

– La communication est vraiment mauvaise, reprit-il. Je t'entends très mal. Maintiens le *statu quo* le temps que j'arrive.

– C'est ce qu'on essaie de faire. Mais les paroissiens sont d'humeur bagarreuse. C'est bien « paroissiens » qu'on dit ?

Ça ou autre chose, Decker n'y voyait pas d'inconvénient, mais il les considérait plus volontiers comme les membres d'une société secrète.

– Débrouillez-vous pour que tout le monde se tienne tranquille.

– Vous êtes loin du lieu sacré ?

– Sept-huit kilomètres. Ça ne circule pas trop bien. Je serai là dans un quart d'heure environ.

– À tout de suite, dit Oliver en coupant la communication.

Decker était encore chez lui quand on l'avait appelé. Il prenait son petit déjeuner avec Hannah, sa fille cadette, une gamine aussi maigre que les bonshommes qu'elle dessinait de trois coups de crayon, et qui s'amusait à extraire les raisins secs de son bol en y laissant les flocons d'avoine. Decker essayait de la nourrir à la petite cuiller lorsque Rina, sa femme, lui avait fait remarquer avec justesse qu'à cinq ans Hannah savait manger toute seule.

Il habitait à vingt minutes du commissariat en passant par l'autoroute, soit à trente-cinq du lieu du crime si la circulation était fluide. Elle ne l'était pas ce jour-là. Decker passa sa main gauche dans ses cheveux roux parsemés de gris et se cala dans le siège de la Buick banalisée. Il prit sa bouteille Thermos et avala une rasade de café fort. Sur le siège du passager s'étalait la une du *Los Angeles Times*.

Huit heures cinq et on avançait toujours au pas.

Dès qu'il parvint à une bretelle, il décida de sortir et de prendre par le boulevard Devonshire, l'une des grandes six-voies qui traversaient la San Fernando Valley d'est en ouest entre des alignements de centres commerciaux, de magasins de gros et d'entrepôts. Au fur et à mesure qu'on s'éloignait vers l'ouest, la zone industrielle cédait la place à des résidences, genre ranchs en stuc bâtis en terrain plat sur d'anciens vergers d'orangers, de citronniers et d'abricotiers. Sa femme et lui y avaient récemment acheté une maison et attendaient d'avoir effectué quelques petits travaux pour emménager.

Comme il fallait s'y attendre, les « petits travaux » s'étaient transformés en rénovation complète. Il aurait pu les exécuter lui-même s'il n'avait pas dû gagner sa vie à côté. Ils avaient donc cassé la tirelire et engagé des artisans, Rina faisant office de maître d'œuvre. Un jour, en se rendant sur le chantier, il l'avait trouvée en équilibre précaire en haut d'une échelle, en train de montrer au couvreur un défaut près de la souche de la cheminée. Jupe ballonnant au vent, elle parlait avec animation, mais Decker n'entendait pas un mot de ce qu'elle disait. Apparemment, après avoir laissé couler un tuyau d'arrosage sur le toit pendant vingt minutes, le couvreur avait annoncé fièrement que la toiture était étanche. Sceptique, Rina avait fait couler l'eau pendant trois heures et découvert une fuite au bout de deux heures et vingt minutes.

(À la première pluie, les parquets auraient été fichus, Peter.)

Decker sourit en revoyant sa Juive orthodoxe de femme perchée sur le dernier échelon de l'échelle, une main tendue en direction de la fuite, l'autre retenant l'éternel chapeau sous lequel elle cachait ses cheveux.

Le paysage lui remonta le moral. Le ciel était gris et sale, typique du mois de mai à Los Angeles. Au moins la circulation était-elle plus fluide. Plus à l'ouest, le paysage s'ouvrait, et, à droite, la route longeait des collines verdies par les pluies récentes, vagues moutonnantes d'herbes folles et de fleurs qui disséminaient leurs pollens pour le plus grand malheur des allergiques. Decker aurait donné n'importe quoi pour avoir la jouissance de sa maison dès cet été.

Il repensa au coup de fil qu'Europa Ganz avait passé au commissariat pour signaler cette mort suspecte. En l'occurrence, il y aurait eu suicide plutôt que mort naturelle. Sauf que... qu'en savait-elle si elle n'était pas sur place ?

Quelqu'un lui avait refilé le tuyau. Qui ? Et pourquoi ?

Decker ne trouvait rien de plus agaçant que les suicides : ils faisaient piétiner les enquêtes tant que le coroner n'avait pas établi avec certitude les causes du décès. En attendant, la brigade des homicides se voyait confier la tâche ingrate de tenir tout le monde à distance et de préserver l'intégrité de la scène du crime, au cas où. Si Ganz n'avait pas été une personnalité connue, on n'aurait jamais fait appel à Decker. Mais le mort étant lauréat d'un prix d'astrophysique (un visionnaire pour sa génération) et grand maître d'une secte de plus de deux cents personnes, le capitaine Strapp avait jugé bon de dépêcher sur les lieux un policier qui avait du galon. Il se serait déplacé lui-même s'il n'avait pas été retenu en ville toute la matinée par une réunion.

D'après ce qu'avait dit Scott Oliver à la radio, les membres de l'Ordre de l'Alliance de Dieu rouspétaient ferme contre la présence de la police. Normal. Qu'ils se rebiffent contre tout ce qui représentait la loi était prévisible. Decker avait eu l'occasion de se rendre une fois sur les lieux et n'avait pas trouvé l'endroit aussi dépouillé et stérile qu'il l'imaginait. Les plafonds, hauts et percés de puits de lumière (ciel bleu et soleil visibles de partout), offraient une vue complète sur les cieux : à croire que Ganz n'avait pas tout à fait renoncé à la cosmologie.

Beaucoup de lucarnes, oui, et aussi beaucoup de chiens-assis, mais quasiment pas de fenêtres.

Decker y était venu en enquêtant sur une affaire de kidnapping. De fait, il s'agissait d'un jeune récalcitrant – un de plus –, qui avait préféré la contrainte de règles strictes aux complexités de la liberté.

Decker n'avait pas rencontré Ganz. Il avait été reçu par un sous-fifre affublé d'un nom céleste (Pluton, qui sait ?) qui lui avait assuré que personne n'était retenu contre son gré.

L'homme lui avait donné l'impression de dire la vérité. Il avait consenti à laisser Decker interroger le gosse dans le vestibule. Et en effet, il était clair que le garçon se trouvait là de son plein gré. Bien que de tout cœur avec les parents, le policier s'était senti pieds et poings liés. À dix-huit ans révolus, du point de vue légal – sinon psychique – leur fils était adulte.

Dans son rétroviseur, Decker aperçut le fourgon de la morgue dix mètres derrière lui et continua de lui ouvrir le chemin. Ils se garèrent ensemble le long du trottoir et descendirent de voiture.

L'Ordre de l'Alliance de Dieu s'était implanté sur deux hectares de terrain plat au pied des montagnes. Les bâtiments se composaient d'une série de bunkers carrés en stuc gris emboîtés les uns dans les autres. De l'endroit où il se trouvait, Decker apercevait la partie supérieure des soupiraux qui pointait des toits. Sa mémoire ne l'avait pas trahi : les ouvertures étaient rares et consistaient en de petites fenêtres carrées qu'on imaginait mieux adaptées à un grenier. Le domaine était entouré d'une clôture grillagée de deux mètres de haut. Soudain, apparut une meute de dobermans pinschers qui accourait, toutes babines retroussées.

Le chauffeur du fourgon portait une salopette bleue brodée à son nom, Postham. Il était accompagné du coroner adjoint, le Dr Judy Little. Grande et plantureuse, celle-ci avait entre trente et quarante ans et lui rappelait Marge, à ceci près que Marge avait des yeux de biche bruns et beaucoup plus doux. C'était même ce qui retenait l'attention chez elle.

Aveuglé par le ciel d'acier, Postham cligna les paupières. Judy Little regarda les chiens en grognant, et ceux-ci redoublèrent d'aboiements.

– Je n'aimerais pas être à la place du facteur, dit-elle. Où est la grille ? Il ne faut tout de même pas faire tout le tour, j'espère.

Decker appela Oliver sur son portable.

– Par où entre-t-on ?

– Où êtes-vous ?

– À l'entrée, avec pour comité d'accueil trois dobermans enragés. Envoyez quelqu'un nous chercher.

Decker raccrocha et contempla les cubes de stuc. Il en compta sept.

– Un vrai chef-d'œuvre architectural ! dit Little en criant pour couvrir les aboiements. Quel style ? Mussolinien ?

– C'est le cube qui a le meilleur rapport espace-coût.

– C'est peut-être pratique, mais question esthétique...

– Nous sommes d'accord.

– Bon, si vous avez des éléments qui peuvent m'aider, allez-y, dit Little.

Decker regarda fixement les chiens dans l'espoir – vite déçu – de les faire taire.

– Ce matin, le commissariat a reçu un appel signalant une mort suspecte. L'inspecteur Oliver a trouvé une bouteille de vodka sous le lit de la victime. J'ai aussitôt pensé à un suicide style Heaven's Gate, par mélange de barbituriques et d'alcool. La victime est le Dr Emil Euler Ganz, autrefois grand professeur de physique. Il a disparu pendant dix ans. Quand il a refait surface, c'était sous les traits d'un autre personnage, le « père Jupiter ». Il est à la tête de l'Ordre depuis quinze ans.

Little cria aux chiens de se taire. Sans effet.

– Ah, c'est lui ! Vous pensez donc qu'il aurait quitté notre galaxie pour un univers meilleur ? Eh bien, je lui souhaite bonne chance. Il est parti seul ?

À cette idée, Decker frissonna.

– Nous n'avons trouvé qu'un seul corps, dit-il. Mais... la question est bonne, ajouta-t-il après une pause.

– Quelle question ?

– Celle de savoir s'il a embarqué des disciples dans l'aventure. Il aurait pu laisser des instructions pour qu'ils le rejoignent. Et même s'il ne l'a pas fait, je parie qu'il y a sûrement quelques désaxés qui ne demanderaient pas mieux que de suivre leur gourou.

– « Quelques désaxés » ?

– Écoutez, dit Decker en haussant les sourcils, si les adultes ont envie de se suicider, j'essaierai de les en empêcher, mais on ne peut pas sauver la terre entière. Le problème, c'est qu'il y a des enfants dans l'histoire. Et ça, ça m'inquiète.

– Ah, dit Little en faisant la grimace. Très bonne remarque.

Decker se frotta le front en se demandant s'il existait un moyen d'assurer la sécurité des enfants. Comme toujours, la responsabilité l'écrasait.

Un fourgon gris métallisé approchait de l'autre côté de la clôture. Il s'arrêta, une fille d'une vingtaine d'années passa la tête par la vitre ouverte. Sans maquillage ni bijoux, elle avait un visage en forme de cœur et le teint lisse. Ses yeux couleur d'étang boueux étaient enflés, son nez rouge coulait. Un filet blanc exécuté au crochet recouvrait un petit chignon perché au sommet de son crâne. Elle s'essuya les narines avec un mouchoir en papier.

– Vous allez être encore combien à débarquer comme ça ? lança-t-elle.

– Pardon ? demanda Decker.

– Tous ces flics ! dit-elle avec un grognement méprisant. Combien de temps va-t-il falloir supporter cette invasion de notre intimité ? Ce que nous faisons ne regarde que nous.

Decker ne répondant pas tout de suite, le silence s'installa entre eux. Cette tactique lui permettait de laisser glisser les attaques et de rester courtois. Enfin, il dit :

– Vous a-t-on chargée de nous montrer l'entrée de vos installations, mademoiselle ?

– « Mademoiselle » ? Je m'appelle Terra !

– Eh bien, Terra ! répondit Decker. Vous êtes ici pour nous faire entrer, oui ou non ?

– Oui.

– Alors, qu'est-ce que vous attendez ? s'exclama-t-il en ouvrant sa portière.

2

Rester de marbre face à l'hostilité faisait partie du métier. Decker était absolument imperméable aux regards glacials et aux insultes, mais ce groupe-là avait quelque chose de déconcertant. Tant d'adeptes et tous faisant preuve du même curieux mélange de rage et de fragilité... Ou peut-être était-ce leurs tuniques de coton blanc qui leur donnaient l'air de zombies emmaillotés dans des linceuls.

Il réfléchit quelques instants.

Il se trouva injuste. Les Juifs eux aussi portaient des tuniques blanches, les « kittels », à l'occasion de leur mariage, pendant le Grand Pardon et au seder, le repas de fête de la Pâque juive. Et ce même vêtement était également utilisé comme linceul. Decker trouva cette association morbide, mais ne put s'empêcher de la faire.

Les membres de la secte s'étaient rassemblés autour des policiers et, sans rien dire, les regardaient dérouler le ruban jaune en travers de la porte du temple.

Frère Pluton, lui, donnait de la voix sans vergogne.

– Ce ruban jaune est vraiment nécessaire, ou tout prétexte vous est-il bon pour vous occuper le temps que le médecin ait terminé ?

Petit et maigre, il avait une calvitie naissante. Lui aussi portait une tunique, mais bleue et comme taillée dans de la soie, elle était retenue à la taille par une ceinture. À demi ouverte, elle laissait voir le T-shirt blanc et le jean qu'il portait en dessous. Cet homme irrité, qui parlait d'une voix flûtée, semblait avoir déjà chaussé les pantoufles du grand gourou. Decker lui trouva quelque chose de plutonique et jugea son nom d'emprunt bien choisi.

Il finit d'agrafer le ruban, se redressa et domina le petit homme de toute sa hauteur.

– Désolé, dit-il, c'est vrai que je prends de la place. Mais étant donné que le corps a été déplacé, nous ne pouvons pas nous limiter à la seule pièce...

– C'est une violation flagrante de nos droits civiques !

Decker se lissa la moustache.

– Dites-moi quels droits civiques nous violons et je mets aussitôt fin à ce crime.

– Vous savez très bien ce que je veux dire, répondit Pluton en montant sur ses grands chevaux. Vos gens, là, qui questionnent notre famille en deuil.

Oliver se passa une main dans les cheveux et le regarda comme il aurait observé un extraterrestre. C'est vrai que Pluton en avait un peu l'air.

– Nous essayons de savoir ce qui est arrivé à votre grand maître. Vous-même, vous n'en êtes pas curieux ?

– Mais nous le savons déjà ! Notre père Jupiter nous a quittés pour un monde meilleur.

Alors pourquoi ces pleurs et ces lamentations ? Decker leva les yeux sur une lucarne pyramidale dont le vitrail représentait des volutes bleues, jaunes et orange, évoquant un tableau de Van Gogh. C'était un ouvrage énorme soutenu par des poutrelles d'acier et renforcé par un grillage de fer.

– Sur le plan spirituel, dit-il en baissant les yeux sur Pluton, vous avez sans doute raison, monsieur. Hélas, nous avons besoin de savoir ce qui lui est arrivé sur le plan corporel.

– Le spirituel et le corporel sont une seule et même chose. Naturellement, les violateurs sont incapables de comprendre cette notion. La société pense en termes de fracture irrémédiable entre l'âme et le corps, comme vous-même venez de le faire, lieutenant. Vous n'êtes pas responsable, remarquez. On ne vous a jamais éclairé.

– Peut-être, en un autre temps, pourrez-vous vous en charger.

– Ah, vous voilà sarcastique. Votre attitude est typique des violateurs. Et même, en accord total avec vos fonctions de policier.

Ces propos au vitriol avaient attiré une petite foule qui croissait de seconde en seconde.

Qu'est-ce qu'il cherche, nom de Dieu ? Naturellement, Decker savait très bien quel était le but de Pluton : le mettre dans l'embarras, désigner l'intrus (le violateur) comme un imbécile d'une ignorance crasse. Mais il tint sa langue. Il n'allait pas déclencher une bagarre pour une affaire qui était un suicide, cela crevait les yeux.

– Je ne cherche pas la polémique, dit-il. Je suis tout simplement curieux. Si je voulais rejoindre l'Ordre de l'Alliance de Dieu, comment vous y prendriez-vous pour m'expliquer la véritable nature de l'univers ?

– Notre philosophie n'est pas un jeu de société, lieutenant ! rétorqua Pluton avec un grognement de mépris.

– Je n'ai jamais dit ça. Exposez-la-moi. Et si nous avons le temps, je partagerai quelques-unes de mes théories avec vous.

Pluton parut amusé. Il croisa les bras sur sa poitrine et s'appuya au chambranle de la porte du temple, déchirant le ruban.

– Très bien. Va pour un échange de philosophies. À vous l'honneur, messieurs.

Oliver parcourut la foule des yeux, puis il leva les mains en l'air.

– Eh, vous me laissez en dehors de ça, d'accord ?

– Comme vous voudrez. Je vous écoute, lieutenant, dit Pluton en crachant le titre de Decker comme si c'était une insulte.

Decker reprit le ruban et l'agrafa de nouveau sur la porte. Autour de lui, il sentait toutes les oreilles dressées.

– Je trouve intéressant que vous parliez de l'univers. Parce que je me souviens d'avoir lu un article de Ganz...

– Père Jupiter, le corrigea Pluton.

– Excusez-moi, se reprit Decker avec respect. Je lisais les articles de vulgarisation que le père Jupiter a écrits sur l'univers, à l'époque où il était astrophysicien.

Comme Pluton, Decker était conscient de parler devant un public. Il regardait alternativement les adeptes en tunique de coton et le gourou en tunique de soie.

– En tant que Juif pratiquant, j'ai été frappé par une de ses déclarations. Il dit que l'univers n'a ni passé ni avenir. Qu'il était... ou qu'il est. C'est un sacré pavé dans la mare de la théorie du *big bang*.

– *Big bang ?* répéta Oliver en souriant. Joli bruit pour une théorie.

Decker se retint de rire.

– L'univers proviendrait d'une explosion gigantesque, lui expliqua-t-il.

– Une explosion de quoi ?

– De... de matière.

– Et la matière, comment est-elle venue là ?

– La question est encore sans réponse, répondit Decker.

– Ce n'est pas l'univers qui existe depuis toujours, le reprit Pluton. C'est la matière de l'univers qui était, est et sera toujours. Naturellement, le composant physique n'explique en rien le composant spirituel.

– Je vous l'accorde. C'est pourquoi nous autres Juifs avons en quelque sorte combiné les deux aspects. Nous croyons que Dieu – que nous appelons *Hashem*, ce qui veut dire « le Nom » en hébreu – est la source de toute matière et que, n'étant pas une création, il est indestructible. Hashem est. Rien d'autre. Dieu est matériel et Dieu est spirituel. Il a décrit Ses cieux comme illimités bien avant que la science ne se mêle d'expliquer l'univers.

Pluton était toujours avachi contre la porte, les bras croisés sur la poitrine.

– C'est précisément pourquoi le père Jupiter a délaissé la science au profit de la spiritualité. Ce que vous avez dit sur Dieu ne me paraît pas particulièrement pénétrant. C'est même plutôt simpliste, ajouta-t-il avec un geste méprisant.

Decker avait encore quelques atouts dans sa manche.

– Je me disais... corrigez-moi si je me trompe... si l'univers, ou du moins si la matière était, est et sera toujours, et si la matière existe depuis toujours, et se conserve indéfiniment, alors Jupiter fait toujours partie de l'univers.

– Encore un raisonnement simpliste.

– Donc, si votre maître n'est pas mort, s'il s'est simplement... « transmué », pourquoi le pleurer ? Pourquoi lui élever un sanctuaire ? Pourquoi tout ce battage pour quelqu'un qui, comme vous l'avez dit, est parti pour un monde meilleur ? Vous ne devriez pas être tristes. Vous devriez donner une fête.

– Ouais, une veillée, un truc comme ça. Chacun vient avec sa bouteille, ajouta Oliver. À en juger d'après ce qu'on a trouvé sous le lit de Jupiter, c'est peut-être bien ça qu'il faisait, votre grand maître.

La foule se tourna vers Pluton, dont les joues s'étaient vivement empourprées.

– Votre attitude cavalière envers notre père Jupiter le bien-aimé est obscène ! lâcha-t-il, puis il tourna les talons et s'éloigna à grands pas rageurs.

Oliver et Decker échangèrent un coup d'œil, et Decker haussa les épaules. Pendant un moment, un silence de mort plana sur l'assistance qui restait sidérée en l'absence de son maître. Puis Decker s'éclaircit la voix.

– Je suis sûr que vous n'avez qu'une envie, nous mettre dehors le plus tôt possible. Et nous, nous aimerions pouvoir vous laisser retrouver votre intimité. Je vous demande donc de bien vouloir dégager les allées pour que nous puissions faire notre travail.

Personne ne bougea.

– Allez, insista Decker. Dégagez. Le cercle des philosophes est dissous.

Comme des robots, les gens commencèrent à se disperser. Quand la foule se fut éclaircie, Oliver murmura :

– Vous croyez qu'on leur fait leur lobotomie avant ou après leur entrée ici ?

– Il y a des gens qui sont vraiment paumés dans la vie, répondit Decker en se lissant la moustache.

– Vous vous en êtes bien tiré... mis sur le gril comme ça, dit Oliver en secouant la tête.

– J'ai tout emprunté à Rina. C'est elle qui a établi la relation entre l'univers et la conception de Dieu dans la religion juive. On regardait une émission scientifique à bâiller d'ennui sur PBS ou Canal découverte... Nova, ou Omni, un nom comme ça.

– Vous voulez dire qu'il y a des êtres humains qui regardent ces trucs-là ?

– Rina, en tout cas. Ça lui plaît. Moi, je n'ai pas retenu grand-chose. Je me suis endormi.

Decker leva les yeux vers la lucarne. La couche nuageuse commençait à se dissiper.

– On a vexé frère Pluton. Ce n'est pas très malin. Ça ne va pas nous faciliter la tâche.

– Dites, patron, c'est quoi notre boulot, exactement ?

– Faire transporter le corps à la morgue pour une autopsie complète. Une fois que le Dr Little aura officiellement conclu au suicide, on pourra boucler l'affaire.

– Bon, alors... on le charge dans le fourgon à viande ?

– Pas encore, dit Decker. Il faut que je parle au légiste. Si elle ne constate aucun signe flagrant d'homicide, je ne serais pas opposé à ce qu'on laisse ces pauvres bougres construire leur autel et lui faire leurs derniers adieux.

– Mais pourquoi ? Qu'on se tire d'ici, et en vitesse !

– Patience. J'aimerais pouvoir vous octroyer un peu de temps, à vous et à Marge, pour fouiller la chambre. Ça permettrait aussi de leur donner le sentiment qu'on a mené les choses jusqu'à leur terme. Avec un peu de chance, ils seraient moins hostiles envers nous, et nous aurions moins de problèmes si nous étions obligés de revenir.

– La température du corps n'a guère diminué. À vue de nez, je dirais qu'il est mort depuis moins de six heures. Pas de rigidité, mais il a fait frais la nuit dernière. Si la pièce n'était pas chauffée, ça a pu retarder le processus. Quant à la lividité cadavérique, tout est faussé puisque le corps a été bougé.

Little consulta ses notes.

– Pas de blessure par arme blanche, ni par balle, ni ecchymoses ni contusions ni ligatures nettes, rien qui suggère un mauvais traitement. Mais il y a des manières plus subtiles de zigouiller quelqu'un, ajouta-t-elle en se penchant au-dessus du corps.

– C'est-à-dire ? demanda Decker, intrigué.

– J'ai trouvé des traces d'aiguille dans le bras – le biceps gauche, pour être précis. Du travail propre. Apparemment, il n'y a pas d'hématome sous-cutané. Juste la marque de la piqûre. Vous voyez ce petit point ici ?

– Oui. Il a pu se la faire lui-même ?

– C'est possible, dit Little. Il a aussi des marques sur les fesses. Ça n'a peut-être rien à voir avec le décès, mais je ne le saurai définitivement que lorsque j'aurai les résultats des analyses de sang et de gaz. J'ai quasiment terminé les examens praticables sur place. Je suis prête à emmener le professeur Ganz sur le billot.

– Euh, ça risque de poser problème.

– Ils refusent l'autopsie ?

– Tout juste.

– La loi l'exige.

– Exact, dit Decker en se lissant la moustache. Combien de temps avant que la décomposition commence ?

– Plus tôt il sera au frigo, mieux ça vaudra.

– Ils tiennent à organiser une procession, à défiler devant le corps de leur gourou pour un dernier adieu.

– Combien de temps ?

– Ils sont deux cent trente-cinq.

– Deux cent trente-cinq ?

– En comptant les enfants, oui. Mais on devrait pouvoir expédier ça en une demi-heure-trois-quarts d'heure.

– Il y aurait moyen de le mettre sur de la glace ? demanda Little en faisant une grimace.

– Ça ne risque pas de fausser vos tests ?

– Ce n'est pas l'idéal, dit-elle avec un sourire qui découvrit de grosses incisives jaunes. C'est pour eux que vous vous donnez tout ce mal, Pete ?

– Ça me donnerait l'occasion de fouiner un peu et de laisser mon équipe passer la chambre au peigne fin. Une fois qu'on se sera fait jeter, ce sera dur de revenir.

– Vous allez poster quelqu'un ici pour vous assurer qu'on ne déconne pas avec le corps ?

Decker fit la grimace.

– Ils veulent l'habiller… lui faire revêtir sa tunique royale.

– Sa « tunique royale » ? V'là autre chose ! Qu'est-ce que c'est que ça ?

– Un machin en soie violette brodée d'or. Comme robe de chambre d'intérieur, pour fumer un petit cigare, ça ne me déplairait pas.

– Vous fumez ?

– Quand je suis vraiment sous pression, il m'arrive même de brûler. Ils veulent aussi lui mettre son sceptre royal dans la main. Ils peuvent lui resserrer les doigts dessus sans que ça vous sabote votre boulot ?

– Où vont-ils chercher tout ça ?

– Ils peuvent, oui ou non ?

Little sourit.

– Pas de problème. La tunique royale, le sceptre. Et pendant qu'on y est, qu'ils lui mettent une couronne sur la tête et un rubis dans le nombril. Et qu'ils rendent hommage à leur grand Manitou !

3

La procession donna à Decker l'occasion d'aller explorer les parages. Il posta deux plantons près du corps et s'éclipsa juste au moment où Pluton venait occuper le devant de la scène. En partant, il l'aperçut. Il portait toujours sa tunique bleue, mais avait passé par-dessus une longue chasuble violette qui devait avoir une signification précise.

Il emprunta sur la pointe des pieds un couloir, sur lequel donnait toute une rangée de portes, comme dans un hôtel. Il en actionna les poignées ; elles n'étaient pas verrouillées. Il regarda rapidement par-dessus son épaule. Personne.

Vite, un petit coup d'œil à l'intérieur.

Il entrebâilla une porte.

L'espace était exigu et spartiate. Murs nus percés d'une fenêtre pas plus grande qu'un timbre-poste mais qui laissait entrer un souffle d'air frais, couchette recouverte d'une couverture marron. Sur une étagère au-dessus du lit, un pichet, une tasse, un bol de céramique et quelques livres à dos noir. C'était davantage une cellule de prison qu'une chambre.

De nouveau, il vérifia qu'il n'y avait personne dans le couloir.

Il entra dans la chambre, faufilant son grand corps et ses cent kilos dans la petite ouverture, puis il referma la porte.

Le temps presse. Tu es décidé ? Lance-toi.

Il prit le pichet sur l'étagère. Il avait été utilisé mais soigneusement récuré, de même que la tasse, qui contenait une cuiller à soupe et une cuiller à café. Dans le bol de céramique, il trouva les cendres d'un bâton d'encens. Il renifla. Du bois de santal ? Aucune trace de hasch. Il remit tout en place. Les livres étaient en fait des cassettes vidéo, sans étiquettes. Il hésita, puis il en prit une au hasard, la glissa sous la bretelle de son *holster* et boutonna sa veste.

Un simple emprunt, se dit-il. *Pas de mal à ça.*

Il ne vit pas de placard. Il s'accroupit lentement et regarda sous le lit. Il y avait une valise, il la tira à lui. Elle contenait deux tuniques de coton blanc soigneusement pliées, ainsi que deux jeans et deux T-shirts blancs, et plusieurs slips de femme en coton blanc, seul indice du sexe de l'occupant. Il remit tout en place bien soigneusement et repoussa la valise sous le lit.

La pièce n'avait pas d'autre accès. Donc, pas de salle de bains.

Et c'était tout.

Il entrebâilla la porte et risqua un œil dans le couloir. Toujours vide. D'un mouvement vif et coulé, il se glissa à l'extérieur. Plus loin, il trouva d'autres chambres, toutes identiques à celle qu'il venait de visiter. L'environnement était spartiate, même pour des gens sans attache matérielle. Y avait-il aussi peu d'attaches affectives ? Peut-être, mais peut-être pas. La mort du père Jupiter avait fait couler beaucoup de larmes.

Le couloir finit par mener Decker à une double porte. Il en poussa un battant et se trouva dans la cuisine. Caverneuse et industrielle, elle était toute en placards métalliques, comptoirs en inox, éviers monumentaux et systèmes réfrigérants intégrés. Un immense dôme de verre en constituait le plafond, qui l'inondait de lumière.

Bien que déserte, la pièce regorgeait d'odeurs. Un fumet salé chatouilla le nez de Decker, dont l'estomac se mit à exécuter une petite danse. Il consulta sa montre : dix heures quarante-deux. La procession durait depuis vingt-trois minutes.

Vas-y, se dit-il. Au pire, il pourrait toujours dire qu'il cherchait un verre d'eau.

Il s'avança en passant le doigt sur la paillasse. Elle était impeccable. De lourds chaudrons étaient suspendus à un support ovale attaché au plafond par des chaînes, quatre immenses marmites mitonnant sur la cuisinière. En se protégeant la main avec un pan de sa veste, il souleva un couvercle et prit un jet de vapeur en pleine figure. Il cligna les paupières ; c'était une sorte de soupe, ou de ragoût. Il replaça le couvercle et ouvrit la porte d'un four. Un air tiède lui monta au visage. Sur la tôle, des miches de pain étaient en train de lever. Il remit la porte dans sa position d'origine en espérant ne pas avoir arrêté la fermentation.

Si la cuisine ne manquait pas de lumière grâce au dôme, là non plus il n'y avait pas de fenêtres à proprement parler, mais d'étroites bandes vitrées qui couraient au ras du plafond. Les mains sur les hanches, Decker regarda autour de lui.

Il était seul.

Dans un placard au-dessus du plan de travail, il trouva des sacs de farine, une douzaine de paquets de levure déshydratée et des bocaux d'épices séchées. Même chose dans le second. Le troisième contenait une douzaine de boîtes de thés différents. Visiblement, il n'y avait que des provisions. Les placards du bas étaient pleins de bonbonnes d'eau : il compta un minimum de cent bidons de vingt litres. Il referma les portes et s'appuya contre la paillasse.

Il n'y avait ni assiettes, ni bols, ni tasses, ni couverts, et aucun autre ustensile de cuisine en dehors des chaudrons. De la soupe – ou du ragoût – dans les marmites, et un petit pichet et une tasse dans chaque chambre. Le brouet devait constituer la nourriture de base et chaque membre de la secte avoir reçu un pichet et une cuiller pour pouvoir le consommer. Une tasse à thé, peut-être, et c'était tout. Si chacun faisait sa vaisselle, c'était autant de travail en moins en cuisine.

Dans l'un des frigos, il découvrit des rangées de bocaux étiquetés. Ils contenaient tous des fruits ou des légumes, certains conservés dans du vinaigre, d'autres ayant servi à faire des coulis ou des purées, les agrumes, des marmelades. Il fallait le reconnaître : en cas de tremblement de terre, la secte était mieux préparée que lui à faire face. Et elle serait capable de soutenir un siège pendant des mois.

Il sortit son calepin et dressa un rapide plan des lieux. En regardant autour de la pièce, il remarqua une autre porte dans le mur du fond. Elle donnait sur un jardin potager entouré de vergers, qui était de la taille d'une exploitation maraîchère professionnelle.

Il remit son calepin dans sa veste, descendit les trois marches, puis longea un sentier de terre entre des treillages où s'accrochaient des tomates et des concombres parsemés de leurs petites fleurs jaunes. Les haricots grimpants nouaient leurs vrilles autour des barres d'une cage d'acier. Il y avait aussi des plates-bandes surélevées sur des supports de brique, où poussaient des pieds de courgettes et leurs fleurs couleur moutarde, des aubergines de soixante centimètres, à fleurs violettes, et toute une gamme de piments, sans oublier les dernières survivances de l'hiver comme les laitues et épinards sur le point de monter. Des corbeilles de fleurs, pétunias et soucis fraîchement plantés, émaillaient les rangs de plantes comestibles. L'esthétique se combinait au fonctionnel : les soucis sont insecticides. Encore un détail qui prouvait jusqu'où l'Ordre pouvait subsister en autarcie. L'ensemble était très impressionnant.

Le tout devait couvrir près d'un hectare, le potager étant pris en sandwich entre deux vergers. Au-delà de la portion arable, s'étendaient des terres non cultivées envahies par la flore sauvage et les graines apportées par le vent : pissenlit, capucine, statice violette, marguerite, plants de sauge et végétation de maquis. Des bouquets d'eucalyptus argentés apportaient texture et hauteur au paysage. Des chênes de Californie noueux sommeillaient, les pieds dans l'eau qui gorgeait les terres depuis le passage d'El Niño.

Decker s'arrêta : ses oreilles avaient capté un bruit insolite. Des aboiements. Les dobermans. Il espéra qu'ils étaient enfermés, mais les sentit tout proches. Il fallait être idiot pour continuer ses investigations avec ces bêtes en liberté alentour. Il continua.

Il tomba sur un abri de jardin de taille respectable, puisqu'il ne faisait pas loin de vingt mètres carrés et servait aussi de serre. Il y trouva le matériel habituel, déplantoirs, griffes, râteaux, binettes, sarcloirs, et des étagères pleines de pots en terre et de boutures dans des boîtes d'œufs. Sacs d'engrais, paquets de granulés, aérosols, bidons de désherbant. Et des flacons de mort-aux-rats, tous étiquetés avec tête de mort et fémurs en croix, des pièges à souris et à fouines. Il semblait bien que l'Ordre de l'Alliance de Dieu avait décrété que la vie des insectes et des rongeurs passait après les besoins des humains.

Decker n'avait rien contre. Il adhérait à la philosophie juive, selon laquelle les animaux devaient servir les hommes et pas le contraire. Dieu avait doté l'espèce humaine de raison – même si dans sa profession Decker trouvait cette faculté rarement mise à contribution. Cela dit, les humains, du fait de ce don théorique, avaient des obligations envers les êtres inférieurs. La cruauté était totalement proscrite. D'ailleurs, les animaux domestiques comme les animaux de la ferme devaient être nourris avant qu'on passe à table, le raisonnement étant que si les gens n'oublient jamais de manger, il peut leur arriver d'oublier la pâtée du chien. *Tsar Ba'alei Chayim* – bonté envers les animaux.

L'abri était propre, les outils de jardinage pendus aux murs ou rangés dans un logement spécial. Les saletés et les feuilles remplissaient plusieurs sacs poubelles, et le sol avait été balayé.

Propreté et sainteté marchaient main dans la main.

La secte devait croire à un dieu. Sinon, comment justifier son nom ? Pourquoi pas simplement « l'Ordre de l'Alliance » ? ou « l'Alliance » ? On ne nomme pas les choses au hasard. Decker se souvint des débats sans fin qu'il avait eus avec Rina sur les prénoms, même après qu'ils avaient décidé de donner à leur fille Hannah Rosie ceux des grand-mères de Rina. Le nom devait prendre encore plus d'importance lorsqu'il s'agissait d'estampiller sa propre philosophie... ou une nouvelle religion ! Chaque mot devait compter.

Decker entendit quelqu'un se racler la gorge ; il se retourna. Un peu plus petit que lui, visage mince, yeux bruns, petit bouc et queue de cheval qui lui tombait entre les omoplates, l'homme devait tout de même dépasser le mètre quatre-vingts. Decker ne lui donna pas loin de la quarantaine. Comme Pluton, il portait une tunique de soie bleue et une chasuble violette par-dessus. Decker essaya d'imaginer son nom. Mars ? Uranus ? Oui, ça lui serait bien allé : cette enquête commençait à faire chier.

L'homme s'approcha, main tendue.

– Bob, dit-il.

Decker laissa échapper un petit rire et lui serra la main.

– Lieutenant Decker.

– C'est moi qui vous fais rire ?

– Non, c'est votre nom.

– Qu'est-ce qu'il a, mon nom ? Il est plutôt répandu.

De nouveau, Decker sourit.

– Oui, oui. En effet. J'espère ne pas abuser...

– Si. Vous avez de la chance que j'aie enfermé les chiens. Avec les allées et venues de la police, je n'ai pas eu le choix. Ils n'aiment pas les étrangers.

– Comme tous les bons chiens de garde.

– Et ce n'est pas une formule, je vous prie de le croire, dit Bob en souriant. Ils s'appellent Donner, Dancer et Rudolph. Le père Noël avait ses rennes, moi j'ai mes amis.

– Ils sont à vous ?

– Non, dit Bob en essuyant la sueur qui perlait sur son front. Ils appartiennent à l'Ordre. Mais comme je passe beaucoup de temps dehors, on a tissé des liens privilégiés, tous les quatre.

Decker perçut le message implicite, une menace à peine voilée qui disait « joue pas au con avec moi ».

– Quand je suis arrivé ici, reprit Bob, le père Jupiter m'a demandé si je souhaitais prendre un nom... un nom qui ait un peu plus d'envergure, un nom céleste, si vous voulez. C'était la tendance, pour suivre l'exemple de notre grand maître. Mais comme je suis individualiste et légèrement contestataire, j'ai refusé. Contrairement à la plupart des autres membres, je ne suis pas venu ici pour me fuir, mais pour atteindre à un état meilleur et mon esprit m'a servi de boussole.

Decker hocha la tête, le laissant poursuivre.

– J'ai trouvé la paix qui m'avait toujours échappé, reprit Bob après avoir pesé ses mots. J'ai trouvé mon dieu personnel.

– Le père Jupiter est votre dieu ? demanda Decker, impassible.

– N'exagérons pas, répondit Bob avec un sourire qui découvrit ses dents jaunies par le thé. Jupiter est un gourou, pas un dieu. Il m'a montré la voie. Mon... mon Tao personnel. Je sens que tous les deux, nous sommes nés de la même matière.

– Y a-t-il des liens de parenté entre vous ?

– J'aimerais bien, dit Bob en gloussant. (Ses yeux balayèrent le panorama.) Regardez autour de vous. Vous avez devant vous un Éden des temps modernes. En jargon scientifique, je dirais que nous avons là l'idéal de la physique newtonienne. Un monde parfait d'actions et de réactions, et le temps absolu. Là... (il indiqua du pouce l'espace derrière lui), c'est le strict domaine d'Einstein, où tout est relatif. Ou de Max Planck et la mécanique quantique, où tout est livré au hasard, et donc imprévisible.

Decker attendit une fraction de seconde.

– Vous vous occupez seul du jardin ? lui demanda-t-il.

– Je suis aidé. Mais mon ancienneté m'autorise à porter la tunique bleue et la chasuble pourpre.

– Qui signifient ?

– Que je suis un serviteur privilégié du père Jupiter. Comme les disciples de Socrate, nous nous asseyons à ses pieds et nous écoutons sa parole. Nous portons le titre de gourou. Officiellement, je suis donc le gourou Bob. Mais vous pouvez m'appeler « mon frère ». Ne faisons-nous pas tous partie d'une seule et même famille ?

Malgré son air impénétrable, Decker soupçonna Bob d'une certaine ironie.

– Nous sommes quatre à avoir ce titre, expliqua ce dernier.

– Ah, je vois. Je n'ai rencontré que...

– Pluton. Il a des talents d'organisateur.

– J'avais cru comprendre qu'il avait pris la tête de l'Ordre depuis la disparition du père Jupiter.

– Il est moins acteur que causeur, répondit Bob d'un ton toujours aussi neutre. Parce que pour parler, il parle.

– Il a des opinions.

– Exactement. Revenons à la physique newtonienne. Parce qu'au fond il s'agit du même concept. En ce qui concerne nos réactions quotidiennes, les lois de Newton prévalent. Vous les connaissez, n'est-ce pas ?

– Rafraîchissez-moi la mémoire.

– Un corps au repos reste au repos. Un corps en mouvement reste en mouvement. Les orbites des planètes... Ce qui monte doit redescendre. Ça ne vous rappelle rien ?

– La partie où ça monte et ça descend, si.

– Les détails n'ont aucune importance. Là où ça se complique, c'est que ces lois régissent le quotidien, mais ne s'appliquent plus aux objets qui approchent de la vitesse de la lumière. Alors le temps n'est plus absolu mais relatif, et tombe dans ce qu'on appelle « l'espace-temps ». Sans parler des effets de la déformation de l'espace – la courbure de l'univers. Ni de l'effet des corps très massifs qui nous deviennent invisibles et génèrent ce que nous appelons des « trous noirs ». En d'autres termes, il y a des distorsions gigantesques. Vous me suivez ?

– L'analogie m'échappe, monsieur...

– Appelez-moi Bob.

– Bob. Vous étiez un scientifique avant d'entrer ici ?

– Je suis diplômé d'astrophysique de la Southwest University of Technology. J'admirais le Dr Ganz en tant que savant et astrophysicien, mais aussi en tant que brillant philosophe et penseur. Il est devenu pour moi le père idéalisé que je n'ai jamais eu. Le mien était un vieil imbécile. Même après être devenu riche, il n'a pas su être heureux.

– Mais vous n'aviez pas rencontré Ganz avant sa disparition.

– Bien sûr que non. Mon héros était un pur produit de mes fantasmes. Comme tout le monde, je le croyais mort. Quand j'ai appris qu'il était encore en vie, je me suis réjoui : voilà qu'il jaillissait en chair et en os des pages sèches de ses publications. Alors que le monde entier se moquait de sa transformation, je me suis senti le devoir de constater par moi-même ce qui l'avait provoquée. C'est pour cela que je suis venu ici. Je l'ai écouté. Je lui ai parlé, j'ai médité ses idées. Une fois entré dans son monde, je ne l'ai plus jamais quitté. Pour moi, le père Jupiter est resté le roi de l'univers.

Melach Haolam, songea Decker. Quel titre ronflant pour un simple mortel !

– Combien de temps avez-vous passé auprès de lui ?

– Quatorze ans. Mais pour revenir au temps absolu de Newton par opposition au temps relatif d'Einstein, l'analogie est la suivante : je ne vois aucune objection à ce que le gourou Pluton prenne la tête de l'Ordre pour les questions matérielles, c'est-à-dire dans la plupart des circonstances, celles qui relèvent de la physique newtonienne. Et tant qu'il n'essaiera pas d'imposer le temps absolu dans la logique d'Einstein. Parce que si jamais il s'y risquait, je lui remettrais ses pendules relatives à l'heure, pour ainsi dire.

Decker ouvrit la bouche, puis la referma.

– Vous voulez dire qu'il peut prendre la direction de l'Ordre à condition de ne pas outrepasser ses limites ?

– Tout juste. Pour un flic, vous pigez vite.

Decker le regarda fixement, et Bob lui fit un grand sourire.

– Le père Jupiter aimait le jardin, reprit-il en embrassant le paysage d'un geste large. Après le royaume des cieux, c'était ce monde-ci qu'il préférait. Je ne peux pas dire qu'il avait tort.

– C'est magnifique.

– Vous savez, entre ici et l'entrée, il y a un bon bout de chemin. Nous ne sommes pas tout près du lieu de la procession... où vous êtes censé vous trouver, je crois. Vous vous êtes offert un petit voyage dans l'espace ?

– Je me suis perdu.

– Je m'en doutais, dit Bob en se grattant la tête. Moi, ça m'est égal, mais je ne crois pas que ça plairait aux chiens. Et à Pluton non plus et là, il n'y a aucun doute.

– Et ça vous ennuie ?

Le gourou réfléchit à la question.

– Disons les choses ainsi : pour le moment, Pluton a les nerfs à vif. Mieux vaut éviter de le provoquer. Il manie la hache avec une habileté étonnante.

– Pardon ? dit Decker, éberlué par la menace implicite.

– C'est lui qui coupe le bois. Je vais vous montrer un raccourci.

– Si vous pouviez me conduire à la chambre du père Jupiter, je vous en saurais gré.

– Normalement, dit Bob en tapant du pied, c'est hors limites. Mais puisque mon petit doigt me dit que vous y avez mis deux de vos laquais en faction, je veux bien me faire votre lumière dans les ténèbres. Ou du moins, vous montrer le chemin.

Il se mit en route, mais Decker ne le suivit pas. Bob s'arrêta.

– Oui ? dit-il.

– Et vous autres, ça va aller ici ? Vous allez pouvoir maintenir le *statu quo* ?

– « Vous autres » ? « Je vous en saurais gré » ? Vous êtes originaire du Sud ?

– D'une certaine manière oui... si on considère que la Floride faisait partie des États confédérés. Je suis inquiet, Bob, ajouta Decker d'un ton soudain grave. Je ne voudrais pas que des désaxés essaient de rejoindre le père Jupiter. Le suicide d'un adulte est une chose. Mais un suicide de masse qui englobe des enfants, ça s'appelle un meurtre.

– Et vous vous demandez qui arrêter comme coupable le jour où nous serons tous morts ?

– Bob... je ne suis pas là pour vous mettre des bâtons dans les roues. Je me fais beaucoup de souci pour les gosses.

– Ici, nous croyons au libre arbitre. Le père Jupiter nous a toujours dit qu'aucun acte sincère ne peut s'accomplir sous la coercition. Pour autant que je sache, rien n'a été prévu pour nous faire passer au niveau supérieur. Remarquez, je ne peux pas plus prévoir les réactions de tel ou tel que la position de *x* ou *y* photons à un moment donné. Mais je vous entends bien.

Decker en doutait.

– Et donc, si vous avez vent d'un suicide collectif, vous me prévenez aussitôt, d'accord ?

– Je ne sache pas que vous ayez été affecté à la protection de notre santé et de notre sécurité, dit Bob encore une fois en tapant du pied. Je pourrais certes prendre votre préoccupation pour un compliment ; vous ne manquez pas de sensibilité.

– Surtout lorsqu'il s'agit d'enfants.

– Lieutenant, j'habite ici, mais je ne vis pas dans un désert. J'ai un fils. Je veux le voir devenir un homme.

– Donc, nous nous comprenons.

– Jusqu'à un certain point.

– Mais encore ?

– Tant que la physique newtonienne s'applique, tout va bien. Mais pour ce qui est du voyage dans l'espace-temps... que dire ? Là, tout se déforme. Je vais vous montrer comment rejoindre la chambre du père Jupiter. Une fois là-bas, lieutenant, vous serez livré à vous-même.

4

Le gourou Bob le raccompagna jusqu'au vestibule, où il l'abandonna pour la jeune conductrice du fourgon, Terra, qu'il emmena prestement à l'écart, laissant Decker patauger au milieu des toges blanches. Seul étranger parmi ces gens en deuil, ce dernier fut accueilli comme un lépreux. Il erra dans les couloirs jusqu'au moment où il aperçut un ruban jaune en travers d'une porte. Il l'enjamba. La scène n'avait rien de spectaculaire. En général, les suicides par overdose sont plutôt propres : pas de saletés, pas de sang. Il s'agit simplement de découvrir quel agent spécifique a stoppé la respiration ou les battements du cœur, ce qui relève plus des médecins que de la police.

Si la chambre de Ganz était sensiblement plus grande que les cellules de ses adeptes, elle n'avait rien de luxueux. Un lit d'un mètre soixante y remplaçait la couchette, une commode la malle glissée sous le lit, et l'un des murs était tapissé d'une bibliothèque. Mais surtout, il y avait une salle de bains attenante. Les équipes techniques venaient de finir de relever les empreintes. De la poudre noire recouvrait la table de nuit, les étagères et la tête du lit. Scott Oliver fourrageait parmi les vêtements du mort. Pantalon beige, chemisier blanc et veste noire, Marge Dunn griffonnait sur un calepin. Elle portait des mocassins noirs à semelle de crêpe et pour tout bijou une paire de boucles d'oreilles en or. Avec un criminel violent, il suffit d'une simple chaîne autour du cou pour finir étranglée. Pas de parfum non plus. Les senteurs parasites pouvaient brouiller les pistes lors des premières constatations.

Elle leva les yeux.

– Bonjour, lieutenant, dit-elle.

– Bonjour. Tu as quelque chose ? lui demanda Decker avec un sourire.

– Oui, la migraine, répondit-elle en relevant les mèches blondes qui lui tombaient dans les yeux. Vous n'auriez pas un comprimé d'Advil sur vous, Pete ?

– J'en ai toujours un sur moi.

Il y avait des années de cela, Decker avait reçu une balle dans l'épaule et dans le bras. La blessure avait cicatrisé sans dommage pour les nerfs moteurs, mais la douleur s'incrustait en lui tel un visiteur indésirable. Il lui lança son flacon. Elle enleva ses gants, fit tomber deux cachets dans la paume de sa main et les avala sans eau. Puis elle lui renvoya le flacon, qu'il attrapa au vol.

– D'après Pluton... (elle baissa la voix) Vous avez rencontré Pluton ?

– Je l'ai rencontré, lui confirma-t-il en souriant.

– Il vaut le déplacement, celui-là ! s'exclama-t-elle en levant les yeux au ciel.

– Je ne voudrais pas de lui chez moi.

– Bon. Il prétend que Ganz aurait été trouvé plus ou moins dans cette position.

Elle étala les bras en croix et ouvrit la bouche.

– Style poupée de chiffons. Tête et bras gauche qui pendent hors du lit, qu'il occupait en diagonale, corps tourné vers la gauche. On en voit encore les traces sur les draps.

Decker examina la marque qui creusait les draps froissés et courait de gauche à droite en allant de la tête aux pieds.

– Qui l'a trouvé ? demanda-t-il.

– Vénus. La douce de Jupiter. Il n'existe que neuf planètes, dit-elle après avoir marqué une pause. Je me demande quels noms se sont trouvés les autres.

– Il y a toujours les astéroïdes, dit Oliver en fouillant les poches des tuniques pourpres. Il n'y en a pas un de deux kilomètres de long qui est censé frapper la terre dans vingt ans ?

– Si, si, j'en ai entendu parler aux infos, dit Marge en se grattant la tête. Je me demande si je ne devrais pas prendre une retraite anticipée.

– Où est Vénus ? demanda Decker. Et que personne ne me dise que c'est la deuxième planète à partir du Soleil.

– À la procession. Elle lave les pieds de Jupiter pendant que les autres défilent, répondit Oliver. Et c'est un job à plein temps, parce qu'ils lui embrassent tous le gros orteil. Ne me demandez pas ce que ça signifie.

– Les Mennonites se lavent les pieds avant de prier.

– Pourquoi ? demanda Marge.

– Je crois que Jésus lavait les pieds de ses disciples avant de prier, en signe d'humilité. Abraham aussi, en signe de bonté. Naturellement, à l'époque, c'était une cérémonie courante au Moyen-Orient. Quand on habite dans le désert et qu'on porte des sandales, on se salit les pieds.

– Ici, ils portent presque tous des tennis, fit remarquer Marge.

– Vous savez, dit Decker après avoir réfléchi quelques instants, les Juifs lavent le corps des morts avant de les enterrer. En plus de sa propre philosophie, peut-être que l'Ordre de l'Alliance de Dieu a emprunté à différentes religions établies. Un peu de ceci, un peu de cela.

– Quelle est la philosophie de l'Ordre ? demanda Oliver.

– Je ne sais pas très bien. Mais ceci, dit Decker en sortant la cassette vidéo, nous aidera peut-être à le comprendre.

Il la jeta dans un sac en plastique.

– Où avez-vous trouvé ce truc-là, patron ? s'étonna Oliver.

– Je le leur rendrai. Ne t'inquiète pas, dit Decker, qui changea rapidement de sujet. À quelle heure Vénus a-t-elle trouvé le corps ?

– D'après Pluton, vers cinq heures du matin, répondit Marge.

– « D'après Pluton », répéta Decker. Et Vénus ? On l'a interrogée ?

– J'ai essayé, mais elle n'a pas voulu sortir de sa chambre, dit Oliver. Elle est restée cloîtrée jusqu'au début de la cérémonie.

– Il va bien falloir qu'elle nous reçoive, dit Decker en se frottant les yeux. Donc, tout ce que nous savons sur la mort de Jupiter, nous le tenons de Pluton ?

– C'est le porte-parole officiel, dit Oliver.

– Pas sûr.

Decker leur expliqua la hiérarchie du groupe, en précisant qu'il y avait trois autres privilégiés. Puis il leur parla de sa rencontre avec Bob.

– Qui sont les deux autres ? voulut savoir Oliver.

– Vous n'avez qu'à compter les chasubles violettes.

– Vénus en portait une. Il en manque donc encore une. Vous voulez que j'aille jeter un coup d'œil à la procession, patron ?

– Vous avez terminé ici ?

– Oui, dit Oliver en refermant le tiroir de la commode. Pour Dunn, je ne sais pas.

Decker se tourna vers Marge.

– Tu as trouvé quelque chose qui pourrait faire penser qu'il ne s'agit pas d'un suicide ?

– Rien à première vue en tout cas. (Elle consulta ses notes.) Une bouteille de vodka de soixante-quinze centilitres vide sous le lit, une fiole de... attendez que je trouve le nom exact... (Elle feuilleta son calepin.) Nembutal... vingt milligrammes par gélule. Vide. L'ordonnance indiquait dix gélules. Non renouvelable, l'ordonnance. J'ai aussi pris un flacon de diazépam...

– Du Valium, précisa Decker. « Diazépam » est le nom générique.

– Si vous le dites. Je n'utilise pas ces trucs-là. C'était un flacon de vingt comprimés dosés à vingt milligrammes. Lui aussi était vide.

– Les étiquettes étaient au nom de Ganz ?

– Non. Elles étaient au nom de père Jupiter.

– Il y avait écrit « père Jupiter » sur l'étiquette ?

– Oui.

– Où avez-vous trouvé ces flacons ?

– Sur sa table de nuit. On a prélevé les empreintes sur tout, et tout est dans les sacs. Pour moi, c'est un cas typique de suicide par mélange de médicaments et d'alcool.

– Tu n'as pas trouvé de solution injectable ?

Un silence lourd se fit.

– Pourquoi ? demanda Marge.

– Parce que le légiste lui a trouvé des marques de sous-cutanée dans le bras et d'intramusculaire dans les fesses.

Oliver eut un sourire penaud.

– Euh... il y avait pas mal de cochonneries dans son armoire à pharmacie. J'ai tout noté, mais je n'ai pas pris la peine de relever les empreintes dessus et de les emballer. Avec les deux flacons vides sur la table de nuit...

– Je m'en occuperai, dit Decker.

– Ce n'est pas une connerie...

– Qui a dit que tu avais fait une connerie ?

– Il suffit de voir votre tête.

Oliver avait fait une grosse bêtise, mais Decker ne l'accabla pas.

– Va me chercher le gourou manquant.

– Oui, oui, murmura Oliver en enjambant le ruban.

Deck n'était pas un mauvais gars. Il ne traitait jamais ses subalternes de haut, et il ne fayotait pas. À contrecœur, Oliver dut reconnaître que son supérieur avait probablement gagné son avancement au mérite.

– Reviens quand tu auras terminé ! lui cria Decker.

– D'accord, d'accord.

– Des traces d'aiguille ? demanda Marge quand il fut parti.

– Oui.

– Il se serait piqué lui-même ?

– Dans le bras, peut-être. Mais dans les fesses ?

– La bouteille de vodka vide... les pilules, dit Marge en le regardant droit dans les yeux. C'est trop parfait. Vous avez des doutes, n'est-ce pas ? Moi aussi.

– En tout cas, je n'aime pas qu'on touche à la scène du crime. Ç'aurait été différent si on avait essayé de le ranimer, si on l'avait bougé juste ce qu'il faut pour une réanimation cardio-pulmonaire. Mais déplacer un corps pour aller le mettre dans un sanctuaire avant de contacter les autorités, c'est plutôt bizarre. En général, les gens ne sont pas trop à l'aise en présence d'un cadavre.

– Oui, mais eux sont un peu à part. Ils doivent avoir des idées spéciales sur la mort.

– Ce n'est pas une raison, Marge. Ils auraient dû avoir un peu plus de jugeote. Sans compter que le décès n'a pas été signalé par quelqu'un du groupe, mais par la fille de Ganz. Comment l'a-t-elle appris ? Et si aucun des membres de la secte n'a jugé bon d'appeler la police, que comptaient-ils faire du corps ?

– L'enterrer dans leur domaine ? De la part de gens dressés comme ils le sont contre l'ordre établi, ça n'aurait rien d'étonnant.

– Ça ! dit-il en enfilant une paire de gants de latex. Pour le moment, nous avons deux tâches à accomplir sans traîner.

– Parler à Vénus, dit Marge.

– Exact. Tu veux t'en charger ? C'est peut-être mieux, entre femmes.

– Oui. J'ai presque fini, j'y vais juste après. À moins que vous ne vouliez que j'emballe le contenu de l'armoire à pharmacie.

– Je m'en charge. La deuxième chose à savoir, c'est...

– Qui a prévenu la fille de Jupiter. Pour le savoir, il faudra aller l'interroger. Vous irez, n'est-ce pas ? Tous les prétextes sont bons pour sortir d'ici, ajouta-t-elle en souriant.

– Pourquoi user ma salive si tu sais à l'avance ce que je vais dire ?

– Ne vous fâchez pas, patron, dit-elle en riant. C'est signe que vous m'avez bien formée.

La salle de bains, pas plus grande qu'un cagibi, abritait une cuvette de WC, un lavabo et une douche qui consistait en une simple pomme montée dans un coin fermé par un rideau. Faïences et carrelage blancs, tout devenait glissant à la moindre goutte d'eau. Une évacuation avait été ouverte à même le sol. L'armoire à pharmacie se trouvait au-dessus du lavabo. Decker l'ouvrit, et dut se plaquer contre le mur d'en face pour ne pas prendre la porte en pleine figure. Il y découvrit une trentaine de flacons en plastique, tous différents, tous étiquetés. À première vue, rien n'était en double. Ce qui voulait dire qu'il faudrait une poche plastique pour chacun des objets. Decker déplia un drap propre au-dessus de la cuvette des toilettes – dont, incidemment, le couvercle était baissé (une femme l'avait-elle utilisée ?) – et posa les sacs dessus. Il fit de même au-dessus du lavabo. Ensuite, il sortit son bloc-notes et son stylo.

Il commença par l'étagère du haut, à gauche.

Echinacea Purpura : stimule le système immunitaire. Cent gélules à 400 mg.

Il inscrivit le nom du remède, le nombre de gélules par flacon et le dosage de chaque gélule. Puis il renversa le reste des gélules dans le lavabo et en compta vingt-six. Soigneusement, il les remit dans le flacon en les recomptant une à une. Vingt-six. Emballé. Il mit le flacon dans le sachet, étiqueta le sachet.

Bon. Plus que vingt-neuf. À l'idée de la routine qui l'attendait, il regarda les fioles d'un œil furibond. Ah, le prestige du travail du policier ! Il fallait bien un peu de matière grise pour résoudre certaines affaires, mais les véritables ficelles du métier étaient la patience et le don de traquer le détail. Naturellement, les aveux n'étaient pas mal non plus. Avec un peu de chance, il aurait terminé avant la fin de la procession. Sinon... il espéra que les gourous ne viendraient pas l'importuner.

Il prit un deuxième flacon : Zinc (citrate de zinc). Cent comprimés à 10 mg. Quarante-deux comprimés restants.

Flacon numéro trois : Calcium (citrate de calcium). Cent comprimés à 200 mg. Quatre-vingt-six comprimés restants.

Flacon numéro quatre : Manganèse. Cent comprimés à 100 mg. Soixante-dix-sept restants.

Flacon numéro cinq : Vitamine C (acide ascorbique). Cent comprimés à 100 mg. Quarante-deux restants.

Flacon numéro six : Vitamine B12 sublinguale, acide folique et biotine.

Il lut la posologie : « La forme sublinguale assure à cette formule unique l'efficacité maximale (autre que par injection) pour l'absorption de vitamine B12 et d'acide folique ».

Il réfléchit.

« Autre que par injection. »

Cela pouvait expliquer les traces d'aiguille. Il se shootait à la vitamine B12. Après tout, l'affaire pouvait se révéler simple.

Tout espoir était permis. Decker fit tourner le flacon dans sa main gantée. Il contenait cent comprimés dosés à 800 mg de vitamine B12, acide folique et biotine. Il en restait soixante et onze.

Flacon numéro sept : Super-antioxydants. Cent vingt comprimés dosés à 100 000 unités de vitamine A (sous forme de bêta-carotène), 500 mg de vitamine C, 200 unités de vitamine E et 25 mg de sélénium.

Decker vida le flacon sur le drap. On aurait dit un remède de cheval. Il y en avait cinquante-sept.

Flacon numéro huit : Adjuvant osseux. Pour un squelette sain et solide. Ce flacon-là contenait du calcium, du zinc, du manganèse, du magnésium, du cuivre (sous forme de gluconate de cuivre), du bore, des extraits de crin de cheval, de la sève de yucca et des vitamines C, D, B et K.

Il lut attentivement ses notes, puis regarda les étagères. Toutes ces préparations contenaient les mêmes vitamines et les mêmes minéraux. Cinq flacons réunissaient des doses impressionnantes de vitamine C. Si Ganz avait avalé toutes les pilules à la fois, il aurait été en overdose sur pratiquement tout, parfois jusqu'à dix mille milligrammes au-dessus de l'apport quotidien recommandé.

Pouvait-on faire une overdose de vitamines ? Pourquoi pas ? Les vitamines étaient une drogue comme une autre. Judy Little devait pouvoir répondre à cette question.

Sur la seconde étagère, Decker trouva encore et toujours les mêmes vitamines, minéraux, extraits et adjuvants. En parcourant les étiquettes, il remarqua qu'il n'y avait pas de médicaments prescrits sur ordonnance, ni de remèdes en vente libre dans les pharmacies. Pas même un flacon de Tylenol. Pourtant, les tubes de Valium et de Nembutal trouvés sur sa table de nuit avaient été prescrits récemment, et Marge avait confirmé que le nom de Ganz était inscrit sur les deux étiquettes.

Tu spéculeras plus tard, Deck. Pour l'instant, finis ton boulot.

Un quart d'heure plus tard, le placard était vide. Decker rassemblait les nombreuses pièces à conviction enfermées dans les poches en plastique lorsqu'il sentit un regard hostile dans son dos.

– Dites donc, où vous croyez-vous ?

C'était la voix de Pluton. En se retournant, Decker le heurta d'un coup d'épaule.

– Tout va bien ?

– Vous me tabassez et vous me demandez si ça va ? dit le petit homme en se frottant l'épaule.

– Je ne l'ai pas fait exprès. Il n'y a pas de place pour deux dans cette salle de bains.

– Je ne vous le fais pas dire ! Vous n'avez rien à y faire, explosa Pluton, le visage rouge de colère, en continuant de se masser l'épaule.

Decker sentit ses poils se hérisser sur sa nuque, mais réussit à garder son calme.

– Nous sommes sur les lieux d'un crime, monsieur. Et en vous trouvant ici, vous enfreignez la loi. Je sais que ma présence vous horripile. Alors facilitez-moi la tâche et sortez...

– Vous vous appropriez des biens personnels.

– Je rassemble des pièces à conviction. Maintenant, si vous restez une minute de plus dans mes jambes, je vous menotte et vous arrête devant tous vos adeptes.

– Cela ne fera qu'alimenter la colère qui couve en eux...

– Ça ne me fait pas peur. Si ça ne vous fait pas peur, à vous, de passer une nuit en prison... Allez, dégagez !

Pluton se balança sur la pointe des pieds, hésita, puis s'écarta. Decker sortit de la salle de bains d'un pas furieux et alla déposer ses sacs par terre, dans la chambre. Puis il chercha des yeux quelque chose dans quoi les transporter.

– La procession est terminée ?

Pluton soupira.

– Oui. Oui, répéta-t-il après un deuxième soupir, c'est fini.

Decker l'observa. Il avait l'air sincèrement attristé. Mais dès qu'il se sentit épié, Pluton reprit son expression sévère.

– J'imagine que la bande de vampires que vous êtes va emporter le corps du père Jupiter. Quand nous le rendrez-vous pour les funérailles ?

– Nous ne le garderons pas plus longtemps que nécessaire, dit Decker en se radoucissant. Je suis sincèrement désolé pour vous. En lui, vous venez de perdre quelqu'un d'exceptionnel.

Pluton soutint son regard, puis détourna les yeux.

– D'exceptionnel, oui. Merci de votre soutien.

– Peut-être pourriez-vous m'expliquer quelque chose, reprit Decker après avoir marqué une pause. Le décès a été signalé par la fille de Ganz...

– Du père Jupiter.

– Oui, pardon. C'est elle qui a appelé le commissariat. Pour autant que je sache, aucun des membres de l'Ordre de l'Alliance de Dieu ne s'est manifesté.

Pluton ne répondit pas.

– Aviez-vous l'intention de déclarer le décès, gourou Pluton ?

– Ça ne change rien, maintenant, murmura celui-ci.

– Donc, vous n'en aviez pas l'intention.

– Je n'ai pas dit ça.

– À l'avenir, monsieur, sachez que la loi vous oblige à déclarer tout décès.

– C'est hors sujet, maintenant.

– Simple curiosité, dit Decker après une seconde d'hésitation. Comptiez-vous enterrer le corps dans l'enceinte de l'Ordre ?

– Peu importe ce qui aurait pu être.

– Je vous l'accorde, dit Decker. Inutile de se perdre en conjectures. Une dernière question, Pluton. Qui a appelé la fille du père Jupiter pour lui annoncer la nouvelle ?

– J'aimerais bien le savoir. La personne qui a fait ça mérite des remontrances.

– Des remontrances ?

– Pour avoir brisé son serment et enjambé les chaînes, pérora Pluton. Vous avez vos lois, nous avons les nôtres.

5

Avec un peu de temps et de diplomatie, Marge réussit à avoir le feu vert pour interroger Vénus. Elle n'aurait pas été étonnée de trouver sa chambre à côté de celle de Ganz, mais on la conduisit à l'autre bout des installations entre deux gendarmes en tunique blanche, mine sévère et cheveu ras. L'un des deux, un barbu et moustachu, ayant frappé à la porte, une voix féminine rauque demanda qui c'était. Marge déclina son identité et fut autorisée à entrer. Le barbu lui ouvrit la porte mais, comme retenu par un filet invisible, ne franchit pas le seuil.

Marge prit un instant pour regarder autour d'elle. Dépouillée mais claire, la pièce était meublée d'un lit à deux places, d'un fauteuil style Shaker et d'une bibliothèque. Adossée à ses oreillers, Vénus était assise sur le lit, les jambes allongées.

– Vous pouvez nous laisser, frère Ansel, dit-elle au garde.

L'homme hésita, puis, d'une voix nasillarde :

– Vous êtes sûre de vouloir rester seule avec un violateur, mère Vénus ?

– Oui, j'en fais mon affaire. Merci de votre sollicitude. Vous pouvez disposer.

– Comme vous voudrez.

Il referma la porte en jetant à Marge un regard hostile. Les deux femmes se regardèrent dans les yeux.

– Merci de bien vouloir me recevoir, madame...

– Appelez-moi mère Vénus. Ou Vénus, tout simplement.

Elle lisait un livre broché qu'elle posa à l'envers sur le lit et lui désigna le fauteuil.

– Asseyez-vous.

– Merci.

Belle femme, songea Marge. Même avec ses yeux rougis et sans maquillage, ses traits étaient d'une beauté frappante. La trentaine environ, elle avait un visage ovale encadré par des cheveux châtains qui lui tombaient aux épaules, et des yeux d'un vert translucide ornés de cils immenses. Sous la pâleur attendue de son teint soyeux, Marge décela une pointe de rose aux pommettes. Sa tunique bleu vif, décolletée en un V plongeant sur la naissance des seins, découvrait deux jambes bien galbées. Elle avait la cheville gauche ornée d'un bracelet d'or. Elle baissa les yeux et se couvrit les jambes, puis elle croisa et recroisa ses pieds nus.

Marge se sentit un peu mal à l'aise de l'appeler Vénus, mais se dit que la jeune femme était une incarnation fort acceptable de la déesse de l'amour et de la beauté. En se tordant le cou, elle réussit à déchiffrer le titre du livre qu'elle lisait, *La Foi et l'Au-Delà*, mais pas le nom de l'auteur. Elle sortit un calepin de la poche de sa veste.

– Ça ne vous dérange pas si je prends des notes ?

– Pourquoi voulez-vous que ça me dérange ? Je n'ai rien à cacher.

Marge en déduisit aussitôt qu'elle mentait.

– Excusez-moi d'avance si je m'aventure en terrain sensible.

– Vous faites votre travail.

Elle croisa encore une fois les pieds.

– Que lisez-vous ?

Vénus sembla déstabilisée par la question. Elle baissa les yeux sur son livre et le prit dans sa main.

– Ça ? dit-elle en haussant les épaules. C'était dans la bibliothèque de Jupiter. La partie métaphysique est intéressante, mais la théorie scientifique est complexe. (Elle resserra son décolleté.) C'était le point fort de Jupiter... la science... la physique... la cosmologie. Les origines de la vie. Mais je ne vous apprends rien.

– Non. Nous savons qui était Jupiter.

– C'était quelqu'un de vraiment extraordinaire, dit Vénus, la gorge serrée. Je n'arrive pas à croire... termina-t-elle dans un soupir.

– Depuis combien de temps êtes-vous ici, madame ?

– Vénus. « Madame », c'est bon pour les gens comme vous.

– Depuis combien de temps êtes-vous ici avec Jupiter... Vénus ?

– Environ dix ans. Quand Jupiter m'a accueillie, j'étais en piteux état. Drogue, alcool, deux avortements. Je ne croyais à rien et en rien, je ne... J'étais une imbécile en train de se détruire. Jupiter l'a vu tout de suite. (Elle leva les yeux au plafond.) Bref, ça n'a rien à voir avec votre enquête. Je vous en parle parce que... (Ses larmes jaillirent.) Vous ne savez pas quel pouvoir rédempteur il avait. Je ne dis pas cela à la légère. Jupiter a laissé tomber une brillante carrière, sa réputation et sa fortune, pour sauver des âmes. Mieux encore, il a enseigné à d'autres l'art de la rédemption. À moi, à Bob… à Pluton. Vous aurez peut-être du mal à le croire, mais Pluton a sauvé plusieurs âmes égarées sous l'égide de Jupiter.

Elle se remit à pleurer et s'essuya le visage avec un pan de sa tunique.

– Je suppose que vous voulez savoir ce qui s'est passé ce matin ? dit-elle enfin.

– J'aimerais bien, oui. Était-il mort lorsque vous l'avez trouvé ?

– Oui.

– À quoi l'avez-vous compris ?

– Il ne bougeait pas ! s'écria-t-elle en continuant de s'essuyer les yeux. Il ne respirait plus ! Son cœur… son cœur s'était arrêté.

– Vous avez cherché le pouls ?

– Euh… non, dit-elle en se passant la langue sur les lèvres. J'ai… (elle ferma les yeux, les rouvrit) j'ai cru qu'il dormait. C'était l'heure des ablutions et des prières matinales. Je suis entrée dans la chambre et je l'ai appelé. Comme il ne réagissait pas, je me suis approchée du lit et… je l'ai secoué doucement. Il… (elle reprit sa respiration) il est tombé quand je l'ai touché. Sa tête… sa tête a roulé hors du matelas…

Elle avala sa salive.

– J'ai crié. Pluton… Pluton est entré. Ensuite, je ne… l'une de mes servantes m'a fait sortir… m'a ramenée dans ma chambre… elle a attendu avec moi. Ensuite, Pluton est venu m'annoncer la nouvelle.

Marge était de tout cœur avec elle.

– Vous rappelez-vous l'heure qu'il était lorsque vous êtes entrée dans la chambre de Jupiter ?

– L'heure habituelle, répondit-elle avec effort. Environ cinq heures.

– Vous avez dit qu'il… qu'il est tombé quand vous l'avez secoué, reprit Marge avec douceur. Il était allongé, ou calé sur des oreillers ?

– Calé. Il dormait souvent dans cette position. Il avait un problème de sinus et, allongé, il suffoquait.

– Et quand vous l'avez trouvé, il semblait dormir ?

Vénus hocha la tête.

– Les yeux fermés ?

Nouveau hochement de tête.

– Rien de bizarre dans sa position ?

– Comme quoi ?

– Avait-il l'air confortablement installé, ou au contraire les membres tordus, ou bizarrement pliés ? Vous n'avez rien remarqué d'inhabituel dans la pièce ?

– Non, dit Vénus en secouant la tête. Tout m'a paru... normal.

– Avez-vous vu des flacons de médicaments sur sa table de chevet ? Des analgésiques, des somnifères...

– Jupiter ne prenait ni les uns ni les autres. Il ne consommait pas les drogues de la médecine occidentale.

– Avez-vous vu des aiguilles ?

– Non. Pas d'aiguilles. Mais Jupiter se faisait parfois des piqûres de vitamines.

– Nous n'avons pas trouvé de seringue, dit Marge, qui avait noté au passage l'importance de la remarque.

– C'est moi qui les ai, dans ma salle de bains. Vous pouvez aller regarder. J'en ai une boîte de jetables. C'est plus hygiénique.

Et combien plus commode.

– Vous même, lui faisiez-vous des piqûres de vitamines ?

– Je lui en ai fait deux ou trois dans la fesse.

– Récemment ?

– Il y a trois ou quatre jours.

– Ah, dit Marge.

Voilà qui pouvait expliquer les marques. Ou du moins, comment Vénus les justifiait.

– Et la bouteille de vodka ? Comment expliquez-vous sa présence sous le lit ?

– En temps normal, Jupiter ne buvait pas. Donc, s'il a bu au point de perdre connaissance... au point de perdre la vie... ce n'a pu être que dans le but de se transporter à un niveau supérieur de la foi.

« *Se transporter.* » Il faudrait y revenir.

– La bouteille était-elle en vue lorsque vous êtes allée le réveiller ?

Elle fit non de la tête.

– Bon, reprenons, dit Marge. Je veux être sûre de ne pas me tromper. Vous entrez chez Jupiter vers cinq heures du matin pour le réveiller pour la prière. Il est assis dans son lit.

– En position semi-assise.

– Semi-assise, se corrigea Marge. Vous l'appelez et il ne répond pas. Vous allez le secouer, il s'écroule, la tête en dehors du matelas. Alors, vous vous mettez à crier et Pluton arrive. C'est bien ça ?

– Oui.

– Pluton est-il venu seul ?

– Je crois, oui. Mais en quelques secondes il y a eu foule. C'était horrible... épouvantable, dit-elle, incapable de retenir ses larmes.

– Ensuite, quelqu'un vous ramène ici, dans votre chambre.

– C'était une de mes servantes. Alpha-deux, si ma mémoire est bonne.

– Alpha-deux est le nom de votre servante ?

– Toutes mes servantes s'appellent Alpha.

– Elles portent des tuniques et des chasubles, comme les serviteurs de Jupiter ?

Vénus eut un petit sourire qui lui illumina le visage.

– Je vois qu'on vous a expliqué le code des couleurs, dit-elle. Non. Elles portent des tuniques blanches à col rose. Elles jouissent de plusieurs privilèges parmi les femmes, mais pas autant que les serviteurs de Jupiter. Ici, ce sont les hommes qui dominent. On vous le fait comprendre d'emblée. D'ailleurs, cela ne me dérange pas. En tant que mère élue de Jupiter, j'occupe le deuxième rang dans la hiérarchie... et même, maintenant, le premier, bien que Pluton se soit temporairement emparé du commandement. Jusqu'à ce que je reprenne mes esprits. J'ai bien dit temporairement. Je n'ai aucune intention de le laisser enfiler les pantoufles de Jupiter. Je ne crois pas que lui-même veuille de cette lourde responsabilité.

Tout en griffonnant l'organigramme de la secte, Marge hochait la tête.

– Qui succédera à Jupiter ?

– Je ne vois vraiment pas. Pour autant que je sache, le père Jupiter n'a pas désigné de successeur. Et étant donné sa mort si soudaine... (Ses yeux coururent d'un côté, de l'autre.) C'est une question qu'il faudra élucider. Mais je vous assure que l'Ordre de l'Alliance de Dieu restera intact. Nous devons au père Jupiter de poursuivre ses idéaux d'amour, de charité et de spiritualité.

– Nobles buts.

– D'un homme noble.

– Une dernière chose, dit Marge. Pluton est revenu dans votre chambre vous annoncer la nouvelle.

– Exact.

– Vous souvenez-vous de l'heure ?

– Environ une demi-heure plus tard, vers cinq heures et demie. Mais je ne surveillais pas à la minute près.

– Non, bien sûr. Mais *grosso modo*, vous confirmez cinq heures et demie ?

– À peu de chose près, oui. (Elle enfouit son visage dans ses mains, puis leva les yeux.) C'est arrivé si vite... c'est totalement irréel. Je n'arrive pas à le croire... Je sais bien que depuis quelque temps, il n'était pas lui-même, mais...

– Pas lui-même ? Mais encore ?

– Il n'était pas malade à proprement parler, mais il paraissait... épuisé. Depuis au moins six mois, il avait perdu son bon moral habituel. Et il se tenait souvent la tête... comme s'il avait la migraine. Je me faisais du souci. Quand je m'en inquiétais auprès de lui, il prenait la chose avec désinvolture et m'assurait que tout allait bien. Que ça faisait partie du processus.

– Quel processus ?

Vénus jaugea Marge.

– Si je vous en parle, vous allez vous moquer. Tous les violateurs se moquent.

– Essayez toujours.

De nouveau, elle hésita.

– Le processus de communication avec l'au-delà. Le père Jupiter savait que ses énergies vitales commençaient à fuir son corps parce qu'il avait engagé un contact sérieux avec les forces.

Il y eut un silence.

– Ce sont des choses que vous refusez de comprendre. Que vous ne pouvez pas comprendre.

– Quel genre de forces ? demanda Marge en essayant de gommer de sa voix toute trace de scepticisme.

De la main, Vénus fit signe qu'il était inutile de poursuivre plus avant.

– Je vous en prie, Vénus. Je veux comprendre. Avec qui était-il en relation ? Peut-être était-il menacé ? Allez, dites-le-moi. *Ta voix, Dunn. Contrôle ta voix.* Des humains ? Des extraterrestres ?

Marge eut l'impression que Vénus sondait sa sincérité.

– Pas des extraterrestres au sens où vous l'entendez, dit enfin la jeune femme, pas des petits bonshommes verts qui font bip bip, avec cinq yeux et des antennes. Depuis environ six mois, Jupiter recevait des signaux, poursuivit-elle d'une voix animée... des ondes électromagnétiques dont il sentait qu'elles provenaient d'un autre univers. Sa curiosité scientifique était piquée au plus haut point parce que ces signaux n'étaient pas le classique rayonnement fossile du *big bang*. Vous savez... les photons dégagés par la création de l'univers. C'étaient plutôt des signaux structurés. Comment pouvait-il en être sûr, je l'ignore. Mais c'est ce qui faisait que Jupiter était Jupiter. Il fallait une envergure comme la sienne pour interpréter ces signes.

– Il était brillant, dit Marge en tapotant son calepin du bout de son stylo.

Vénus retroussa légèrement la lèvre supérieure en levant les yeux au ciel.

– C'est peu dire, lâcha-t-elle avec un vague mépris.

Marge laissa glisser.

– Parlez-moi de ces signaux, si vous voulez bien.

– Jupiter disait qu'ils lui parvenaient d'étoiles situées à plusieurs années-lumière, répondit Vénus avec un sourire patient. (Elle semblait disposée à coopérer.) D'étoiles si lointaines qu'elles pouvaient provenir de la création originelle de la matière. De l'époque où l'univers existait encore en dix dimensions et non en quatre. Vous connaissez les quatre dimensions, n'est-ce pas ? Les trois dimensions, longueur, largeur et profondeur, plus l'espace-temps. Le temps selon Einstein. Vous connaissez la théorie de la relativité ? $E = MC^2$?

– Je n'étais pas très douée en physique, dit Marge. Vous pourriez peut-être m'épargner les équations et m'expliquer ces signaux en termes simples.

Vénus parut soulagée. Elle poursuivit :

– D'après Jupiter, il existe d'autres univers, parallèles au nôtre. On les atteint par les trous noirs. Malheureusement, une fois qu'on a pénétré l'horizon circulaire il est impossible de revenir en arrière. Même si les théories du déplacement dans l'espace sont acceptées un jour, et si l'on peut apporter la preuve que le temps est multidirectionnel, la traversée des trous noirs ne se fera qu'à sens unique. Il ne pourra donc pas y avoir de retour d'expérience.

Elle se tut, et Marge regarda ses notes – trous noirs, dix dimensions, temps multidirectionnel. Elle était perdue, mais ce n'était pas bien grave. Elle était là pour enquêter sur un suicide, pas pour explorer la philosophie tordue de la secte. Pourtant, elle ne pouvait pas se permettre de passer à côté de cet aspect des choses. C'était peut-être à cause de tous ces « ismes » que Jupiter s'était donné la mort.

– J'ai peut-être mélangé quelques points, dit Vénus, le regard voilé. Mais je peux vous dire que quand Jupiter en parlait, ça paraissait parfaitement logique. Il nous préparait d'autant plus à cette éventualité que le nouveau millénaire approchait. Le moment semblait particulièrement propice.

– Quelle éventualité ? dit Marge qui avait dressé l'oreille.

– Celle du voyage dans l'espace vers un plan physique et métaphysique différent. Il disait que l'espace se refermait sur nous. Que nous allions du *big bang* au *big crunch*. De l'explosion à l'écrasement, si vous voulez. Naturellement, Jupiter concevait le temps autrement que nous. Ce qu'il percevait comme un temps très court pouvait être un million d'années-lumière. Et ça fait long. (Elle baissa les yeux.) De toute manière, je tourne autour du pot. J'imagine que la vraie question est pourquoi. (Elle poussa un long soupir.) La vie, du moins la notion que nous en avons, est très... courte... très éphémère.

– Le voyage dans l'espace... dit Marge en se penchant en avant. Pour Jupiter, ça passait par le suicide ?

– En théorie, on peut concevoir que le suicide en fasse partie. Bien que jamais Jupiter n'y ait fait allusion comme mode de transport. Il parlait en termes plus théoriques. Je peux vous assurer, inspecteur, que l'Ordre de l'Alliance de Dieu n'est pas un deuxième Heaven's Gate. Jupiter n'était pas complètement fêlé. Il ne croyait pas à la castration. Nous avons des enfants, ici. Le suicide de masse ne fait pas partie de nos croyances.

– Et pourtant, il semblerait que Jupiter ait disposé de sa vie.

– S'il a fait ce choix, il devait avoir une excellente raison.

– Avez-vous pu voir s'il avait laissé une lettre ?

– Non. Mais on m'a emmenée si vite... il y en avait peut-être une. Vous avez trouvé quelque chose ? demanda-t-elle après une pause de plusieurs secondes.

– Jupiter parlait-il du suicide ?

– Il parlait surtout des questions temporelles de la vie. A-t-il laissé une lettre, inspecteur ?

– C'est ce que j'essaie de savoir. Si Pluton a subtilisé quelque chose dans la chambre...

– J'ai les moyens de le savoir. Tout ce qui se trouve dans la chambre de Jupiter me revient. Une fois vos interrogatoires terminés, vous en aurez encore pour longtemps ?

– Pas très.

– Quelle est la procédure ? Vous établissez la cause du décès, puis vous nous rendez le corps ?

– En gros...

– Et si la mort est naturelle, ça ne pose pas de problème ?

– Aucun...

– Et si c'est un suicide ?

– Le coroner délivre un certificat de décès rédigé en fonction de ses constatations.

– Et ensuite, vous rendez le corps pour les obsèques ?

– Oui.

– Alors, qu'est-ce que la police vient faire là-dedans ? demanda Vénus en se frottant les yeux. Pour vous, qu'est-ce que ça change qu'il se soit suicidé ou pas ?

– Le décès de Jupiter risque d'être déclaré suspect, Vénus, dit Marge après un instant d'hésitation.

Vénus porta une main à sa bouche.

– Vous pensez... qu'on aurait pu... c'est impossible !

– Le but de notre enquête est d'écarter tout soupçon de meurtre. Dès que ce sera fait, vous ne nous verrez plus.

– Personne, ici, n'aurait tué le père Jupiter. Tout le monde l'aimait.

– Vous savez, sa fille a signalé le décès...

– Sa fille ? Europa ? s'étonna Vénus en haussant les sourcils. Eh bien, je retire ce que j'ai dit : tout le monde ne l'aimait pas.

Marge nota avec fièvre.

– Vous pouvez me parler d'elle ?

– J'hésite, vraiment.

– Pourquoi ?

– Parce que si vous enquêtez sur un meurtre, je ne veux pas être celle qui... peu importe. J'en ai assez dit.

– Dois-je comprendre qu'Europa n'est pas votre meilleure amie ?

– Elle a rejeté son père et cela lui a fait un mal terrible. Bien sûr que j'ai mon opinion sur elle. Mais je ne vois pas comment elle pourrait être mêlée à sa mort. Elle ne l'a pas vu depuis quinze ans.

– Et pourtant, c'est elle qui a appelé le commissariat.

Vénus garda le silence. Enfin, elle se leva.

– Il faut que je m'habille, dit-elle. Je dois absolument faire face à mon obligation d'apparaître en public devant mes adeptes si je ne veux pas leur donner l'impression – fausse – que Pluton a pris les choses en main. Si vous voulez bien m'excuser.

– Naturellement, dit Marge en se levant à son tour. Vénus, vous ne trouvez pas étrange que ce soit la fille de Jupiter qui ait signalé le décès ?

– Si, très étrange.

– Comment a-t-elle su ?

– Ça, inspecteur, c'est une excellente question.

6

Le Thermos de café était vide. À contrecœur, Decker troqua un vice pour un autre. Dans la boîte à gants de sa voiture, il prit une cigarette au hasard. Une Marlboro. Peu importait la marque pourvu qu'il eût sa nicotine. Il baissa les vitres, se cala sur son siège et l'alluma. Les yeux droit devant lui, il recracha la fumée par le nez et la bouche en se reprochant sa faiblesse, mais sans trop de sévérité.

Depuis près de six ans, il s'était débarrassé de cette sale habitude. Mais, il y avait maintenant un an de cela, il avait vécu un épisode horrible, un bain de sang dont les images refusaient de quitter sa mémoire. Elles revenaient le hanter aux moments les plus inopportuns et, alors, il recherchait le réconfort de la cigarette. Il ne comprenait pas très bien ce qui venait de raviver le souvenir de cette scène macabre au restaurant *Chez Estelle*. S'il avait dû nommer la cause de cette angoisse, il l'aurait sans doute attribuée à une inquiétude latente pour la sécurité des enfants qui résidaient dans les locaux de l'Ordre de l'Alliance de Dieu.

Il fumait lentement, à loisir, laissant la chimie opérer sur son système nerveux. Depuis qu'il était monté en grade, seules les affaires extraordinaires l'appelaient sur les scènes des crimes. Au restaurant, par exemple. Ou encore sur celui de l'affaire présente. Le décès d'une personne célèbre défrayait toujours la chronique... Cela dit, il y avait un bout de temps que Ganz n'était plus une figure de la science.

Le fourgon de la morgue était parti depuis dix minutes, emportant le corps. Le travail de Decker était quasiment terminé. C'était maintenant au légiste de jouer. Si tout se passait bien, il fermerait la boutique dans un quart d'heure. À deux heures de l'après-midi, il n'avait encore rien mangé et mourait de faim. S'il avalait un sandwich dans la voiture, il serait bon pour des aigreurs d'estomac. Il préféra attendre et manger un morceau chez lui si possible. Au pire, ce serait toujours mieux de prendre quelque chose au bureau qu'au volant de sa voiture. Il venait de terminer sa cigarette lorsque Marge Dunn et Scott Oliver franchirent la grille du domaine. Il descendit de voiture et leur fit signe.

– Alors, cet interrogatoire de Vénus ? demanda-t-il à Marge.

Elle sortit ses notes.

– Voici le scénario : elle entre dans la chambre de Jupiter à cinq heures et le trouve apparemment endormi, le torse relevé sur des oreillers.

– Les yeux fermés ?

– Oui, les yeux fermés. C'est du moins ce qu'elle dit. Elle l'appelle. Il ne répond pas, elle va le secouer. À ce moment-là, il tombe sans vie, elle se met à crier et Pluton accourt. On la fait tout de suite sortir de la chambre et on la reconduit dans la sienne. Une demi-heure plus tard, Pluton vient lui annoncer la mort de Jupiter.

– Donc, elle a passé une demi-heure chez elle à attendre ? demanda Oliver.

– Oui.

– Seule ? insista Decker.

– Avec une de ses caméristes... Alpha-deux, ajouta Marge après une brève hésitation.

– Alpha-deux, c'est un nom, ça ?

– Apparemment.

– Qu'est-ce qu'ils ont fait à Jupiter entre le moment où elle le découvre soi-disant mort et le moment où Pluton vient lui annoncer la nouvelle ?

– Je ne sais pas. Il faudrait interroger Pluton.

– Eh, minute, minute, les interrompit Decker. Scott, pourquoi as-tu dit « soi-disant » ? Qu'est-ce qui te fait penser que Jupiter n'était pas forcément mort à ce moment-là ?

– Patron, s'ils avaient fait ce qu'on fait dans cette situation, appeler les secours dès la découverte du corps, je serais déjà beaucoup plus certain qu'il s'agit d'un suicide. Mais vu comme nous sommes partis, sans personne sur les lieux pour constater le décès avant notre arrivée, c'est-à-dire vers... quelle heure, Margie, sept heures ?

– Plus près de sept heures et quart.

– À quelle heure êtes-vous arrivé ? demanda Oliver à Decker.

– Huit heures moins le quart.

– Donc, entre le moment où Vénus entre chez Jupiter et celui où quelqu'un de l'extérieur voit le corps, il s'écoule deux heures. Qu'est-ce qu'ils ont fabriqué pendant ce temps-là ? Si nous partons du principe que le corps a été déplacé de la chambre jusque dans le temple, c'est parce qu'on nous a dit que Jupiter était mort dans son lit. Allez savoir si c'est vrai ! On sait aussi qu'un certain Nova a signé un certificat de décès.

– Il a été interrogé, ce Nova ? demanda Decker.

– Apparemment, on n'arrive pas à mettre la main sur lui, répondit Oliver. Je trouve ça louche. Ensuite, Pluton me dit de revenir après le dîner. Vers six heures. Or six heures, c'est dans quatre heures. Je me suis dit : pourquoi si longtemps ? Maintenant, je sais qu'ils vont travailler Nova au corps pour lui faire dire ce qu'ils ont envie. Mais si ce type n'est pas un gars qui ment comme il respire, je le percerai à jour.

Decker en fut d'accord. Oliver se tourna vers Marge.

– Tu reviens avec moi, à six heures ?

– Oui, je t'accompagne.

– Tu veux manger chinois ?

– Ça me va.

– Je suppose que vous ne vous joignez pas à nous ? demanda Oliver à Decker.

– Merci, mais j'aimerais voir ma femme.

– J'en ai eu une moi aussi, autrefois, dit Oliver.

– Bon... si vous voulez, vous passez à la maison après avoir interrogé Nova, dit Decker, que la réflexion avait fait sourire.

– Rina va apprécier, dit Marge en gloussant.

– Elle ne va pas trépigner de joie, mais outre le fait qu'elle est plutôt arrangeante, elle vous aime bien tous les deux.

– Aïe aïe aïe, dit Oliver. Vous me faites rougir. Elle m'aime comment ?

Decker agita un doigt grondeur, puis, reprenant son sérieux :

– Donc, d'après toi, Scott, ils ne sont pas clairs ?

– Non. Déplacer un corps est un péché cardinal. Ce n'est pas ce qu'ils ont fait de plus malin.

Decker tenta de résumer la situation.

– Revenons à ce que tu viens de dire... que Ganz était « soi-disant » mort. Pour l'instant, partons du principe que Vénus n'a pas menti et qu'elle l'a trouvé mort ou moribond. Si Jupiter était à l'agonie, suggères-tu que quelqu'un, pendant ces deux heures où on ne sait pas ce qui s'est passé, ait pu l'achever ?

– Pourquoi pas ? Ce n'est pas impossible.

– Mais pourquoi se donner la peine de commettre un meurtre sur un mourant ?

– Parce que si on prévenait les secours, Ganz avait une chance de s'en tirer. Vénus a pu vouloir composer le numéro des urgences et Pluton l'en empêcher. Il l'aura renvoyée dans sa chambre pour pouvoir commettre son forfait tranquillement.

– Qu'est-ce qui pouvait le pousser à vouloir la mort de Jupiter ?

– L'envie de prendre la tête de l'Ordre.

– Vénus prétend que c'est elle, désormais, qui devient le numéro un.

– Et voilà ! dit Oliver. Jupiter n'est pas mort depuis vingt-quatre heures qu'ils se sautent déjà à la gorge. Qui sait s'ils ne sont pas tous les deux dans le coup.

– Qui ? Vénus et Pluton ? dit Marge en secouant la tête. Ça m'étonnerait. (Elle feuilleta les pages de son calepin.) Je vous signale que Vénus prétend ne pas avoir remarqué la présence de médicaments sur la table de nuit de Jupiter. Elle dit qu'on l'a emmenée très vite et qu'elle n'a pas eu le temps de relever les détails...

– Ça colle parfaitement avec ma théorie, dit Oliver. Pluton l'évince avant qu'elle puisse appeler les secours. Ensuite, il place le flacon de Valium vide dans la pièce pour camoufler son crime en suicide.

– Si on voulait simuler un suicide, dit Decker, tu ne crois pas qu'on mettrait le Valium en évidence avant l'arrivée de Vénus ?

– C'était peut-être ce que Pluton comptait faire, mais Vénus l'aura pris de court, dit Oliver en se balançant sur la pointe des pieds. Vous voyez, patron, ce qui rend cette mort suspecte, c'est que le cadavre était encore frais. Le coroner situe le décès moins de deux heures avant la découverte du corps. Il n'y avait pas encore de rigidité cadavérique.

– La mort survient très souvent au petit matin, dit Marge.

– Mais il ne s'agit pas d'une mort naturelle, Margie.

– On peut imaginer qu'il lui ait fallu toute la nuit pour rassembler le courage de se suicider. Il commence par boire la vodka pour lever ses inhibitions, et ensuite il s'achève aux somnifères. Ou encore, dit Decker en passant une main dans son épaisse toison, il était accro à l'alcool et aux drogues et s'est tapé une overdose accidentelle.

– Il a descendu une bouteille entière de vodka, dit Oliver, dubitatif.

– Nous connaissons tous des alcoolos pour qui c'est la dose du petit déjeuner.

– D'après Vénus, il ne consommait ni alcool ni médicaments, fit remarquer Marge.

– D'après Vénus, souligna Decker en fourrant ses mains dans ses poches. Donc, mort suspecte. Trois options : overdose accidentelle, suicide ou homicide. Nous ne serons peut-être jamais en mesure d'établir la différence entre l'overdose accidentelle et le suicide, mais ce n'est pas très important. La seule chose qui nous mobilise, c'est l'homicide. La question est donc la suivante : peut-on forcer quelqu'un à descendre soixante-quinze centilitres de vodka et un flacon de Valium en prime ?

– Si ce type buvait en cachette, quelqu'un a pu dissoudre les comprimés dans l'alcool, dit Oliver.

– Le Valium n'est pas soluble dans l'eau, dit Decker.

– Ou alors le lui piler dans sa nourriture.

– Le goût est amer.

Oliver ne se découragea pas :

– Donc, Pluton l'injecte à Ganz en intraveineuse. Au cas où vous l'auriez oublié, le cadavre portait des marques de piqûres récentes.

– Vénus m'a dit que Jupiter se shootait souvent aux vitamines, lança Marge.

– Lui-même ? demanda Decker. Il avait des traces d'intramusculaires dans les fesses.

– Parfois c'était Vénus qui les lui faisait.

– Comme c'est commode ! ironisa Oliver. L'hypothèse logique, c'est que quelqu'un ait prétendu lui injecter ses vitamines mais lui ait administré une dose mortelle de Valium.

– En injection, le Valium brûle terriblement, dit Decker. Jupiter était un scientifique. Il aurait tout de suite compris que ce n'était pas des vitamines.

– Oui, mais il l'aurait compris trop tard.

– Je ne suis pas convaincu, dit Decker. Il y a trop de « si ».

– Ou alors, Jupiter était ivre mort quand on lui a administré le Valium, rétorqua Oliver. Il était déjà pété à la vodka.

– Si je te comprends bien, Ganz se serait soûlé à mort et quelqu'un l'aurait achevé au Valium ?

– Pourquoi pas ?

– Tout d'abord, ça fait des saletés, objecta Decker. Tu pars du principe que quelqu'un se serait donné tout ce mal pour prendre la tête de l'Ordre.

– Mais enfin, patron, vous avez rencontré cette andouille de Pluton, non ? Ce type est assoiffé de pouvoir.

– Et donc, tu as non seulement une hypothèse mais aussi un suspect ? dit Decker.

– Pluton avait les moyens, la motivation et l'occasion. Il était le serviteur de Jupiter.

– L'un des quatre serviteurs privilégiés, le corrigea Decker.

– Mais le premier sur les lieux après Vénus, et le seul qui se soit manifesté comme chef de file. Il a besoin de dominer. Je vous le dis, il y a quelque chose de pas net chez ce type.

– Scott, Pluton vit dans l'ombre de Jupiter depuis des années. Pourquoi maintenant ?

– Parce qu'avec Jupiter bituré à la vodka, c'est l'occasion rêvée qui se présente.

Decker concéda quelques points à Oliver.

– Même si le rapport du labo nous indique la présence de drogues et d'alcool dans le sang, cela ne nous dira pas si Jupiter est mort par suicide ou par homicide. Pour ça, il nous faut d'autres preuves. Si tu as un atout dans ta manche, Scott, je suis tout ouïe.

– Pas de preuves directes, non, dit Oliver. Simplement vingt ans de métier.

– Auxquels je rends hommage, dit Decker. Mais nous ne pouvons pas ouvrir une enquête pour meurtre sur la bonne foi de ton expérience.

– Je peux mettre mon grain de sel pour plaider le suicide ? demanda Marge.

– Je t'écoute, dit Decker.

– Vénus m'a dit que, récemment, Jupiter n'était pas lui-même. Qu'il n'était pas à proprement parler souffrant, mais... comment a-t-elle dit ? Qu'il n'avait pas son moral habituel, poursuivit-elle après avoir retrouvé les mots exacts dans ses notes. Qu'il avait moins d'énergie, qu'il se tenait souvent la tête... comme s'il avait des migraines. Mais quand elle s'en inquiétait, il lui disait que ça faisait partie du processus.

– Quel processus ? demanda Decker.

– C'est là que ça se corse, répondit-elle avec un petit rire.

Elle les mit au courant des idées du gourou, idées qui lui parurent plus étranges encore que lorsqu'elle les avait entendues pour la première fois.

– Donc, il recevait des radiations de tous ces univers parallèles, résuma Oliver avec un sourire sarcastique. Tu aurais dû le dire tout de suite. Ça clarifie tout.

– Je n'ai pas dit que j'apportais foi à ses hypothèses, Scott, simplement qu'il souffrait d'une maladie grave qu'il essayait de camoufler sous une théorie semi-scientifique.

– Pour quoi faire ?

– Pour ne pas affoler ses adeptes. Il avait peut-être décidé de tirer sa révérence avec dignité plutôt que de mourir d'une mort lente et spectaculaire.

– Qu'est-ce qui te fait croire qu'il souffrait d'un mal physique ? demanda Decker. Moi, ça m'évoque une psychose... entendre des voix qui vous enjoignent de faire des choses bizarres...

– Et moi, plutôt le soûlot qui vient d'ingurgiter une bouteille de vodka, le coupa Oliver. Les voix, je connais. Et je trouve qu'elles ressemblent drôlement à celles de mes potes de biture.

– Je parle sérieusement, dit Decker.

– Moi aussi. Si Ganz buvait, je suis prêt à parier qu'il avait des hallucinations auditives.

– D'après ce que m'a dit Vénus, reprit Marge, Jupiter me fait l'effet de quelqu'un de préoccupé. Sa maladie cache quelque chose. J'en mettrais ma main au feu.

– Je suis sûr que tu as raison, dit Decker. Mais je ne peux pas plus privilégier la piste du suicide en me fondant sur tes intuitions que celle de l'homicide en partant de l'expérience d'Oliver.

– Qu'est-ce que vous suggérez ? demanda Oliver. On continue de fouiner chez eux jusqu'à ce qu'on tombe sur un indice qui nous fasse pencher d'un côté ou de l'autre ?

– Tout juste. Et vous pouvez commencer par Nova. Essayez de comprendre ce qui lui est passé par la tête pour signer un certificat de décès. Même s'il est médecin et que ce n'est pas strictement illégal, c'est totalement irrégulier. (Il leva les yeux vers le ciel.) Ne refermons pas tout de suite le dossier Ganz/Jupiter, ne serait-ce que pour garder un œil sur les gosses de la secte. Je ne veux pas que cette mort nous mène à un autre Heaven's Gate ou Jonestown.

– Tout à fait d'accord, dit Marge. Maintenant que Jupiter n'est plus là, qui sait ce qu'ils vont imaginer.

– Entre-temps, il reste quelques questions auxquelles il va falloir trouver une réponse ; et la première est : qui a prévenu la fille de Ganz du décès ? Quand je l'ai posée à Pluton, il a prétendu ne pas savoir. Apparemment, il prend très mal la fuite de l'info ; il a fulminé en disant que la chaîne du commandement était rompue. Ce type-là est à peu près aussi souple que s'il avait avalé une épée.

– Vous non plus, il ne vous plaît pas, dit Oliver.

– Des gens qui ne me plaisent pas, il y en a un paquet, répondit Decker. Ça ne fait pas d'eux des criminels. Enfin... pas tous, se corrigea-t-il après une pause.

Marge sourit.

– Vénus non plus ne sait pas qui a prévenu Europa, dit-elle. Il paraît qu'Europa n'avait pas vu son père depuis plus de quinze ans. Vous n'aviez pas l'intention de l'interroger ? demanda-t-elle à Decker.

– C'est prévu, c'est prévu.

Decker regarda son casse-croûte, qu'il avait posé sur le siège du passager. Tout compte fait, il allait finir par déjeuner dans la voiture.

7

Au téléphone, il n'y eut ni larmes, ni soupirs, ni mièvreries. Europa fut polie, mais professionnelle. Naturellement, pour elle, la disparition de son père remontait à plusieurs années et elle avait dû faire son deuil à ce moment-là. L'appel de Decker l'avait trouvée dans son bureau, qu'elle ne prévoyait pas de quitter avant encore une heure. Bien que ne voyant pas en quoi elle pouvait lui être utile, elle l'invita à venir l'y rejoindre.

– Juste quelques questions, dit Decker. J'ai besoin que vous me confirmiez deux ou trois petites choses.

– Le téléphone fait parfaitement l'affaire.

– J'aime bien voir les gens à qui je parle. J'espère que ça ne vous dérange pas. Je ne serai pas long.

– Et moi, j'aime bien communiquer par e-mail. Mais je n'ai rien contre le contact humain. Venez, je vous attends.

Decker monta dans sa voiture banalisée, demanda pardon à Dieu de ne pas observer le rituel du lavage des mains, puis attaqua son sandwich à la dinde, tranches fines tartinées de mayonnaise et de moutarde de Dijon, comme il aimait. Non, le problème n'était pas de manger un sandwich, mais de le manger seul.

Il appela chez lui sur son téléphone cellulaire.

Rina décrocha au bout de trois sonneries.

– Quelque chose me dit que tu ne rentres pas déjeuner.

– Comment as-tu deviné ?

– Tu parles la bouche pleine. Et tu m'appelles du portable, ce qui veut dire que tu es probablement en train de conduire. Ce qui veut dire que tu es sur le pied de guerre.

– Fais mon métier, tu verras.

– Non seulement tu manges en conduisant, mais tu téléphones. Si un flic te pique, tu es bon.

– Je ferai sauter la contredanse. Je sais où m'adresser.

– Ce n'est pas le PV qui me tracasse. Sois prudent, Peter. La circulation est de plus en plus dangereuse.

– C'est vrai. Mon bébé est rentré ? (Le bébé avait cinq ans.) Ou c'est le jour où elle sort tard ?

– C'est le jour où elle sort tard.

– Donc, on aurait pu avoir un moment tranquille tous les deux ?

– Oui.

– Aïe !

– À toi de voir. Sur quelle affaire es-tu ?

– Le décès Ganz.

– D'après les infos, c'est un suicide.

– Peut-être.

– Peut-être comme dans « probablement », ou peut-être comme dans « peut-être que oui mais peut-être que non » ?

– Peut-être comme dans « il faut que j'explore toutes les pistes avant de pouvoir classer le dossier ».

– Et on a besoin d'un lieutenant pour mener l'enquête ?

– Ganz a été célèbre, autrefois.

– Je vois. Je me trompe ou ça sent la politique ?

– Je ne sais pas. Strapp m'a promis qu'il me ferait remplacer dans la division. C'est mauvais signe, ça veut dire qu'il est sur le siège éjectable. Dis donc, tu fais un sandwich à la dinde d'enfer.

– Merci. Tu es mon meilleur client.

Il rangea la cassette empruntée à la secte dans la boîte à gants.

– Je te rapporte une cassette. On la regardera ensemble.

– Quel genre ?

– Je ne sais pas.

– Ah, ah, dit Rina. Frissons garantis ?

– Ne t'emballe pas. C'est sans doute plus spirituel que physique.

– Je meurs de curiosité.

– Tant mieux. Comme ça tu m'attendras, au cas où je rentrerais tard.

– Avant que j'oublie... Cindy a appelé.

Le cœur de Decker fit un bond dans sa poitrine.

– Il lui est arrivé quelque chose ?

– Mais non ! Elle voulait simplement nous dire qu'elle travaille en rotations de douze heures quatre jours par semaine.

– Mais elle va bien ?

– Très bien. Elle ne m'a jamais paru plus heureuse.

Passionnant, songea Decker.

– Elle aimerait bien aller au stand de tir avec toi, dit Rina. Appelle-la dès que tu auras un moment de libre.

Tirer au colt 45 et au Beretta sur des cibles en carton en visant la tête et le cœur, rien de tel pour nouer des liens entre père et fille.

– Je l'appellerai ce soir, dit Decker. On pourrait y aller la semaine prochaine si ça te convient.

– Pas de problème... et si tu vas dans un club public, tu pourrais emmener Sammy ? ajouta Rina après une seconde d'hésitation.

– Sammy ? Mais enfin, quelle idée ! s'exclama Decker, stupéfait.

– Parce qu'il s'est décidé. Il sait où il veut s'inscrire en Israël l'an prochain. Il a choisi une yeshiva à Alon Shvut. Gush Etzion. C'est derrière la ligne verte et...

– Ho-là, ho-là, qu'est-ce que tu entends par « derrière la ligne verte » ?

– Dans les territoires. Ce qui veut dire qu'ils font des Shmerah... des tours de garde. Ça ne lui ferait pas de mal de s'entraîner au maniement des armes.

– Quoi ? hurla Decker qui se rendit compte tout d'un coup qu'il venait de manquer son embranchement.

Il se rendit compte aussi que son cœur tambourinait toujours dans sa poitrine. Il s'arrêta sur le bord de l'autoroute et coupa le moteur.

– Attends une minute, bordel ! Depuis quand Sammy va-t-il vivre dans les territoires ?

– Il allait t'en parler ce matin, mais tu es parti si vite...

– J'ai été appelé, nuance !

Decker criait, mais il s'en moquait bien.

– Rina, comment as-tu pu donner ton accord sans en parler avec moi ! Comment as-tu pu donner ton accord tout court, d'ailleurs ? Tu es sa mère, pour l'amour du ciel ! Tu te fiches de ce qui peut lui arriver ?

– Peter, j'ai vécu à Gush...

– Et les hommes des cavernes communiquaient par grognements, rétorqua Decker en respirant profondément et luttant contre l'envie de rallumer une cigarette. J'ai fait une énorme concession en autorisant Sammy à partir en Israël. Je l'aime, ce garçon.

– Moi aussi.

– Plutôt mourir que de le mettre en danger ! Il est absolument hors de question qu'il aille dans les territoires occupés ! Point final.

Il y eut un silence sur la ligne.

– Tu es toujours là ? demanda Decker.

– Oui.

– Rina, il faut absolument qu'on fasse bloc, tous les deux.

– Peter, je suis sa mère et je suis cent pour cent d'accord avec toi. Sauf que Sammy n'a pas deux parents, mais trois. Il m'a dit que si Gush avait été assez bien pour son père, ce serait assez bien pour lui. Que veux-tu que je réponde à ça ?

Decker sentit une douleur lancinante lui tenailler le crâne.

Son père. Feu le premier mari de Rina, Yitzak. Decker élevait Sammy depuis sept ans, soit presque deux années de plus que ce que le gosse avait passé avec son géniteur. Et c'était ce fantôme qui avait le droit de se faire appeler son père.

– Tu es toujours là ? demanda Rina.

– Oui, oui, dit Decker en se lissant la moustache. Bon. Au moins, je comprends le problème. Ne va pas t'imaginer que je donne mon accord. Mais je comprends... nous en discuterons.

– J'ai eu tort de t'en parler.

– Pas du tout. Je sais que je suis plus abordable par téléphone que *de visu*. J'essaierai de me conduire avec civilité, mais je ne promets rien.

– Marché conclu.

– Je t'aime, dit Decker.

– Moi aussi.

– Non, je ne dis pas ça en l'air. Je t'aime.

– Et moi non plus je ne dis pas ça en l'air. On en reparlera. Termine ton sandwich tranquillement... et de préférence sans indigestion.

C'était plutôt mal parti ! Decker prit congé et raccrocha. Puis il se cala dans son siège. Comme toujours après ce genre de discussions, il se demanda s'il était un bon père et un bon mari. Ses enfants le pleureraient-ils à sa mort, ou réagiraient-ils comme la fille de Ganz ? D'ailleurs, était-ce important ? Pour lui, la vie n'était pas ancrée dans les souvenirs, mais dans l'ici et maintenant. Et pourtant, la dernière lubie de son fils adoptif était de communiquer avec les disparus. À quoi bon lui dire que c'était voué à l'échec ? Cela ne ferait que le braquer contre lui. Mais c'était préférable, somme toute, à l'envoyer au casse-pipe. La jeunesse n'avait pas conscience du danger. Decker avait été jeune, lui aussi. Il attendit quelques instants, puis il remit le moteur en route. Dès que possible, il s'intercala entre deux voitures dans la circulation fluide.

La Southwest University of Technology s'était implantée à Pasadena, une ville tranquille et collet monté située au nord-est de Los Angeles. Petite en comparaison de la mégalopole voisine, elle avait gardé un caractère suranné ; il était encore possible d'y circuler en voiture, de se garer dans la rue, et même de prendre un pot dans un café qui n'arborait pas le logo d'une chaîne connue. Une fois l'an, le 1er janvier, Pasadena se plaçait sous les feux de la rampe avec sa Fête des roses. Mais dès le 2, elle se fanait comme les fleurs qui avaient garni les chars du défilé.

Le campus abritait un amalgame de bâtisses ordinaires nichées parmi de vieux pins et des chênes majestueux. Les locaux des services administratifs et du club des étudiants avaient emprunté au style traditionnel des universités de la côte Est leurs pignons, murs de brique rouge et encadrements de pierre ; mais dans l'ensemble, l'architecture, héritée du postmodernisme, était du type utilitaire. Il faisait frais, et Decker prit plaisir à marcher. Les étudiants, sac au dos, d'origines ethniques diverses, semblaient rajeunir d'année en année. Comme le temps s'y prêtait, beaucoup d'entre eux révisaient leurs cours, allongés sur les pelouses ou assis devant un crème à la terrasse d'un café, absorbés par la lecture d'un manuel de physique des particules ou de topologie du courbe. L'uniforme était le jean et le T-shirt, et le costume de Decker, qui sentait le flic à cent mètres, n'éveilla aucune curiosité. Ici, on jugeait sur le contenu et non sur l'emballage.

Le Dr Europa Ganz occupait un bureau d'angle de forme triangulaire, au quatrième étage du département d'astrophysique. C'était le bureau typique des universités, chaises métalliques, meubles classeurs et rayonnages sur crémaillères, éclairage au néon, mais la fenêtre, qui donnait sur une cour carrée, découpait dans cette austérité un morceau de ciel bleu acier. Aux murs, deux photos noir et blanc d'une surface planétaire, d'une excellente qualité de grain et de définition. Decker prit le temps d'examiner ces sols stériles d'un blanc crayeux et pommelé.

– La lune ?

– Non, celle-ci, c'est le désert de Mojave la nuit, répondit Ganz. L'autre, oui, c'est la lune. Bonnet blanc et blanc bonnet, n'est-ce pas ?

– Je m'y suis laissé prendre.

– Autrefois, nous n'étions qu'une seule et même matière. La Terre, les planètes, le Soleil, l'univers entier. Les individus jeunes – les bébés, par exemple – se ressemblent tous. Ce n'est qu'ensuite qu'intervient le processus de différenciation. Regardez, moi, par exemple. À quarante ans, j'essaie toujours de me débarrasser du fantôme de mon père.

Decker observa la physicienne en hochant la tête. Cheveux châtain clair coupés court sur la nuque, mèches effilées qui adoucissaient un front large, elle avait un visage carré à la mâchoire volontaire, une peau presque diaphane et des yeux bleus très vifs. Seules ses lèvres pulpeuses et rouges donnaient du moelleux à cet ensemble dur. Elle n'était pas maquillée, mais portait de petites boules d'or aux oreilles. Elle était vêtue sobrement, jean, T-shirt blanc, veste noire aux manches relevées jusqu'aux coudes.

– Asseyez-vous, lui dit-elle en désignant une chaise. J'ai donc l'honneur de parler au lieutenant Decker ?

– Oui.

– Mon père devait être un important personnage.

– Vous seule pouvez en juger, dit-il en souriant.

Elle eut un demi-sourire.

– Bien répondu. J'espère que vous n'avez pas l'intention de fouiller dans mon psychodrame familial. Je n'en ai pas le temps.

– Pourquoi le ferais-je ? demanda-t-il en s'asseyant.

– On croirait entendre un psy.

– En fait, dit-il en sortant son calepin, je suis venu vous demander qui vous a prévenu de la mort de votre père. À l'Ordre de l'Alliance de Dieu, personne ne semble pouvoir répondre à cette question.

– Moi non plus. J'ignore qui m'a appelée, dit Europa en prenant place à son bureau. J'espère que vous ne vous êtes pas traîné jusqu'ici uniquement pour ça.

– Aucune idée ?

– Aucune.

– Homme ? Femme ?

– Femme. Elle devait m'appeler en douce.

– Qu'est-ce qui vous fait dire ça ?

– Elle parlait vite et à voix basse, répondit Europa en se levant. Café ?

– Oui.

– Comment le prenez-vous ?

– Noir.

– Normal ou déca ?

– Plus il sera plombé, meilleur ce sera.

– Vous seriez servi ici, dit-elle en riant. (Elle prit une bouteille d'eau et remplit la cafetière.) Elle m'a aussi demandé de prévenir la police.

– La police ? répéta Decker en griffonnant dans son calepin. Vous avez eu des soupçons ?

– Naturellement.

– Vous avez appelé le commissariat vers sept heures ?

– Peut-être bien. Vous devez le savoir mieux que moi. Vous n'enregistrez pas les appels ?

– C'est votre version que je veux entendre.

Elle marqua une pause et haussa lentement les épaules comme pour se soulager d'un poids.

– Rude journée, dit-elle.

– Je veux bien vous croire. Merci d'avoir accepté de me recevoir, dit-il en se lissant la moustache. Essayez de vous rappeler le plus exactement possible les mots employés par votre interlocutrice.

– Elle a dit à peu près ceci : « Je préfère vous prévenir. Votre père vient de mourir. Je ne sais pas comment c'est arrivé, mais c'est suspect. Appelez la police. »

Europa versa plusieurs cuillerées de café dans le filtre.

– Ensuite, elle a raccroché. Je savais qu'il était inutile de rappeler la secte, qu'ils ne me diraient rien. J'ai donc cherché le numéro du commissariat le plus proche et j'ai signalé un décès suspect. Les infos présentent la chose comme un suicide. C'est votre conclusion ?

– C'est l'une de nos conclusions.

– On ne vous attrape pas comme ça, vous, hein ? Et quelles sont les autres ?

– Il est encore trop tôt pour le dire. D'après les gens que j'ai interrogés à la secte, vous n'avez pas parlé à votre père depuis des années.

– C'est faux. C'est sans doute ce qu'ils espèrent, parce que s'il nie totalement l'existence de ses enfants légitimes, ils se sentent justifiés de se considérer comme ses enfants spirituels.

– Donc, vous l'avez vu récemment ?

– Pas récemment, non. La dernière fois remonte à... quatorze, quinze ans. Mais je l'ai eu au téléphone. Il lui arrivait de m'appeler de temps en temps, en général à l'époque de mon anniversaire. Je suis surprise qu'il s'en soit souvenu. Il ne me souhaitait jamais bon anniversaire, non, mais il me disait qu'il pensait à moi. Il me demandait ce que je devenais et je lui parlais de mes recherches. Si je sollicitais son avis, il me le donnait. Mais il ne le faisait jamais de lui-même. La conversation durait une vingtaine de minutes. Ensuite, plus rien, jusqu'à l'année suivante.

– À votre avis, pourquoi vous appelait-il ?

– Qui sait ? Peut-être que je lui manquais ? dit-elle en haussant les épaules. Ou plus probablement, la science lui manquait. La véritable science. Pas ces cochonneries pseudo-scientifiques qu'il rabâchait depuis quinze ans.

– Est-ce une critique ?

– Oui, mais quelle importance ?

– Êtes-vous jamais allée dans les locaux de la secte ?

– Il y a des lustres.

– Et... ?

– Et alors rien. J'y suis allée, j'en suis revenue. Jupiter n'était pas le père dont je me souvenais. Très déconcertante, cette visite. Il faut dire qu'à l'époque j'étais furieuse contre lui. Quand votre père vous plaque à un moment crucial de votre vie... et disparaît pendant dix ans... eh bien, vous ne l'accueillez pas subitement à bras ouverts.

– Avez-vous été frappée par quelqu'un en particulier ?

– Non... enfin il y avait bien ce type, ce Pluton. Un petit bonhomme odieux. Il m'a détestée d'emblée, simplement parce que j'étais la fille de Jupiter.

– Il est toujours là.

– Ça ne m'étonne pas. Mon père aime bien les gens qu'il peut manipuler.

Decker marqua un temps d'arrêt, une fraction de seconde.

– Il manipulait Pluton ?

– Pluton, et tout le monde. Il aime que ses sous-fifres lui obéissent au doigt et à l'œil.

– Votre père jouissait d'un certain renom, dit Decker. Je suis sûr qu'à l'université il avait des subalternes.

– Oui, mais il avait aussi des collègues. Et parfois, la concurrence est difficile à supporter.

– C'était ainsi que votre père voyait les choses ?

– Je joue un peu aux devinettes, mais, oui, je suppose qu'il n'aimait pas la controverse. Et c'est une des raisons pour lesquelles il a tout laissé tomber. À mesure que ses idées s'écartaient de la pensée dominante, il a été l'objet de critiques acerbes. Je suis prête à parier qu'il l'a mal encaissé. Mais tout cela est totalement hors de propos. J'ignore qui est cette femme qui m'a prévenue, et pourquoi elle l'a fait. Mais je lui en sais gré. Heureusement que la police a été appelée.

– À part votre père, un autre membre de la secte vous a-t-il jamais contactée auparavant ?

– Non.

– Donc, cette femme, c'était la première fois que vous entendiez sa voix ?

– Vous voulez savoir si je l'ai reconnue ?

– C'est le cas ?

– Non. Ce n'était pas Vénus, si c'est ce que vous insinuez.

– Je n'insinue rien. Comment savez-vous que ce n'était pas Vénus ?

Europa prit deux tasses sur l'étagère.

– Parce que je connais sa voix. Voyez-vous, Vénus, née Jilliam Laham, était ma meilleure amie d'enfance.

8

Les pieds sur son bureau, Europa buvait son café chaud à petites gorgées.

– Il y a bien longtemps, comme toutes les petites filles du monde, j'avais des amies. Jilliam était l'une d'elles. Nous avions été réunies par notre solitude : un père absent, une mère narcissique, mais la situation de Vénus était encore plus critique que la mienne. Au moins, entre mon père et moi, le dialogue pouvait-il s'établir de temps en temps parce que j'avais des dispositions scientifiques. Jilliam et son père, eux, n'avaient rien en commun. C'était un avocat très puissant qui détestait les enfants mais adorait avoir des adolescentes dans son lit. Avec le recul, je pense que la relation de Jilliam avec mon père était une conséquence directe du comportement de son propre père.

Elle marqua une pause.

– Sa mère et la mienne avaient également des points communs. La mienne se préoccupait essentiellement de sa personne, mais la sienne était tout aussi égocentrique. Elle était même égoïste. Nous avions onze ans lorsque nous nous sommes liées d'amitié. Elle m'avait fait pitié. Elle avait l'air totalement abandonnée. (Elle leva les yeux au ciel.) Quelle naïveté !

– À quelle époque a commencé sa relation avec votre père ? demanda Decker en posant sa tasse.

– Difficile à dire. Mon père a disparu quand j'avais quinze ans. Quand il s'est réincarné en Jupiter, quelque dix ans plus tard, j'ai compris qu'il fallait absolument que je le voie. Jilliam m'a accompagnée pour me soutenir moralement. Ces retrouvailles, ç'a été infernal.

– Comment ça ?

– J'étais en quête d'un père, dit-elle le regard lourd. Je ne l'ai pas trouvé. Je me suis sentie trahie, mais pas surprise.

– Comment avez-vous établi la relation entre Jupiter et votre père ?

Europa regarda Decker bien en face.

– Je l'ai apprise par un coup de téléphone.

Un silence s'abattit sur la pièce, rompu seulement par le tic-tac de l'horloge et les bruits extérieurs.

– On ne peut pas dire qu'il était méchant. Simplement, il était comme il était. Et Jilliam le prenait comme il était. Elle buvait ses paroles. Je ne crois pas qu'elle comprenait un traître mot de ses élucubrations pseudo-scientifiques, mais elle était très attirée par la force de sa personnalité. Ensuite, j'ai compris que ce ravissement était réciproque. Il la regardait comme s'il allait la dévorer toute crue. J'avais beau le nier, tout au fond de moi je savais déjà qu'il allait se passer quelque chose entre eux.

– Croyez-vous qu'ils aient eu une relation avant cette réunion ?

– Vous voulez dire avant la disparition de mon père ? Ça m'étonnerait, dit Europa avec une grimace. Elle n'avait que quinze ans.

– Votre père était-il un grand séducteur ?

Elle le regarda fixement.

– Qu'est-ce qui vous prend de vous intéresser aux penchants sexuels de mon père ?

– Son décès fait l'objet d'une enquête, répondit-il en tapotant son calepin du bout de son crayon. Je me demandais s'il avait pu se mettre quelqu'un à dos, un mari furieux, un amant jaloux.

Europa éclata d'un rire si soudain que Decker en fut décontenancé.

– Lieutenant, dit-elle, la question serait plutôt de savoir s'il existe une seule personne au monde qu'il ne se soit pas mise à dos ! Avant sa disparition, il a dû faire sauter tous les ponts derrière lui. Souvent, mes frères et moi, nous imaginions qu'il se cachait parce qu'il avait fait quelque chose d'encore plus abominable que de briser des carrières – ce qui, soit dit en passant, était son passe-temps favori.

– Votre père brisait les carrières ? demanda Decker en tournant rapidement une page de son calepin.

Europa ouvrit la bouche, puis se ravisa et plongea ses yeux bleus au fond des siens.

– Vous avez réussi à m'embobiner pour que je vous raconte la sordide saga familiale. Je ne sais pas quel rapport ça peut avoir avec la mort de mon père mais, non, lieutenant, je ne crois vraiment pas qu'il ait pu commettre un meurtre. À l'époque, mes frères et moi nous laissions libre cours à notre imagination d'enfants, nous avions besoin de lui fournir un alibi exotique qui puisse excuser son comportement inexplicable et catastrophique pour nous.

Decker ne lâcha pas prise.

– En quoi votre père brisait-il les carrières ? Il sabotait les expériences ? Il s'appropriait les recherches de ses collègues ?

– Non, rien d'illégal, répondit-elle en regardant par la fenêtre. Sinon, il n'aurait pas inspiré une telle crainte. Il ne s'écartait pas des sentiers battus. (Elle croisa les bras en serrant les épaules.) Pour comprendre le pouvoir dont il jouissait, il faut connaître le monde universitaire.

– Dont, à ce que j'ai entendu dire, la fiabilité morale se situe quelque part entre la politique et le cinéma d'Hollywood.

– C'est tout à fait ça, dit-elle avec un sourire vaincu. À l'université, l'important est de savoir miser sur le bon cheval. Et mon père était la personne à compter parmi ses relations. Son *imprimatur*, c'était le prestige assuré. Il faisait partie des conseils d'administration de plusieurs organismes et revues scientifiques. Un mot favorable de sa part suffisait à donner le coup de pouce qui lance une carrière. Carrière qui, *a contrario*, pouvait se faire renvoyer dix ans en arrière par une pique bien placée. Pendant ces années d'influence, mon père a distribué beaucoup plus de critiques que de louanges. Il a su tuer dans l'œuf plus d'une carrière prometteuse en glissant un commentaire sarcastique au bon moment. Soutenir un mémoire devant Emil Euler Ganz était une épreuve comparable à la mise au pilori. Quelques-uns des anciens collègues de mon père m'ont éclairée sur la nature profonde de son sadisme : il prenait un véritable plaisir à détruire une vie de travail.

– Parmi toutes les personnes que votre père a... blessées..., dit Decker en choisissant ses mots.

– Cassées.

– Y a-t-il un nom qui vous viendrait à l'esprit ?

– Non. Pour cela, il faudrait vous adresser à mes collègues plus âgés.

– Je n'y manquerai pas.

– Préparez-vous à pénétrer dans les lignes ennemies, le prévint-elle avec un sourire. Remarquez, ce n'est peut-être plus vrai maintenant qu'il est mort : je suis sûre qu'ils ont eu leur revanche en assistant à sa chute. Depuis que Emil Euler Ganz était devenu un objet de dérision professionnelle, ses anciennes critiques sur les travaux de ses confrères perdaient toute valeur.

Elle semblait amère.

– Lorsque vous-même êtes entrée dans son domaine, vous n'avez pas souffert de sa réputation sulfureuse ? demanda Decker.

– Je suis sûre que certains ont cherché à me faire payer son comportement, répondit-elle après avoir réfléchi quelques instants. Enfant, j'avais été abandonnée par lui. En tant que chercheur, je traînais un boulet qui s'appelait le « père Jupiter ». En réalité, même avant l'époque des loufoqueries de Jupiter, mon père avait perdu son lustre scientifique.

– Pour quelle raison ?

– Il avait commencé à énoncer des théories bizarroïdes bien avant son fameux *trip*. Mais je dois dire que les rares fois où je l'ai eu au téléphone, je lui ai trouvé l'esprit scientifique toujours aussi aiguisé. De toute manière, nos conversations restaient en terrain neutre, nous ne parlions jamais de ses postulats... (elle se leva et alla remplir sa tasse de café) qui ne sont plus aussi fêlés aujourd'hui qu'à l'époque.

– Et ces théories fêlées, c'était quoi ?

Elle regagna son bureau.

– C'est une longue histoire, et c'est compliqué.

– J'ai le temps, si vous avez la patience.

– Jusqu'où vont vos connaissances en physique ?

– Je connais Newton et les trois lois du mouvement.

– C'est un début.

– En fait, j'ai rencontré quelqu'un, à la secte, qui m'a mis au courant.

– Qui ?

– Un certain Bob.

– Ah..., fit Europa, ses souvenirs s'éveillant. Un grand mince... Je crois qu'il s'est laissé pousser la barbe.

– Le bouc, corrigea Decker en tentant de cacher sa surprise. Il a un nom de famille ?

– Qui change avec le vent. À l'époque où je l'ai connu, il s'appelait Robert Ross.

Decker nota.

– Où l'avez-vous connu ?

– Ici, à l'université. Nous suivions les mêmes cours... nous sommes même sortis ensemble pendant quelques mois. C'était un admirateur inconditionnel d'Emil Ganz le savant. Une fois mon père disparu, j'étais son seul lien avec le grand homme. Mais quand Ganz est reparu sous les traits de Jupiter, Bob a préféré s'adresser à Dieu qu'à ses saints. Je me souviens que son esprit fonctionnait comme une mécanique bien huilée. Je parierais qu'aujourd'hui il n'a plus que du yaourt dans la tête.

– Il m'a fait l'effet de quelqu'un de très intelligent. Mais je ne me permettrais pas d'en juger.

– Possible, dit-elle en haussant les épaules.

Decker lui jeta un bref regard. Elle n'était pas aussi détachée de la secte qu'il l'avait cru. Elle avait gardé un contact téléphonique avec son père, elle était sortie avec un des adeptes et avait eu pour meilleure amie la maîtresse de son père. Et elle n'avait pas oublié Pluton, même si elle ne gardait pas de lui un souvenir ému. Et encore, cela n'était-il que ce qu'elle avouait. Qui sait ce qu'elle lui cachait ?

– Expliquez-moi les théories loufoques de votre père, insista-t-il.

Elle poussa un profond soupir.

– Papa avait toute une théorie sur la téléportation et les machines à voyager dans le temps ; son but était d'explorer les univers parallèles. Une combinaison de H. G. Wells et de *La Guerre des étoiles.* Mais je m'écarte du sujet, votre enquête.

– Rien n'est moins sûr, répondit-il. Il a pu mettre fin à ses jours parce qu'il était convaincu que c'était la meilleure manière de se transporter vers un monde meilleur.

– Admettons. Je ne vois toujours pas en quoi cela intéresse la police.

– Nous voulons faire en sorte que personne n'ait envie d'imiter son exemple. Je ne veux pas d'un deuxième Heaven's Gate, surtout pas dans mon district.

– Et comment pouvez-vous le garantir ?

– Avec les adultes, impossible. Mais les enfants, c'est une autre histoire.

– Je vois. Donc, dit-elle en levant l'index, vous considérez sa mort comme un suicide.

– C'est une hypothèse parmi d'autres, dit-il sans s'émouvoir. Surtout qu'il avait des ennemis.

– Ça, c'est indéniable.

– Pour en revenir aux théories de votre père... Reposaient-elles sur une base scientifique ?

– Naturellement. Avant sa disparition, il travaillait sur les cavités superluminiques – ce sont des phénomènes qui peuvent expliquer scientifiquement le déplacement instantané dans l'espace, le voyage en remontant le temps et le voyage à vitesse supérieure à la lumière.

– Bon, bon, dit Decker en haussant un sourcil.

– Vous ne lisez guère de science-fiction, lieutenant ?

– J'ai bien aimé le passage où Han Solo fait son numéro de vitesse déformée sur le Millenium Falcon. Qu'est-ce qui voyage plus vite que la lumière ? ajouta-t-il en se penchant en avant.

– Des particules subatomiques appelées tachyons, et non encore découvertes.

– Non découvertes ?

– Elles sont là. Simplement, nous ne les avons pas encore trouvées. Et aussi des photons provenant de la même onde électromagnétique. Les particules subatomiques appelées kaons voyagent en remontant le temps. Elles nous permettent de voir le résultat avant l'événement.

– Je suis largué. On m'a toujours appris que rien ne voyage plus vite que la lumière. Et vous êtes en train de me dire que c'est faux ?

– Vous voulez dire, sans doute, que rien ne voyage plus vite que la radiation électromagnétique. La lumière visible n'est qu'une petite partie du spectre. Il y a les ondes ultraviolettes, les micro-ondes, les ondes radio, les infrarouges... ça ne vous dit rien ?

– Non.

– Bon. Je vais essayer de vous résumer la physique du vingtième siècle en deux paragraphes.

– Je note.

– Arrêtez-moi si je vous perds, dit-elle en terminant sa tasse de café. Pendant des années, la physique a été fondée sur la théorie newtonienne des trois lois du mouvement. La seconde loi concerne l'orbite des corps célestes. Le fait que certaines de ces orbites n'obéissent pas aux lois de Newton ne dérangeait personne. Comme échappatoire, on n'a rien trouvé de mieux que d'appliquer un coefficient arbitraire pour faire coller les mathématiques avec la physique.

– Ça se fait ?

– Ce n'est pas l'idéal, dit-elle avec un petit rire. Autant enfoncer de force une cheville carrée dans un trou rond. Mais, en physique, c'est une pratique courante avec les théories qui fonctionnent à peu près jusqu'à ce que quelqu'un en trouve une qui fonctionne mieux. Les théories de Newton s'appliquaient à la grande majorité des cas, alors pourquoi ergoter sur les rares exceptions ? On voyait bien que quelque chose clochait, mais personne ne savait réparer la panne.

– Je connais.

– Je m'en doute. Ensuite, est arrivé Einstein, qui nous a propulsés dans le monde moderne. Ses théories sur la courbure de l'espace expliquaient les failles des lois planétaires de Newton. Mais surtout, il est connu des profanes pour sa remarquable théorie de la relativité, qui a chamboulé notre conception du temps, la faisant passer de quelque chose d'absolu et de constant à quelque chose de relatif et qui dépend de la position de l'observateur.

– Ce qui veut dire ?

Elle s'interrompit, prit une profonde inspiration et exhala. Elle semblait avoir l'habitude de parler un langage incompréhensible pour ses interlocuteurs.

– Les mots ne rendent pas justice à sa théorie. La démonstration mathématique est sublime, mais ne vous sera pas d'un grand secours. Interrompez-moi si je vais trop vite.

– Comptez-y. Poursuivez.

– Bon. Voici l'explication standard de la théorie d'Einstein. Représentez-vous un train qui quitte un quai. Pour la personne qui reste à quai, lui est immobile et le train bouge, d'accord ?

– D'accord.

– Pour le voyageur qui est dans le train, pourtant, c'est lui qui est immobile et le quai qui bouge.

– Mais nous savons que le train se déplace.

– Parce qu'on vous a appris que les trains voyagent et pas les quais.

– Mais enfin, le train se déplace ! Il va d'un endroit à un autre. Le quai, lui, reste où il est.

– Dans l'espace, lieutenant, vous n'avez aucun moyen de savoir ce qui est en mouvement et ce qui ne l'est pas. Vous pouvez toujours vous dire que c'est vous qui bougez et l'autre qui est immobile.

– Mais enfin ! On est en mouvement ou on ne l'est pas ! s'exclama-t-il.

– Désolée, mais le mouvement est relatif. De même que le temps, la distance et la masse. Et cette relativité croît avec la vitesse. À vitesse faible, la relativité ne joue pas beaucoup. Supposons que vous voyagiez à quatre-vingt-dix kilomètres à l'heure sur l'autoroute et que je sois arrêtée sur le bord de la route avec une crevaison parce que je n'ai pas pris le temps de faire rechaper ma roue de secours. Si vous passez à côté de moi à une heure de l'après-midi, quelle heure indiquera mon horloge de voiture ?

– Rien du tout, parce que votre moteur est arrêté.

Elle éclata de rire, découvrant ses dents. Beau sourire, quand elle s'en donnait la peine.

– Ce n'était pas une colle.

– Une heure, dit Decker avec un sourire juvénile.

– Génial.

– Merci.

Decker remarqua que parler physique la décontractait. Tant mieux. Les gens décontractés se laissaient plus aisément aller aux confidences.

– Mais à mesure que votre vitesse approche celle de la lumière, poursuivit-elle, tout change. Par exemple, disons que vous vous trouvez dans un vaisseau spatial qui se déplace à quatre-vingt-dix pour cent de la vitesse de la lumière. À l'intérieur du vaisseau, tout vous paraît normal. Les horloges sont à l'heure, le vaisseau n'a pas changé de dimensions et vos vêtements sont toujours à votre taille. Vous me suivez ?

– Oui.

– Mais vue d'un autre vaisseau spatial, votre fusée paraîtra plus petite dans un rapport de un à deux et votre horloge tournera deux fois moins vite. Quant à votre poids, il sera multiplié par deux.

– Donc, une vitesse proche de la vitesse de la lumière déforme. Ça, je peux le comprendre.

– Avec cette notion, nous nous situons au cœur de la théorie de la relativité. Pour votre œil, tout est normal à l'intérieur de votre vaisseau. C'est l'autre qui est déformé. Son horloge retarde, sa fusée est plus petite et sa masse deux fois plus élevée. Mais pour son œil à lui, c'est vous qui êtes déformé.

– Qui a raison, alors ?

– Vous avez raison tous les deux.

– C'est le jugement de Salomon appliqué à la physique.

– Tout est question de perspective, dit-elle en souriant.

– Pour en revenir à votre père, vous dites qu'il fondait sa conception de la téléportation sur la théorie d'Einstein. Autrement dit, il pensait pouvoir se transporter dans l'espace parce que tout est relatif ?

– La physique d'Einstein n'était pas le facteur primordial des théories de mon père.

– Donc, il y a autre chose. Allez-y, je suis prêt, dit-il, crayon levé.

– Einstein a déclenché une révolution, mais n'a pas fait autorité en cosmologie. Ce rôle revient à la physique quantique.

– Allons bon. Voilà que je vais me sentir le dernier des idiots.

– Je vais faire simple, dit-elle. La lumière ou les radiations électromagnétiques peuvent s'envisager sous deux aspects fondamentalement différents. Newton a défini la lumière comme une onde continue avec des ondulations, des creux et des crêtes, d'accord, jusque-là ?

– Je vous suis.

– La théorie quantique, elle, dit que la lumière n'est pas une onde, mais des agglomérats discrets de particules appelées photons. Deux théories contradictoires, donc : la lumière en tant qu'onde et la lumière en tant que particules.

– Si je puis oser une question, laquelle de ces deux théories est la bonne ?

– Elles le sont toutes les deux. La lumière se comporte parfois comme une onde, parfois comme des paquets de photons. Si vous avez trouvé que la relativité échouait à éclaircir les choses, je n'ose même pas vous parler du principe d'incertitude d'Heisenberg qui dit que, si le comportement de ces photons est prévisible à long terme, il ne l'est pas à court terme. À un instant *t*, il est impossible de savoir quel est l'état d'énergie d'un photon donné. Vous me suivez toujours ?

– Non. Je peux vous demander quel est le rapport entre les photons et la téléportation ?

– Quand vous avez une idée dans la tête, lieutenant...

– Je ferais un mauvais physicien, mais côté flic, je me défends.

– Pour répondre à votre question, les photons sont un des liens impliqués dans le déplacement instantané. Avant que mon père ne laisse tomber la recherche, il était un des rares scientifiques à essayer de prouver que les photons qui composent une même émission de lumière sont unis par ce lien instantané. Ce qui arrivait à l'un d'eux arrivait aussi aux autres et ce, indépendamment de la distance qui les séparait. Uniquement parce qu'ils faisaient partie de la même émission de lumière.

– La communication immédiate.

– Instantanée, le corrigea-t-elle. Bon. Puisque, à la vitesse de la lumière, la masse peut se convertir en énergie – $E = MC^2$ –, les atomes, comme ceux qui composent votre corps par exemple, peuvent se convertir en énergie électromagnétique ou en lumière sous forme de photons. Et puisqu'il existe un lien éternel et instantané entre les photons d'une même émission lumineuse, vous pouvez transporter vos atomes – qui sont sous forme de photons – instantanément d'un point de l'espace à un autre en utilisant ce lien. Ce qui est pour la science une cause perdue : si les choses peuvent se déplacer plus vite que la lumière, elles ne peuvent pas transporter d'information significative, comme des atomes organisés, par exemple. Et pourtant, c'est ce que mon père a passé sa vie à essayer de prouver. Il s'est heurté à des murs, mais il ne s'est jamais laissé arrêter. Ce qu'il n'a pu réussir en tant qu'Emil Euler Ganz, il a essayé de le prouver en se tournant vers la métaphysique, en tant que Jupiter.

Elle fronça les sourcils.

– Mais vous savez comme les choses peuvent tourner à la catastrophe quand on passe de la théorie à la réalisation pratique. Parfois, il arrive que les physiciens entrevoient sur-le-champ les applications – comme ce fut le cas pour la bombe atomique. Nous connaissions la formule mathématique bien avant de posséder les moyens technologiques de sa mise en œuvre. Mais la plupart du temps, nous nous vautrons dans nos erreurs. Comme un bébé aux couches sales qui pleure et qui gigote jusqu'à ce qu'on vienne s'occuper de lui.

9

– Je peux tout à fait concevoir le truc sur le temps qui ralentit, dit Oliver. Vous êtes déjà allé à l'opéra ?

Decker rit, mais Marge réagit :

– Moi, j'aime bien l'opéra.

– Tu es une femme, c'est normal, dit-il en mordant dans un pâté impérial. Vous êtes sûr que vous n'en voulez pas, Deck ? Il n'y a pas de viande.

– Non merci, dit Decker qui rajouta du sucre dans son thé. Bon, vous ne devez pas bientôt rencontrer le type du certificat de décès... Comment s'appelle-t-il, déjà ? Omni ?

– Nova, dit Marge. C'est un podologue.

– Le certificat de décès de Ganz a été signé par un podologue ? s'exclama Decker avec une grimace de stupeur.

– Peut-être que Jupiter ne savait pas sur quel pied danser, dit Oliver.

– Normal, il en avait déjà un dans la tombe et il savait qu'il allait partir les pieds devant, dit Marge. Euh, pour ton information, Scott..., il y a beaucoup d'hommes qui aiment l'opéra.

– Pas des hétéros.

– N'importe quoi !

Oliver réfléchit.

– Je te l'accorde. Il y a sans doute quelques Anglais décadents qui apprécient. Mais je te mets au défi de me trouver un seul hétéro qui aime le ballet.

Decker fit une autre tentative.

– À quelle heure voyez-vous Nova le podologue ?

– Six heures et demie, dit Oliver.

– Soit dans une demi-heure, dit Decker après avoir consulté sa montre.

Oliver pointa un doigt sur l'assiette de Marge.

– Attaque ton poulet aux noix de cajou, sinon on ne sera jamais à l'heure.

– Je l'emporterai. La soupe m'a coupé l'appétit.

– Encore un truc de gays, ça, la soupe, dit Oliver. Un hétéro ne serait jamais rassasié par une soupe. Il n'en mangerait même pas. C'est un truc de gonzesse.

– Tu as toujours été aussi bouché ou c'est moi qui le remarque seulement maintenant ?

Oliver leva les yeux au ciel, puis s'adressa à Decker.

– Donc, ce Ganz était une andouille. Ça m'étonne pas. Tous ces gourous sont des mégalos.

Il s'attaqua à ce qu'il restait de son poulet mongolien.

– Parce que regardez à quoi il passait sa vie : machines à voyager dans le temps, univers parallèles... translation instantanée dans l'espace. Il jouait à Dieu, quoi. C'est de la bonne SF, mais pour un type de sa carrure... il déjantait sec. (Il se tourna vers Marge.) Tu sais, ses idées foldingues combinées aux maux de tête dont t'a parlé Vénus... il avait peut-être une tumeur au cerveau.

– Quand Europa l'avait au téléphone, intervint Decker, il raisonnait tout à fait sainement, m'a-t-elle dit.

– Vous a-t-elle dit, souligna Oliver.

– J'ai trouvé intéressant d'apprendre que Ganz s'était fait des ennemis.

– Ça n'a rien à voir, Deck. Sauf si l'un d'eux a réussi à se faufiler à l'intérieur de la secte pour lui verser du cyanure dans sa vodka.

– On ne sait jamais quand le passé peut revenir vous hanter. De plus, Ganz n'avait pas totalement rompu avec sa vie antérieure. Il avait gardé le contact avec sa fille, et sa moitié n'était autre que l'amie d'enfance d'Europa...

– Quoi ?! l'interrompit Marge. Vous ne m'avez pas dit qu'Europa avait la quarantaine ?

– En effet.

– Mais, Vénus... je lui donne la trentaine, pas plus.

– Eh bien, elle ne fait pas son âge, dit Decker. D'après Europa, elle a toujours été jolie, même enfant.

Il les mit au courant de l'enfance de Jilliam.

– Ganz a donc joué le rôle du père qu'elle n'a jamais eu. J'ai déjà entendu ça quelque part.

– Et elle, c'était un beau petit cul bien frais, dit Oliver. Eh, oui, c'est toujours la même histoire. Mais bon. Pourquoi cette fascination pour le passé, Deck ? Vous avez dégoté un ancien associé de Ganz qui aurait pu lui en vouloir à mort ?

Decker reconnut qu'il n'avait rien de ce côté-là.

– Ce Bob, celui qui est sorti avec Europa, il paraît qu'il était obsédé par la personnalité du savant.

– Mais il n'a fait sa connaissance qu'une fois Ganz réapparu sous le nom de Jupiter, non ?

– Exact, reconnut Decker.

– Donc, il ne peut pas faire partie de ses anciens ennemis. Il était trop jeune pour être un de ses collègues.

Decker lui concéda ce point.

– Il a fait ses études en même temps qu'Europa, précisa-t-il.

– Écoutez, patron. Même en admettant que toutes les anciennes connaissances de Ganz le haïssent de toutes leurs tripes, je ne vois pas le rapport avec sa mort. Il y a vingt-cinq ans que Ganz n'est plus Ganz.

– S'il a été assassiné, dit Marge, c'est forcément par un adepte dont la présence dans la secte ne pouvait éveiller de soupçons, vous ne croyez pas ?

– C'est probable.

Oliver s'essuya la bouche.

– Ça vous plaît bien, cette théorie d'un meurtrier surgi du passé, hein ? dit-il à Decker.

– J'essaie seulement de monter un scénario qui se tienne, répondit celui-ci. Comme ça, si jamais il ne s'agit pas d'un suicide, j'aurai d'autres pistes à explorer.

– Commencez donc par Pluton, dit Oliver. Je suis prêt à lui décerner la palme du connard du mois.

– Et moi, Europa me plaît bien, dit Decker. Elle a prévenu la police du décès de son père et elle connaît les personnages clés de la secte.

– Y compris Pluton ? l'interrompit Oliver.

– Elle prétend l'avoir simplement rencontré, et pas spécialement apprécié.

– Un bon point pour elle. Mais pourquoi s'en prendrait-elle à son père maintenant ?

– Il a manqué à tous ses devoirs, dit Marge.

– Oui, mais ça, ce n'est pas nouveau, dit Oliver. Je persiste : pourquoi maintenant ? Vous la croyez capable d'avoir nourri une haine meurtrière pendant vingt-cinq ans ?

– J'aime bien les mobiles simples, dit Decker. L'argent, par exemple.

– Dans une vie antérieure, Ganz a été professeur d'université, dit Oliver. Qu'est-ce qu'on amasse comme pactole, quand on est prof ?

– Un grand prix scientifique peut représenter un beau magot, dit Marge. C'est combien le prix Nobel, de nos jours ?

– Il n'a jamais eu le prix Nobel, maugréa Oliver.

– Il existe tout un tas d'autres organismes qui récompensent les génies pour le simple fait qu'ils sont des génies, répondit Marge.

– Ganz a pu travailler pour la NASA ou pour une agence gouvernementale quelconque, dit Decker. Ou encore bosser au noir comme consultant dans le privé – dans l'aviation ou l'aéronautique –, ou même faire partie d'un groupe de réflexion. Le problème, c'est que nous n'avons aucune idée du montant de son patrimoine. Nous ne savons même pas au nom de qui sont les actifs de la secte.

– Les bâtiments ?

– Les bâtiments, le terrain, les liquidités. Y a-t-il des comptes en banque au nom de la secte ? Vu que le décès est suspect, on devrait peut-être se renseigner.

Un silence s'installa, que Marge rompit.

– Fouiller dans les finances de Ganz... vous croyez que c'est faire bon usage de notre temps, Peter ?

Le sous-entendu était clair. Decker poussa un soupir.

– Il est sans doute plus logique d'attendre le résultat des analyses. Je dois faire une fixation. (Il avala quelques gorgées de thé en faisant sa minute d'autocritique.) Tu es très prise demain, Marge ? Tu pourrais y consacrer deux ou trois heures ?

– Pas de problème.

– Bon. Limite-toi à l'essentiel. Comptes en banque, comptes titres, polices d'assurance... (Il s'interrompit.) Ça va prendre plus que deux ou trois heures. Margie, tu t'occupes des comptes. Et toi Scott, tu appelles le cadastre, tu me trouves qui est le propriétaire du terrain et tu vas mettre ton nez dans les contrats d'assurance.

– Pete, les assurances ne marchent pas en cas de suicide, lui rappela Marge.

– Si c'est une mort accidentelle, elles paieront. Et s'il a pris une assurance décès, il doit y avoir un beau petit capital qui attend au chaud, en plus des indemnités.

– Vous voulez que j'appelle les compagnies d'assurance comme ça, de but en blanc ? demanda Oliver, dubitatif. C'est un peu... casse-gueule.

Il avait raison. Decker dut concéder un point de plus à son équipe.

– Bon. Une autre idée : Ganz était prof à plein temps à la Southwest University of Technology. Le personnel enseignant bénéficie en général de toutes sortes de bonus – assurance maladie, assurance auto, assurance vie. Commence par là pour les assurances. Si tu débouches dans une impasse, laisse tomber ; on refera le point plus tard.

– C'est comme si c'était fait, dit Oliver.

Puis, en s'adressant à Marge :

– Tu prends le dernier pâté impérial ?

– Je te le laisse. Si Ganz avait de l'argent planqué, dit-elle à l'intention de Decker, vous ne croyez pas que ça rend Vénus plus suspecte qu'Europa ?

– Elle n'était pas mariée à Ganz. Les enfants sont prioritaires pour l'héritage.

– Sauf s'il avait pris des dispositions contraires par testament.

– Jupiter n'était pas vraiment du genre à faire un testament, dit Oliver.

– Je n'en suis pas si sûr, dit Decker. Pour un type versé dans le spirituel, je trouve qu'il avait bien les pieds sur terre : une jolie petite amie beaucoup plus jeune que lui, des serviteurs aux petits soins pour lui, des adorateurs. Et une bouteille de vodka vide sous son lit. À ma connaissance, il n'avait rien d'un capucin.

– Et... vous en avez connu beaucoup, des capucins, Pete ? demanda Marge avec un petit sourire.

– Euh, bon, vous voulez un dessert ? demanda Oliver. Vous avez déjà essayé les litchis séchés, patron ?

– Je passe, dit Decker en terminant son thé. J'ai déjà loupé le petit déjeuner et le déjeuner en famille, je ne veux pas pousser le bouchon trop loin en sautant le dîner.

Chaque fois qu'il s'engageait dans son allée, Decker se sentait pris de nostalgie. Parce que chaque jour qui passait le rapprochait de la fin : il faudrait dire adieu au terrain, aux chevaux, aux pâtures, aux vergers, à la liberté de sa vie insouciante de divorcé.

Enfin... « insouciante » n'était pas vraiment le mot.

En vérité, il avait été malheureux pendant cette période de transition. Il avait souffert de la solitude, il avait été mal dans sa peau. À qui espérait-il donc faire croire que, depuis plus de sept ans, il jouait au cowboy de la pub Marlboro ? Son seul point commun avec lui était son habitude de sucer de la nicotine.

Il coupa le moteur et descendit de voiture. La porte de la maison s'ouvrit et une petite silhouette frêle, frimousse encadrée de boucles rousses, accourut vers lui bras ouverts.

– Papaaaa !

– Hannaaaah !

Il se pencha, la prit dans ses bras, minuscule paquet secoué de rires. Il poussa la porte du bout du pied et jeta son attaché-case sur un fauteuil en cuir, puis il lança Hannah sur le canapé, où elle s'abattit en poussant des cris de joie. Quelques secondes plus tard, Rina sortait de la cuisine en essuyant un plat. Elle portait un pull bordeaux sur une jupe en jean. Elle avait retenu dans une barrette ses lourds cheveux noirs, qu'elle venait de raccourcir aux épaules. Ce style allait bien à son beau visage ; mais elle laissait rarement ses cheveux dénoués, ses croyances religieuses l'obligeant à les cacher d'un foulard ou d'un chapeau, ou au minimum à les natter ou les relever en chignon.

– Tiens, te voilà ! dit-elle en jetant un coup d'œil à la pendule du salon. Et à une heure raisonnable.

Hannah se mit à sauter sur le canapé. Decker la reprit dans ses bras, la fit sauter en l'air et la posa par terre.

– Ça sent rudement bon.

– Poulet à l'ail.

– J'ai le temps de prendre une douche rapide ?

– Moi, je n'y vois aucun inconvénient, dit Rina en regardant Hannah qui tirait sur la manche de son père.

– On joue, papa ? cria la petite.

– Dans une minute, chérie.

– Hannah, laisse papa enlever sa veste.

– Tu peux l'enlever dans ma chambre !

Hannah dormait dans une sorte d'alcôve car, en construisant la maison, Decker n'avait prévu que deux chambres. Mauvais calcul, mais après son divorce il ne s'était jamais imaginé qu'il aurait à loger quelqu'un d'autre que Cindy, sa fille aînée.

Hannah avait attrapé son père par la main.

– Allez, papa, viens !

– Arrête, Hannah, dit Rina.

Bien que déçue, la petite ne dit rien et Rina regretta aussitôt de l'avoir grondée.

– Bon, allez-y ; papa et moi nous discuterons plus tard.

– Chic ! s'écria Hannah, tout sourires à nouveau. On y va ?

– Une minute, trésor, dit Decker en réprimant un mouvement d'impatience. Et les garçons, ça va ?

– Ils devraient rentrer d'une minute à l'autre.

– Tu as besoin de moi ?

– Non. Va jouer avec Hannah. On aura toute la soirée pour se rattraper.

Elle lui jeta un regard pénétrant.

– Ta journée est finie, n'est-ce pas ?

Il fit la grimace.

– Scott et Margie passent tout à l'heure, vers huit heures. Mais pour une heure ou deux.

Rina garda le silence. Elle connaissait la chanson.

– Non, non, je t'assure, la rassura Decker. Ce sera vite plié. C'est toujours cette affaire Ganz. Apparemment, rien de compliqué... pour l'instant.

Là aussi, elle connaissait la chanson.

– Pas de problème, Peter. C'est l'heure où je couche Hannah.

De nouveau, Decker accusa le coup.

– Je n'ai pas dit que c'était moi qui la mettais au lit ce soir ?

– Tu le feras demain.

– J'ai promis la même chose hier, c'est ça ?

– Allez, papa, viens ! On va jouer aux marionnettes !

– Vas-y, Peter. Je t'appellerai quand le dîner sera servi.

– Tu peux t'asseoir par terre pendant que je prépare le spectacle, dit Hannah.

– D'abord, tu veux bien que je me change ?

– Mais oui, bien sûr, cria-t-elle, toute générosité.

– Je pourrais peut-être lire le journal pendant que tu prépares ?

Hannah se rembrunit.

– Tu exagères, dit Rina.

– Quel idiot je fais, dit Decker. Je voulais dire après le dîner.

Hannah retrouva sa bonne humeur.

– Bien sûr que tu pourras lire le journal après le dîner, papa. Quand on aura fini de jouer à faire des gribouillis.

– Elle a tout organisé, dit Decker.

– Oui, dit Rina avec un sourire triste. Elle a de la chance. Elle ne sait pas encore combien il est futile de faire des projets.

Pluton conduisit les deux inspecteurs jusqu'à une sorte de petite sacristie contiguë au sanctuaire principal, où il y avait juste la place pour une table sur tréteaux et quatre chaises. Les murs étaient couverts de rayonnages. Marge déchiffra quelques titres en s'asseyant ; tous avaient trait à la métaphysique. Rien de surprenant. Nova, le podologue, hésita, puis choisit la chaise en face d'elle. Aussitôt, Oliver s'assit à côté de lui de façon à ce que l'homme se sente encadré.

Courtaud et dégarni, Nova devait avoir trente-cinq ans. Il portait le costume du serviteur privilégié, tunique bleue et chasuble violette, à cette différence près qu'un caducée était brodé sur sa chasuble. Deux yeux noirs grands comme des soucoupes creusaient son visage rond et pratiquement glabre. Ses cheveux, sans doute châtain foncé autrefois, mais maintenant clairsemés et grisonnants, avaient pris une teinte cendrée. Ses doigts boudinés, aux ongles courts, tremblaient tant il était nerveux. Et il avait des raisons de l'être, songea Marge. En signant un certificat de décès, il avait largement outrepassé ses droits.

Pluton resta à l'entrée, bras croisés sur la poitrine, bien campé sur ses pieds pour montrer qu'il n'avait pas l'intention de vider les lieux. Marge le regarda.

– Merci, monsieur, dit-elle, vous pouvez disposer.

– Je préfère rester, répondit-il.

– C'est ce que je vois. J'essaie de rester polie.

Pluton ne bougea pas d'un pouce.

– Si notre présence ici vous pose problème, monsieur, dit Oliver en haussant les épaules, nous pouvons emmener Nova au commissariat.

– Sous quel prétexte ? cracha Pluton.

– Frère Pluton, dit Nova, un trémolo dans la voix, j'apprécie votre loyauté. Mais s'ils veulent me parler en privé, je n'y vois pas d'objection.

Pluton plissa les paupières. Nova s'empressa d'ajouter :

– Frère Pluton, vous savez combien je respecte votre sagesse. Si j'ai besoin de votre aide, je vous ferai appeler aussitôt.

– Facilitez-nous la tâche, dit Marge. À nous tous.

Pluton foudroya les deux policiers du regard.

– Nous avons tous des tâches à accomplir, dit-il. Soyez brefs.

Puis, sans un mot de plus, il tourna les talons.

Oliver se leva et alla jeter un coup d'œil par l'ouverture. Pluton était allé se planter deux mètres plus loin, et Oliver lui fit signe de s'éloigner. Rouge de colère, le petit homme se décida enfin à quitter le temple.

Oliver revint à sa place.

– Il me semble que frère Pluton n'accorde pas sa confiance facilement.

– Il veut me protéger, dit Nova.

– À mon avis, ça va plus loin que ça, dit Oliver en tendant le magnétophone à Marge. Je crois plutôt qu'il veut surveiller ce que vous dites.

– Je sais ce que j'ai à dire, rétorqua Nova, piqué au vif.

Marge procéda aux identifications d'usage sur la bande, puis posa l'appareil devant Nova.

– Donc, vous assumez l'entière responsabilité de vos actes ?

– Naturellement ! s'indigna Nova. Nous sommes tous des adultes.

– Dans ce cas, dites-moi pourquoi vous avez signé le certificat de décès de Jupiter alors que vous n'êtes que podologue.

– Écoutez... j'ai reçu une formation médicale. J'étais le mieux qualifié pour prendre cette décision.

– Si vous étiez sur une île déserte, je dirais d'accord, pas de problème, dit Marge. Mais ici, à Los Angeles, il y a plus qualifié que vous pour signer un certificat de décès. Puisque vous avez suivi une formation paramédicale, vous devez savoir que les morts suspectes donnent lieu à des enquêtes.

– Je ne pouvais pas savoir que le décès était suspect...

– En effet, l'interrompit Marge. C'est pourquoi vous auriez dû appeler la police et la laisser se charger de tout.

– Je m'insurge contre la tournure que prend cet interrogatoire !

– Insurgez-vous, mais répondez-moi. Pourquoi n'avez-vous pas appelé la police ?

– Je n'ai pas jugé utile...

– Monsieur, dit Marge. En tant que podologue, combien d'autopsies avez-vous pratiquées ?

– Nous ne mettons pas vos compétences en question, dit Oliver. Nous nous demandons simplement pourquoi vous avez pris ce risque.

– Avez-vous subi des pressions pour camoufler l'affaire ? demanda Marge.

– Certainement pas !

– Alors, pourquoi l'avez-vous fait ?

– Mais parce que le père Jupiter était mort ! (Nova était cramoisi et des gouttelettes de sueur coulaient de son front.) Il fallait faire clairement comprendre aux adeptes que leur gourou ne reviendrait pas à la vie terrestre. Je me suis senti investi de cette mission.

– Quand l'avez-vous examiné ? demanda Oliver.

– Quand ?

– À quelle heure ? précisa Marge.

Nova prit une inspiration, souffla et s'épongea le visage avec un mouchoir en papier.

– Vers cinq heures du matin. Peut-être un peu plus tard.

– Et vous avez fait un examen approfondi ?

– Naturellement.

– Vous lui avez pris le pouls ?

– Votre remarque est très désobligeante...

– Vérifié le cœur ?

– Je refuse de me faire insulter de la sorte ! s'écria Nova en bondissant sur ses pieds.

– Sur un certificat de décès en bonne et due forme doit figurer l'heure du décès, dit Marge. Quelle heure avez-vous indiqué ?

– Je... je ne me souviens pas de l'heure exacte, à la minute près. Comme je vous l'ai dit, j'ai été appelé un peu après cinq heures.

– Mais ce n'était pas l'heure du décès, dit Marge.

– Comment ça ?

– Je veux dire que Jupiter n'est pas mort à cinq heures du matin, insista-t-elle en le foudroyant du regard. Si ? Il est mort à cinq heures ?

Oliver s'interposa pour calmer Marge. Puis, se tournant vers Nova, il ajouta :

– Je sais que nous pouvons vous donner l'impression de douter de vos qualifications...

– Ça ! s'écria Nova en fixant un œil accusateur sur Marge. Je faisais mon devoir... envers l'Ordre et envers ma profession.

– Vous voulez dire que vous lui soigniez ses cors aux pieds ? demanda Marge.

– Inspecteur ! lança Oliver en la remettant à sa place pour de bon cette fois. Monsieur, dit-il en s'adressant à Nova, rasseyez-vous donc.

Nova regagna sa chaise à contrecœur en évitant de regarder Marge, qui se leva en disant :

– Je vais aux toilettes. Je trouverai mon chemin toute seule.

Dès qu'elle fut sortie, Nova s'épongea le front avec un mouchoir de soie bleue.

– Elle fait du tort à vos services !

– Elle fait surtout du bon travail, lui renvoya Oliver d'un ton neutre.

– Elle a un caractère épouvantable, dit Nova en l'imitant : « Vous voulez dire que vous lui soigniez ses cors aux pieds ? » Elle n'a pas la moindre idée de ce que fait un podologue. Nous avons reçu une formation extrêmement poussée.

– Je n'en doute pas, dit Oliver. Mais ce qui nous dérange, c'est que vous n'ayez pas appelé la police tout de suite.

– Qu'est-ce que ça change ? dit Nova. La police a été appelée, il me semble.

– C'est vous qui vous en êtes chargé ?

– Non, non..., dit Nova en se tortillant sur sa chaise.

– Savez-vous qui l'a fait ?

– À ce qu'on m'a dit, ce serait la fille de Ganz... Europa.

– Vous avez une idée de qui l'a prévenue ?

– Aucune.

Mais il avait répondu en gigotant. Oliver décida d'attendre un peu avant de le cuisiner.

– Qui vous a fait venir dans la chambre de Jupiter ?

– Frère Pluton. Il m'a demandé de tenter d'évaluer les causes du décès... pour avoir quelque chose à dire aux adeptes. J'ai dû déterminer un motif en une fraction de seconde. N'oubliez pas que j'étais moi-même hébété. Complètement sous le choc ! Le père Jupiter n'était pas de santé fragile, mais il avait soixante-dix ans passés. Une crise cardiaque n'était pas à exclure. Je savais que si c'était autre chose, ça se saurait par la suite.

– Qu'entendez-vous par « autre chose » ? demanda Oliver en se grattant le nez.

Nova répondit en bégayant.

– Eh bien, si la mort n'était pas due à un arrêt cardiaque.

– La bouteille vide sous le lit n'a pas éveillé votre curiosité ?

De nouveau, Nova hésita.

– L'alcool peut provoquer une crise cardiaque, particulièrement chez un sujet âgé.

– Le père Jupiter buvait-il ?

– Un verre de vin de messe de temps en temps.

– Mais pas une bouteille entière de vodka.

– Bien sûr que non... du moins, pas que je sache.

– Autrement dit, ce n'est pas impossible, mais vous ne le saviez pas ?

Le podologue s'énerva.

– Que je sache, le père Jupiter n'a jamais fait preuve d'intempérance. D'ailleurs, vous n'avez aucun moyen de savoir combien d'alcool il a ingéré. Qui vous dit qu'il n'a pas mis plus d'un an pour boire cette bouteille ?

– Le rapport d'anatomo-pathologie nous indiquera ce qu'il avait dans le sang, dit Oliver.

– Dans ce cas, je pense que vos questions peuvent attendre jusque-là.

– Nous aimons bien les poser tout de suite. Quand les souvenirs sont plus frais.

– Je n'ai rien à ajouter. J'ai signé un certificat de décès parce qu'il était décédé.

– Comment avez-vous mis la main sur le formulaire ? lui demanda Oliver en le regardant droit dans les yeux. Seul le coroner est habilité à en posséder. Comment se fait-il même qu'il y en ait ici ?

– Aucune idée. Mais c'est un fait.

Oliver remarqua que Nova évitait son regard et parlait, les yeux fixés derrière lui.

– Peut-être n'aurais-je pas dû mentionner une cause naturelle. Mais s'il ne s'agit pas d'une mort naturelle, on pourra tout au plus m'accuser d'avoir commis une erreur honnête.

– Par opposition à une erreur malhonnête ? demanda Marge qui venait de rentrer.

Une expression amère sur le visage, Nova ne répondit pas.

– Au fait, reprit Marge. Sur le certificat, vous avez indiqué cinq heures trente-deux. Vous avez bien été appelé à cinq heures ? Qu'avez-vous fait pendant une demi-heure ?

– Un examen exhaustif prend du temps ! s'exclama Nova d'un air triomphant.

Puis, en s'adressant à Oliver :

– Avez-vous d'autres questions à me poser ? Parce que moi, j'ai d'autres obligations.

– Sauriez-vous nous dire qui a prévenu Europa de la mort de Jupiter ?

– Votre collègue a déjà abordé cette question avec moi.

– Répondez-moi, je vous prie.

– Non, je n'en ai aucune idée.

Mais Marge avait remarqué qu'il avait rougi.

10

Tout était dans le choix du moment. Decker se demandait encore s'il était sage d'aborder un sujet brûlant à table lorsque Sammy lui coupa l'herbe sous le pied.

– Eema t'a parlé de ma décision, pour Israël ?

– Oui, dit Decker, dont la fourchette s'arrêta en l'air.

– Qu'est-ce que tu en penses ?

Il n'y allait pas par quatre chemins ! Decker finit de porter sa fourchette à sa bouche et mâcha lentement, les coudes sur la table en merisier. Cette table, il l'avait faite lui-même quand il était célibataire, et terminée juste avant de rencontrer Rina qui savait la faire briller. Toutes ses créations en ébénisterie n'avaient pas droit au même traitement de faveur. Mais elle aimait particulièrement celle-ci, car c'était autour d'elle que se réunissait la famille. Du regard, Decker en fit le tour : sa fille, puis ses fils adoptifs. Âgé de bientôt seize ans, Jacob s'apprêtait à passer son permis de conduire et avait la ferme intention de s'en servir pour s'amuser. Le gamin croisa son regard et lui sourit de ses yeux bleus pétillants qu'il avait hérités de sa mère. Decker réussit à lui rendre son sourire.

Puis il y avait Sam, maussade, sérieux. À dix-sept ans, il venait d'atteindre un mètre quatre-vingts, tout en graine. Mais Decker avait remarqué que sa musculature commençait à se former. Yeux foncés et épaisse chevelure cendrée, il était beau et intelligent. Presque adulte. Presque.

Decker posa sa fourchette et s'essuya la bouche. Il pesa ses mots.

– La discussion est ouverte ou le sujet est clos ?

– J'aimerais avoir ton avis.

– Tu sais ce que Sarah a fait aujourd'hui, papa ? interrompit Hannah.

– Que tu me croies ou pas, ton opinion m'intéresse, poursuivit Sammy.

– Elle a mangé tout mon sandwich, elle est bête, hein ? dit Hannah en haussant le ton.

– Oui, oui, Hannah, grommela Sammy. Alors, papa, qu'en penses-tu ?

– Elle est bête, hein, papa ?

– Je m'inquiète à l'idée de te savoir dans les territoires occupés, dit Decker.

– Elle est bête, hein, papa ? hurla Hannah.

– Silence, Hannah, dit Sammy.

Hannah fit une moue de dépit.

– Oui, oui, elle est très bête, lui dit Decker. Sam, le moment n'est peut-être pas très bien choisi...

– Pourquoi faut-il qu'elle passe toujours avant moi ? protesta Sammy. Je te parle de quelque chose d'important. Tu ne crois pas qu'elle peut apprendre à ne pas interrompre les conversations ?

– Elle ne passe pas avant toi, dit Decker en prenant la main d'Hannah. Elle n'a que cinq ans.

– Parfait ! Laisse tomber. Je t'enverrai une carte postale de Gush.

– Shmuel... risqua Rina.

– J'ai dit de laisser tomber !

– Ne parle pas sur ce ton à ta mère, dit Decker. Surtout qu'elle est de ton côté.

– Je ne suis du côté de personne, dit Rina.

Jacob se leva de table.

– Hé, Hannah, tu veux venir faire des dessins sur l'ordinateur ?

Les yeux pleins de larmes, la petite regarda son frère, puis quêta l'assentiment de sa mère.

– Quelques minutes seulement, Hannah. Ton frère n'a pas fini de manger.

Jacob lui tendit la main.

– Allez, p'tit bout. Tu veux dessiner la fille à la moustache ?

Hannah gloussa et bondit de sa chaise, qu'elle renversa.

– Merci, Yonkeleh, dit Rina en la ramassant.

– C'est ça, marmonna Sammy. Jake, le fils prodigue.

– Il a fait ça pour t'aider, Shmuel, lui rappela Rina.

– Je sais, je sais... Je suis un peu nerveux, dit-il à Decker. J'ai peur que tu dises non sans m'écouter. Et même, si tu m'écoutes – ce qui m'étonnerait – tu vas dire non.

Decker tenta de cacher son découragement.

– Donc, si je te comprends bien, tu connais mes réponses avant même que j'aie ouvert la bouche ?

– Je te connais, c'est tout.

– Alors, à quoi bon discuter ?

– Je veux savoir ce que tu en penses.

– Pour ce que vaut mon opinion...

– Je n'ai pas dit ça, le coupa Sammy.

– Bon, bon, calme-toi.

– Je suis calme, dit Sammy sèchement. C'est toi qui t'énerves.

Laisse retomber la vapeur, Deck, tu n'arriveras à rien. Respire un grand coup. Il avala un verre d'eau.

– Sam, sache que l'idée de te savoir en Israël ne m'excite déjà pas du tout. Mais te savoir dans une yeshiva derrière la ligne verte... ça m'inquiète carrément. Mon souci pour ta sécurité n'a rien que de très légitime.

– Papa, j'ai parlé à des milliers de gens qui en reviennent. Ils disent tous que c'est très sûr. Beaucoup plus que Jérusalem. En Israël, tu sais, le plus gros danger, ce sont les chauffards. Ils sont bien plus dangereux que le terrorisme. Et Gush est en pleine campagne, dans un endroit très tranquille...

– Quand il n'y a pas de tireurs d'élite embusqués sur les toits.

– Papa, les villages arabes sont dans la vallée. Gush est sur une colline.

– Donc, tu vas rester dans ce territoire confiné pendant une année entière, sans jamais sortir d'Israël ?

– Bien sûr que non, dit Sam en triturant sa nourriture du bout de sa fourchette. On est à vingt minutes de Jérusalem par la nouvelle *kfeesh* qui contourne...

– La nouvelle « kfeesh » ? Qu'est-ce que c'est que ça ?

– Une route, dit Rina. Il y a trois ans, ils ont construit la route qui passe par des tunnels et qui contourne la ville arab...

– Des tunnels ? répéta Decker.

– Oui. Ils ont percé deux tunnels sous la montagne.

– Mais pourquoi des tunnels ?

– Ça doit être plus simple de creuser que de passer par-dessus. La route évite la traversée de Bethléem.

– C'est la principale zone dangereuse, papa, dit Sammy.

– Sam, toute la région n'est qu'une énorme zone dangereuse.

Decker ne pensait plus qu'à une chose : combien il était facile de faire sauter un tunnel.

– Gush est au milieu des territoires arabes...

– Gush n'est au milieu de rien du tout. Gush se suffit à elle-même. Elle est là depuis... depuis combien de temps, Eema ?

– Environ trente ans, dit Rina.

– Papa, ce n'est pas le campement de tentes et de sacs de couchage qu'on décrit dans les journaux. Il y a des marchés, des écoles, des maisons.

– Et combien de Juifs pour combien d'Arabes ?

– Papa...

– Sammy, mon but n'est pas de discuter politique. Je parle de personnes. Ils sont beaucoup, beaucoup plus nombreux que nous. Et chaque fois qu'un président a des problèmes chez lui, il se cherche un pays étranger à dominer. Ce qui l'amène généralement à proposer un plan de paix au Moyen-Orient. Et chaque fois que l'Amérique commence à vouloir cracher un plan de paix, il y a quelqu'un, là-bas, que ça prend à rebrousse-poil. Et moi, je n'ai pas du tout envie de planter mon fils, que j'aime, au milieu de cette poudrière.

– Ce n'est pas si dangereux que ça ! insista Sammy.

– Pourquoi ? Parce que trois ou quatre de tes copains, des adolescents qui se croient immortels, te l'ont dit ? Écoute, je veux bien admettre que je suis un Américain stupide qui croit les journaux quand ils décrivent cette zone comme « chaude ». Peut-être que les Arabes nous aiment sincèrement et veulent la paix, peut-être que si tu te retrouves coincé sur la route à trois heures du matin ils ne demanderont qu'à t'aider...

– Ce n'est pas moins dangereux d'être en panne à trois heures du matin ici, cria Sammy.

– À cette différence près que tu as un portable et que tu peux m'appeler. Qui appelleras-tu quand tu seras là-bas, Sammy ?

Sammy reposa sa fourchette et s'effondra sur sa chaise. Pendant une minute, personne ne dit mot.

– Abba y est allé, dit enfin Sammy.

Nouveau silence, que rompit Decker.

– Je sais. Tu crois qu'il voudrait te voir mettre ta vie en danger ?

– Mais il n'y a aucun risque ! Tu exagères tout, comme d'habitude.

Decker allait répondre lorsqu'il se ravisa et repoussa son assiette.

– Très bien, Sammy. Tu m'as demandé ce que j'en pensais. Je t'ai répondu. Si c'était moi, tu irais directement à la yeshiva.

– Je t'ai expliqué que mon année en Israël me donnera des équivalences.

– Je reste en dehors de ça, dit Decker en se mordant la lèvre. Cette décision t'appartient.

– Parfait. J'irai à Gush.
– Je peux te demander une chose ?
– Quoi ?
– En admettant que Gush soit hors de question, où irais-tu ?
– Kerem b'Yavneh, dit Rina. Shalavim.
– Et... c'est mauvais ? lui demanda Decker.
– Mauvais ?
– Oui, c'est situé dans des territoires dangereux ?
– C'est à l'intérieur de la ligne verte.
– Ce sont de bonnes universités ?
– Excellentes.
– Aussi bonnes que Gush ?
– Absolument.

Decker se tourna vers Sammy. La conclusion s'imposait d'elle-même. L'adolescent leva les mains en l'air.

– Si tu m'interdis d'aller à Gush, je pourrais aller à Shalavim.

– Ce n'est pas là qu'est inscrit David ? demanda Rina.

– Je ne suis pas obligé de faire tout ce qu'il fait, Eema. Nous ne sommes pas frères siamois.

– Je disais simplement...

– Écoute, dit Sammy brusquement. C'est toi qui décides, puisque c'est toi qui paies. Bon, ajouta-t-il en se levant. Je vais relayer Yonkie. Que le bon fils puisse finir son repas.

Et il quitta la pièce dans un silence prégnant. Enfin Decker dit à voix basse :

– Où a-t-il été chercher ses histoires de bon fils et de mauvais fils ?

– Il doit se sentir ingrat envers toi et envers Yitzak, répondit Rina, toujours à voix basse. Il voudrait que tu prennes la décision à sa place.

– Pas question. (Decker mordilla un bouquet de brocoli.) J'ai dit ce que j'avais à dire. Maintenant, à lui de jouer... ou à toi. Tu n'as pas de préférences ?

– Je ne tiens pas du tout à ce qu'il aille dans les territoires occupés.

– Alors, pourquoi n'as-tu rien dit ?

– Je trouve que ce n'est pas la peine de se mettre à deux pour l'accabler.

– Ça n'aurait pas quelque chose à voir avec le souvenir de ton mari, par hasard ?

– Mais enfin, Peter, dit Rina, interloquée, mon mari, c'est toi. Ton opinion compte plus que tout. Je croyais cette querelle enterrée.

– Excuse-moi, dit Decker en se frottant le front.

Elle se pencha pour lui déposer un baiser sur le sommet du crâne.

– La journée a été longue, hein ?

– Oui.

– Et il y a encore Marge et Scott qui doivent venir. Tu travailles trop.

– Sans doute.

– Tu veux qu'on aille faire un tour dans la Porsche quand tout sera bouclé ? Les garçons peuvent s'occuper d'Hannah.

– À la condition que tu me promettes de ne pas la traiter de voiture de nazi.

– Promis, dit Rina avec un sourire.

– Tu veux qu'on aille où ? À la nouvelle maison ? demanda-t-il, maussade.

– J'ai présenté des échantillons de tapisserie murale dans la cuisine.

– C'est ça que tu appelles se détendre ? Choisir un papier pour la cuisine ?

– Si tu es sage – et là, je sais que c'est beaucoup demander – je te montrerai le nouveau matelas.

Decker partit d'un rire contenu.

– Là, au moins, j'entrevois quelque ouverture.

– Ah, tu vois.

– Tu as de bonnes idées quand tu veux.

– C'est un don, lui dit-elle en lui tapotant la main.

Decker établit son quartier général dans la salle de séjour, puisqu'il y avait une télé. Marge prit place sur le canapé et Oliver dans un fauteuil, tandis que Rina gardait une distance respectueuse mais curieuse.

Decker glissa dans le lecteur la cassette empruntée.

L'image de Jupiter emplit l'écran. Il ne faisait pas ses soixante-dix ans, mais Decker se dit que la cassette devait dater un peu. L'image était légèrement neigeuse, comme sur les films anciens.

Tout le monde regarda en silence. Cela dura cinq minutes, dix...

Ganz avait des cheveux épais, d'un blanc argenté, une peau marquée de quelques rides mais ferme, d'un ton rouge orangé luisant sans doute à cause d'un mauvais rendu des couleurs. Ses yeux, d'une couleur indéterminée – tour à tour bleus, verts, gris ou noirs – lançaient des éclairs. Il avait beau parler en regardant la caméra, il était difficile à comprendre, et les inflexions de sa voix ne correspondaient pas à sa rhétorique.

À dire vrai, au bout d'un quart d'heure Decker était toujours incapable de démêler le fil du discours du gourou. Il était question de charité et de devoir, d'amour et d'honneur. Ganz utilisait un langage fleuri et ésotérique, et dégageait une personnalité forte et magnétique.

– Ce type est possédé par un esprit, c'est clair, dit-il.

– Quelqu'un comprend ce qu'il raconte ? demanda Oliver.

– Aucune importance, dit Marge. Je suis sûre que lui-même ne sait pas ce qu'il dit. Mais il est convaincant.

– Alléluia ! s'écria Oliver. Il naît un emmerdeur toutes les minutes.

– Il y en a encore pour longtemps ? demanda Marge à Decker.

– Je ne sais pas.

– Ce type, quand il est parti, on ne peut plus l'arrêter, dit Oliver.

– La cassette est peut-être un montage, suggéra Decker.

– Je ne crois pas, dit Rina. Elle me fait l'effet d'être d'un seul tenant. (Elle sourit.) C'est sans doute parce qu'il se tient devant un pupitre. Ça suffit pour transformer un sourd-muet en moulin à paroles, comme par magie.

– C'est vrai, dit Marge. À l'église, j'avais toujours l'impression que le pasteur ne fermerait jamais son clapet.

– Ah bon ? dit Rina en souriant. Je croyais qu'il n'y avait que les rabbins à l'occasion du Yom Kippour. C'est excitant de parler devant un lieu de culte bondé.

– On voit bien que vous n'avez jamais entendu un prêche de renouveau baptiste, leur dit Decker. Ça ne dure pas des heures, mais des jours entiers.

Rina regardait l'écran le front plissé, en se concentrant sur les mots déformés par la mauvaise qualité de la bande.

– Attendez, ça me dit quelque chose, dit-elle, en répétant une phrase : « Oui, ce que j'ai décidé arrivera, ce que j'ai résolu s'accomplira. » Tu peux repasser ça, Peter ?

– Pas de problème.

Decker arrêta la bande, revint en arrière puis la réenclencha. Rina était tout ouïe.

Le grand Jupiter parlait d'une voix de stentor, sa face rubiconde emplissant l'écran. « Je les briserai dans mon pays... voilà la résolution prise contre toute la terre... toute la terre, mes frères et mes sœurs. Qui s'y opposera ? Ma main est étendue. Qui la détournera ? »

– Peter, tu peux mettre sur « pause » une seconde ?

– Tout de suite.

Rina alla prendre un volume dans sa bibliothèque juive.

– J'ai l'impression que c'est extrait de l'un des prophètes. Ça m'évoquerait assez le style d'Isaïe. (Elle tourna les pages à toute vitesse.) Quelle mémoire ! Tout juste. (Elle lut le passage en silence.) Il paraphrase un peu.

– De quelle résolution parle-t-il ? demanda Marge.

– Lui, je ne sais pas, dit Rina en haussant les épaules. Mais Isaïe, lui, parlait des Babyloniens. Hashem... enfin, Dieu... allait les punir d'avoir détruit la terre d'Israël.

– Jusqu'ici, Jupiter n'a détruit que lui-même, fit remarquer Marge.

– À moins que quelqu'un n'ait décidé de le prendre de court, de le détruire avant, dit Oliver.

– Décidément, la thèse de l'homicide te tient à cœur, Scott, dit Decker.

– Elle me plaît bien, oui.

– « Je les briserai dans mon pays... » répéta Decker en appuyant sur « stop ». Ça peut donner lieu à toutes sortes d'interprétations, dit-il. Pour l'Ordre de l'Alliance de Dieu, nous sommes « les violateurs ». Peut-être considère-t-il que nous avons violé son territoire, c'est-à-dire la terre, comme les Babyloniens l'ont fait à Israël.

– Vous croyez que Jupiter préparait une action de grande envergure ? demanda Marge.

– Moi, il me fait plutôt l'effet de pérorer, dit Rina. Et même de plagier. Car enfin, il déclame un texte écrit sans même citer ses sources. Je parie que la plupart de ses oraisons sont empruntées à l'un ou à l'autre.

– Cet Isaïe ne me fait pas l'effet d'être un rigolo, dit Oliver, le sourcil froncé.

– Tous les prophètes étaient austères, répondit Rina. Ça va peut-être de pair avec les visions. Or il me semble que Jupiter en avait, et qu'elles n'étaient pas particulièrement divines.

– Sans vouloir te contredire, Rina, dit Decker, si tu lis les prophètes... le texte intégral... tu ne les trouves pas un peu bizarres ?

– C'est sans doute pour ça que personne ne les écoutait. C'est une tâche ingrate que de dispenser des paroles de malheur et de destruction. De dire aux gens ce qu'ils n'ont pas envie d'entendre. Mais la grosse différence, c'est qu'eux étaient originaux alors que Jupiter les plagie. (Elle consulta sa montre.) Bon, il faut que j'aille coucher Hannah.

– On en a assez vu, non ? dit Decker en éjectant la cassette.

– Malgré son âge, Jupiter était bel homme, dit Rina.

– Son visage dégageait une impression de force, renchérit Marge.

– Vous dites ça parce que vous savez qu'il était puissant, dit Decker.

– Non ; il a un certain charisme.

– Quoi ?! demanda Oliver avec dédain.

– Sa manière de fixer l'objectif, dit Rina. Comme s'il vous regardait droit dans les yeux, comme si vous seul comptiez. Il y aurait beaucoup à dire là-dessus, ajouta-t-elle en souriant.

– Ce n'est pas l'impression que je te donne quand je te parle ? lui demanda Decker.

– Bien sûr que si, voyons..., répliqua Rina. Tu as un charisme fou, Peter.

– J'ai cru déceler un certain sarcasme..., lui dit-il en lorgnant de son côté.

– C'était un compliment, patron, dit Marge en lui donnant un petit coup de coude. Dites merci.

– Merci.

– Comment se fait-il que nous autres femmes soyons les seules à savoir ces choses ? dit Rina, souriante.

– Il vaudrait mieux se poser la question de savoir pourquoi les femmes aiment l'opéra et la soupe.

– Pardon ? s'étonna Rina.

– Il fait allusion à une conversation que nous avons eue tout à l'heure, lui dit Marge.

– Alors comme ça, tu trouves que Ganz a du charisme ? demanda Decker à sa femme.

– Oui. Et il faut croire que je ne suis pas la seule. Combien de membres y a-t-il à la secte ?

– Deux cent trente-cinq, à ce qu'on m'a dit, répondit Decker. Mais en comptant les bébés...

– Ce qui fait combien d'enfants en tout ?

– Beaucoup trop, dit Decker.

Marge attendit que Rina ait quitté la pièce, puis elle dit :

– Nova a rougi quand je lui ai demandé s'il savait qui avait prévenu Europa.

– Je lui ai posé la même question pendant que tu étais aux toilettes, dit Oliver. Devant moi aussi, il a nié. Mais il ment mal, ce qui est plutôt bon signe. Ça veut dire qu'il n'est pas totalement dingue.

– Qu'est-ce qui te fait croire qu'il est dingue ?

– Pour adhérer à cette secte, il faut l'être.

Decker réfléchit à ce qu'Oliver venait de dire et se demanda jusqu'où on pouvait parler de secte. Les ultrareligieux entraient-ils dans cette catégorie ? Il se posait la question à propos de sa propre foi chaque fois qu'il mettait les pieds dans une yeshiva. Au bout de huit ans, le judaïsme orthodoxe lui était toujours aussi étranger. Étranger, mais pas intrusif. Car enfin, la yeshiva qu'il connaissait – sous la houlette du Rabbin Schulman – n'était pas une secte. Les gens y étaient libres d'aller et venir à leur guise. Il n'y avait qu'à voir l'exemple de Rina : après y avoir vécu quatre ans, deux avec son mari et deux seule, elle l'avait quittée avec la bénédiction du rabbin.

Il consulta sa montre : près de neuf heures. Ils venaient de passer une demi-heure à regarder cette cassette, c'est-à-dire à perdre leur temps. Encore une journée d'enquête, c'était tout ce que méritait cette affaire. De quoi s'occuper avant d'avoir les résultats des analyses.

Il prit la cafetière thermo-isolée que Rina avait laissée sur une table d'appoint.

– Je ressers quelqu'un ?

– À ras bord, dit Marge en lui tendant sa tasse.

– Scott ?

– Je passe. Au fait, Marge... tu as joué sur du velours. (Il se tourna vers Decker.) Vous auriez dû voir ça. Elle a réussi à le mettre en boule, mais sans le braquer au point qu'il refuse de parler.

– Bon boulot, dit Decker.

– Tout ça en une seule journée, dit Marge. Je vous ferai remarquer que nous sommes désormais certains que Nova n'est pas étranger au coup de fil.

– D'après Europa, ce serait une voix féminine qui l'a appelée, dit Decker.

– Donc, il s'est fait aider, conclut Oliver. Tout est logique : Pluton fait pression sur Nova pour lui faire signer le certificat et indiquer une cause de décès. Nova est peut-être fidèle à la secte, mais il n'est pas idiot. Il sait qu'il n'est pas médecin, donc pas qualifié. Résultat, il s'arrange pour se couvrir en faisant signaler le décès à la police.

– Sauf qu'on appelle Europa et pas la police, fit remarquer Decker.

– Peu importe, dit Oliver. Je constate simplement que Nova a été assez malin pour refiler le bébé. Il n'a pas voulu endosser l'entière responsabilité du diagnostic du décès. (Il gloussa.) Ces noms sont absolument incroyables... Nova, Jupiter, Vénus... on dirait des gosses qui jouent aux extraterrestres. Pourquoi ne pas mettre du papier alu sur une boîte et dire que c'est un vaisseau spatial, pendant qu'on y est ?

– À ce détail près que Jupiter est mort, dit Decker.

Marge chassa une mèche de cheveux de ses yeux.

– Vous, Pete, vous avez une idée derrière la tête. Vous pensez que si Europa avait voulu liquider son père, elle aurait eu besoin d'infiltrer la secte. Et que le coup de fil pourrait bien provenir de cette complice lui indiquant que le boulot était fait ?

– Tu as tout compris.

– Si Europa a buté son père, quel intérêt aurait-elle à téléphoner à la police ? C'était le plus sûr moyen d'être mêlée à cette mort.

– Il fallait bien que quelqu'un prévienne la police, dit Decker. S'ils avaient attendu encore davantage, ç'aurait été encore plus suspect et ça nous aurait obligés à mettre tous nos moyens à la disposition de l'enquête. De plus, si c'est Europa qui passe le coup de fil, la police n'a pas d'enregistrement de la voix de la complice. Autrement dit, retour case départ : nous ne savons pas qui l'a aidée. (Il réfléchit.) D'ailleurs, nous n'avons aucun moyen de savoir qui l'a appelée. Nous ne savons même pas si c'est un homme ou une femme. Nous nous appuyons sur sa parole.

– Vous avez quelque chose contre elle, Deck ? demanda Oliver.

– Absolument pas. Je prévois un scénario « au cas où ».

– Pourquoi ?

– Pour plusieurs raisons. Ganz était connu et les circonstances de sa mort sont loin d'être limpides. On va examiner son décès à la loupe, et je veux m'assurer que nous y sommes préparés. Nous savons aussi que le corps a été déplacé... des preuves ont forcément été brouillées, voire escamotées. Je ne prêche pas l'homicide à tout prix. Mais au cas où la secte serait en train d'essayer de camoufler un suicide, j'aimerais bien savoir pourquoi.

11

Le téléphone à l'oreille, Decker leva les yeux et aperçut Oliver appuyé contre le montant de la porte. Il lui fit signe d'entrer tout en lui indiquant de la main qu'il n'avait que cinq minutes à lui accorder.

– Le rendez-vous au tribunal est à trois heures, capitaine. Ça va être juste, il n'aura pas le temps de faire l'aller et retour jusqu'au centre ville... non, c'est ce que je vous dis. Ça nous est arrivé par les services du profilage informatisé, pas par la brigade des homicides... C'est ça : décès suite à une agression et, je ne sais pas pourquoi, transfert du corps au centre ville... non, je ne m'explique pas ce changement de juridiction. Qui plus est, je ne comprends pas pourquoi le juge a donné son accord.

À voix basse, il invita Oliver à prendre une chaise. L'inspecteur ferma la porte et s'assit. Le bureau de Decker, bien que petit, offrait un semblant d'intimité même si les parois étaient en verre dépoli ; c'était toujours mieux que l'habituel box des bureaux paysagés.

– Si ma mémoire est bonne, poursuivit Decker, le procureur a commencé par parler d'attaque à main armée, puis il a requalifié en homicide... il y a environ deux mois. Je crois que nous en sommes au troisième report. Un temps aussi long, c'est ridicule. Les faits remontent à un an et le procureur n'a pas encore décidé s'il allait jusqu'à la peine de mort ou pas. Mais ça, ce n'est pas notre problème. Tout n'est que politique interne, là-bas. Entre-temps, ils voudraient que je mette un de mes précieux collaborateurs à leur disposition pour qu'ils sauvent la face. Je ne comprends pas...

De nouveau, Decker jeta un coup d'œil du côté de la porte. Jane Heard, la secrétaire de l'accueil, était venue lui remettre une petite liasse de papiers où elle avait noté ses messages téléphoniques et était repartie sans un mot. Decker était au téléphone depuis sept heures du matin et il était onze heures et demie à sa montre. Son oreille droite était aussi molle et cuite qu'une crêpe dans une poêle à frire. Tout en écoutant les réponses de Strapp, il feuilleta les notes : rien que de la routine, à part un message de Rina lui rappelant qu'elle ne rentrerait pas avant trois heures...

– Oui, je crois qu'il vaudrait mieux que quelqu'un dépose une demande de report pour demain matin. D'abord et avant tout, ça leur laisserait le temps de se reprendre en main. Pour l'instant, Wiggins est sur le terrain pour un crime domestique plutôt coton. Je ne vais pas le rappeler alors qu'ils n'ont même pas arrêté les chefs d'inculpation. D'accord. D'accord. Ça me va. Je vous rappelle dès qu'il a terminé.

Decker raccrocha en mimant le type qui devient fou. Il prit un stylo et, sur son calendrier de bureau déjà rempli jusque dans les marges, il nota le rendez-vous au tribunal à la date du lendemain.

– Qu'est-ce qui t'amène dans les entrailles de la bureaucratie, Scott ?

– Il avait une assurance, dit Oliver.

– Quoi ? Qui ? (*Attention, Deck, on change de registre.* Il se redressa.) Ganz avait une assurance ? Combien ?

– Un million de dollars en décès, et à peu près la même chose en assurance vie.

– Eh bien ! dit Decker en émettant un petit sifflement. Et qui est le bénéficiaire ?

– Europa Dawn Ganz.

– Elle seule ?

– Elle est bénéficiaire désignée dans le contrat de la Southwest University of Technology avec la Mutual Guard. Mais il a pu en souscrire des dizaines d'autres. Vous voulez que je continue de fouiller ? Il va falloir partir de zéro, ça va prendre du temps. À vous de décider.

Decker prit sa tasse sur son bureau et but le reste de café tiède qu'elle contenait.

– Et du temps, tu en as aujourd'hui ?

– Pour l'instant, je suis libre. Mais Webster et Martinez viennent d'être appelés sur le terrain, ce qui veut dire que Marge et moi serons les prochains.

– Si vous devez partir, vous partez, bien sûr. Entre-temps, essayez d'avancer vos recherches.

– Pas de problème. Je passerai mes coups de fil en déjeunant à mon bureau.

En entendant parler de déjeuner, Decker eut des borborygmes. Il sortit son sandwich.

– C'est une grosse assurance pour un prof de fac. Surtout qu'il l'a souscrite il y a plus de vingt ans.

– Vingt-cinq. C'était en mil neuf cent soixante-douze.

– Je me demande si Europa a fait faire une demande de recherche après la disparition de son père.

– C'est drôle que vous posiez la question. Mme Ganz, la mère d'Europa, a voulu faire toucher l'assurance par sa fille cinq ans après la disparition de son mari. Mais en l'absence de preuve du décès, la Mutual Guard a refusé.

– Donc, déjà à cette époque, quelqu'un en connaissait l'existence.

– La mère, c'est certain. Europa, je ne sais pas.

– Elle avait pourtant vingt ans : elle était adulte.

– Absolument, dit Oliver.

– Et cette assurance court depuis toutes ces années ?

– Mieux que ça. Elle est arrivée à échéance il y a un an. Non seulement Europa touche un million de dollars en assurance décès si on conclut à la mort accidentelle, mais elle peut aussi faire valoir ses droits sur le capital. Tout d'un coup, conclut Oliver avec un sourire entendu, elle occupe le devant de la scène.

Decker réfléchit aux implications de ce qu'il venait d'entendre.

– Je me demande si, au moment de sa disparition, Ganz n'avait pas l'intention d'empocher l'assurance et de vivre dessus. Pourtant, il n'avait pas eu le temps d'effectuer beaucoup de versements. Deux ou trois ans, peut-être. À peine de quoi subvenir à ses besoins.

– Où est-il allé se cacher pendant dix ans ? demanda Oliver en fronçant les sourcils.

– La question est toujours sans réponse.

– C'est bizarre de disparaître comme ça. Évidemment, je ne peux pas imaginer quel effet ça fait d'avoir une intelligence comme la sienne. Entrevoir le commencement de l'univers... Forcément, ça vous met un peu la tête à l'envers.

Cette réflexion rappela à Decker l'histoire talmudique des quatre rabbins qui vont dans la forêt pour discuter du sens de la vie. L'un d'eux meurt, un autre devient fou, le troisième devient apostat. Seul le Rabbin Akiva revient avec une foi intacte. Tout à coup, cette fable lui apparut d'une pertinence limpide.

– Scotty, dit-il, à l'époque, quand Ganz a souscrit sa police, les primes devaient être énormes pour un million de dollars. Pourquoi s'endetter pour un tel montant quand on est simple professeur ?

– Moi, je crois qu'il avait projeté son tour de passe-passe depuis longtemps. Rien n'interdit de penser qu'il a voulu protéger sa famille.

– Ce serait le prix de sa culpabilité pour avoir abandonné sa famille ? Ou du moins sa fille.

– Pourquoi pas ? C'est logique.

– Mais tu m'as dit que la Mutual Guard n'avait pas payé.

– Visiblement, ils avaient des soupçons. Et ils avaient raison. La preuve.

– Quand Ganz est réapparu il y a quinze ans, il savait que sa fille ne roulait pas sur l'or. À un moment donné, il a dû comprendre que personne n'avait touché l'assurance. Donc, il ne devait pas se sentir si coupable que ça.

Decker sortit son sandwich, un sandwich au rosbif qui lui mit l'eau à la bouche. Mais avant de pouvoir manger du pain, il était obligé d'observer le rituel et de se laver les mains. Il extirpa donc une tranche de viande et l'avala d'un trait.

– Pour que l'assurance continue de courir, il fallait que quelqu'un continue d'effectuer les versements, poursuivit-il. Mais qui ? Ganz ?

– Je vais me renseigner, dit Oliver, même si la première personne qui vienne logiquement à l'esprit est Europa. Elle seule avait quelque chose à y gagner.

– Mais avec quoi aurait-elle pu payer des sommes pareilles ?

Decker regarda fixement son sandwich et se rendit brusquement compte que le sang tambourinait dans sa tête. Il avait besoin de se nourrir.

– J'ai faim, dit-il. Il faut que j'aille me laver les mains.

– Allez-y. Moi aussi, je vais déjeuner.

– Si Marge est là, fais-la venir.

Decker sortit en prenant soin de réciter la bénédiction avant d'arriver aux toilettes. La règle numéro un imposait de ne jamais louer Dieu dans les lieux d'aisance. De retour à son bureau, il trouva Marge et Oliver qui avaient déballé leur déjeuner sur sa table. Oliver mettant Marge au courant de la situation, il en profita pour avaler son sandwich, qu'il fit descendre avec deux bouteilles d'*ice-tea*.

– Imaginons que Jupiter découvre tout d'un coup que l'assurance vie n'est pas arrivée à terme, dit-il quand Oliver eut terminé.

– Vous voulez dire... imaginons qu'il décide tout d'un coup de la toucher, dit Marge. Ou même, d'en changer le bénéficiaire. Europa l'apprend, se fâche et le bute en essayant de maquiller le crime en accident.

– Ce serait beaucoup te demander que de me laisser le temps d'exprimer une pensée jusqu'au bout ? dit Decker en se grattant le nez.

– Aurais-je raison ?

– Le problème n'est pas là, dit Decker. Si Europa est coupable, elle n'a pas pu agir sans la complicité d'une personne de la secte.

– Le gourou Bob ? suggéra Oliver. N'oublions pas qu'elle est sortie avec lui.

– Vénus ? dit Marge. Elles sont amies d'enfance.

– Tu ne crois pas que si Jupiter avait l'intention de faire mettre son assurance au nom de quelqu'un d'autre, il aurait choisi Vénus ?

– Pas nécessairement, dit Decker. S'il se voyait avant tout en Jupiter, père spirituel de l'Ordre de l'Alliance de Dieu, il a pu vouloir pour héritiers tous les membres de la secte. Ou encore faire machine arrière et la reverser au profit de la science. L'idée de Marge me séduit assez. On peut imaginer que les deux femmes aient été réunies par un intérêt commun. Avait-il de l'argent caché ailleurs ? demanda-t-il à Marge.

– Rien qui approche le montant de l'assurance, mais il avait des économies à hauteur de cinq mille dollars réparties entre trois ou quatre comptes bancaires.

– Il s'en servait peut-être comme fonds de roulement pour gérer le quotidien.

– Peut-être, dit Marge. Mais les comptes sont au nom de Ganz. Pas au nom de Jupiter.

– Il était riche, ce type, fit observer Oliver.

– Exact, dit Decker. Mais encore plus riche mort que vif.

Ils n'avaient pas encore reçu le rapport préliminaire d'analyses anatomo-pathologiques, et ne l'auraient sans doute que le lendemain après-midi. Il était donc inutile d'aller perquisitionner à la secte et de déranger les fidèles tant qu'il n'y aurait rien de concret. De nouveau Decker feuilleta les fiches des appels téléphoniques notés par la secrétaire. Il décrocha son téléphone, puis se rendit compte que c'était un travail qu'il pouvait aussi facilement faire de chez lui. Sans compter qu'il avait encore faim et que les distributeurs du commissariat ne proposaient pas de nourriture cacher. Il appela chez lui, mais personne ne répondit.

Il se rappela alors que Rina avait accompagné la classe d'Hannah à une sortie au zoo et ne rentrerait pas avant trois heures.

Il aurait donc la maison pour lui tout seul. En partant tout de suite, il pourrait se payer deux heures de travail au calme. Il mit dans sa mallette ses dossiers les plus urgents, dont celui de Wiggins pour la séance de tribunal du lendemain. Il termina par le dossier Ganz et ses fiches d'appels téléphoniques. Puis il sortit et laissa son *beeper* allumé en cas d'urgence.

Il savourait à l'avance ces instants de solitude, et éprouvait une certaine sympathie pour les Ganz, Gauguin et autres artistes qui s'étaient volatilisés, obéissant à l'impulsion de tout envoyer promener et de rechercher une vie plus près de la vérité. Puis il repensa aux années qui avaient suivi son divorce, à la solitude oppressante qui l'avait attiré vers le bas telle une lame de fond. Il n'avait pas encore trouvé le moyen de s'engager dans une relation importante dénuée de responsabilité. Et c'était vrai jusque dans des relations du genre de celle qu'il avait liée avec Ginger, son setter. Il avait parfois trouvé la chienne un peu envahissante, mais il avait été déprimé pendant des jours quand on avait dû la piquer.

Il ouvrit la porte d'entrée en pensant à elle et entra sans bruit dans la pièce de séjour. L'accueil exubérant de l'animal lui manquait encore. D'accord avec Rina, il avait envisagé de prendre un nouveau chiot ; mais vu l'imminence du déménagement, le moment était mal choisi.

Soudain, il dressa l'oreille.

Il avait perçu des bruits.

Il écouta avec une précision affinée par le métier.

On aurait dit des halètements ; ils venaient de la cuisine, ce qui paraissait complètement absurde. Sa main se porta d'instinct sur son arme. Il traversa le séjour sur la pointe des pieds et s'arrêta devant les portes des chambres. Celle des garçons était ouverte, mais la sienne était fermée.

Le souvenir de Jan lui revint brutalement... ce qu'il avait découvert ce jour-là... son sentiment de profonde humiliation, de trahison.

Mais avec Rina, non ! Pas elle... c'était impossible ! Il en aurait mis la main au feu !

Pourtant, la poitrine gonflée d'une colère inexpliquée, il détacha son *holster*.

Le cœur battant, la paume moite de sueur, il tourna la poignée. Son autre main était serrée sur la crosse de son arme.

Il ouvrit la porte toute grande.

D'un coup d'œil, il comprit tout. Deux corps à moitié nus sur son lit, elle les jambes autour de sa taille, lui la main sur son sein. Jacob se redressa comme un diable sortant de sa boîte ; la fille poussa un cri strident et il la couvrit d'une chemise. Le tout en quelques secondes.

– Nom de Dieu ! lâcha Decker en claquant la porte.

De dehors, il tambourina sur le battant en hurlant :

– Vous avez cinq minutes pour vous rhabiller et rappliquer.

Le cœur dans la gorge, il tenta de se rassurer. *À moitié nus, Decker. Ils étaient à moitié nus.* Jake avait encore son pantalon... plus ou moins.

Il remit son arme de service dans son *holster* et descendit en trombe se verser un verre d'eau dans la cuisine. Vite, quelque chose pour empêcher ses mains de trembler. Il était furieux mais, plus encore, dépité de voir s'envoler en fumée son rêve de solitude et de devoir régler une énième crise.

Soudain, la fille éclata en gros sanglots qui lui déchirèrent le cœur. Il ne comprenait pas comment il l'entendait si distinctement. Elle paniquait carrément.

– Oh, mon Dieu ! il va me tuer. Il va me tuer. Jamais je ne m'en remettrai...

– Sha...

– Oh, mon Dieu ! Je suis fichue. Mais vraiment, morte. C'est tellement grave que je vais me tuer ! Je... Ne me touche pas !

Silence.

De nouveau, elle se mit à pleurer, mais plus doucement. À travers ses larmes, elle lui disait :

– Je suis désolée, Yonkie, je ne voulais pas. Je t'assure. J'ai la frousse, une frousse terrible. Il va me tuer...

– Écoute...

– Tu ne connais pas mon père. Tu ne le connais pas comme moi. Il va me tuer, je te dis. Littéralement. Ça mérite au moins un conseil de famille ! poursuivit-elle en imitant la voix de son père. Un conseil de famille, oui, je veux avoir l'opinion de tout le monde ! Il va me faire ma fête, oh, là là !

– Mon père ne lui dira rien, lui assura Jacob tranquillement.

– Il va me...

– Tu entends ce que je te dis ? Mon père ne lui dira rien, répéta Jacob d'une voix plus forte, davantage agacé qu'effrayé.

Elle se calma aussitôt.

Decker regarda autour de lui. Les voix lui parvenaient par l'écoute-bébé que Rina laissait souvent branché pour entendre Hannah quand elle la laissait seule dans sa chambre. Elle avait dû oublier de l'éteindre. En général, Decker était chatouilleux sur le respect de la vie privée. Mais là, il se sentait justifié d'écouter, et pour plusieurs raisons : son fils avait séché ses cours, il était revenu en douce à la maison, et il se permettait de jouer au docteur avec une fille... et sur le lit de ses parents, nom de Dieu !

– Comment sais-tu qu'il ne dira rien ? demanda la fille.

Ouais, songea Decker, *qu'est-ce qui te dit que je vais fermer ma gueule ?*

– Je le sais, c'est tout, dit Jacob.

– C'est vite dit...

– Je le sais, un point c'est tout, tu peux me croire, répéta Jacob d'une voix dure. Je ne prétends pas que ça va être coton, mais j'en fais mon affaire. Écoute, Shayna, mon père a été élevé dans une famille *goy* dans le sud de la Floride. Les combats de rue, il connaît. Il a joué au football américain. Il a fait le Vietnam. Il est flic. Je te parie qu'il a pas perdu une occasion de baiser.

– Ne parle pas comme ça !

De nouveau, un silence. Puis Jacob qui dit :

– Mon père est hyperstrict sur les questions religieuses, mais parce qu'il ne les comprend pas. Les trucs comme ça, il comprend. D'ailleurs... tu n'as qu'à sauter par la fenêtre. Je me débrouillerai.

– Qu'est-ce que tu vas faire ?

– Je vais aller le trouver et je ne dirai rien. Je le laisserai parler jusqu'à ce qu'il en ait marre... ça, c'est un truc que mon frère n'a jamais appris à faire. Tu comprends, Sammy, c'est le fils honnête. Toujours en bisbille avec eux, mais au fond, c'est parce qu'il est sensible. Il a besoin qu'on s'occupe de lui parce qu'il est la seule personne au monde qui ait jamais souffert. Il n'est pas comme moi. Moi, je suis le gars facile. Tellement facile que c'est comme si je n'existais pas. L'idiot du village, tu vois ? Avec son grand sourire béat.

Un silence. Puis la fille qui lui renvoie :

– Qu'est-ce que tu racontes ? Tu es la personne la plus intelligente que je connaisse. Je suis sûre qu'ils ne te prennent pas du tout pour un imbécile.

– Oui, tu as peut-être raison, en cherchant bien..., dit-il, amer. Écoute, Shayna. Appelle ta sœur et dis-lui de venir te chercher. Mon père, j'en fais mon affaire. Inutile qu'on se fasse punir tous les deux.

Il y eut un autre silence, qui se prolongea.

Puis Decker entendit une fenêtre qui coulissait et qu'on refermait. Il éteignit l'appareil et attendit que son fils vienne le rejoindre dans la cuisine. En le voyant entrer, il eut le cœur brisé. Jacob portait un sac à dos plus grand que lui ; il avait l'air d'un âne bâté et tentait de cacher son trouble manifeste sous un air apathique. Son visage lisse était rouge et humide, ses cheveux noirs lui tombaient dans les yeux. De dessous sa chemise blanche qu'il n'avait pas rentrée dans son pantalon, dépassaient les franges de son tallit katan, telles quatre petites queues. Il posa son sac dans un coin et passa une main dans ses boucles, puis il fixa sa kippa sur le sommet de son crâne avec une pince en métal. Ses yeux bleus étaient fixés sur un point au sol.

Jake n'avait pas terminé sa croissance, mais ce n'était déjà plus un adolescent. Avec son mètre soixante-quinze, sa silhouette svelte et son visage d'idole du cinéma, il faisait se pâmer les filles. Sa beauté lui venait de Rina, c'était clair, ce qui poussa Decker à effectuer un rapprochement avec Joseph, le fils de Rachel. Encore un dont la beauté lui avait causé des problèmes.

Mais Decker n'avait jamais vu son fils comme une idole des jeunes ; pour lui, Jacob était simplement Jacob, un *frum*[1] sociable entouré d'une kyrielle de copains, un gosse facile à vivre, au sourire plein de charme. Pas du tout un idiot du village au sourire béat – Jacob était très intelligent –, mais un enfant qui n'accaparait pas ses pensées parce qu'il était d'un tempérament accommodant. Maintenant que le mythe s'était envolé en fumée, il regardait son fils adoptif d'un œil neuf. Jake attirait les filles comme un aimant. S'il ne mettait pas les choses au point avec lui tout de suite, Decker se préparait des jours difficiles.

D'un geste las, il lui désigna une chaise et s'assit à califourchon sur une autre, le ventre calé contre le dossier.

– La prochaine fois que tu fais un truc pareil, prends soin d'éteindre l'écoute-bébé.

Le garçon rougit et chercha l'appareil du regard. Il le repéra, le regarda deux secondes, puis baissa les yeux.

– Tu as tout entendu. Je n'ai pas besoin de me répéter.

– Tu as quelque chose à ajouter ? demanda Decker.

Jacob garda le silence.

– Rien ? insista Decker

Jacob s'éclaircit la voix.

– Ce serait vraiment sympa de ta part... de ne pas... enfin, si ça pouvait rester entre nous. Je suis prêt à accepter toutes les punitions, mais j'aimerais que ça ne sorte pas d'ici.

– Quelle noblesse de cœur !

– Il faut vraiment qu'on soit punis tous les deux ?

1. Religieux, en yiddish *(NdT)*.

– Elle était avec toi. On pourrait même aller jusqu'à dire qu'en tant que parent je suis tenu de prévenir les siens.

Jacob ne pipa mot.

– Son père est vraiment si terrible que ça ? ajouta Decker.

Sentant un espoir de mansuétude, Jacob leva les yeux une fraction de seconde.

– C'est un connard imbu de lui-même. Un avocat du show biz pété de fric et qui a toujours une opinion sur tout. En général, plutôt une opinion fausse, d'ailleurs. C'est un *ba'al tshuva.*

– Et c'est ça qui fait de lui un connard ? Parce qu'il a fait son repentir ?

– Non, bien sûr que non. C'est... admirable d'être un *ba'al tshuva.* Mais lui, il faut qu'il en rajoute. Il n'arrête pas d'embêter sa famille. Shayna... la fille qui était avec moi... fréquente l'école depuis environ un an. Son père l'a obligée à changer de nom : Shayna ça fait plus juif que Shane, tu vois ? Elle se donne un mal fou, mais... tout est nouveau pour elle. Elle lit mal l'hébreu. Et ses copains du lycée lui manquent. Tu devrais comprendre ça, ajouta-t-il après une pause.

Decker comprenait, mais il aurait préféré être pendu plutôt que de le reconnaître devant son fils.

– Quoi d'autre ?

Jacob voulut regarder son père en face ; il n'y parvint pas. Il essayait de maîtriser son trouble, mais ses jambes tremblaient.

– Euh... si tu voulais bien ne rien dire à Eema, ce serait vraiment chic de ta part.

– Pas question, Jacob. Tu es son fils. Elle a le droit de savoir ce qui s'est passé.

– Bon, dit Jacob en haussant les épaules.

– Juste une question...

– Oui ?

– Pourquoi ma chambre ?

Le gamin fixa un point au-dessus de l'épaule de Decker.

– Le lit est plus grand.

Decker l'obligea à le regarder dans les yeux.

– Tu as violé mon intimité et celle de ta mère. Et ça, tu vois, c'est moche.

– Je te demande pardon, dit Jacob, les yeux pleins de larmes. Je ne le ferai plus, je te le promets.

Decker se leva et l'attira à lui. Jacob se laissa aller dans ses bras.

– Jacob, je ne sais pas où tu as été chercher ce truc de l'idiot du village. Ta mère et moi nous t'aimons et te respectons plus que nous ne pouvons le dire. Mais il est clair que depuis que j'ai entendu ce que tu as dit aujourd'hui, il faut que nous ayons une petite conversation, toi et moi.

Jacob s'écarta, repoussant presque Decker.

– On ne faisait rien.

– Il me semble que tu faisais tout de même quelque chose...

– Mais ce n'est rien comparé aux autres garçons que je connais.

Il se laissa tomber sur sa chaise, leva les yeux au plafond et se tut. Decker attendit. Enfin, Jacob lâcha, dans un murmure :

– Je ne suis pas normal. Je suis... je suis tout le temps tendu.

– Tendu ?

– Tu vois ce que je veux dire ?

– Excité ?

Jacob hocha la tête, les yeux toujours au plafond.

– J'y pense sans arrêt. C'est une obsession.

– Le sexe ?

Jacob ne répondit pas.

– Ça s'appelle être un garçon de quinze ans, dit Decker.

– Je ne sais pas, dit Jacob en secouant la tête. Sammy n'est pas comme ça.

– Tu n'es pas Sammy.

Jacob se mit à parler de manière hachée, les yeux dans le vague.

– Dans ma classe, il y a un garçon qui a dégoté des films porno... c'était il y a six mois. Depuis, on les regarde tous les *motzo Shabbos*. Quand ses parents sortent.

Silence lourd.

– Quand je fais ça, je me sens dégueulasse, poursuivit l'adolescent. Certains films sont vraiment dégoûtants... mais je ne peux pas m'en empêcher.

– Tu ne peux pas ou tu ne veux pas ?

– Le problème, c'est qu'à l'école les garçons qui s'intéressent aux filles... ils s'intéressent aussi à l'alcool et à la dope. C'est une bande de gros nuls. Des crétins.

– Qui ? Dovid ? Steve ?

– Dovid, Steve, Ronnie, Joey, tous.

Decker attendit.

Jacob reprit, lentement :

– Mais les bons élèves... ils sont *shomer negiyah*, ils ne touchent pas aux filles. Je ne dis pas que c'est mal en soi. Sammy est *shomer negiyah*. Mais dans ma classe, les garçons qui observent la religion sont des abrutis... et donneurs de leçons, avec ça. Je ne peux pas leur parler sans me sentir... sale. Alors, je fréquente les nullards. Je sais que c'est bête. Parce qu'à force on doit bien finir par devenir comme eux.

– Ils boivent, ils se droguent ?

Jacob hocha la tête.

– Et toi, Yonkie ? Tu bois ? Tu te drogues ?

Il détourna les yeux.

– Ça m'est arrivé. Pas de quoi fouetter un chat.

Mais cet aveu lui arracha une grimace.

Decker resta impassible. Il n'était pas tellement surpris. C'étaient toujours les discrets...

– Qu'est-ce que tu as fait ?

– Pas grand-chose. Ça circule pendant qu'on regarde... tu vois...

– Non, je ne vois pas.

– J'en ai pris deux ou trois fois. (Il s'interrompit.) Enfin, peut-être un peu plus. Mais seulement de l'herbe. Rien de bien méchant.

Decker ne disait toujours rien.

– Enfin, je veux dire... je n'ai jamais été défoncé... J'ai bien plané un peu, mais... enfin, tu vois.

– Non, je ne vois pas.

Le gamin leva les yeux, mais en évitant de croiser le regard de Decker.

– Le plus drôle, c'est que si je passe mon tour, tout le monde s'en fiche. Je n'ai pas besoin de consommer pour être accepté. Mais je me sens obligé.

– Pourquoi ?

– Pour faire comme les autres. Sauf que je ne me sens à ma place nulle part. Je suis... je suis trop bon élève pour être un camé et trop tendu pour être un petit rabbin. Je passe inaperçu dans un groupe comme dans l'autre, j'ai plein d'amis. Je ne sais pas ce qui me pousse à faire ces bêtises. Mais je les fais, et après je me déteste.

Il se frotta le visage et s'essuya les yeux.

– Je n'arrête pas de me dire... si Eema me voyait, ça lui ficherait un coup terrible. (Il leva des yeux implorants sur Decker.) Je sais bien qu'il faut que tu lui parles, poursuivit-il. Mais vraiment, vraiment j'aimerais autant pas. Tu ne vas pas lui raconter, pour le hasch, hein ? dit-il, les yeux arrondis d'angoisse. C'était une confidence.

– Qu'est-ce que tu ferais à ma place ? lui demanda Decker.

– Bon Dieu ! (Il renversa sa chaise en arrière et leva les yeux au ciel.) Et si je te promets de ne plus recommencer ? De ne plus fumer de hasch, je veux dire ?

– Qu'est-ce qui m'oblige à te croire ?

Un silence s'installa entre eux, pendant lequel le gamin sembla réfléchir, ou du moins faire semblant.

– Tu peux me croire, répondit-il enfin. Enfin... je l'espère. Tu n'as qu'à vérifier, fouiller dans mes affaires, écouter mes conversations. Je sais bien que c'est à moi de reconquérir mon espace privé.

Il était sur la bonne voie.

– Et la boisson, Yonkie ? Tu bois ?

Il s'anima.

– Non, crois-moi, papa, je ne bois pas. Je me suis soûlé une fois, quand j'ai passé la nuit chez Steve. J'ai été tellement malade que je me suis juré de ne plus jamais recommencer, et je m'y tiens. Enfin, je bois un peu de vin au shabbat, mais je ne bois jamais pour boire.

– Tant mieux.

– Alors, tu vas le dire à Eema, pour la dope ?

De nouveau, Decker le força à le regarder dans les yeux.

– Écoute, Jacob, tout dépend de toi. Si tu arrives à me prouver que je peux te faire confiance, je ne vois pas pourquoi je ferais de la peine à ta mère. Mais si jamais je découvre que tu t'écartes d'un *iota* du droit chemin... fiston, je suis flic. Si jamais tu fais l'imbécile, tu verras quel genre de flic je suis.

Jacob hocha la tête d'un air grave.

– Réglo. C'est ce qu'il y a de bien avec Shayna. Quand je suis avec elle, je ne suis pas avec les autres.

– C'est sérieux, vous deux ?

– On... on est bien ensemble. On tient l'un à l'autre. Littéralement.

– Vous avez déjà fait l'amour ?

De la tête, Jacob fit signe que non.

– C'est vrai, ce mensonge, Yonkie ? demanda Decker en le regardant au fond des yeux.

– Je ne mens pas, papa, dit-il en soupirant. Elle m'a fait promettre de garder nos slips. Remarque, ça ne me dérange pas. Je ne suis pas prêt. Ce ne sont pas les occasions qui manquent, mais... tout ce qui est en dehors de la yeshiva est un monde à part. Je n'ai pas besoin de te le dire.

– Je t'écoute.

– C'est fou ce que les filles peuvent être agressives. Tu n'imagines pas ce qu'elles m'ont dit. Je ne t'apprends rien, j'imagine. Mais si Eema savait, elle en ferait une jaunisse. Rien que ces deux derniers mois, il y en a cinq ou six qui ont profité de l'absence de leurs parents pour m'inviter chez elles.

– Des filles de ton école ?

– Non. Des écoles laïques privées ou publiques.

– Les anciennes amies de Shayna ?

– Certaines, oui.

– Des Juives ?

– Pas toutes. Il y en a qui sont plus vieilles que moi. Elles ont des vies pourries. Des parents qui divorcent, qui ont des liaisons, des histoires compliquées. C'est triste, c'est vrai. Enfin, comparé à elles, je suis un moine.

– Donc, tu es vierge, Yonkie ? Et les rapports oro-génitaux ?

– Non... juste... dit-il en bougeant sur sa chaise. Dis donc, tu vas aller jusqu'où dans les détails ?

– Assez loin pour m'assurer que tu ne vas pas contracter une saleté qui risquera de te tuer.

Jacob détourna les yeux.

– On ne peut pas attraper le sida quand on est vierge.

– Faux. Si tu ne me crois pas, je vais te faire rencontrer une fille de treize ans que la brigade des mineurs a ramassée hier soir. Elle dépérit rongée par la tuberculose et le sida, et elle jure par tous les saints qu'elle n'a eu que des rapports oraux.

– Treize ans ? répéta Jacob, hébété.

– Oui, monsieur.

– Elle vient... d'un milieu pauvre ?

– Petite bourgeoisie. Je te cite sa mère : « Elle a eu de mauvaises fréquentations. »

– Mais... elle est séro-positive ou elle a un sida déclaré ?

– Elle a le sida. Mais ça n'a pas tellement d'importance parce que ses poumons vont lâcher avant son système immunitaire.

Decker se pencha en avant et posa une main sur l'épaule de Jacob. Le gamin se raidit, mais ne se déroba pas.

– Jacob, tu es encore beaucoup trop immature psychiquement et physiquement pour avoir des rapports sexuels. La première fois, c'est souvent catastrophique. Avec un peu plus de bouteille, tu verras, on s'en sort mieux.

Jacob resta muet.

– Tu m'entends, Yonkie ?

– Oui, je t'entends.

– Mais si ça t'arrive, ne sois pas complètement idiot. Utilise un préservatif.

– C'est contraire à la loi juive.

– Yonkie, je ne sais pas de quelle loi tu parles, mais je sais qu'il est contraire à la loi juive de mettre sa santé en danger, sans parler de sa vie. Évite d'avoir des rapports. Mais si tu cèdes à la tentation, je ne veux pas que tu en meures et je ne veux pas non plus que tu mettes une fille enceinte. Tu comprends ?

Jacob hocha la tête.

– Si ça te gêne d'acheter des préservatifs, je m'en chargerai, ajouta Decker. N'en déduis pas pour autant que j'approuve. Simplement, je tiens à ta vie, c'est tout.

– Je n'en aurai pas besoin.

– Si jamais le cas se présente, tu m'en parleras ?

Jacob hocha la tête. Il semblait réfléchir sérieusement à ce que Decker venait de dire.

– Si jamais... je t'en parlerai, promis, dit-il. (Il rencontra son regard pour la première fois.) Je te demande pardon.

Decker lui donna une petite caresse sur la joue.

– Jacob, je veux que tu arrêtes de regarder des films porno. Ça ne fait que stimuler davantage ta libido et comme tu n'as pas d'autre exutoire que la masturbation... ça aussi, je sais que c'est contraire à la loi juive, mais je n'y vois pas d'objection. C'est propre, c'est facile et ça t'évitera de faire de grosses bêtises. Mais je ne crois pas judicieux d'aiguiser ton appétit sexuel. Quand tes copains mettent une cassette dans le lecteur, tu t'en vas. En décidant de ne plus regarder, tu prendras tes distances par rapport à eux et tu seras amené à faire des choses plus saines.

– Comme de traîner à la pizzeria, dit Jacob en singeant un intérêt fou. Quel pied !

– C'est sûr que comparé au sexe et à la drogue, ce n'est pas passionnant. Mais c'est mieux pour toi. Emmène Shayna au cinéma. Ou au bowling...

Le gamin leva les yeux au ciel.

– Mais si, c'est marrant ! insista Decker.

– Quand on a quarante berges et un gros ventre plein de bière, peut-être. De toute manière, si tu voyais la faune qui traîne dans les bowlings, tu ne serais pas aussi pressé de m'y envoyer. Autrefois, je faisais des activités... Tu faisais du cheval avec moi tous les dimanches. Et puis tu t'es débarrassé des chevaux.

– Il n'y a pas de place pour des chevaux dans la nouvelle maison.

– Ce n'est pas le problème. On ne fait plus rien. Avant, on allait faire du VTT à la montagne. Tu m'emmenais faire du kart. Tu ne me proposes même plus une balade en Porsche. Depuis que tu as eu ta promotion, tu ne fais plus que travailler et bricoler dans la nouvelle baraque. Je n'essaie pas de te rendre responsable de mes bêtises, conclut-il avec un soupir, mais je regrette quand même...

Le *beeper* de Decker se mit à sonner. Instinctivement, il regarda d'où venait l'appel. Du commissariat. Il avait la tête qui tournait, l'estomac chaviré. La responsabilité était une sangsue qui s'accrochait une fois pour toutes et ne vous lâchait plus.

– Je t'écoute, dit-il.

– Non, réponds, dit Jacob, résigné.

– Tu passes avant. Continue.

– Comment veux-tu que je te parle si je sais qu'il y a quelque part un gosse en train de se faire violer ? On reprendra ça une autre fois.

Decker savait bien que l'occasion ne se représenterait pas. Soudain épuisé, il se leva et se dirigea vers le téléphone.

– Ça ne devrait pas être long.

– Faut ce qu'il faut.

Il composa le numéro. En attendant la communication, il prit du jus de fruit et une boulette de viande froide dans le frigo. Trente secondes plus tard, il avait Marge en ligne.

– J'ai reçu un appel de la secte. Il y a eu un incident, dit-elle.

Decker faillit s'étrangler.

– Encore un mort ?

– Non, une disparition. Une jeune adepte de dix-neuf ou vingt ans. Pour l'état civil, elle s'appelle Lauren Bolt, mais elle a pris le nom d'« Andromède » en entrant dans la secte. Rien n'a disparu dans sa chambre, mais elle est introuvable. Pluton prétend qu'elle a été kidnappée par un de nos agents...

– Quoi ? !

– ... payé par les parents.

– Tu plaisantes, non ?

– L'opération aurait été coordonnée par Reuben Asnikov...

– Le débriefeur ?

– En personne. Pluton prétend qu'il ne serait pas surpris d'apprendre qu'Asnikov est derrière la mort de Jupiter. Pour lui, c'était un coup monté dans le seul but de faire sortir la fille. La fin justifie les moyens, etc. À l'entendre, Asnikov serait un salopard assoiffé de meurtre.

Decker sortit un calepin de sa poche.

– C'est arrivé quand ?

– Nous avons reçu l'appel il y a une dizaine de minutes. Scott et moi sommes déjà en route.

– Délimitez un périmètre de sécurité. Que personne n'entre ni ne sorte. Faites-vous affecter des agents pour faire respecter la consigne. Et vérifiez les identités de tout le monde, y compris des policiers. Au cas où hier – même s'il y a peu de chances – quelqu'un se serait effectivement fait passer pour un flic.

– Ce ne serait pas la première fois, dit Marge.

– Je sais. Espérons que Pluton nous fait sa crise. Sinon, on est mal. Avez-vous les coordonnées des parents ?

– Nous les avons appelés, ça ne répond pas.

– Il y a quelqu'un de la brigade des homicides à la permanence ?

– Bert et Tom sont rentrés il y a cinq minutes.

– Rendez-moi un service. Envoyez Bert Martinez chez les parents de la fille... et Tom Webster interroger Asnikov.

– Pourquoi ? Les accusations de Pluton sont sans fondement.

– Quoi qu'il en soit, il faut prévenir les parents, puisqu'elle a disparu. De deux choses l'une : soit ils l'ont fait sortir sans son consentement et il s'agit d'un enlèvement. Soit ils n'y sont pour rien, mais ils peuvent savoir des choses utiles pour la police. Quant à Asnikov, le meilleur prétexte pour l'aborder serait sans doute de l'avertir que la secte est montée contre lui.

– Ce qui est la stricte vérité.

– Dans ce cas, la démarche de Webster est justifiée. Entre-temps, il pourra tâter le terrain, voir si Asnikov est mal à l'aise. Bien que, vu la branche dans laquelle il travaille, je pense qu'il a des nerfs à la hauteur.

– Vous pouvez être sur place dans combien de temps ?

– Laissez-moi un quart d'heure-vingt minutes. Le temps que je reconduise mon fils à l'école.

– Votre fils ?

– Il est à la maison.

– Qu'est-ce qu'il y fait ? Il ne devrait pas être en classe ?

– Ne pose pas tant de questions.

– Bon, je vous attends dans un quart d'heure, dit Marge.

Decker raccrocha en regardant Jacob.

– Il y a du nouveau. Il faut que j'y aille.

– L'affaire Ganz ?

Decker le dévisagea.

– On ne parle que de ça aux infos, expliqua Jacob.

Il alla ramasser son sac à dos et le jeta par-dessus son épaule en passant la main dans son épaisse chevelure noire. James Dean avec une kippa.

– Je m'intéresse à ce que tu fais, ajouta-t-il. Ça t'étonne, hein ?

– Non, non, dit Decker, qui sentit son estomac se vider comme par une bonde. Je me rends compte que depuis quelque temps, je suis très occupé. Trop. Les Daytona viennent le mois prochain. Si je prenais des billets, juste toi, moi et Sammy ?

– Ce serait super, dit Jacob en souriant. Mais ne fais pas de promesses que tu ne pourras pas tenir.

Cinglant. Decker ne répondit pas. Ils sortirent en hâte, Decker fermant la porte à clef pendant que Jacob jetait son sac à dos dans la voiture banalisée. Quand ils eurent bouclé leur ceinture, Jacob demanda :

– Tu vas me faire un mot d'excuse ?

– Pour avoir séché les cours ? dit Decker, qui mit le moteur en route et sortit de l'allée. Tu crois que je devrais ?

– Non, mais ils vont vouloir savoir où j'étais passé.

– Tu n'auras qu'à leur dire que tu étais à la maison. Je confirmerai. Mais je leur dirai aussi que c'était sans ma permission.

– Je vais choper une retenue.

– Tu n'en mourras pas.

– Non, je voulais dire... une retenue par opposition à un renvoi. En général, quand on sèche, on est renvoyé. Mais c'est tellement courant que la moitié du temps, on échappe même à la retenue. Personne ne remarque les absences.

– Tu parles d'une discipline ! J'ai rudement bien choisi ton école !

– C'est pas ma faute. Bon... alors ? ajouta Jacob en remuant sur son siège. Je suis puni ou quoi ?

Il en meurt d'envie. Le châtiment purifie l'âme. À moins que ce ne soit de l'attention qu'il cherche.

– Tu vas venir avec moi sur le chantier. Je double les murs de la chambre de placo, dit Decker. Une paire de bras en plus ce ne sera pas de refus.

– Mais papa, dit Jacob en faisant la grimace, je suis incapable de visser une ampoule électrique. Je ferai plus de mal que de bien.

– Eh bien, tu apprendras. Et Sammy, même régime. Je n'ai pas voulu vous embêter avec un projet qui était celui de vos parents, mais c'était une erreur.

– J'ai des tonnes de devoirs à faire le week-end.

– Tu géreras ton temps. Quant aux samedis soir, tu garderas Hannah pendant un mois. Ensuite, tu auras le droit de sortir à condition de ne pas toucher à l'herbe, à l'alcool et au porno. Et j'estime que je pourrais être beaucoup plus sévère.

– Oui, c'est plutôt sympa.

Ils firent le reste du chemin en silence. Comme Decker se garait devant l'école, Jacob lui dit :

– Tu aimes vraiment beaucoup ton boulot, hein ?

D'instinct, Decker fut tenté de mettre un bémol. Mais après tout ce qui venait de se passer, Jacob méritait une certaine honnêteté.

– Oui, beaucoup. C'est stressant, mais au moins on évite la routine. Je dois être un peu comme toi, je me lasse vite.

– À qui le dis-tu ! Deux heures et demie de *gemara*. C'est... abrutissant. (Il ouvrit la portière.) J'aimerais bien être comme Sammy, gober toutes les salades qu'on nous raconte. La vie serait tellement plus simple. Mais le problème, c'est que je n'y crois pas. (Il se glissa hors de la voiture.) On en reparlera plus tard. En posant le placo, ajouta-t-il en souriant.

Jacob claqua la portière et s'éloigna. Decker le suivit des yeux avec un sentiment d'impuissance et d'insatisfaction. Le gamin fut bientôt rejoint par quatre autres garçons manifestement contents de le retrouver. Decker n'en aurait pas juré, mais il crut percevoir un léger déhanchement dans la démarche de son fils. Un vrai charmeur.

Les prisons en étaient pleines.

12

Tout le monde s'était rassemblé dans le hall pour la confrontation. Sous le soleil qui dardait ses rayons par les dômes vitrés, les visages étaient blafards. Dans la chaleur de l'après-midi augmentée par l'effet de serre, les corps comprimés dégageaient une sorte de vapeur dont les effluves rappelaient ceux d'un gymnase. La lumière crue allumait une teinte orange fluo sur les joues de Pluton, qui suait abondamment : deux grandes auréoles s'élargissaient sur sa tunique bleue, au niveau des aisselles. Les deux inspecteurs et les quatre policiers, bien que largement inférieurs en nombre, arrivaient à contenir les mouvements de foule, mais pour combien de temps encore ?

Decker évalua la situation sitôt le seuil franchi, et ordonna par radio à ses unités de se tenir prêtes au cas où il aurait besoin de renfort. La situation était tendue, mais pas aussi exténuante qu'un conflit familial. Après tout, il n'était pas obligé de supporter ces foldingues tous les soirs au dîner.

Dès qu'il l'aperçut, Pluton profita de ce qu'il avait sous la main le plus haut représentant de l'autorité pour déverser sa fureur sur lui. Il pointa sur le lieutenant un index accusateur qu'il secoua comme pour asperger d'eau bénite un baptisé.

– Je vous tiens pour responsable de cet enlèvement ! cria-t-il.

Cent visages furieux se tournèrent vers lui, chaque adulte y allant de son grognement ou de sa remarque hostile.

– Nous attendons de la police qu'elle organise une chasse à l'homme jusqu'à ce que notre sœur Andromède nous soit rendue, pérora Pluton. Nous l'exigeons. Nous ne nous satisferons de rien de moins.

De nouveau, la foule émit un amen qui disait le bon droit bafoué.

Decker attendit sans mot dire que le silence revienne. Il patienta une minute entière, laissant Pluton dans l'expectative. Enfin, ne trouvant rien de particulièrement sagace à répondre, il se lissa la moustache et demanda :

– Où sont les toilettes ?

Oliver faillit intervenir, mais Marge l'arrêta d'un coup de coude. Couleur citrouille, Pluton manqua suffoquer d'indignation.

– Quoi ?!

– J'ai besoin d'utiliser les lieux d'aisance, dit Decker. Ça arrive aux meilleurs d'entre nous. Ensuite, je serai tout ouïe.

– Tout ouïe ! Ce n'est pas un psy qu'il nous faut, mais de l'action !

Un chœur d'approbation s'éleva.

– L'une d'entre nous nous a été volée ! hurla Pluton. Retrouvez-la !

Nouvel écho des masses.

– Nous sommes ici à votre service, hurla Decker à son tour, pour couvrir le vacarme. Mais chaque chose en son temps. Est-ce que quelqu'un peut m'indiquer les gogues, s'il vous plaît ?

Silence. Enfin, une voix d'homme dit :

– Troisième porte à gauche.

Decker chercha des yeux d'où venait la voix, et découvrit, barbu et maigre, le gourou Bob qui souriait d'un air énigmatique. Il lui fit un signe de tête, puis donna rendez-vous à Pluton dans le temple un peu plus tard.

Une fois dans cet endroit qui portait bien le nom de petit coin car il laissait à peine la place de se retourner, Decker s'enferma à clef. Il fit couler l'eau à fond et se lava les mains et le visage en essayant de mettre au point une stratégie. Il ne voulait pas avoir affaire au seul Pluton, ni en public ni en privé. Il avait besoin de glaner toutes les informations possibles, de la part de membres moins versatiles. Il décida de convoquer une réunion de tous les serviteurs privilégiés. Lui qui avait l'intention de rencontrer Nova, c'était l'occasion ou jamais.

En sortant des toilettes, il remarqua que la foule se dispersait lentement. Apparemment, des ordres avaient été donnés. Il ne vit pas Marge, mais trouva Oliver en grande conversation avec certains adeptes, qui prenait des notes d'un air très pro.

Decker chercha les tuniques bleues dans la foule en espérant repérer Nova, mais il n'aperçut que Bob. Il se fraya un chemin jusqu'à lui.

Bob l'accueillit avec un hochement de tête.

– Pluton vous attend. Juste vous, pas lui, ajouta-t-il après avoir jeté un coup d'œil à Oliver. Il l'a bien précisé.

– Pourquoi ne venez-vous pas, vous aussi ? Vous, Vénus et Nova. D'ailleurs... où est Nova ?

Il fut interrompu par un homme d'une trentaine d'années en tunique blanche, qui lui fourra sa face taurine sous le nez en criant :

– C'est scandaleux ! Vous allez vous décider à agir ou vous allez rester là, à vous branler ?

Decker recula.

– Dites donc, vous n'y allez pas avec le dos de la cuiller, vous ! dit-il à son agresseur.

Bob s'interposa aussitôt.

– Des mesures seront prises, frère Ansel. Nous n'en resterons pas là...

– Je l'espère bien ! Nous ne pouvons pas laisser ce crime impuni.

– Bien sûr que non.

– Notre intimité violée ! Satan qui profite de la tragédie qui nous frappe ! Alors que nous sommes accablés par le malheur !

– On s'occupe de tout. Maintenant, retournez dans votre chambre. La méditation commence dans cinq minutes...

– Ce n'est vraiment pas le moment...

– Au contraire, frère Ansel. Le moment est parfaitement choisi, lui renvoya Bob. C'est à travers les défis que nous lance la vie que nous nous grandissons spirituellement. Je vous en prie, retournez dans votre chambre, répéta-t-il, l'œil sévère. Vous ne voulez pas être mis à l'amende, n'est-ce pas ?

Le pugnace Ansel grogna, mais finit par partir, non sans avoir craché un ricanement à la figure de Decker.

– Qui est le Satan dont il parle ? demanda celui-ci.

– Pluton vous attend, dit Bob. S'il se monte contre vous encore une fois, qui sait ce qu'il va aller raconter aux foules.

– Accompagnez-moi.

– Ce ne serait pas sage.

– Je croyais que vous m'aviez dit être l'égal hiérarchique de Pluton, lui fit remarquer Decker après une petite pause.

Bob rougit de colère.

– En effet. Mais d'autres affaires m'appellent. Nous avons tous nos tâches attitrées.

Il ne veut pas contrarier Pluton ? se demanda Decker.

– Bien, bien. Venez si vous le pouvez, dit-il.

Bob était visiblement dans l'embarras.

– Je viendrai, mais pas tout de suite. Commencez sans moi.

– Parfait. Amenez Nova si vous le trouvez.

– Hmm, fit Bob, soudain distrait par une fille d'une vingtaine d'années, yeux vert clair, cheveux noués en un petit chignon.

Il lui fit un signe de tête auquel elle répondit, non sans lui faire passer un subtil message sexuel. Decker eut l'impression de l'avoir déjà vue quelque part.

Soudain, la mémoire lui revint. C'était Terra, la jeune conductrice du fourgon qui les avait fait entrer malgré la présence des chiens, la veille.

– Bon, à tout à l'heure, dit Bob.

– Excusez mon insistance, mais où est passé Nova ? demanda Decker.

– Vous devenez carrément empoisonnant, dit Bob, aussitôt sur ses gardes.

– Désolé, déformation professionnelle. Mais je ne veux pas vous retenir. Merci de votre aide.

– Profitez-en, ça pourrait changer.

– J'ai vu Europa hier. Elle m'a ouvert des perspectives intéressantes. Nous pourrions peut-être trouver quelques minutes pour parler d'elle.

– Pas sûr, dit Bob, le visage impénétrable. Au revoir.

– À tout à l'heure, dit Decker.

Il partit dans la direction du temple, fit une dizaine de pas, puis se retourna. Bob avait disparu, sans doute en chasse d'un corps céleste bien tangible.

Les chambres ressemblaient à des cellules clonées ; celle de sœur Andromède ne faisait pas exception, et était en tout point semblable à la description que Decker avait donnée des autres. Une couchette, une couverture de laine grossière et une étagère de fortune sur laquelle reposaient la tasse, la cuiller et quelques livres – des traités sur la spiritualité et des ouvrages de vulgarisation de physique.

À cette exception près que, audace suprême, un roman s'était glissé parmi eux. Rien de fulgurant... un titre sentimental paru deux ou trois ans plus tôt. Tout de même...

Marge tapota son calepin du bout de son crayon.

La cellule dégageait une impression d'étrangeté. Toutes les possessions terrestres de la jeune fille s'y trouvaient, et à leur place, des livres jusqu'à la valise sous le lit. Le départ n'avait donc pas été programmé. Il ne manquait que l'occupante.

Entendant des pas feutrés approcher, Marge se retourna. Une très jeune femme se tenait dans l'embrasure de la porte. Teint lisse et pâle, cheveux châtains relevés sur le sommet du crâne, lèvres pleines et pommettes saillantes, elle possédait une beauté d'enfant abandonnée. Ses mains et ses doigts étaient longs et fins, comme sculptés dans le marbre. Elle portait une tunique blanche et des chaussons blancs.

– Elle a été enlevée, dit-elle d'une voix douce.

– Dites-moi ce que vous savez, répondit Marge.

– C'est lui. Celui qu'on appelle Satan !

– Est-ce qu'il porte... un nom plus conventionnel ?

Ses doigts délicats rassemblèrent sa robe de neige en un drapé gracieux.

– Reuben Asnikov. Les parents d'Andromède l'ont engagé pour ça. Ils lui ont fait un pont d'or. Elle vivait dans la terreur de se faire enlever. Il a une réputation abominable.

– C'est-à-dire ?

– Ses méthodes... pour laver les cerveaux.

Ou pour les déconditionner, tout dépend comment on voit les choses, se dit Marge.

– Que savez-vous ? demanda-t-elle.

– Rien ne l'arrête.

– Pourriez-vous être plus précise ?

– Peut-on classer par catégories les maux infligés par le Malin ? dit-elle, une larme roulant sur sa joue. Aucun de nous n'est incarcéré ici. Nous sommes libres de partir. Et pourtant, nous restons parce que, ici, nous pouvons vivre guidés par la lumière du père Jupiter.

Elle se mit à pleurer. Marge attendit qu'elle se calme. Au bout d'une minute, elle lui demanda :

– Je n'ai pas bien saisi votre nom.

– Terra. Je m'appelle Terra, répéta-t-elle en essuyant ses yeux du dos de sa main soyeuse.

– Étiez-vous amie avec Andromède ?

– Nous faisons la classe aux enfants. Nos doux, nos adorables enfants. L'avenir de l'Ordre de l'Alliance de Dieu. L'idée qu'ils vont grandir sans la protection sacrée de notre vénéré Jupiter m'est intolérable, conclut-elle en cédant de nouveau à ses larmes.

– Où sont-ils, ces enfants ? demanda Marge.

– Venez avec moi, dit Terra en se redressant et en la prenant par la main. Je vais vous conduire à eux.

Sur la pointe des pieds, la jeune femme lui fit emprunter un couloir qui se terminait sur trois portes. De petits pleurs étouffés filtraient par l'une des portes.

– La pouponnière, dit-elle en souriant.

– Je peux jeter un coup d'œil ?

Terra entrebâilla la porte, ce qui permit à Marge d'observer sans être vue.

Trois femmes en robe blanche s'occupaient d'une douzaine d'enfants, dont les plus grands devaient avoir trois ans. L'une d'elles chantait une berceuse à un petit ange sorti d'un tableau de Botticelli. Deux nourrissons dormaient dans leur berceau. Assise par terre, une deuxième assemblait des Lego avec un groupe un peu plus âgé, une autre encore disposait un goûter sur une table de pique-nique.

– Vous voulez entrer ? demanda Terra.

– Non, ça ira. Je ne veux pas déranger.

Terra referma la porte et en ouvrit une autre.

– Voici l'une de nos deux salles de classe de primaire.

Elle entra. Aussitôt, un groupe d'enfants se mit au garde-à-vous ; ils étaient tous vêtus d'un pantalon de coton blanc, d'un T-shirt à manches longues blanc, de chaussettes et baskets blanches.

Tous les vêtements étaient d'un blanc éclatant, plus blanc que blanc. Soit ces gosses n'avaient pas l'occasion de se salir, soit la secte avait pris des actions chez le fabricant d'eau de Javel.

En blanc, droits comme des *i*..., de petits anges incarnés. Ils étaient environ une trentaine, tous ou presque de moins de douze ans. Marge fit un rapide calcul statistique : environ soixante pour cent étaient caucasiens, trente pour cent asiatiques et dix pour cent de races diverses.

Petits visages doux aux yeux qui leur mangeaient les joues, peau épargnée par les ravages des hormones, lèvres rouges et bien hydratées qui s'entrouvraient sur des sourires édentés, ils travaillaient sur des équipements dernier cri : chaque bureau était pourvu d'un ordinateur avec son écran et son imprimante. En face d'eux, diverses équations s'étalaient au feutre rouge sur la surface blanche d'un tableau. Les trois autres murs étaient garnis de bibliothèques, dont tous les titres concernaient les sciences physiques ou la spiritualité. Il n'y avait pas un seul roman. Comme toutes les autres salles, celle-ci était dépourvue de fenêtres et éclairée par le plafond.

Pas de fenêtres.

Pénétrer dans l'enceinte sans passer par les portes d'entrée était pratiquement impossible. Avec toutes les allées et venues de la veille, la police, les équipes techniques, les équipes du coroner, Asnikov s'était vu fournir une occasion rare de frapper.

Terra se plaça face aux élèves et s'adressa à eux d'un air grave.

– Bonjour, notre génération de l'avenir, lança-t-elle.

– Bonjour, notre sœur Terra, répondirent-ils d'une seule voix.

– Vous pouvez vous asseoir.

Ils obéirent.

– Je suis à vous dans un instant. En attendant, dites vos prières, demandez que le voyage de notre père Jupiter dans le prochain univers se fasse en toute sécurité. Nous espérons tous le rejoindre bientôt.

En entendant cette dernière phrase, Marge sentit ses cheveux se hérisser sur sa nuque.

– Notre cher fils Gamma, demanda Terra, veux-tu bien guider la récitation ?

Un Asiatique d'une dizaine d'années se leva. Presque aussitôt, toute la classe se mit à réciter un mantra, et un bourdonnement doux parcourut la classe comme un souffle de vent. Les deux femmes sortirent ; dès qu'elles furent seules, Marge demanda à Terra ce qu'elle avait voulu dire par « rejoindre » Jupiter.

La jeune femme la regarda éberluée.

– C'est une manière de parler, inspecteur. Il faut qu'ils se sentent inclus dans le travail de deuil. Mais en même temps, nous tenons à leur faire savoir qu'il existe un avenir meilleur. (Elle marqua une pause.) Vous ne croyez tout de même pas que nous avons à l'esprit quelque chose de plus... de plus permanent.

– Il y a eu des antécédents.

– Il n'était pas dans les méthodes du père Jupiter de forcer quiconque à quoi que ce soit. Je peux vous assurer que ceux qui ont pris sa relève agissent dans le même esprit.

Depuis qu'elle avait eu affaire à Pluton, Marge n'en aurait pas mis la main au feu.

– J'ai remarqué que ces élèves sont tous préadolescents.

Terra laissa échapper une larme.

– C'était Andromède qui s'occupait des plus âgés, répondit-elle. (Elle attrapa de nouveau la main de Marge et la secoua avec une sorte d'urgence.) Retrouvez-la, vite. Pour les enfants. Elle a un excellent contact avec eux..., avec les adolescents.

Marge dégagea lentement sa main.

– Elle a combien d'élèves ?

– Huit. Sans elle, ils sont perdus, ni plus ni moins.

– Qui la remplace ?

– Moi, répondit une voix masculine assez grave.

L'homme était grand et mince, et barbu. Il lui tendit la main.

– Gourou Bob. À qui ai-je l'honneur ?

– Inspecteur Marge Dunn.

– Ah, c'est vrai. Vous étiez ici hier.

– Oui. Je ne m'attendais pas à revenir si tôt.

– Nous ne vous attendions pas non plus. Qu'est-ce que vous faites ici ? Je veux dire... à proximité des salles de classe.

– Sœur Terra me faisait visiter.

– Tiens donc ! dit-il en fixant Terra d'un œil noir.

– J'inspectais la chambre d'Andromède, expliqua Marge en accourant à la rescousse de la jeune femme, et Terra a eu la gentillesse de s'inquiéter de son sort. Elle m'a appris qu'Andromède était enseignante. De fil en aiguille...

Mais les yeux de Bob ne quittaient pas Terra.

– Je terminerai avec mademoiselle, dit-il. Vos élèves vous attendent.

– Oui, frère Bob, dit Terra, pétrifiée. Tout de suite.

– Ne vous inquiétez pas, dit l'homme sur un ton radouci. Cette transgression restera entre nous. Je sais que vous avez cru bien faire. Voulez-vous que nous nous retrouvions dans une heure... pour discuter des programmes ?

Terra se passa la langue sur les lèvres en écarquillant les yeux.

– Oui, oui, articula-t-elle avec l'ombre d'un sourire. Oui, bien sûr.

Marge attendit, mais la conversation était apparemment terminée. Entre ces deux-là, il n'était pas uniquement question de pédagogie.

– L'affaire est close, reprit Bob d'un ton nonchalant. Vous pouvez disposer.

Terra sourit de nouveau, moins timidement cette fois. Elle pivota sur ses talons et partit retrouver la sécurité de sa salle de classe.

Les yeux de Bob brillaient.

– Vous n'avez rien d'autre à faire que de harceler une jeune femme ? demanda-t-il.

Qui harcèle qui ? songea Marge.

– De quelle transgression Terra s'est-elle rendue coupable ? lui demanda-t-elle. D'avoir fait preuve d'indépendance d'esprit ?

– L'indépendance d'esprit n'est pas une transgression. Toutes les opinions sont les bienvenues tant qu'elles s'expriment entre membres de la famille. En vous montrant les locaux sans permission, elle a commis un acte inacceptable. C'est ainsi que nous maintenons l'ordre.

– Un peu comme à l'armée.

– Disons une organisation paramilitaire. Ceux à qui ça ne plaît pas sont libres de partir, dit-il en posant sur elle un regard pénétrant.

Pluton n'exagère absolument pas. Andromède a été kidnappée. Elle est majeure. Ses parents n'ont aucun droit de la détenir contre son gré.

– C'est aussi ce que dit la loi.

– Oui, enfin... si vous croyez que nous allons nous contenter de ça ! Plus vite vous résoudrez cette crise, mieux ça vaudra. Si vous n'y parvenez pas à la vitesse de la lumière, nos relations de confiance vont se détériorer selon une courbe exponentielle.

– Vous avez des suggestions ?

– Ouais. Asnikov, et encore Asnikov. Foutez-le en taule. Faites-le avouer sous la torture.

– Dans notre pays, il y a certaines formes à respecter.

– Parce que Asnikov les respecterait, lui, les formes ? lui renvoya Bob avec un petit rire sarcastique.

13

– Qu'est-ce que vous connaissez aux sectes ?

Webster réfléchit à la question.

– Je ne suis pas un expert...

– Dans ce cas, avec moi vous tombez bien. Autant puiser l'information auprès des meilleurs.

L'interphone sonna.

– Jay sur la deux, lança une voix féminine.

– Je prends dans le petit bureau, dit Asnikov en observant Webster.

Les flics lui avaient envoyé Monsieur Muscle, surfer blond, un mètre quatre-vingts, visage juvénile même s'il devait avoir dans les trente-cinq ans. Monsieur Plages du Sud, costard en serge bleue, sourire je-ne-dis-rien-mais-je-n'en-pense-pas-moins. Pas franc du collier. À surveiller.

– Je dois prendre un appel important, lui dit-il en se levant. Resservez-vous donc un café, je reviens dans une minute. (Il marqua une pause.) Fourrez votre nez dans mes affaires et je vous colle un procès aux fesses. J'ai des caméras partout.

Webster pointa le doigt sur un vitrail géométrique fixé au plafond, puis sur la grille d'un climatiseur.

– Amusez-vous à les trouver toutes. Ça vous occupera, le temps que j'aie terminé, ajouta Asnikov.

Dès qu'il fut sorti, Webster se cala dans son fauteuil en essayant de prendre une pose décontractée : il se savait observé et transpirait intérieurement. Reuben Asnikov était un vrai coffre de banque en acier sans un millimètre de jeu.

Webster aimait la décoration du bureau, dans le style nature, retour aux sources. Le plafond, bas, était doublé d'un lambris de planches de merisier percées de spots intégrés. Le vitrail rectangulaire – un assemblage de petits carrés opaques jaunes, rouges et bleus –

courait sur toute sa longueur. Il devait dissimuler une demi-douzaine de caméras. Webster leva les yeux et fit bonjour de la main.

Tous les meubles étaient en teck poli, au design dépouillé et au confort rudimentaire. Le dossier du canapé sur lequel Webster s'était installé n'avait même aucune garniture. Quant à l'assise, elle était rendue tolérable par l'ajout de coussins de soie jaune. Le bureau d'Asnikov consistait en un énorme bloc de palissandre dont les veines dessinaient sur le bois de profondes volutes brunes et noires. Son fauteuil était un objet modulaire en cuir bleu. Sur les murs, lambrissés de merisier comme le plafond, aucune œuvre d'art : les fenêtres panoramiques, qui donnaient sur des ormes et des sycomores en pleine frondaison, fournissaient au décor sa palette de couleurs. Webster aperçut même une cascade.

Toute sensation de sérénité, cependant, était gâchée par la présence d'un coffre-fort d'un mètre quatre-vingts de haut qui occupait un coin de la pièce et abritait les dernières nouveautés en matière de matériel de surveillance, et par l'ordinateur qui dévidait des rames entières de papier. Il y avait plus de boutons lumineux sur le téléphone d'Asnikov que dans le cockpit d'un avion de ligne.

Asnikov revint quelques instants plus tard et suspendit son veston à un portemanteau en cuivre. Visage dur, yeux verts très vifs, mâchoire carrée qui se contractait sans arrêt, il avait une stature de forgeron. Mais ses vêtements – costume style Armani déstructuré fauve par-dessus une chemise à rayures bleues et marron qu'égayaient une cravate jaune et une pochette assortie – évoquaient davantage le cadre hollywoodien que le détective privé.

– Sortez votre calepin et notez, dit-il.

– Je suis prêt, dit Webster en lui montrant sa planchette.

– Bon, les sectes, reprit Asnikov en se préparant à compter sur ses doigts. Pour faire une secte, il faut : premièrement, un leader charismatique. Essentiel, le charisme. Parce que c'est le leader qui va attirer les adeptes. Les adeptes étant le deuxième ingrédient.

– Les adeptes, répéta Webster.

– Crucial, dit Asnikov avec un petit sourire figé. Les sectes ont besoin d'adeptes. Ce sont eux qui en garantissent la survie, c'est parmi eux qu'on recrute les sous-fifres qui se tapent le boulot et qui répandent la parole – qui est le troisième ingrédient.

Il leva une main où pointaient trois doigts.

– La parole ! répéta-t-il avec emphase. La philosophie, les grands mots. Toutes les sectes obéissent à des rites ; en général, elles se dotent d'une philosophie qui n'a rien d'orthodoxe et qui est spécialement conçue pour encourager une attitude d'inclusion/exclusion. La doctrine est la clé du succès d'une secte. Son but est d'isoler complètement ses membres du monde extérieur. Donc, une secte qui réussit est une secte qui efface le passé de ses membres pour lui substituer le sien propre, autour d'une philosophie qui glorifie ses propres valeurs ainsi que celles du leader charismatique, de qui découlent lesdites valeurs. Vous me suivez ?

– Je vous suis, dit Webster.

– Récapitulons. Trois choses : le charisme, les membres, la doctrine. Il y a des sectes ouvertes et des sectes fermées. La plupart de vos religions dissidentes étaient au départ des sectes qui suivaient la doctrine d'un leader illuminé. Quelques exemples : la Christian Science développée par Mary Baker Eddy ; les Shakers introduits chez nous par Ann Lee ; les Mormons, qui ont vu le jour après que Brigham Young eut sa vision de l'ange ; Maroni, le moine qui a fondé la secte des Maronites ; le hassidisme judaïque fondé par Ba'al Shem Tov. Aujourd'hui, beaucoup de ces sectes ont été incorporées dans les pratiques religieuses américaines. Mais à leurs débuts, leurs leaders étaient ridiculisés, mis au ban de la société.

– Comme Ganz, dit Webster.

– Ah, mais à une grosse différence près, objecta Asnikov. Dans les sectes dont je viens de parler, et qui sont plutôt des cultes, d'ailleurs, les adeptes adhèrent à une série de doctrines, mais – et tout est dans le « mais » – ils sont libres d'aller et venir à leur guise. Personne ne les séquestre. Les chefs spirituels, en général assez ouverts, laissent circuler leurs ouailles.

– Ce qui vous facilite la tâche.

– Absolument. Si j'arrive à rencontrer une personne en tête à tête, et sur mon territoire, je réussirai peut-être à la ramener à sa vie précédente. Si je suis sûr que cette personne ne subit aucune coercition, je laisse faire les choses. Les parents sont parfois très malheureux, mais si le gosse est majeur, c'est tant pis pour eux. Ce sont les sectes fermées qui constituent mon fond de commerce. Celles qui mettent leurs adeptes sous les verrous.

– Et vous avez l'impression que l'Ordre de l'Alliance de Dieu entre dans cette catégorie ?

– Sans aucun doute. Vous en avez souvent vu faire leurs courses au supermarché ?

– Je n'ai jamais fait attention.

– Eh bien moi, si. Et permettez que je vous dise une chose. Personne n'est jamais sorti de l'Ordre sans la permission d'Emil

Ganz, c'est-à-dire de Jupiter. Vous ne vous êtes jamais demandé comment une secte de cette importance arrivait à survivre alors qu'aucun des résidents n'a d'emploi à l'extérieur ?

– Non. Comment ?

– Deux choses : tout d'abord, la secte regroupe tout l'argent de ses adeptes. Si vous décidez d'entrer à l'Ordre de l'Alliance de Dieu, vous renoncez à tous vos biens matériels au bénéfice de la communauté. Et devinez qui décide de l'emploi de cet argent ?

– Jupiter.

– Tout juste, dit Asnikov qui prit une bouteille d'eau et la vida d'un trait. Au fil des ans, Jupiter a dû soutirer des centaines de milliers de dollars à ses adeptes. Combien en a-t-il mis dans sa poche ? la question est ouverte. Tout ce que je sais, c'est qu'il a acheté un élevage de poulets à cent soixante kilomètres au nord de son établissement. Il y produit de quoi nourrir la secte en œufs et en poulets, plus un excédent qu'il vend pour se faire un peu de liquidités.

– Donc, il utilisait l'argent au profit des adhérents.

– À ceci près que la ferme était à son nom. Il en était l'unique propriétaire. (Asnikov consulta sa montre, une Rolex.) Vous avez là l'exemple type de la secte fermée. Pour profiter des produits de la ferme, il faut y envoyer quelqu'un régulièrement. C'est un travail ingrat, qui prend du temps. Ramasser les œufs, tuer les poulets, empaqueter les plumes, ce sont des tâches dévolues à un sous-fifre. Et pourtant, les seules personnes que j'aie jamais vu quitter l'enceinte pour s'y rendre sont Jupiter et ses serviteurs, Pluton, Bob, Nova et dame Vénus. Personne d'autre. Jamais. On est en droit de se poser des questions.

– Jupiter refuse à ses adeptes tout ce qui pourrait avoir un petit air de liberté.

– Exactement. Il les tient à l'écart. Il les enferme, il les coupe de leur passé, de leurs parents, de leurs amis, de moi... à Dieu ne plaise. S'il perd ses adeptes, il perd l'assise de son pouvoir. Personnellement, je me méfie toujours des gens qui aiment le pouvoir.

Asnikov se mit à jouer des mâchoires.

– On m'accuse d'être un kidnappeur. Erreur. Je suis un rédempteur. Ce sont les gens comme Ganz qui kidnappent.

– Mais si le membre de la secte est là de son plein gré...

– Espèce inconnue. Tant qu'on lui refuse l'accès au monde extérieur, cette personne est prisonnière. Bien traitée, peut-être – nourrie, vêtue, baisée – mais aussi dépendante qu'un animal domestique. Vous avez des enfants, monsieur ?

– Oui.

– Ça vous plairait qu'une espèce d'andouille traite votre fils ou votre fille comme un animal de cirque et l'oblige à obéir aveuglément à ses ordres ?

– J'en aurais le cœur brisé, c'est vrai. Mais enlever une personne majeure, même pour son bien, est contraire à la loi, dit Webster en le regardant dans les yeux. Je ne vous fais pas l'injure d'insinuer que vous l'ignorez. Je doute qu'une chose aussi triviale qu'une loi puisse vous arrêter.

– Si ces crétins de l'Ordre prétendent m'avoir vu à moins de dix mètres de leurs locaux dans les cinq dernières semaines, ils mentent. Pire, ils cachent peut-être un acte abominable.

– Comme ?

– Une jeune fille a disparu, monsieur. À vous de trouver les réponses.

– Vous croyez au meurtre ?

– Je les crois surtout capables de tout.

– Vous n'essaieriez pas... par exemple... de détourner l'attention de votre personne, n'est-ce pas ?

– Je n'ai pas besoin de détourner l'attention de ma personne, répondit Asnikov sans ciller. Vous pouvez me surveiller tant que vous voudrez. Si j'enfreins la loi, arrêtez-moi. J'ai la conscience parfaitement tranquille.

– Donc, vous n'avez rien à voir avec l'enlèvement de Lauren Bolt ?

– Rien du tout. D'ailleurs, qui vous dit qu'elle a été enlevée ? Avec tout le remue-ménage qu'il y a eu hier, elle a eu cent fois l'occasion de se faire la belle.

– Et si j'inspectais vos livres, je ne trouverais pas Millard et Patricia Bolt parmi vos clients ?

– Question purement rhétorique que vous posez là, répondit Asnikov avec l'ombre d'un sourire. Si vous arriviez à déchiffrer mes livres, qui sont codés, je vous embaucherais sur-le-champ avec un salaire de départ à six chiffres. Si vous ne me croyez pas, demandez aux parents de Lauren.

– Nous avons essayé de les joindre, dit Webster. La secrétaire de M. Bolt répond qu'ils sont en vacances.

– Nous sommes dans un pays libre. C'est leur droit.

Webster s'affaissa sur son siège en essayant de trouver une position confortable sur ce canapé inhospitalier.

– Qu'est-ce qui fait que je n'arrive pas à vous croire ?

– Je ne sais pas, dit Asnikov. Au fond, nous sommes du même côté.

– C'est le « au fond » qui me gêne, dit Webster. Voyez-vous, mes méthodes restent toujours dans le cadre de la légalité.

– D'où le fort taux d'échec parmi les enquêtes policières, répondit Asnikov avec un immense sourire qui découvrit son dentier. J'insiste : si vous croyez que j'ai violé la loi, arrêtez-moi. Vous faites votre boulot, je fais le mien.

Webster s'humecta les lèvres et décida de changer de tactique.

– À votre avis, que va-t-il advenir de la secte maintenant que Jupiter a disparu ?

– Question intéressante. (De nouveau, Asnikov consulta sa montre, mais il ne semblait pas pressé.) Au-dessous de lui, il y a quatre personnes, théoriquement au même niveau hiérarchique. Mais pour qui a mis tant soit peu le nez dans leurs affaires, il est clair que Pluton est le numéro deux.

– Donc, il va prendre la tête ?

– Remarquez que j'ai dit le numéro deux. Le problème, c'est qu'il y a un numéro un. Et qui a autant de pouvoir que lui. À l'heure qu'il est, je dirais que les rênes sont plutôt entre les mains de Pluton. Je suis sûr qu'il tient Vénus le plus à l'écart possible des décisions. Mais une fois qu'elle aura retrouvé ses marques, le vent pourrait tourner.

– Qui donnez-vous comme gagnant ?

– Impossible à dire. Mais je ne vois pas d'autre scénario qu'une prise de pouvoir par Pluton, suivie d'une contre-attaque de la part de Vénus... et ça peut durer un certain temps jusqu'à ce que le vainqueur émerge naturellement.

– Dans longtemps, à votre avis ?

– Qui sait ? dit Asnikov en fronçant les sourcils. Une semaine, un mois, un an. Plus long ce sera, mieux cela vaudra pour tout le monde. Quand la lutte pour le pouvoir se fait dans la hâte et sans réfléchir aux conséquences, ça peut tourner mal. Si j'étais la police, je ne relâcherais pas ma vigilance. Avec eux, il faut s'attendre à tout. Vous n'avez certainement pas envie d'avoir un tas de gosses morts sur la conscience.

14

Pluton semblait en prière. Decker en profita pour se familiariser avec le temple, qui baignait de nouveau dans le silence depuis la fin de la procession. Le sanctuaire était rectangulaire, sauf sur son côté nord qui s'arrondissait en chevet et était surmonté d'un dôme. À cet endroit, l'ouvrage était décoré d'une fresque spectaculaire représentant les constellations, toute de bleus saphir profonds, de blancs et de gris argentés brillants. Au milieu des cieux trônait un immense portrait en buste d'Emil Euler Ganz. Mâchoire exagérément prognate, yeux d'acier trempé à découper le granit, le père Jupiter posait sur ses adorateurs un regard sévère. Le cou enchâssé dans un capuchon de moine en fourrure, il était vêtu de pourpre rehaussé d'or. Au-dessus de sa chevelure argentée, reposait un halo, ou peut-être une galaxie circulaire. Dans la main droite, il tenait un sceptre fait de poussière cosmique irisée, tandis que sa planète éponyme tournoyait sur un doigt de sa main gauche. L'ensemble aurait pu dégager un effet comique si l'intention de l'artiste n'avait pas été d'évoquer un dieu capable d'infliger plaies et fléaux.

Les trois murs restants étaient ornés de vitraux représentant les huit autres planètes – portées chacune par sa divinité de la mythologie grecque – et l'espace central occupé par dix rangs de bancs d'église. Pluton était agenouillé au premier rang, tête baissée, mains croisées sur le front. Ses lèvres articulaient une prière muette. Decker se racla la gorge, il tourna la tête.

– Vous arrivez toujours par-derrière, en catimini ? demanda-t-il d'une voix presque basse, mais dont l'écho se répercuta dans le sanctuaire.

– Pour filer les gens il faut apprendre à passer inaperçu, rétorqua Decker.

Pluton se leva et se tourna vers lui.

– Et c'est ça que vous faites en ce moment ? Une filature ?

Decker s'avança à pas comptés.

– Vous avez signalé la disparition d'une jeune fille, je suis ici pour enquêter. Mon intérêt va dans le sens du vôtre.

– Je souhaite vivement que vous soyez sincère. Agissez ! cria-t-il, rouge comme une écrevisse. Et commencez par ce dingue !

– Asnikov...

– Mais bien sûr, Asnikov ! (Le petit homme se mit à faire les cent pas dans l'allée principale.) Ce monstre, ça fait des années qu'il est sur notre dos..., un vrai prédateur ! Sans succès, dois-je dire, pour ma plus grande fierté. Cajoleries, subornation, maladresses, tout a échoué lamentablement. Alors, il a eu recours à cette méthode sans scrupule.

– Vous pensez qu'il l'a kidnappée.

– Je ne le pense pas, je le sais !

– D'accord. Bon. En admettant que vous ayez raison, avez-vous une idée de l'endroit où il la cache ?

Pluton s'arrêta net.

– Non. Il va falloir que vous meniez une enquête exhaustive sur lui. Que vous organisiez une chasse à l'homme. Il faut le suivre à la trace... Tenez, vous qui parliez de filature... Si vous voulez, je peux vous aider à échafauder un plan.

Commencer par prouver qu'il y a eu crime ne serait pas mal non plus. Decker se passa la langue dans la joue et leva les yeux. La voûte était peinte d'étoiles et de corps célestes. Il s'étonna de ne pas l'avoir remarqué plus tôt.

– J'ai demandé à Bob et à Nova de nous rejoindre, dit-il. Ensemble, nous trouverons peut-être une meilleure solution.

– Totalement inutile ! Plus on est nombreux, plus on multiplie les problèmes.

– Ne sont-ils pas vos pairs ? demanda Decker, qui, d'impatience, tapa du pied.

– Notre manière de gérer notre personnel ne vous regarde en rien. Cantonnez-vous à ce qui vous concerne. Retrouvez Andromède.

– Qui décide de l'opportunité de réunir plusieurs avis ?

– Excellente question ! répondit une voix féminine un peu rauque.

Pluton et Decker se tournèrent vers la porte. Vénus marqua un temps d'arrêt pour laisser les deux hommes s'imprégner de sa présence, puis s'avança d'un pas lent et mesuré, sa tunique rouge et or balayant le sol. De son maintien, qu'elle avait dû longuement répéter, se dégageait une impression de pouvoir régalien.

– Pourquoi n'ai-je pas été informée de cette réunion ?

Pluton serra les poings, puis détendit lentement ses doigts.

– J'avais l'intention de vous mettre au courant...

– Quand ?

– Dès que j'en aurais trouvé le temps ! Pendant que vous méditiez dans votre chambre, j'étais dans le hall, occupé à calmer un mouvement proche de l'émeute !

– D'après ce que j'ai entendu, vos paroles étaient plus incendiaires qu'apaisantes.

– C'est que vous aurez mal entendu !

Ils s'affrontèrent dans un silence de plomb. Decker se sentit dans la peau d'un enfant pris entre des parents en plein divorce. Les secondes s'égrenèrent.

– Je ne suis pas une fleur de serre, Pluton, dit enfin Vénus. Je ne tolérerai pas d'être tenue à l'écart des choses qui concernent ma famille. Et cela d'autant moins qu'Andromède m'était très chère.

– Si vous voulez vous salir les mains, qu'il en soit fait selon votre désir, lui renvoya Pluton en jugeant prudent de céder du terrain. Après tout ce que vous venez d'endurer, je voulais vous épargner cette épreuve.

– J'apprécie votre sollicitude, mais je la trouve mal placée. (Elle se tourna vers Decker et posa sur lui un regard dur.) Je compte sur vous pour rendre Andromède à son foyer, c'est-à-dire ici, lui dit-elle. Sa place est parmi nous ! Si vous échouez, j'en connais d'autres qui réussiront, et qui sont prêts à s'atteler à la tâche.

Sous-titrage : dans l'illégalité. Des menaces en l'air, ou a-t-elle vraiment le bras long ?

– Savez-vous où on pourrait la trouver ?

– Non. Asnikov la cache dans un endroit secret. Vous avez du pain sur la planche.

– Avant de mobiliser les effectifs que vous demandez, il vaudrait tout de même mieux être sûr qu'il s'agit bien d'un crime...

– La jeune fille a disparu, le coupa Pluton.

– Elle est majeure, monsieur. Elle est libre de ses allées et venues.

– Jamais elle ne serait partie de son plein gré ! s'exclama Vénus.

– Comment le savez-vous ?

– Elle se plaisait beaucoup ici. Elle était heureuse. Et elle n'aurait jamais quitté les enfants. Elle les adorait !

– A-t-elle des enfants, elle-même ?

Une voix d'homme répondit :

– Non, elle n'en a pas. Elle leur faisait la classe.

Le trio se tourna vers le nouvel arrivant. C'était Bob.

– Ses élèves étaient les adolescents. Elle avait un très bon contact avec eux. Probablement parce qu'elle n'était guère plus âgée qu'eux.

– N'avez-vous pas dit que vous alliez la remplacer ? demanda Pluton, troublé par sa présence.

– Il m'a appelé ici, répondit Bob en désignant Decker du pouce. J'ai confié mes élèves à Terra pour la journée. Ils ne sont que sept.

– Sept ? s'étonna Vénus. Je croyais qu'ils étaient huit. J'en suis même sûre.

– Non, sept, dit Bob, dont les yeux se mirent à courir partout à la fois.

– Non, le contredit-elle en tapant par terre du bout du pied. Huit, j'en suis sûre. Vega, Rigel, les deux filles de Gamma, Asa, et...

– Et Myna, compléta Bob. Elle était là.

– Orion, Leo, Ursa..., poursuivit-elle.

– Ils étaient tous là, Vénus.

– Non, il en manque un, insista-t-elle. Mon Dieu ! Qu'on ne me dise pas que ce monstre a mis la main sur un de nos enfants !

– Attendez, attendez, dit Bob, irrité. Vega, Rigel, Asa, Myna, Orion, Leo, Ursa... Je crois que c'est tout...

– Non, non ! cria Vénus, de plus en plus inquiète. Et Lyra ! s'écria-t-elle d'une voix triomphante. La petite de Moriah. Elle a treize ans...

– Je ne l'ai pas vue aujourd'hui, dit Bob. Elle était peut-être malade.

– Qu'est-ce que c'est que cette histoire ? gronda Vénus. Elle avait été confiée à votre garde.

Bob changea subitement d'attitude.

– Par pure bonté d'âme, j'ai accepté de leur faire classe, dit-il, agressif. Pas de me transformer en baby-sitter ! Écoutez, Pluton, ça ne me dérange pas que vous assumiez temporairement les fonctions de Jupiter si cela assure la stabilité de la famille, mais à condition que vous ne vous preniez pas pour lui.

– Loin de moi l'intention de me substituer à Jupiter ! rétorqua Pluton. Mais il faut bien que quelqu'un continue de régler les affaires courantes le temps que les choses reprennent leur cours normal. Et en tout cas, je ne vois pas qui d'autre en aurait été capable...

– Qu'est-ce que vous insinuez ? l'interrompit Vénus.

– Je parlais de Nova ! marmonna Pluton. Pas de vous.

– Dites... et si on allait la chercher, cette fille, lança Decker. On pourrait commencer par sa chambre.

– Lyra loge avec les adolescentes, expliqua Vénus.

– Conduisez-moi chez elles, lui dit Decker.

Puis, aux deux hommes :

– Vous deux, rassemblez ses camarades de chambre. Je veux les interroger.

– Oh, mon Dieu ! marmonna Pluton. Et comment annoncer ça à Moriah ?

– Elle s'en fiche, dit Bob en l'écartant pour passer.

– Comment ça, elle s'en fiche ! s'indigna Pluton pour la énième fois. Bien sûr que non !

– Écoutez, elle s'en moque forcément. Elle est totalement déjantée.

– C'est en ces termes que vous parlez d'une femme à la spiritualité si...

– Ce n'est pas de la spiritualité, c'est de la psychose !

– C'est une malade mentale ? demanda Decker.

– Avérée, lui confirma Bob.

– Vous avez une malade mentale parmi vos pensionnaires ? dit Decker, interloqué.

Sans crier gare, Bob se mit dans une fureur noire.

– Avant de commencer à nous juger, laissez-moi vous dire une chose : quand frère Pluton a trouvé Moriah, elle avait trente ans et venait de passer quinze ans dans divers centres de traitement et hôpitaux. Elle vivait avec sa fille – qui avait cinq ans à l'époque – dans un carton souillé par leurs excréments. Pluton les a recueillies par charité. Depuis huit ans maintenant, grâce à nous Lyra a trouvé une famille et Moriah est propre et mange à sa faim, ce qui est plus que ses propres parents ont jamais fait pour elle. Quand nous l'avons trouvée, ils l'avaient reniée. Mais maintenant que Lyra devient une jeune femme, ils se manifestent et nous envoient des lettres de menaces.

– Par Dieu et Jupiter ! s'écria Vénus.

– Oh, non ! dit Bob en se frappant le front. La cible, ce n'était pas Andromède, mais Lyra ! (De nouveau, il se frappa le front.) Les salauds ! Ils ont profité de la confusion qui régnait ici pour l'enlever. C'est encore pire que ce que je pensais, poursuivit-il en faisant les cent pas. Andromède devait protéger Lyra quand Asnikov a frappé. Je prie très fort Dieu et Jupiter qu'il ne lui ait pas fait de mal en essayant de mettre la main sur la petite !

Ce fut Decker, une fois de plus, qui fit les frais de la colère de Pluton.

– Alors, vous nous croyez maintenant ?

Ce scénario tragique sonnait vrai. Parce que cette fois-ci, la victime était un enfant.

– C'est épouvantable ! gémit Bob. Il faut absolument que vous écrasiez ce monstre ! aboya-t-il, furieux, à la figure de Decker.

– Sérier les priorités, dit le policier autant pour lui-même que pour répondre à Bob. Commençons par vérifier que Lyra n'est pas sous votre toit.

15

Marge avait établi un quartier général de fortune dans l'une des cellules vides. Il y avait à peine la place d'y loger deux chaises et une table de bridge, mais cela faisait parfaitement l'affaire. C'était Bob qui avait lui-même proposé cet arrangement, signe que l'intervention de la police était la bienvenue, même si l'attitude de Pluton, qui continuait de vomir des accusations, semblait indiquer le contraire.

Marge s'était fixé comme première tâche de définir une fourchette de temps pour la disparition de la jeune femme et de l'adolescente. Vers quatre heures, avant la méditation du soir, on lui envoya Vega, l'une des camarades de chambre de Lyra. Elle la trouva petite pour ses quatorze ans, tout en sachant qu'elle jugeait non seulement d'après les critères américains mais aussi d'après elle-même, qui était plus grande que la moyenne. Peut-être aussi cette impression était-elle due à la posture de la jeune fille qui était entrée dans la pièce les épaules voûtées et serrant ses livres entre ses bras maigres.

Habillée de blanc, comme les autres enfants, Vega était métisse. Elle avait un teint cuivré, des cheveux noirs raides comme des baguettes et des yeux bleus en amande étirés vers le haut. Marge lui désigna la deuxième chaise, la jeune fille s'y assit droite comme un *i*. Visiblement, on lui avait appris à s'asseoir ainsi et pas autrement. Comme elle ne lâchait pas ses livres, Marge dut les lui prendre et les poser par terre. Vega croisa les mains sur ses genoux. Marge lui adressa un sourire qu'elle ne lui rendit pas.

Elle enfonça la touche « enregistrement » de son magnétophone et poussa l'appareil vers Vega en lui demandant :

– Vous savez ce qui vous amène ici ?

Vega fit un signe de tête affirmatif.

– Réponse gestuelle affirmative, dit Marge dans le micro. Puis, à elle : Je voudrais vous l'entendre dire.

– C'est parce que Andromède et Lyra ont disparu. Vous avez besoin de notre aide, répondit Vega d'une voix de robot.

– Vous partagez le dortoir de Lyra, est-ce exact ?

De nouveau, hochement de tête.

– Hochement de tête affirmatif, répéta Marge dans le micro. Vega, pourriez-vous me répondre par oui ou par non, pour que je puisse en garder trace sur ma bande ? Bon. Lyra a-t-elle passé la nuit dernière dans son lit ?

– Exact.

– Vous souvenez-vous de l'avoir vue en vous réveillant ?

– Exact.

– De l'avoir vue habillée pour se rendre en classe ?

– Vous voulez dire... à la méditation du matin puis au réfectoire ?

– Euh... oui. L'avez-vous vue prête à se rendre à la méditation puis au réfectoire ?

– Exact.

– Vers quelle heure êtes-vous partie pour... c'est quoi en premier ? La méditation ou le petit déjeuner ?

– La méditation.

– À quelle heure ?

– Sept heures.

– Donc, vous l'avez vue à sept heures ce matin ?

– Exact.

– Ensuite, vous prenez le petit déjeuner à quelle heure ?

– Sept heures et demie.

– Elle y était ?

– Exact.

– Et après, quel est le programme ?

– Il y a une nouvelle séance de méditation.

– À quelle heure ?

– À huit heures.

– Et Lyra y était ?

– Exact.

– Qu'avez-vous fait après la seconde méditation ?

– Nous sommes allées en classe.

– Lyra s'y est rendue avec vous ?

Vega pinça les lèvres.

– Je... je crois, mais je ne pourrais pas l'affirmer. Notre professeur, Andromède, était absente, ce qui a causé une certaine confusion.

– Quelle heure était-il ?

– Les cours commencent à huit heures et demie. Il devait donc être huit heures et demie. Nous sommes toujours ponctuels.

– Et Andromède n'était pas dans la classe...

– Non. Nous étions tous très déconcertés.

– Et... à ce moment-là, Lyra était avec vous ?

– Je crois. Mais comme je vous l'ai dit, nous ne savions plus que faire.

– Y avait-il un adulte avec vous ?

– Non, personne. C'est pour ça que nous étions si désemparés. Finalement, Terra est venue. Elle a été surprise de constater l'absence de notre professeur Andromède. Elle aussi en a été très troublée.

– Quelle heure était-il, environ ?

– Vers neuf heures. Je crois qu'un des garçons était allé la chercher... tant nous étions inquiets.

– Donc, entre huit heures et demie et neuf heures, vous êtes restés sans professeur.

– Exact.

– Qu'avez-vous fait ?

– Ce que nous avons fait ? Je ne comprends pas la question.

– Vous êtes restés une demi-heure sans enseignant. Comment avez-vous occupé votre temps ?

– Nous sommes restés assis à nos places.

Marge attendit d'autres explications. Comme Vega n'ajoutait rien, elle répéta :

– Vous êtes restés à vos places ?

– Exact.

– Vous parliez entre vous ?

– Non. Nous avons attendu en silence. Certains en ont certainement profité pour méditer. Mais c'est toléré, tant qu'on ne fait pas de bruit.

– Vous êtes restés assis à méditer... ou à attendre.

– Exact.

– Sans parler ?

– Sans parler.

Marge posa son crayon.

– Vous vous plaisez ici, Vega ?

Dans les yeux de la jeune fille, elle lut de la perplexité.

– Je suis ici chez moi. Bien sûr que je me plais chez moi.

– Qu'est-ce qui vous plaît ?

– Comment ça ?

– Oui. Qu'est-ce que vous aimez faire ?

– J'aime tout.

– Tout ? répéta Marge après avoir marqué une pause.

– Exact, dit la jeune fille, dont pas un seul muscle ne s'était détendu.

– Y a-t-il une chose que vous aimez en particulier ?

Vega réfléchit avant de répondre.

– Notre père Jupiter était un savant. J'imagine que ce qui me plaît le plus, c'est la science.

– Ça englobe beaucoup de choses, la science. Vous devez bien avoir une matière préférée ?

– La physique des particules, peut-être... les différentes couleurs du spectre électromagnétique qui sont émises quand les atomes sont excités puis retombent à l'état de repos. Cette semaine, notre gourou Bob doit nous enseigner les différentes familles de mesons, bosons et antimesons. Ça devrait être très intéressant.

Marge dut faire un effort pour ne pas la regarder bouche bée.

– Très intéressant, en effet, dit-elle.

– Dans ce cas, la physique quantique doit vous plaire aussi, dit la jeune fille en esquissant pour la première fois un sourire. Nous avons beaucoup de choses en commun, à ce que je vois. Vous aussi, vous vous plairiez ici. Vous pourriez peut-être devenir un de nos chers professeurs ?

Marge eut un pincement au cœur en voyant cette fille petite, étouffée, complètement coincée, tenter de nouer une relation avec elle. Elle avait du mal à lui donner ses quatorze ans. Quand elle travaillait à la brigade des mineurs, elle côtoyait des ados cyniques et blasés. En comparaison, la naïveté de celle-ci faisait peine à voir. Ce n'était qu'une gosse qui réclamait de l'amour.

– J'aimerais bien, Vega, lui dit-elle, mais je n'ai pas reçu de formation d'enseignante. Je suis policier. Tu sais ce que c'est, n'est-ce pas ?

– Naturellement, dit Vega d'un air grave. Vous endiguez le désordre qui règne à l'extérieur pour empêcher le monde de sombrer dans le chaos absolu. Mais vous ne pouvez apporter que des remèdes temporaires. La société est bien trop entropique pour trouver un état de repos permanent.

Visiblement, elle régurgitait ce que ses gourous sans scrupule lui avaient fait avaler. Mais son constat n'était pas totalement faux.

– Et si on revenait à Andromède et à Lyra ? dit Marge.

– Certainement. Comme vous voudrez, dit Vega avec sincérité.

– Tu m'as dit que Terra est venue dans votre classe vers neuf heures, reprit Marge en étouffant un soupir.

– Exact.

– Et ensuite ?

– Elle nous a demandé où était notre professeur Andromède et, bien entendu, personne n'a pu lui répondre.

– Et après ?

– Elle nous a dit de méditer avec sa classe – les plus jeunes – pendant qu'elle allait tenter d'élucider ce mystère si troublant. Nous avons attendu avec la classe des plus jeunes.

– Bon et maintenant quelque chose de très important, Vega : te rappelles-tu si Lyra t'a accompagnée dans la classe de Terra ?

– Non, je ne m'en souviens pas. La dernière fois où je suis sûre de l'avoir vue, c'était au petit déjeuner.

– Vega, est-ce que Lyra te paraissait heureuse ici ?

– Évidemment.

– Elle ne s'est jamais plainte de rien ?

– Jamais.

– Te parlait-elle de ses grands-parents ?

– Je ne savais pas qu'elle avait encore ses grands-parents.

– Et toi ?

– Je ne sais pas. Ma vraie famille, c'est l'Ordre de l'Alliance de Dieu.

Marge s'abstint de tout jugement. Cela n'aurait servi qu'à l'angoisser.

– Donc, Lyra ne t'a jamais parlé de ses grands-parents.

– Exact.

– Et tu ne te souviens pas de l'avoir vue dans la classe de Terra ?

– Exact, je ne m'en souviens pas.

– Mais tu es sûre qu'elle a pris son petit déjeuner avec toi ?

– Oui.

– As-tu une idée de l'endroit où Lyra ou Andromède peuvent être actuellement ?

– Non.

Marge plongea les yeux dans ceux de l'adolescente, projetant ses propres émotions sur ces deux miroirs plats.

– Vega, es-tu inquiète pour elles ?

– Ce serait bien de les retrouver, dit-elle en se mordant la lèvre. J'aime bien Lyra. Et j'adore notre professeur Andromède.

– Pourquoi ?

La lèvre inférieure de Vega se mit à trembler, trahissant pour la première fois une émotion sincère.

– Elle était très gentille. Et elle a un grand sourire très joli. Si vous ne la retrouvez pas, elle va me manquer.

Lentement, une larme roula sur sa joue, qu'elle ne se donna pas la peine d'essuyer.

– Un jour, elle nous a lu un livre sur un petit prince qui volait dans les galaxies et à qui il arrivait toutes sortes d'aventures.

– *Le Petit Prince ?* de Saint-Exupéry ?

– Exact, ce livre-là.

– Tu avais raison, Vega, dit Marge en souriant. Nous avons beaucoup de choses en commun. Moi aussi, j'ai adoré ces histoires. Je les ai lues quand j'avais ton âge, en cours de français.

– Nous, nous les lisons en anglais, mais Andromède nous a dit que peut-être un jour elle nous les apprendrait en français.

– Ainsi donc, elle vous lisait *Le Petit Prince*...

– Exact.

Puis Vega ajouta avec un soupir :

– C'étaient des histoires très fantaisistes, et notre gourou Pluton nous a confisqué le livre sous prétexte qu'il n'était pas sérieux... ce qui est vrai.

Elle poussa de nouveau un profond soupir et laissa couler une larme, puis elle conclut :

– C'étaient de belles histoires.

Lorsqu'il fut clair que Lyra avait effectivement disparu, Pluton convoqua une réunion dans le temple. Decker y arriva de bonne heure, suivi quelques minutes plus tard par Oliver et Marge.

– Je ne vois vraiment pas l'intérêt de cette réunion, dit Oliver.

– Moi non plus, dit Decker. Si on allait interroger la mère de Lyra ?

– Elle ne parle pas, patron, dit Marge. Elle se balance sur son derrière en émettant une sorte de charabia ininterrompu. Et elle ne me fait pas l'effet d'une simulatrice.

– Eh bien, on a tiré le gros lot, dit Oliver.

– Dans ce cas, nous n'avons plus rien à faire ici, dit Decker. Si nous concluons à un kidnapping de la part des grands-parents de Lyra, c'est à eux qu'il faut aller parler.

– Et... c'est effectivement votre conclusion ? demanda Marge.

– Je ne sais pas.

– Moi, dit Oliver, j'ai comme l'impression que quelqu'un essaie de démanteler la secte : d'abord Jupiter, ensuite deux disparitions.

– Quel rapport entre les disparitions et le suicide ?

– J'ignore s'il y en a un, dit Oliver. Ça peut s'être passé comme le prétend Pluton : quelqu'un profite du remue-ménage pour kidnapper la gosse ou la femme, ou les deux.

– Quelqu'un a le nom des grands-parents ? demanda Decker.

– Pas moi, dit Marge. J'ai été trop occupée à interroger les adolescentes. Elles me font de la peine, ajouta-t-elle avec un soupir. Piégées dans un monde sans vie peuplé de physique des particules et de théorie de la relativité. Dans un monde sans boums, sans bals de promo, sans sorties au stade le vendredi soir...

Decker compatit, lui à qui l'école de ses propres fils inspirait des sentiments similaires. Ils avaient cours de sept heures à cinq heures et demie et le soir en prime, deux fois par semaine. L'école était mixte, mais les classes non. Il n'y avait rien de bien surprenant à ce qu'un gosse « tendu » comme Jacob fasse l'école buissonnière pour goûter à la sauvette aux joies de la vie. Mais cela, il ne le dirait jamais à Rina. Certaines choses étaient immuables et devaient le rester s'il tenait à sauvegarder son mariage. La vie religieuse de Rina était tout aussi programmée par son éducation que ses cheveux noirs l'étaient par ses gènes.

– Aucun des gosses que j'ai interrogés ne se souvient d'avoir vu Lyra dans la classe de Terra, dit Oliver. Ce qui permet de situer sa disparition aux environs de neuf heures. À quelle heure avez-vous été prévenu, patron ? demanda-t-il à Decker.

– Vers midi et demie.

– Près de quatre heures plus tard ? Et personne n'avait rien remarqué ? s'étonna Marge.

– Ils étaient tellement bouleversés par la disparition d'Andromède qu'ils n'auront pas fait attention aux gosses.

– Tout de même...

– Je suis d'accord avec vous, dit Decker. C'est louche.

Un instant plus tard, le gourou Bob arriva, suivi d'une Terra toute soumise.

– Bonjour, Terra, lui dit Marge, qui fit les présentations.

– Terra était la collègue d'Andromède, expliqua Bob. J'ai pensé qu'elle pourrait vous apporter quelques petites précisions. Terra, dites à ces sympathiques personnes si Andromède aurait fait ses bagages et nous aurait quittés d'elle-même, ajouta-t-il en lui donnant une petite tape dans le dos.

– Certainement pas ! lança Terra d'une voix aérienne. Jamais elle ne serait partie.

Bob se mit à marcher en rond autour d'elle tel un avocat autour d'un témoin qui dépose à la barre.

– Et Lyra ? Elle aussi aurait pu décider de nous quitter ?

– Jamais. C'était une enfant et, contrairement à Andromède, elle n'avait aucun moyen de subsistance. Il est clair qu'elle a été enlevée.

Bob regarda Decker l'air de dire : attrapez ça.

– Eh bien, voilà qui résout tout, Bob.

– Avez-vous la moindre idée de l'endroit où elle pourrait se trouver ? demanda Decker.

– Elle a été enlevée par ses grands-parents, répondit Bob en sursautant.

– C'est vous qui le dites, le coupa Decker. Vous avez parlé de lettres de menaces que vous auriez reçues d'eux. J'ai besoin de les voir.

À ce moment-là, Pluton fit irruption dans le temple et déboula au pas de charge dans l'allée centrale.

– Qu'est-ce qu'elle fait ici ? demanda-t-il, le doigt pointé sur Terra. À qui avez-vous laissé la garde des enfants ?

– Ils déjeunent, gourou Pluton, répondit Terra de sa voix éthérée.

– Qui surveille le réfectoire ?

– Frère Ansel et frère Bear, lui répondit Bob. Avec eux deux, rien à craindre.

Bien qu'à peine radouci, Pluton se dispensa de commentaire.

– Terra, reprit Bob en se tournant vers la jeune femme. Répétez-leur ce que vous m'avez dit... sur Andromède.

Terra se mit à parler comme un automate.

– Andromède vivait dans la terreur de se faire enlever par Reuben Asnikov...

– Quel monstre ! cracha Pluton. Quand se décidera-t-on à lui faire payer ses crimes ?

– Nous y arrivons, répondit Bob. Poursuivez, Terra.

– Mais elle se faisait également du souci pour Lyra. Ses grands-parents, les parents de Moriah, avaient écrit des lettres à leur petite-fille, dans lesquelles ils la prévenaient qu'ils avaient engagé les services d'Asnikov pour la récupérer...

– Minute, minute ! l'interrompit Decker. Ils lui avaient écrit ? Je croyais, dit-il à l'intention de Bob, qu'ils avaient envoyé des lettres de menaces à votre communauté.

– Ils peuvent avoir écrit à tout le monde, dit Bob.

– Quelqu'un peut-il me montrer ces lettres ?

– Lyra a montré les siennes à Andromède, dit Terra. Ensuite, Andromède m'a confié que...

– Qui détient ces lettres ? la coupa Decker, dont l'impatience croissait.

Pas de réponse.

– Donc, si je comprends bien, personne ne les a ?

– Pas moi, en tout cas, dit Bob. Mais je me souviens de les avoir lues. C'est comme ça que j'ai pris connaissance de leur contenu. Vénus, peut-être ?

– Comment sont-elles arrivées entre vos mains ? demanda Decker en s'efforçant de rester impassible.

– C'est Jupiter qui me les a montrées.

– Jupiter ? tonna Pluton. Il vous a montré des lettres destinées à notre communauté ?

– Oui, Pluton. Avez-vous d'autres questions auxquelles je puisse répondre ?

– Était-ce Jupiter qui ouvrait le courrier ? demanda Decker. D'après ce que je comprends, il est régulièrement censuré.

– Moi, je ne censure rien, dit Pluton.

– Quelqu'un s'en charge, en tout cas. Nous ne sommes pas dans une institution publique, mais dans un endroit privé qui obéit à un règlement strict. Ne me racontez pas n'importe quoi. Vous n'auriez jamais laissé Lyra lire une lettre dans laquelle ses grands-parents lui faisaient part d'un projet d'enlèvement.

– Elle a pu lui être remise à notre insu, dit Bob.

– Ah oui ? Dites-moi qui aurait pu franchir ces murs et remettre en mains propres un courrier à une fille de treize ans. Ça ne tient pas debout. Si vous voulez mon avis, cette histoire de kidnapping est une ruse.

– Comment a-t-elle disparu, alors ?

C'est le moment que choisit Vénus pour paraître dans toute sa gloire. Elle marqua un temps d'arrêt, puis s'avança en grande pompe dans l'allée principale, vêtue de sa robe d'apparat. Encore plus élaborée que l'autre, celle-ci était entièrement brodée et rehaussée de perles qui lançaient des éclairs de lumière. On aurait dit une robe de soirée signée par un grand couturier. Elle s'arrêta devant Decker.

– J'ai parlé à Moriah...

– Vous plaisantez, dit Bob.

– Pas du tout. Elle parle...

– Elle bredouille. Elle n'a pas toute sa tête...

– Assez, en tout cas, pour pleurer la perte de sa fille.

– Vous l'avez mise au courant ? s'écria Bob, estomaqué. Je croyais que nous étions d'accord pour...

– J'ai pensé qu'elle pourrait nous mettre sur la piste de Lyra.

– Et alors ?

Vénus s'assit sur le banc du premier rang et lissa sa toge du plat de la main. Ses yeux tombèrent sur le portrait de Jupiter et son regard sévère et désapprobateur.

– Malheureusement, non. Nous avons laissé tomber cette pauvre femme.

– Vous n'auriez pas dû lui en parler, déclara Bob. Au fait, quelqu'un a vu Nova ? Il est introuvable.

Il ne rencontra que des regards absents.

– Je vais vous dire... je trouve tout ça très étrange, moi, reprit-il en regardant Decker. Il suffit que vous apparaissiez pour que, tout d'un coup, les gens se mettent à disparaître.

– Bien observé, gourou Bob, fit observer Pluton avec un sourire mauvais.

– Allez trouver frère Nova, dit Bob en se tournant vers Terra.

– Moi ? balbutia-t-elle, effrayée.

– Oui, vous. Vous avez des bras et des jambes, que je sache. Filez !

La jeune femme partit précipitamment, l'ourlet de sa toge blanche balayant le sol. Bob se tourna de nouveau vers Decker.

– Vous avez deux disparues sur les bras, toutes les deux associées à Asnikov...

– Je vous demande pardon, dit Decker. Nous n'avons absolument rien qui nous permette d'établir le lien entre Asnikov et les disparues. Pour autant que je sache, Andromède et Lyra ont pu s'enfuir ensemble. Si vous voulez que j'aille chercher des poux dans la tête d'Asnikov, il va falloir me donner du concret.

– Qu'est-ce qui vous empêche d'aller l'interroger ? dit Bob.

Decker posa sur lui un regard insistant.

– Que les choses soient claires, monsieur. C'est moi qui mène cette enquête. Et, comme vous, je dois suivre une procédure bien précise. Si vous voulez faire avancer votre cause, trouvez-moi ces lettres.

– Quelles lettres ? demanda Vénus.

– Celles dans lesquelles les grands-parents de Lyra nous menaçaient d'un procès, répondit Pluton. C'est vous qui les avez ?

– Non seulement je ne les ai pas, mais je ne me souviens pas de les avoir jamais vues.

– Savez-vous où Jupiter conservait ses dossiers importants ?

– Je ne sache pas qu'il ait eu des dossiers, ni lui ni personne d'autre.

– Dites, et la ferme avicole ? Il n'aurait pas pu les mettre là-bas ? demanda Decker.

Pluton et Bob échangèrent un bref regard, mais ne pipèrent mot.

– Ça vous dérange que j'aille y jeter un coup d'œil ? demanda Decker.

– Comment connaissez-vous l'existence de la ferme ? dit Bob.

Parce que Webster me l'a dit.

– Pas d'objection à ce qu'on aille farfouiller dans les plumes ? insista Decker sans répondre à la question. Qui vous dit qu'Andromède et Lyra ne s'y cachent pas ?

– C'est absurde ! s'écria Pluton. Elles ne savent même pas que nous possédons cette ferme.

– Je le sais bien, moi, dit Decker. Vous ne gardez peut-être pas vos secrets aussi bien que vous l'imaginez. Alors, je peux y aller, oui ou non ?

– Dans quel but ? demanda Pluton.

– Je veux trouver ces lettres. Tenez, une suggestion : vous emmenez mes deux inspecteurs avec vous. Si nous mettons la main dessus, nous aurons enfin un élément concret.

– Je ne vois pas pourquoi Jupiter aurait été ranger ses dossiers là-bas, dit Pluton. Je m'oppose à votre requête... les étrangers n'ont pas à se mêler de nos affaires, dit-il en regardant Bob.

– Moi, je n'y vois pas d'inconvénient, dit celui-ci.

– Les stocks commencent à baisser en cuisine, dit Vénus. Il faut que l'un de nous y aille de toute manière.

– Je m'en charge, dit Pluton en jetant un regard hostile à Marge et Oliver. Puisque c'est inévitable, plus tôt ce sera fait...

– Ouais, dit Bob avec un sourire satisfait. Avec Benton, vous avez l'art et la manière.

– Benton ? Qui est-ce ? demanda Decker.

– Un homme précieux, répondit Pluton. Bon, débarrassons-nous de cette corvée.

– J'ai fait tout ce qui était en mon pouvoir ici, dit Decker. Il est temps de me remettre en chasse. Il me faut les noms des grands-parents. Et une bonne photo d'Andromède et de Lyra.

– Quelle coïncidence ! dit Vénus en sortant quelque chose de sa robe. Moriah vient de me donner ceci.

C'était un cliché en noir et blanc d'une fille au sourire préadolescent, grosses incisives sur une gencive encore nue à l'emplacement des dents adultes. Elle devait avoir dix ou onze ans. Grands yeux sombres, nez épaté, pommettes saillantes et lèvres épaisses, grand front et sourcils arqués, cheveux relevés en queue de cheval, elle était adorable.

– Elle est noire ? demanda Decker.

– Métis, dit Pluton. Son père est noir.

– Donc, ses grands-parents... les parents de Moriah... sont blancs ?

– Moriah est blanche, alors forcément ses parents aussi, dit Vénus.

– Donc, si Lyra n'a pas quitté la région, elle va se faire remarquer. Vous me donnez leur adresse ?

– Ils s'appellent Herbert et Cecile Farrander, dit Bob. J'ai l'adresse notée quelque part dans ma cellule. Quant à la photo d'Andromède, Terra devrait pouvoir nous dénicher ça...

– Voici enfin un point de départ, dit Decker en frappant du plat de la main la photo de Lyra. Quand pouvez-vous les accompagner à la ferme ? demanda-t-il à Pluton.

– Normalement, c'est moi qui dirige la méditation du soir. (Il consulta sa montre.) Nous ne partirons que très tard.

Pour avoir le temps d'envoyer quelqu'un à toute blinde rafler les dossiers ? Pas question.

– Bob ne peut pas se charger de la prière ? demanda Decker.

– Ce n'est pas dans mes attributions, dit Bob.

– Faites-vous remplacer. La ferme est à quoi... une heure-une heure et demie d'ici ? En prenant la route tout de suite, vous pourrez être de retour avant dix heures. À quelle heure est la prière ?

– Dix heures et demie.

– Allez, on s'active, dit Marge.

– Apparemment, je n'ai pas le choix, grommela Pluton.

– Vous commencez à comprendre, dit Decker.

Marge jeta son sac en bandoulière sur son épaule.

– Je vous appelle en rentrant ? dit-elle à Decker.

– Absolument.

– Et si les nouvelles sont bonnes, nous serons prévenus ? demanda Vénus.

– Madame, bonnes ou pas bonnes, vous serez prévenue, soyez tranquille, dit Decker.

16

Passé Pasadena et la Southwest University of Technology, on trouvait la ville de Santa Martina – toute en magnolias immenses, sycomores majestueux, pelouses rasées, demeures à deux étages, et qui sentait les vieilles fortunes avec ses rues larges et ombragées et si tranquilles qu'on aurait pu y jouer au jokari s'il y avait eu des enfants pour jouer au jokari. Car sa population se composait exclusivement de golfeurs du troisième âge qui déjeunaient au club vêtus de leurs polos de couleurs vives et de leurs pantalons blancs au pli impeccable. C'était le fief du parti républicain, des églises épiscopales, où, en cardigan de laine, l'on dégustait des Martini à l'apéritif du soir. Cette enclave aurait pu faire figure de paradis terrestre si une topologie défavorable ne l'avait pas condamnée à suffoquer sous les fumées polluantes et les nuages d'ozone pendant les mois d'été. Mais cette situation ne dérangeait guère les résidents, car elle leur permettait d'enfiler leurs tenues marines pour partir voguer vers des pâturages plus propres.

L'adresse de Farrander amena Decker devant une hacienda couleur mastic qui se dressait à l'écart de la rue sur une hauteur vert vif, et qui était flanquée de deux immenses saules pleureurs. Devant, une profusion d'azalées corail, rouges et blanches, débordait des plates-bandes, si éclatantes de fleurs qu'elles en étaient criardes. Il se gara le long du trottoir et emprunta un sentier dallé jusqu'à la porte d'entrée, qui se cachait à l'abri d'un petit porche. Il sonna. Un carillon retentit à l'intérieur. Une septuagénaire blonde à la coiffure gonflante vint ouvrir sans même demander qui c'était. Elle avait un visage large dont la peau semblait avoir été marouflée au fer à repasser sur ses pommettes saillantes, et des lèvres très minces colorées de rose. Ses yeux bruns étaient cernés de poches liftées ; seul son cou, d'où pendaient des caroncules crevassées, trahissait son âge. Elle portait un pantalon beige et un pull blanc à grosses mailles, et était chaussée de mocassins de cuir brun.

– Oui ?

– Cecile Farrander ? demanda Decker.

– Elle-même.

Decker sortit son badge.

– Lieutenant Peter Decker de la police de Los Angeles. Puis-je vous parler un instant ?

Bien que ne donnant pas l'air d'être pressée, elle regarda sa montre.

– Si je tombe mal, je peux revenir, proposa Decker.

– C'est à quel sujet ?

– Votre petite-fille.

– Laquelle ? demanda-t-elle, sa bouche s'arrondissant en O.

– Lyra.

Elle le regarda sans comprendre.

– Lyra... la fille de Moriah...

Aucune réaction.

– Moriah ? répéta Decker.

– Mori... la lumière se fit dans son esprit. Ah, vous voulez dire Maureen, dit-elle en rougissant de gêne. Elle va bien ?

– Oui. Mais c'est pour vous parler de votre petite-fille que je suis venu. Puis-je entrer ?

La femme hésitait.

– Mon mari est absent... Ce n'est peut-être pas prudent de vous dire ça, après tout... je ne sais pas qui vous êtes. Il me reproche toujours d'être trop naïve.

– Je peux revenir si vous voulez, répéta-t-il. Quel jour vous conviendrait ?

– Mercredi ?

– Mercredi, c'est aujourd'hui.

– Je voulais dire mercredi prochain.

Pour remettre à une semaine une affaire qui concernait sa petite-fille, elle ne pouvait pas être la parente obsédée qui écrivait des lettres et intentait des procès, dont la secte lui avait brossé le portrait. Decker s'impatienta et échafauda rapidement une tactique. Il entendait battre une horloge à balancier dans la maison.

– Mercredi, ça fait vraiment un peu tard.

De nouveau, la bouche de la femme s'arrondit.

– Bon, bon, entrez... Vous voulez bien me remontrer votre badge ? dit-elle, hésitante.

Decker le lui tendit. Elle l'examina à bout de bras.

– Bon, c'est bien vous sur la photo, dit-elle. En un peu plus gris.

– En effet, concéda Decker en souriant.

– Quand a-t-elle été prise ?

Si elle s'inquiétait pour Lyra, elle le cachait bien.

– Il y a environ deux ans.

Elle réexamina la photo, puis Decker.

– Deux années bien remplies, n'est-ce pas, lieutenant ?

– J'ai gagné mes galons en travaillant dur. Puis-je entrer ?

Enfin, elle s'écarta.

Decker pénétra dans un vestibule à mezzanine, où était l'horloge, puis dans une pièce de séjour bien éclairée, mais pleine de poussière. De hautes fenêtres à petits carreaux opacifiés par la saleté avaient été ouvertes dans les murs, offrant une vue sur l'extérieur d'où que l'on se trouve. Il distingua un petit parc verdoyant qui se terminait sur un bosquet touffu d'arbres précieux. Le parquet de la pièce était en chêne teinté foncé. Les meubles dataient de plusieurs décennies, canapés rembourrés et fauteuils recouverts d'un motif fané qui représentait des roses rouges à feuilles vertes sur un treillage blanc. Sur les tables basses, toutes en verre serti dans des cadres en noyer, les revues étaient vieilles d'un an et les livres d'art épuisés.

– Asseyez-vous, dit la femme.

Decker prit place à un bout du canapé, elle à l'autre.

– Merci de me recevoir à l'improviste, madame Farrander. Je ne me serais pas imposé si je n'avais pas eu le sentiment que c'était important...

– Appelez-moi Ceese.

Decker marqua une pause et sortit son calepin.

– D'accord. Ma visite concerne Lyra... votre petite-fille.

La femme croisa les mains sans rien dire, le laissant poursuivre.

– Elle a disparu.

Aucune réaction.

– Cela ne vous inquiète pas ? demanda Decker.

– Eh bien, je ne sais pas. Je n'ai jamais vu Lyra et il y a des années que je n'ai pas parlé à Maureen.

– Savez-vous où vivent votre fille et votre petite-fille ?

– Oh, oui ! Dans une espèce de communauté hippie de la San Fernando Valley. Il y a un moment qu'elle y est, n'est-ce pas ? demanda-t-elle en soupirant.

– Neuf ans, à peu près.

– Je suis heureuse qu'elle se soit enfin stabilisée... A-t-elle d'autres enfants ?

– Euh, non, je ne crois pas.

– Donc, la petite noire... c'est la seule ?

– Lyra, oui, je crois.

– Et c'est cette petite noire qui a disparu ?

– Oui. Elle s'appelle Lyra. Vous avez une idée de l'endroit où elle se trouve ?

– Moi ?

Elle secoua la tête, pas un de ses cheveux laqués ne bougeant.

– Pourquoi me posez-vous cette question, à moi ?

Decker se racla la gorge.

– Vous n'avez pas écrit à la communauté pour essayer d'avoir la garde de Lyra ?

Elle eut l'air choqué.

– Mais pourquoi faire une chose pareille ?

En effet.

– Eh bien mais... c'est votre petite-fille.

Elle le regarda fixement.

– Vous avez des enfants, lieutenant ?

– Oui.

– Un ou plusieurs ?

– Plusieurs.

– Alors, vous savez combien les enfants sont différents les uns des autres.

– Naturellement.

– J'ai élevé trois filles. Mo était la plus jeune. Du jour où elle est née, j'ai compris que je ne pourrais rien tirer d'elle. Elle était impulsive, irritable... un paquet d'énergie brute. En grandissant, elle a empiré. Elle est devenue obstinée et impertinente. Elle s'est mise à fumer, à boire, à fréquenter des Noirs. Elle a touché à la drogue et s'est bousillé le cerveau. Elle est devenue très étrange. Malgré tout, je ne l'ai pas abandonnée, lieutenant, j'ai tout tenté ! Tout !

Son visage s'anima.

– Je l'ai inscrite à un programme de désintoxication. Pas une fois, non, deux fois ! dit-elle en lui montrant deux doigts tendus. Et tout ça pour quoi ? Pour qu'elle continue d'échapper à ses responsabilités ; elle nous appelait, son père et moi, pour nous lancer des obscénités à la figure. Et après tout ça, elle a eu le culot de venir nous trouver avec son petit bébé noir pour nous apitoyer : elle voulait de l'argent. Laissez-moi vous dire qu'elle est repartie bredouille. Elle était crasseuse... Elle sentait les ordures. Je n'ai même pas voulu la laisser entrer dans la maison !

Elle fit la grimace.

– Quand cette communauté de hippies l'a recueillie, j'ai été bien soulagée, même si mon mari et moi savions que c'était une tactique pour récupérer son argent.

– Maureen a de l'argent ?

– Elle en avait. Je suis persuadée que les hippies lui ont tout pris. Dieu merci, mon père est mort. Ça l'aurait tué de savoir ce qui était arrivé au legs en fidéicommis dont il l'avait fait bénéficier.

– Elle avait un legs en fidéicommis ?

– Oui, monsieur.

– Puis-je vous demander quel en était le montant ?

– Oh, très important. À un moment, elle a eu plus de cent mille dollars. Je suis sûre que presque tout est parti en drogue. Mais je parie qu'il en restait tout de même un peu pour la communauté. Sinon, pourquoi l'auraient-ils prise ? Ces sectes, ça a besoin d'argent pour que leurs chefs puissent rouler en Rolls.

Decker se frotta les yeux.

– Donc, madame Farrander...

– Ceese !

– ... il y a longtemps que vous n'avez plus de contact avec Maureen ?

– Non. Ni avec sa fille.

La porte s'ouvrit. Un homme âgé, plutôt corpulent, entra en traînant les pieds. Herbert Farrander, sans doute. Calvitie couronnée de gris, il se tenait dos voûté, épaules affaissées. Il portait un polo blanc et un pantalon de serge bleu, et regarda Decker avec des yeux humides.

Ceese se leva.

– Herbert, je te présente le lieutenant Decker, de la police de Los Angeles.

– La police ?! s'écria Herbert d'une voix tremblotante. Qu'est-ce que la police fait ici ?

– C'est au sujet de ta fille, Mo...

– Elle ? (Il fit une grimace et signifia à Decker de s'en aller.) Je ne veux même pas le savoir. Tu veux aller dîner avec les Harrington ? demanda-t-il à sa femme.

– Où ? Au club ?

– Ils pensaient au *Grillway*.

– Bonne idée, ça changera.

Herbert lorgna Decker.

– Vous êtes toujours là, vous ?

– Herbert ! le gronda Ceese. Sois poli.

– Pas quand il s'agit de Maureen, dit-il en se laissant tomber dans un fauteuil. Qu'est-ce qu'elle a encore fait ?

Decker tourna, littéralement, sa langue dans sa bouche.

– Elle n'a rien fait. Mais sa fille a disparu. Votre petite-fille.

– Cette enfant noire n'est pas de ma famille ! déclara Herbert. Je ne lui souhaite aucun mal, mais je ne me sens pas concerné.

– Pourtant, j'aimerais vous poser quelques questions.

– J'imagine. Ceese, tu me prépares un gin tonic ? Et pour vous, monsieur ?

– Rien, merci...

– Une bière ? Non ? Vous êtes du genre à boire de la bière.

Decker résista à la tentation de baisser les yeux sur son ventre, qu'il trouvait... relativement plat. Du moins prenait-il toujours la même taille de pantalon, même s'il avait desserré sa ceinture d'un ou deux crans.

– Non, sans façon. Je voudrais simplement vous poser ces questions...

– Allez-y ! dit Herbert d'un ton irrité.

Il devait s'irriter facilement quand il n'avait pas un verre à la main.

– Lui avez-vous écrit depuis qu'elle a élu domicile à l'Ordre de l'Alliance de Dieu ?

– Non. Et Ceese non plus. Mais l'avocat, oui. Elle n'arrêtait pas de demander qu'on lui envoie de l'argent de son legs. Ceese vous en a parlé ?

– Celui consenti par votre beau-père ?

– Il voulait éviter à ses petits-enfants d'avoir à payer l'impôt sur l'héritage. Intention louable, mais qui n'a pas été sans revers. Pour fabriquer une tripotée de petits paresseux, il n'y a pas mieux.

– Tiens, dit Ceese en lui apportant son verre. Alors, tu dis du mal des morts ?

– Je disserte sur les inconvénients de l'héritage. (Il avala une gorgée.) Moi, j'ai gagné chaque dollar à la sueur de mon front. Si Mo avait fait pareil, elle ne serait pas dans le pétrin aujourd'hui. Remarquez, je ne suis pas insensible au sort des malades mentaux. On n'est pas allés à un dîner pour l'hôpital d'Orlando ?

– Si, si.

– Il y a des gens qui ont des problèmes. De gros problèmes. Mais il faut retrousser ses manches et se mettre au boulot. Maureen, elle, n'a jamais su ce que ça voulait dire.

– Donc, vous n'avez jamais essayé d'entrer en contact avec elle au sujet de sa fille Lyra ?

– Jamais, non.

Decker se sentit soudain épuisé.

– La secte m'a dit que vous aviez écrit des lettres de menaces...

– Quoi ?! s'indigna Herbert, qui reprit une petite gorgée, puis une grande. Mais c'est scandaleux ! C'est faux ! Ce Jupiter n'a rien compris.

– Herbert... vous n'avez pas lu les journaux il y a quelques jours ? Ce « Jupiter », comme vous dites, est mort.

– Non !

– C'est la pure vérité.

– Je ne vous crois pas ! Quel âge avait-il ?

– Un peu plus de soixante-dix ans.

– Un jeune homme...

– Monsieur, pouvez-vous m'expliquer en quoi Jupiter n'a rien compris aux lettres de menaces ?

Herbert réfléchit avant de répondre.

– Nous, c'est-à-dire Ceese et moi, n'avons jamais écrit à la secte. Mais l'avocat... c'est quoi son nom, Ceese ?

– Anthony Ballard.

– Ah, oui. Anthony Ballard. Il leur a écrit. Ils essayaient de mettre le grappin sur l'argent de Maureen, en menaçant les curateurs du fonds. Ce qui ne tenait pas la route parce que mon beau-père avait été assez malin pour ajouter des clauses restrictives quant aux débours. Ballard s'est fâché ; il leur a envoyé une mise en demeure. Ça leur a rabattu leur caquet. Ils n'ont pas eu un centime du legs, mais ça ne les a pas empêchés de rafler tout ce que Maureen avait sur son compte en banque. Et ce n'était pas rien.

– Combien ?

– Vingt, trente mille dollars.

– Donc, Maureen n'a plus un sou ?

– Si, elle a toujours son legs. Mais elle ne peut pas toucher l'argent tant qu'elle ne peut pas prouver qu'elle a toutes ses facultés mentales. Jusqu'ici, ça n'a pas été le cas.

– Si Maureen mourait subitement, à qui irait cet argent ?

– Il serait distribué entre ses sœurs. Bien que, ajouta Herbert, doigt pointé, maintenant qu'elle a cette fille, la gosse pourrait faire valoir ses droits. Remarquez, ça ne me concerne pas. Je laisse les vautours se battre entre eux. J'ai ce qu'il faut pour vivre.

– Combien reste-t-il sur ce legs ?

– Je dirais environ cinquante-soixante mille dollars.

Il se tourna vers sa femme en lui tendant son verre vide.

– Encore un.

– Tu devrais te préparer pour le dîner.

– Allez, un petit !

– Ah, tu es terrible ! soupira Ceese, qui lui prit néanmoins son verre.

– Donc, vous n'avez pas contacté la secte et vous ne les avez pas menacés de leur reprendre Lyra ?

– Combien de fois faut-il que je réponde à la même question ? protesta Herbert. Je vous ai déjà dit que non. Vous êtes sûr que vous ne voulez pas une bière ? demanda-t-il en prenant le verre que lui rapportait sa femme.

– Absolument sûr.

Decker se leva en contenant une colère qui n'était peut-être pas justifiée. Froids, suffisants, distants, comme parents les Farrander étaient un vrai cauchemar. Mais d'un autre côté... Maureen avait dû leur faire vivre un enfer.

– Merci de votre aide.

– J'espère que vous allez retrouver Lydia, dit Ceese.

– Lyra.

– Quel âge a-t-elle, maintenant ?

– Treize ans. Vous voulez voir sa photo ?

– Euh... pourquoi pas ? dit Ceese en fronçant les sourcils.

Decker lui montra le cliché. Ceese y jeta un coup d'œil, voulut détourner le regard, mais l'expression de la jeune fille avait quelque chose de fascinant. Elle soupira.

– Oh, mon Dieu ! Voilà que j'ai la larme à l'œil. Treize ans, c'est un âge difficile, dit-elle en regardant au loin. Elle a pu faire une fugue. Vous y avez pensé ?

– Oui, madame.

– Ceese ! dit-elle en agitant un doigt grondeur. Je ne suis pas si vieille que ça.

Herbert gloussa et devint rouge pivoine.

– Ça dépend pour qui.

– Tu es odieux ! lui jeta Ceese. Bon, je vais m'habiller. Vous retrouverez votre chemin ? demanda-t-elle à Decker, les yeux toujours embués.

– Sans problème.

Herbert s'extirpa de son fauteuil.

– Bon, faut que j'aille me pomponner.

Il s'arrêta, cracha dans un mouchoir. Puis, se tournant vers Decker :

– Si vous voyez Maureen, dites-lui... dites-lui que... si jamais elle appelle... je ne raccrocherai pas.

D'un pas lent et pesant, il se dirigea vers l'escalier, dont il gravit chaque marche en peinant comme un vieillard.

17

Au-delà des confins du domaine, au-delà des derniers vestiges de vie urbaine, s'étendait à perte de vue le maquis de la Californie du Sud, que les pluies récentes avaient égayé d'une explosion de buissons verdoyants et de fleurs sauvages. Les troncs noueux des chênes étaient tout verts de mousses, et sur les eucalyptus qui se dressaient haut avaient éclos des milliers de fragiles boutons blancs. Tandis que le soleil déclinait, Marge se sentit les paupières lourdes. Le trajet était long et monotone. Avec Pluton sur le siège arrière, elle ne pouvait pas discuter de l'affaire avec Oliver, ce qui l'aurait tenue éveillée. Pour ne pas succomber au sommeil, elle déboucha le Thermos de café noir.

– J'en prendrais bien un peu, dit Oliver.

– Tu es fatigué ? dit Marge en lui tendant le récipient. Je peux conduire, si tu veux.

– Non, merci, ça va.

Oliver avala une rasade de café et inclina légèrement la tête sur son épaule.

– Au moins, lui, il pionce.

Marge se retourna. Yeux fermés, bouche ouverte, Pluton respirait régulièrement.

Oliver parlait néanmoins à voix basse, car il savait qu'un dormeur n'est jamais totalement sourd.

– En plus, j'ai faim. Tu crois qu'on aura le temps d'avaler quelque chose sur le pouce quand on aura terminé là-bas ?

– Mais en vitesse, alors.

– À quelle heure Deck veut-il nous revoir ?

– On est censés le rappeler dès qu'on a aura fini, dit Marge. J'imagine que ça nous amènera vers dix ou onze heures. Je ne compte guère découvrir ces lettres, mais sait-on jamais.

D'un doigt, elle donna un petit coup sur le volant.

– J'ai des billets pour un concert vendredi soir... Mozart. De la musique pas trop difficile. Tu veux venir ?

– Et James ?

– Ils manquent de personnel aux urgences cette semaine. Il met les bouchées doubles.

– J'ai rendez-vous avec une fille que je ne connais pas.

– Quoi ?!

– Chuuut !

– Excuse, dit Marge en baissant la voix.

– Enfin, je l'ai vue en photo... jolie fille.

– Ne me dis rien... blonde, yeux bleus, gros nichons...

– Tout juste.

– Quinze ans ?

– Vingt maxi.

– Et à tous les coups, rachitique du cortex.

– Forcément... sinon, pourquoi voudrais-tu qu'une fille comme elle sorte avec un mec assez vieux pour être un patriarche...

– Tu n'es pas si vieux que ça...

– Honnêtement, je me fiche pas mal qu'elle ait un pois chiche dans le crâne. On ne baise pas le cerveau.

– Et tu te demandes pourquoi tu n'arrives pas à avoir une relation solide !

– Eh, toi non plus, t'es pas championne sur ce coup-là.

– Pardon ? Il y a près de six mois que je suis avec James.

– Sortez les violons ! Et qu'on me dise où envoyer les cadeaux pour le premier anniversaire.

Marge regarda son coéquipier en souriant. Objectivement, Oliver était plutôt beau gosse, belle tignasse brune, solide charpente, grands yeux noirs. Il ne l'attirait pas du tout – elle le connaissait trop bien –, mais elle comprenait ce que les femmes pouvaient lui trouver.

– Elle est peut-être en première année de médecine, dit Oliver avec un sourire fat.

– Et moi, je suis le prochain top modèle, Scotty.

– Tu sais, Margie, dit Oliver en lui jetant un coup d'œil, tu te brades.

D'instinct, Marge faillit se rebiffer. Mais elle se retint.

– C'était un compliment ?

– On pourrait le prendre comme ça.

– Eh bien, merci tout de même. Dis, qu'est-ce qu'on cherche exactement ? ajouta-t-elle à voix basse. Des lettres ? Des documents secrets ?

D'un haussement d'épaules, Oliver lui signifia qu'il n'en savait rien.

– À mon avis, Deck veut qu'on s'assure qu'Andromède et la gamine ne s'y cachent pas.

– Qu'est-ce qu'elles feraient là-bas ?

– Aucune idée. Mais je sais que Deck veut explorer toutes les pistes jusqu'au bout. Pour l'instant, la ferme est encore un point d'interrogation. Il veut pouvoir la rayer de ses tablettes sans remords.

Marge regarda par la vitre. La nuit avait envahi le paysage vallonné, qui n'était plus qu'une succession d'ombres et de taches noires.

– On y sera dans combien de temps ?

– Pourquoi ? T'as besoin de faire un arrêt pipi ?

– Réponds à ma question.

– Environ une demi-heure.

– Merci.

Un silence s'installa. Oliver mit la radio.

– Tu aimes la musique country ? demanda-t-il.

– De toute manière, je doute qu'on puisse capter autre chose par ici.

– Moi, ça me plaît.

Il balaya une palette de stations et finit par tomber sur Shania Twain qui chantait de toute son âme une chanson réaliste sur un amour perdu.

– T'as déjà vu cette fille ? Un beau morceau, dis donc. Elle et les Dixie Chicks, la vache ! Elles ont le feu aux fesses, ces filles !

– Elles s'appellent les Dixie Chicks, les « Poules de Dixieland » ?

– Je n'invente rien.

– Les « Dixie Chicks », répéta Marge. Autrefois, c'était une insulte d'appeler une femme une poule. Qu'est devenu le féminisme ?

– On peut voir les choses autrement, Marge : comme nom de groupe, c'est bien mieux que les « Aisselles Poilues » par exemple.

– Et je viens de t'inviter à sortir avec moi ? dit Marge en le fusillant du regard.

– Eh oui.

– Un moment d'égarement.

Sans les lumières de la ville pour éclairer le ciel, il faisait aussi sombre qu'au fond d'un puits. Oliver avait ralenti pour ne pas manquer l'embranchement et soulevait des nuages de poussière sur le chemin creusé de nids de poule.

– On aurait dû me dire qu'il fallait un 4 x 4, maugréa-t-il.

– Vous auriez dû y penser avant que votre patron me traîne jusqu'ici, dit Pluton. Quel est l'intérêt de ce voyage ?

– Le lieutenant Decker veut retrouver les lettres de menace, lui répondit Marge. Si tant est qu'elles aient jamais existé, ajouta-t-elle dans sa barbe.

– Pourquoi les aurions-nous inventées ?

– Pour pouvoir accuser un tiers de la disparition d'Andromède.

Pluton se raidit.

– Andromède n'était pas prisonnière. Si elle voulait partir, elle en avait toute liberté. Dois-je vous rappeler que Lyra a disparu aussi ? Or pour quelle raison une fillette aussi jeune s'en irait-elle d'elle-même ?

Marge ne sut quoi répondre.

– Je me fais un sang d'encre, poursuivit Pluton. Cet Asnikov a vraiment franchi une limite cette fois-ci. En admettant qu'Andromède ait été un obstacle... disons simplement que des gens comme Asnikov deviennent dangereux si on se met en travers de leur chemin. (Le petit homme se mit à scruter les ténèbres.) Il va falloir ralentir. Le chemin ne se voit pas facilement. Nous y sommes presque. Vous prendrez à gauche juste après ce chêne rabougri... Là !

Oliver ralentit encore. En fait de chemin, il ne vit qu'une ornière étroite et profonde. Il donna un brusque coup de volant, et la voiture s'enfonça dans une couche de feuilles.

– Bon Dieu !

– Continuez.

– C'est encore loin ?

– Moins de dix mètres. Vous pouvez vous garer ici.

Oliver avança au pas d'escargot jusqu'à l'endroit que lui montrait Pluton, s'arrêta et coupa le moteur. Même vitres fermées, on entendait des caquets de volailles. Il ouvrit sa portière et descendit en mettant les pieds dans des amas de plumes sales, qui sentaient la terre et la fiente.

– Dites donc, ils font un bruit d'enfer, ces bestiaux ! Ils ne dorment jamais ?

– La lumière artificielle les en empêche. Ça stimule la ponte.

Pluton épousseta son T-shirt et son jean noirs. En vue de la tâche salissante qui l'attendait, il avait troqué sa chasuble violette et sa toge bleue pour cette tenue plus fonctionnelle.

– Nous éteignons vers minuit, précisa-t-il. Alors, elles se taisent.

Marge descendit à son tour et fit la grimace.

– Comment dormir avec un bruit pareil ? Vos voisins ne se sont jamais plaints ?

– Quels voisins ? (Pluton se dirigea à toute allure vers une masse sombre.) Allez, qu'on en finisse avec cette expédition stupide ! dit-il.

Oliver dut allonger le pas pour le suivre. Ses mocassins noirs, qu'il venait de cirer, étaient couverts d'une poussière brune qui les faisait paraître tout crottés.

– Il y a longtemps que vous possédez cette ferme ?

– Huit ans.

– Ça fait un bail. C'est rentable ?

– La rentabilité est immatérielle. La ferme est une source de nourriture ; elle assure notre indépendance par rapport aux violateurs extérieurs.

– Vous avez quelqu'un qui s'occupe de l'entretien et de la surveillance ? demanda Marge. Il ne faudrait pas qu'on vous vole vos poules.

– J'ai déjà répondu à cette question. Nous avons un homme de peine, le dénommé Benton. Il loge sur place.

– Ah, oui, dit Oliver. Ce bon vieux Benton. Il fait partie de la secte ?

Pluton s'arrêta net.

– Nous l'hébergeons par charité. Un peu comme Moriah. Il monte bien la garde et ne rechigne pas à pelleter la fiente.

– Il est simple d'esprit ? demanda Oliver.

Un lent sourire élargit les lèvres de Pluton.

– Ce n'est pas Norman Bates, si c'est ça que vous voulez dire.

– Ah, ça me rassure.

– Il est très dévoué au père Jupiter. Il ne sait pas encore. Il va falloir le mettre au courant, dit Pluton en reprenant son rythme. Ça va lui faire un sacré choc. Mais le moment est mal choisi ce soir, avec vous deux ici.

– Vous venez souvent ? demanda Marge.

– L'un d'entre nous vient une ou deux fois par semaine... pour ramasser les œufs et compter les volailles.

Marge avançait à longues enjambées pour ne pas se laisser distancer.

– Qui ça ? Vous ? Bob...

– Bob ou moi. Nova et Vénus aussi. Et naturellement, Jupiter, dès qu'il en avait l'occasion. Il disait qu'il mettait le long chemin à profit pour méditer et accéder à l'illumination spirituelle. Ça soulageait son esprit fatigué...

– Et ses maux de tête ?

– Quels maux de tête ? dit Pluton en s'arrêtant de nouveau.

Marge attendit quelques instants.

– Vénus m'a dit qu'il se plaignait de maux de tête, dit-elle enfin. Il entendait des voix… des voix qui lui parlaient. Ça le fatiguait.

Pluton serra les poings, mais ne dit mot.

– Vous n'étiez pas au courant ? lui demanda Oliver.

– Par ici, dit Pluton sans répondre à la question qu'on lui posait.

Il s'arrêta devant un bâtiment bas plutôt délabré et ouvrit une porte moustiquaire qui grinça sur ses gonds. La porte était fermée à clef, il sortit un trousseau de sa poche.

– Où est Benton ? demanda Oliver.

– Il doit être en train de tuer des poulets. Je lui ai dit qu'il m'en fallait trois douzaines. Vous pouvez aller regarder si vous voulez, ajouta-t-il en plongeant les yeux dans ceux d'Oliver.

Scott mordit à l'appât.

– Mieux que ça : je vais leur tirer une balle dans la tête, ça vous évitera le travail.

– Vous pourriez faire meilleur usage de votre arme de service, inspecteur, dit Marge à son collègue.

– Vous me gâchez mon plaisir, lui répondit Oliver.

Pluton trafiquait toujours la serrure.

– Je ne sais pas pourquoi, il y a quelque chose qui bloque ma clef.

Marge en profita pour jeter un coup d'œil au bâtiment. Même dans l'obscurité, on voyait qu'il était en mauvais état. Le côté du poulailler s'écaillait tel un reptile géant en pleine mue. Les planches de la galerie qui en faisait le tour étaient usées et percées à certains endroits. Enfin, la serrure cliqueta.

– De la rouille, sans doute. Je vais dire à Benton de mettre un peu d'huile. (Pluton poussa la porte, qui grinça elle aussi.) Nous y sommes. Servez-vous. Faites attention aux araignées et aux scorpions. Et ne caressez pas les rats. Ils mordent.

– Il n'y a pas un interrupteur quelque part ? dit Marge en contrôlant sa voix.

Pluton passa la main par l'embrasure de la porte et alluma.

– Je vais voir les poulets, dit-il.

– Je vous accompagne, dit Oliver.

– Je doute que Benton apprécie.

– Je ne vous demandais pas votre permission, précisa Oliver.

Pluton haussa les épaules.

– Faites attention à votre veste. Chacun sait que les taches de sang sont difficiles à enlever.

Le petit homme partit à toute allure, le policier sur ses talons. Il ne fallait pas le lâcher d'une semelle, Oliver laissa à Marge le soin de fouiller seule le taudis infesté de rats et d'insectes.

Des deux tâches, c'était encore la moins pénible.

Des milliers d'étoiles parsemaient le ciel, mais sans parvenir à rehausser le paysage, qui était aussi plat qu'une bière éventée. Dans le lointain, Oliver distingua des silhouettes rabougries qui jetaient sur le sol compacté leurs ombres vampiriques – probablement des chênes centenaires tout tordus. Il flottait dans l'air une odeur sure. À mesure qu'ils approchaient des poulaillers, qui ressemblaient davantage à des bunkers, les caquets étaient remplacés par des hurlements de terreur. On aurait dit des cris de panique à bord d'un navire en train de sombrer. Oliver savait que son imagination était féconde, mais le bruit était si fort qu'il couvrait le crissement du gravier sous ses pieds.

Les poulets étaient logés dans des bungalows en planches s'étendant sur plus de trois mille mètres carrés. Une lumière chiche donnait au toit de chaume un éclat étrange et dardait, telles des flèches, des rayons à travers les trous du bois. On se serait cru au lendemain d'une explosion nucléaire. Un hurlement suraigu perça les oreilles d'Oliver et le fit sursauter malgré lui. Il s'aperçut que, sous sa veste, sa main caressait la crosse de son arme. Pluton, lui, ne semblait pas gêné le moins du monde.

– Benton ? hurla ce dernier.

Pas de réponse.

– Par ici.

Il fit signe à Oliver de le suivre et ils contournèrent le bâtiment. L'odeur y était encore plus forte : une véritable puanteur, métallique et fécale. Les abords du poulailler étaient vaguement éclairés par deux lampes au kérosène. Éparpillées par terre, il y avait des cages pleines de poules qui protestaient comme des détenus mutinés. Oliver essaya de les éviter. À un poteau de métal planté dans le sol, on avait fixé une lampe branchée sur une batterie industrielle. La lumière tombait sur une souche d'arbre de quatre-vingt-dix centimètres de haut dont la surface était scarifiée par de nombreuses entailles. Dessus, cou étiré, était attachée une poule qui battait des pattes et des ailes, se débattant désespérément pour une cause perdue.

À côté de la souche, une autre souche, humaine celle-là : taillé en bouche d'incendie, tête carrée et chauve plantée sur un cou de taureau. Large front proéminent, yeux ternes et sombres enfoncés dans l'auge de son crâne, il regardait par terre et leva une seconde les yeux sur Oliver. Sa grosse patte serrait le cou d'un poulet décapité encore agité de mouvements spasmodiques. Son autre main tenait la hache ensanglantée.

Il parla sans lever la tête.

– Bienvenue, frère Pluton.

– Ça fait plaisir de te voir, Benton.

Les yeux toujours baissés sur ses chaussures grandes comme des péniches, il desserra ses doigts sur le cou de l'animal et laissa le sang couler à flots dans un baquet. Puis il jeta le cadavre dans une grande bassine de métal.

– J'ai pas encore fini.

– Peu importe, Benton, nous sommes en avance.

Pluton lui prit la hache des mains et s'approcha du billot. Il la souleva et l'abattit net sur le cou du poulet crucifié. Hypnotisé par le spectacle, Oliver fit un bond en arrière lorsque le sang jaillit. Puis, lentement, il leva les yeux sur Pluton.

Celui-ci laissa la hache plantée dans le bois et lui dit :

– Ses cris me donnaient la migraine.

Bien qu'ébranlé, Oliver réussit à répondre d'une voix ferme.

– Oui. Ça me cassait les oreilles à moi aussi.

– Désolé, dit Pluton. J'aurais dû vous prévenir. Vous n'avez pas été sali ?

– Non, j'ai reculé à temps.

– Bon.

Pluton s'avança vers le grand bac et regarda dedans.

– Ça nous fait combien de poulets, ça, Benton ? Une vingtaine ?

– Dix-huit. Mais je les ai pas encore plumés et vidés.

– Ce n'est pas grave. Je ne suis pas pressé. J'en emporterai environ trois douzaines...

– Certainement pas dans ma voiture, le coupa Oliver.

Enfin, Benton le regarda en plissant les paupières. Oliver soutint son regard sans broncher, mais il était mal à l'aise. De nouveau, sa main se glissa d'elle-même vers son arme.

– Je ne rentrerai pas avec vous, inspecteur, lui dit Pluton. Faites ce que vous avez à faire. Je vais aider Benton à terminer son travail. Je repartirai en camion si tu n'y vois pas d'inconvénient, Benton.

– Faut pas vous salir les mains à tuer, frère Pluton, dit celui-ci. C'est pas à vous de faire ça. Le boulot sale, c'est pour moi.

– Et si j'allais emballer les œufs ? lui dit Pluton en donnant une petite tape sur ses épaules massives. Ça t'irait, ça ?

– Les poulaillers, c'est sale aussi.

L'homme détacha le poulet mort du billot, jeta la tête dans une bassine en plastique et saigna le cadavre en le tenant à l'envers.

– J'aime pas du tout qu'un saint homme comme vous marche dans les plumes et la merde. Dans la maison, c'est guère mieux. J'aurais fait un peu de nettoyage si j'aurais su que vous alliez venir.

– La merde, c'est bon pour l'âme, Benton, dit Pluton, philosophe. Ça nous ramène à la réalité. À notre mère la Terre.

– Si vous le dites, ça doit être vrai, dit l'homme de peine, décontenancé.

Puis, après une pause :

– Quand c'est qu'il vient, le père Jupiter ?

– Il ne se sent pas très bien depuis quelque temps, répondit Pluton, hésitant.

Benton avança la lèvre inférieure.

– C'est moi que je l'ai fâché ?

– Non, non, Benton, pas du tout, dit Pluton avec un sourire affable. Il est juste un peu fatigué. Il a besoin de repos.

Là où il est il n'en manque pas, songea Oliver.

– C'est vrai ce que vous me dites, hein ? demanda Benton.

– Mais oui, c'est vrai.

– Je me suis dit que p'têt' j'avais fait quelque chose de pas bien.

– Non, non, je t'assure.

– Paceque ça fait déjà deux semaines que je l'ai pas vu.

– Le père Jupiter a été souffrant...

– Il aime bien venir ici.

– Oui, c'est vrai.

– Il s'assoit là-bas.

Benton désigna un endroit dans les ténèbres.

– C'est là qu'il fait ses observations. Vous savez, avec son télescope. Des fois, il me laisse regarder dedans. On voit des choses tout près... des choses qu'on voit pas avec ses yeux.

– Je sais. C'est intéressant, non ? (Pluton dégagea la hache d'un coup sec et la lui tendit.) Je ne veux pas te retarder.

Benton hocha la tête, ouvrit la cage et prit une poule qui se mit à picorer la peau épaisse de ses mains. Il ne réagit pas. L'avait-il seulement sentie ?

– Celle-là, elle est bien grasse. Y aura de quoi manger.

– Tant mieux. Nous avons beaucoup de bouches à nourrir.

– Eh, Oliver ! cria Marge à tue-tête pour couvrir le bruit des volatiles. Scott ? Tu m'entends ?

– Cinq sur cinq ! lui cria Oliver.

– Où es-tu ?

– Derrière le poulailler...

– Rejoins-moi dans la maison ! hurla-t-elle à pleins poumons. Y a un problème.

18

Sauf que maintenant que Lyra devient une jeune femme, ils se manifestent...

Qui ça « ils » ? Pas les Farrander, en tout cas.

Dès sept heures, Decker s'engageait dans son allée.

Soit les lettres étaient une pure invention, soit quelqu'un d'autre cherchait à kidnapper Lyra. Mais qui ? Père inconnu, pas de frères et sœurs, des grands-parents apathiques qui ne voulaient pas entendre parler d'elle... quelque chose clochait.

Il coupa le moteur et descendit de la voiture banalisée.

Il aurait bien aimé prendre une douche chaude, dîner puis se glisser entre ses draps. Au lieu de cela, il était obligé de tenir son rôle de père. Pas un père à la Emil Euler Ganz – sans attaches, égoïste, grandiloquent, irresponsable – pas un père à la Herbert Farrander, qui passait sa fille par profits et pertes. Non, il fallait être le bon père, le père de la télé – compréhensif, sage, sévère, gai, enfantin sans être infantile. Et il fallait jouer tous ces rôles même si son esprit était occupé par la disparition d'une enfant et d'une jeune fille à peine plus âgée que ses fils et plus jeune que sa propre fille, même s'il s'inquiétait pour des centaines d'hommes, de femmes et d'enfants dont les vies dépendaient d'une poignée d'individus déséquilibrés, d'individus à peu près aussi solides que des hologrammes.

Rina l'accueillit à la porte avec Hannah, et lui tendit le journal en l'embrassant sur la joue.

– Contente que tu sois rentré. Comment tu vas ?

– Je suis vanné.

Il leva le journal plié.

– Pourquoi me donnes-tu ça ?

– Regarde page quatorze.

– Qu'est-ce qu'il y a ?

Hannah avait réussi à lui grimper sur le dos et s'était suspendue à son cou comme un singe-araignée.

– C'est la rubrique éditos, répondit-elle. Hier, dans la chronique de l'actualité, il y avait un article sur Ganzby le magnifique, le savant. Aujourd'hui, à en croire le courrier des lecteurs, il est clair que personne ne le pleure. Hannah, tu étrangles ton père.

Decker fit passer sa fille sur son bras, elle enroula ses jambes autour de sa taille.

– Mon papaaa. J'adore mon papaaaa !

– Et moi, j'adore ma petite Hannaaah !

Il feuilleta le journal comme il put, mais la gosse donna un coup de poing dedans et déchira une page en deux.

– Hannah ! aboya-t-il, furieux.

Aussitôt, elle tendit les bras vers sa mère.

– On va laisser papa se changer, dit Rina en la prenant.

– Merci, dit Decker en ramassant son journal et en se dirigeant vers la salle de bains.

Le journal avait publié trois lettres, par ordre croissant de vigueur dans leurs protestations contre Ganz.

Première lettre :

Si, à une époque, Emil Euler Ganz a pu être considéré à juste titre comme un phare éclairant le monde scientifique de la cosmologie, ce temps-là est révolu depuis longtemps. Le disparu n'est pas Emil Ganz, mais un minable escroc, un pantin qui, sous le nom de Jupiter, extorquait de l'argent à des bonnes poires en leur servant un brouet d'imbécillités pseudo-scientifiques. Après avoir mené une enquête officieuse parmi mes collègues, je puis vous assurer que personne ne regrettera le gourou Ganz.

Dr Kevin Doss, Ph. D.
département de physique, UCSD
San Diego, Californie

Deuxième lettre :

Je ne comprends pas pourquoi la société se croit obligée de vanter les mérites d'un homme ou d'une femme sous prétexte qu'il ou elle avait du talent, aussi remarquable fût-il. Mon exemple s'appuiera sur la mort de l'escroc Jupiter, alias *le Docteur Emil Euler Ganz. Oui, cet homme a pu, en son temps, être un génie. Et alors ? C'était aussi un charlatan qui kidnappait des enfants innocents et a détruit un grand nombre de vies. Je parle en connaissance de cause. Notre fille adorée – mais naïve – a été attirée dans sa secte, l'Ordre de l'Alliance de Dieu, il y a plus de deux ans. Toutes nos tentatives pour entrer en contact avec elle ont échoué. Nos lettres nous ont été retournées. Et ne pas savoir si elle sait que nous essayons de communiquer avec elle est sans doute la chose la plus difficile à supporter. Chaque fois que j'ai essayé de la voir, on m'a fermé la porte au nez. Il y a longtemps, Ganz a pu faire de grandes choses pour l'humanité. Mais l'homme qui vient de décéder n'avait rien d'humain.*

Emily White
Brentwood, California

Lettre numéro trois :

Emil Euler Ganz était la quintessence de l'escroc qui avait affûté ses armes pendant des années avant de devenir le père Jupiter. Lui-même physicien médiocre, il était assez intelligent pour s'entourer d'hommes et de femmes de génie, et assez adroit pour exploiter leurs talents. Cet homme était un pirate, un plagiaire, un voleur, un kidnappeur et un adultère. Je peux prouver chacune des accusations que j'avance. Je ne suis pas surpris qu'il ait disparu pendant dix ans. Il n'était pas en quête de spiritualité, mais plutôt en fuite, pressé d'échapper à la colère d'un mari lassé d'être trompé par sa faute. Je souhaite une chose à Jupiter : qu'il se fasse avaler dans un trou noir et recracher à l'autre bout à l'état de charpie. Bon débarras pour l'ordure qu'il était.

Dr Robert Russo, Sr
Russo Holistic Supplements
Lancaster, Californie

Decker replia le journal et le mit dans sa mallette. Europa n'avait pas menti : son père s'était fait des ennemis. La dernière épître était particulièrement venimeuse. Mais ce fut la deuxième qui l'intrigua. La femme parlait de lettres restées sans réponse, de courrier renvoyé à l'expéditeur. Si la secte avait reçu des lettres concernant Lyra, pourquoi ne les avait-elle pas renvoyées sans les ouvrir ? Qui décidait du sort du courrier reçu ?

En entrant dans sa douche, Decker prit une profonde inspiration et s'efforça de ne plus y penser. Il abandonna son corps et son esprit aux aiguilles brûlantes qui sortaient de la pomme et ressortit apaisé, la peau rosie, son sang battant dans sa tête. Il fit des moulinets avec ses bras et des élongations pour se décontracter le dos. Il se sentit moins tendu, mais l'estomac toujours aussi noué.

Peut-être avait-il besoin de manger, tout simplement.

Il s'assit à la table familiale aussi fatigué qu'au sortir d'un combat. À sa grande surprise, les garçons étaient à leur place habituelle. Jacob regardait ses mains. Monsieur Casanova...

Ah, oui, il y avait aussi cette affaire à régler.

– Où est Hannah ? demanda Decker.

– Elle a dîné il y a une heure. Elle dessine dans sa chambre. On pourra peut-être dîner tranquilles... pour une fois, dit Rina.

– Vous m'avez attendu ?

– Les garçons y tenaient.

– Merci, leur dit-il.

– Pas de quoi, papa, répondit Sammy. T'as passé une bonne journée ?

– Oui, oui. Bien remplie.

Decker regarda Jacob, qui baissait obstinément les yeux sur son assiette. Rina avait fait de la dinde farcie, qui sentait délicieusement bon. Decker avait si faim qu'il aurait avalé du gruau, ce qui ne lui fit pas pour autant oublier ses bonnes manières et ses pratiques religieuses. Il n'attaqua sa viande qu'après s'être lavé les mains et avoir rompu le pain.

– C'est succulent, dit-il. Je meurs de faim.

– C'est super, Eema, dit Sammy à sa mère.

– Très bon, renchérit Jacob.

– Merci, dit Rina, tout sourire. Nous ne sommes pas bien, là, tous ensemble ?

Decker était d'accord... tant que cela durait.

Ils mangèrent et burent en silence pendant plusieurs minutes.

Quel silence !

Rina essaya de lancer la conversation.

– L'orchestre philharmonique d'Israël est en ville. J'ai pensé qu'on pourrait prendre des billets.

– Super, dit Decker. On emmène Hannah ?

– Je ne crois pas. Mes parents peuvent la garder.

– Encore mieux. C'est bien de pouvoir se détendre à un concert.

– Oui. Et vous, les garçons, vous voulez venir ?

– C'est quand ? demanda Jacob.

– La semaine prochaine. Mercredi soir, je crois.

– Je... je ne suis pas libre, dit Jacob.

– Pourquoi ?

Il posa sa fourchette.
– Je suis retenu toute la semaine prochaine.
Decker sentit son estomac se contracter.
– Retenu ? s'étonna Rina.
– Oui.
– Toute la semaine ? demanda Sammy.
Jacob confirma d'un hochement de tête.
– Mais pourquoi ? s'écria Rina. Qu'est-ce que tu as fait, Yaakov ?
Jacob coula un regard à Decker, puis baissa les yeux.
– J'ai séché les cours.
– Tu as quoi ?! hurla-t-elle. Pour quoi faire ? Où es-tu allé ?
– Ici.
– Ici ? Tu veux dire à la maison ?
Jacob fit oui de la tête.
– Et devine qui l'a pris en flagrant délit ? demanda Decker. J'étais revenu travailler et qui je trouve ? Jacob.
– C'est toi qui l'as trouvé ? Et tu ne m'as rien dit ?
– Rina, j'ai été débordé toute la journée. Je viens de rentrer...
Mais elle ne l'écoutait pas. Elle s'était tournée vers son fils.
– Tu sèches les cours et tu profites de mon absence pour venir ici. Tu savais que j'accompagnais Hannah à une sortie scolaire. Tu l'as fait exprès ! (Elle était rouge de colère.) Tu étais avec Shayna, hein ? Tu l'as amenée ici.
Elle se tourna vers Decker.
– Elle était avec lui, hein ?
– Effectiv...
– Et ça aussi, tu avais l'intention de me le dire ?
– Si tu me laissais placer un m...
De nouveau, elle lui coupa la parole et s'emporta contre son fils.
– Tu sèches les cours pour aller avec une fille ! Magnifique ! Elle a une très mauvaise influence sur toi.
– C'est du parti pris, Eema, intervint Sammy. Tu ne dirais jamais ça si elle était d'une famille *frum*.
– Qu'est-ce que tu racontes ?
– Tu sais que Shayna n'a pas une vie très facile. En fait, toute la famille a des problèmes. Son frère Ben est dans ma classe. Tu sais ce que son père lui a fait ? Il l'a enlevé du lycée en classe de terminale pour le mettre dans une école juive. Monsieur avait tout d'un coup décidé de devenir pratiquant. Le pauvre Ben, il ne parle pas un mot d'hébreu et il ne comprend rien à ce qui se passe. Alors évidemment, il est incapable de suivre le moindre putain de cours !

– Ne jure pas ! Qu'est-ce que c'est que ce langage ?

Sammy continua comme si de rien n'était.

– Il est complètement paumé. Il passe ses journées à traîner avec les junkies, il se came.

– Les junkies ? demanda Rina. Quels junkies ?

– Ce que je veux dire, c'est que si Yonkie a amené Shayna ici, il devait avoir une bonne raison. Elle doit être déprimée. S'il essayait de lui parler à l'école, tu peux être sûre qu'une centaine de rabbins lui tomberaient sur le dos en lui serinant que c'est très mal de parler à une personne du sexe opposé.

– Mais c'est insensé !

– Pas du tout, Eema, c'est un fait, insista Sammy. Je suis sûr qu'elle est très mal dans sa peau. En tout cas, son frère l'est. Et toi, au lieu de te réjouir que Jacob soutienne quelqu'un, tu le rabaisses.

– Mamaaan ! cria Hannah, depuis la chambre.

Rina se tourna vers Sammy, furieuse.

– Je trouve ça absolument fantastique, lui dit-elle en pointant un doigt sur Jacob. Il fait l'école buissonnière et en plus, c'est ma faute !

– Mamaaaaaaaan !

– J'arrive ! cria Rina. J'ai fini mon repas. Débarrassez quand vous aurez terminé.

Et elle partit d'un pas furieux.

Decker écumait de rage.

– Qu'est-ce que c'est que ce numéro ? dit-il à Sammy.

– Je crois à la tolérance, répondit celui-ci.

– Dans ce cas, si tu faisais preuve de tolérance et de respect envers ta mère, hein ? Ta conduite est inacceptable. On en reparlera.

Il quitta la table en foudroyant les deux garçons du regard.

Sammy attendit que son père ait fermé la porte de sa chambre, puis il murmura à son frère :

– Tu l'as amenée ici ? T'es cinglé ou quoi ?

Jacob baissa le nez dans son assiette sans rien dire.

– Encore heureux qu'il ne t'ait pas pris en train de...

Jacob ne disait toujours rien.

– Il t'a pris en train d... ? souffla Sammy, les yeux écarquillés.

Jacob se leva brusquement en faisant tomber sa chaise. Il attrapa son assiette et gagna la cuisine. Sammy l'y suivit quelques instants plus tard.

– Il t'a pris sur le fait, c'est ça ?

Furibond, Jacob jeta dans la poubelle la dinde à laquelle il avait à peine touché.

– Il a réagi comment ?

Jacob faillit répondre, puis il se ravisa et se contenta de secouer la tête.

– Tu es toujours vivant. Et entier, apparemment.

– J'ai pas envie d'en parler.

Jacob se mit à laver son assiette. Il continua de la frotter alors qu'elle était immaculée.

– Tu veux la mienne pendant que tu y es ? dit Sammy.

Jacob attrapa l'assiette de son frère et la passa sous le robinet, s'aspergeant d'eau. Sammy retourna débarrasser la table, piochant des morceaux de dinde au passage. De la dinde à la dynamite. Pauvre Eema. Quel gâchis pour ses talents culinaires. Et pourtant, il sentait qu'il devait défendre son frère. Jacob avait l'air bouleversé, ce qui ne lui arrivait jamais.

– Allez, lui dit Sammy. Raconte-moi ce qui s'est passé.

Jacob ferma le robinet.

– Eh bien, je vais te dire... il a réagi plutôt cool. Ça me tracasse. C'est comme si... (Il mit le reste de la farce dans un plat plus petit.) C'est comme s'il me donnait une deuxième chance, dit-il en poussant un gros soupir. Et si jamais je me fais reprendre, c'est fini pour toujours. Il m'enverra dans une école militaire ou à l'armée, ou...

– Allez !

– Eema a raison, tu sais, dit Jacob se tournant vers son frère. Shayna a une mauvaise influence sur moi. Ses copains, en tout cas. (Il mit la farce dans le réfrigérateur et s'adossa au plan de travail.) Il y a un mois, je suis allé à une soirée chez sa meilleure amie. Il y avait au moins cent personnes.

Il se passa la langue sur les lèvres.

– Je n'ai jamais vu autant de drogues, si ce n'est dans une pharmacie. Sammy, tout était bon pour se doper... C'était comme... tu sais, l'orgie de Babylone. Je n'aurais pas été étonné de voir Nabuchodonosor débarquer. (Il secoua la tête en détournant les yeux.) Ils me passaient toutes sortes de trucs.

– Quoi, comme trucs ?

– De tout. De l'herbe, du crack, du LSD, de la coke...

– Tu n'as pas touché aux drogues dures, hein ?

– Seulement à l'herbe.

– Dieu soit loué pour ses petits bienfaits.

Sammy posa une main sur l'épaule de son frère, qui s'écarta.

- Je n'ai pas touché aux drogues dures, mais comme je ne voulais pas passer pour un couillon, j'ai pas mal fumé. Enfin, beaucoup. Pour m'occuper, tu vois.

Le silence se fit dans la cuisine.

Jacob fit craquer ses articulations.

– Je me suis défoncé à mort. Je ne comprenais pas ce qui m'arrivait. J'ai complètement paniqué ! (Ce souvenir lui arracha une grimace.) Je n'arrêtais pas de me dire que j'allais me faire embarquer par les flics, que Peter allait perdre son boulot, que ce serait dans le journal. Et qu'Eema allait pleurer et porter le deuil de son fils pendant une semaine. Je n'arrêtais pas de me demander ce qui me poussait à faire ça. Et même, ce que je faisais là.

– Pourquoi tu n'es pas parti ?

– Si je savais ! (Jacob se mit à arpenter la cuisine.) *Primo*, je ne conduis pas, *secundo*, je n'avais personne pour me ramener. Et puis de toute manière, j'étais trop raide pour rentrer à pied ou... (Il s'arrêta et se tourna vers son frère.) Tu veux que je te dise le pire ?

– Ah, parce qu'il y a pire ?

– J'ai enlevé mon *tzi-tzit* et ma kippa avant d'y aller. Je me suis trouvé une bonne excuse en me disant que ce serait *chillul Hashem*, tu vois, impur d'aller dans un endroit pourri avec ces choses sacrées. Mais la vérité, c'était que ça me gênait de les porter. J'avais honte d'avoir l'air... d'avoir l'air juif. (Il ferma les yeux, les rouvrit.) Abba doit se retourner dans sa tombe.

Sammy lui laissa le temps de se calmer, puis :

– Tu sais, Jacob, ça ne me paraît pas si grave que ça.

– Oh, je t'en prie ! (Jacob tira une chaise et s'effondra dessus en laissant tomber sa tête sur la table.) Épargne-moi ce baratin !

Sammy vint s'asseoir à côté de lui. Il avait du mal à trouver ses mots.

– Tu sais où est le problème, Yonkie ? se décida-t-il enfin. Je vais te le dire, moi. Tu es bien trop intelligent pour cette école...

– Quoi ? Qu'est-ce que tu racontes ? dit Jacob en relevant la tête. Je ne suis pas le quart du *gemara kopp* que tu es.

– Tu n'es pas bon en *gemara* parce que tu détestes ça. Tu n'essaies même pas. Mais tu te tapes le programme séculier à la vitesse de la lumière. Tu es meilleur en math que moi, et tu as deux ans de moins. Merde, quand vous avez passé le PSAT, tes copains sont sortis en hochant la tête d'un air résigné et toi, quand je t'ai demandé comment ça s'était passé, tu as haussé les épaules comme si ç'avait été un jeu d'enfant. Tu prends ça par-dessous la jambe. Tu n'as même pas téléphoné pour savoir ton résultat.

– Je m'en fiche...

– Moi, j'ai appelé.

– Tu as appelé ? dit Jacob, interloqué.

– Oui. J'ai trouvé ton numéro de candidat sur ton bureau et je me suis fait passer pour toi.

Jacob ne répondit pas. Le silence s'éternisa et ce fut Sammy qui le rompit.

– Ça ne t'intéresse pas de savoir ?

– Non.

– Tu as eu quinze soixante. Tu te rends compte à quel point c'est bon ? Jacob, je me suis crevé le cul pour le SAT et tu me bats encore de soixante points.

– Le PSAT n'est pas le SAT.

– Arrête deux minutes, merde, Yonkie !

– Qu'est-ce que ça change, de toute manière ? La seule chose qu'exige la Yeshiva University, c'est des mecs circoncis.

– Les critères académiques volent tout de même un peu plus haut.

– À peine.

Sammy secoua la tête.

– Tu insultes ton peuple.

– Je sais. Je suis épouvantable, dit Jacob en baissant la tête.

– Écoute, Yonkie, dit Sammy en se penchant vers lui. Moi, j'irai à YU, parce que je le veux. Ça colle avec mon projet de vie. Ensuite, je ferai sans doute médecine ou dentaire, donc, je veux me lancer dans des études utiles. YU est taillée sur mesure pour moi. Mais pas forcément pour tout le monde. (Il marqua une pause.) Tu n'as jamais pensé aux grandes universités de l'Est ? Il y a plein de *frum* à Harvard.

– Tu parles ! T'as trente mille dollars à me donner, Shmueli ?

– D'abord, il y a des bourses...

– Laisse tomber...

– Ensuite, Peter a envoyé sa fille à Columbia. Il n'oserait pas ne pas faire la même chose pour toi. Il ne peut pas risquer de se faire taxer de favoritisme, sinon tu n'as pas fini d'entendre Rina ! conclut Sammy avec un grand sourire.

– Ça ne m'intéresse pas.

– Ça devrait !

– Je n'ai aucune chance, Sammy. *Primo*, parce que mes notes ne sont pas fantastiques, *secundo*, parce que je n'ai jamais pratiqué une seule activité en dehors du cursus.

– Eh bien, c'est le moment de commencer ! Fais-toi élire délégué ! tout le monde t'adore. Ce sera dans la poche.

– Délégué ! Moi qui déteste l'école.

– Alors, participe au journal...

– Non.

– Inscris-toi à l'équipe de basket. Tu es sportif.

– Ça ne m'intéresse pas.

– Fais un travail d'intérêt communautaire, fais quelque chose, Yonkie ! Va porter des vivres aux personnes âgées, ou travaille pour « Allô suicide ».

En entrant dans la cuisine, Decker entendit un seul mot : suicide. Son sang ne fit qu'un tour et sa colère tomba d'un seul coup.

– De quoi parlez-vous, les garçons ?

Jacob et Sammy se retournèrent. Ils ne l'avaient pas entendu arriver. Sammy répondit à la place de Jacob :

– Yonkie a envie de faire un travail d'intérêt général. « Allô suicide », pour les ados. C'est une idée géniale, non ?

– Quoi ? lâcha Decker en rejetant la tête en arrière et en fronçant les sourcils. C'est nouveau, ça ?

– Ça vient de sortir, dit Sammy. À mon avis, il est taillé pour, qu'est-ce que tu en penses ?

Decker prit une chaise.

– Endosser ce genre de responsabilité exige un engagement énorme. Il faut gérer de vraies crises. Et une fois qu'on y a été formé, on ne peut pas le faire en dilettante. Il y a des horaires à respecter. Ça prend du temps. C'est très pénible. Ça demande un gros investissement psychique et physique. (Il se tourna vers Jacob.) Je n'arrive pas à croire que tu aies envie de te lancer là-dedans.

– Eh bien, dis donc, dit Sammy, merci pour les encouragements.

– Tu veux bien, pour une fois, faire attention à la manière dont tu me parles ? rétorqua Decker. Je commence à en avoir par-dessus la tête de tes sarcasmes et de tes impertinences.

Sammy se ferma comme une huître.

Un silence se fit.

Jacob s'humecta les lèvres.

– Je me sens d'attaque, dit-il.

Mais Decker était à la fois sceptique et suspicieux. Pour lui, c'était une manœuvre d'apaisement, une tentative maladroite de la part de Jacob pour rentrer dans ses bonnes grâces. Decker était déçu qu'il essaie si désespérément de se faire pardonner.

– Et à quel moment as-tu l'intention de caser toutes ces heures ?

– Pendant les week-ends.

– Jacob, si tu entreprends ça en parallèle avec tes études, tu n'auras plus du tout de loisirs.

– C'est pas grave, dit Jacob en haussant les épaules.

– C'est ce que tu dis maintenant, mais quand tu seras submergé de travail et que tes copains seront tous en train de faire la fête, tu changeras d'avis.

Jacob se redressa sur son siège et regarda son père adoptif.

– Si je comprends bien, dit-il, c'est une fin de non-recevoir ? Moi, je suis sûr d'avoir quelque chose à apporter aux autres. Je n'ai pas eu la vie facile. Je sais ce que c'est que de dormir les couvertures remontées au-dessus de la tête.

– Ce n'est pas une fin de non-recevoir, dit Decker, aussitôt radouci.

– Si. Mais ce n'est pas le plus important. L'important, c'est que j'aie moi-même fait l'expérience d'une tristesse profonde. Mon père est mort dans des circonstances épouvantables...

– C'est vrai.

– Et juste au moment où Eema commençait à s'en remettre, il y a eu ce truc horrible à la yeshiva... tu es venu enquêter, tu lui posais plein de questions à voix basse pour qu'on n'entende pas. Tu te souviens de notre première rencontre, au jardin public ? En gros, tu nous as envoyés nous faire pendre.

– Je n'ai pas souvenir que ce se soit passé comme ça.

– Non, tu ne nous as pas dit : allez vous faire pendre. Mais tu nous as emmenés faire un tour dans la voiture de patrouille pour qu'en échange on te laisse tranquille une demi-heure avec Eema.

– J'avais cru te faire plaisir.

– Oui, oui, mais là n'est pas la question.

Une fois de plus, Decker eut l'impression de ne pas tout comprendre.

– Papa, expliqua Jacob, on voit débarquer un grand malabar de flic qui se met à poser des questions à notre mère... on a compris qu'il y avait un problème. Hein, Sammy ? dit-il en regardant son frère.

– Absolument.

Jacob se leva et se mit à faire les cent pas.

– Et ensuite, quand cette femme... la gardienne... s'est fait assassiner. Je peux te dire que ça nous a fichu un sacré coup.

Decker ouvrit la bouche, la referma.

– J'imagine.

– Tu ne savais pas qu'on était au courant, hein ? C'est à croire que les adultes prennent les enfants pour des aveugles, ou pour des sourds. Bien sûr qu'on était au courant. Simplement, on n'a rien dit parce qu'Eema flippait bien assez comme ça, et tout le monde allait devenir dingue. Qui avait le temps d'écouter deux emmerdeurs de mômes ?

– Jacob...

– Tu sais, papa, ça fout les boules de découvrir que ton prof d'informatique a été arrêté pour viol. Enfin, je ne savais pas exactement ce que c'était qu'un violeur, mais je savais qu'il avait fait quelque chose de mal. Idiot que j'étais, je croyais qu'on l'avait arrêté parce qu'il nous avait montré des photos porno...

Jacob se tut aussi soudainement que ses paroles lui avaient échappé, comme en s'étranglant sur ses mots.

Un silence de mort s'abattit dans la pièce.

Les yeux de Decker coururent de l'un à l'autre.

– Il vous a montré des photos porno, ce salopard ?

Les deux garçons échangèrent un regard, mais ne répondirent pas. Ils avaient sept et huit ans à l'époque des viols dans les *mikveh*, les bains rituels. Decker eut un pincement au cœur, et une nausée soudaine qu'il exprima par une explosion de rage.

– Ce fils de pute vous a molestés ? murmura-t-il d'un ton de rage contenue.

De nouveau, ils échangèrent un regard.

– Ça dépend de ce que tu entends par molester, répondit Sammy.

Decker prit son mouchoir et épongea son front trempé de sueur, puis il croisa les mains pour les empêcher de trembler. Il se leva.

– Je ne veux pas qu'Eema risque d'entendre ça. Allons faire un tour.

19

La nuit, sombre et fraîche, donnait l'illusion d'une certaine intimité. Ils s'avancèrent dans les vergers et s'arrêtèrent sous un oranger dont les fleurs embaumaient l'air de leur parfum. Au lieu d'apaiser Decker, l'odeur suave faillit lui arracher un haut-le-cœur.

Sammy s'assit à terre, mais Jacob resta debout, adossé au tronc, dont il se mit à arracher l'écorce. Dans l'obscurité, leurs visages paraissaient grossièrement esquissés au fusain. Cela rendait la conversation plus facile.

– Qu'est-ce qu'il a fait ? demanda Decker d'un ton qu'il réussit à conserver calme et posé.

Sammy leva la tête, la clarté de la lune ascendante baignant le bas de son visage.

– On allait à son club d'informatique, tu sais ? dit-il.

Oui, oui, un peu, qu'il savait.

– Et puis un jour... un jeudi, je crois.

Il regarda son frère.

– Oui, un jeudi, confirma Jacob.

– Enfin, peu importe, poursuivit Sammy. Il nous a gardés les derniers. Tous les autres étaient partis. (Il souffla un grand coup.) Ça remonte à loin, dis donc.

Mais Decker vit bien qu'il s'en souvenait comme si c'était hier.

– Bon. Une fois tous les grands partis... les grands, dit-il avec un petit rire. Ils avaient dix ans à tout casser. Ils me paraissaient grands... Tout d'un coup Gilbert nous fait : « Maintenant, les garçons, je vais vous montrer des trucs vraiment bien. »

Il regarda son beau-père.

– Il avait dû prendre un abonnement à un service porno en ligne – aux frais de la yeshiva, en plus ! Il nous a montré quelques photos...

vraiment explicites. Ça le faisait... (Sammy avala sa salive) ça le faisait bander.

Decker se retint de ne pas donner un coup de poing dans un arbre.

– Continue, dit-il.

– Rien de bien méchant, remarque, dit Sammy en essayant de minimiser la chose. Il s'est mis la main à l'entrejambe en disant un truc stupide du genre : « Être un homme, c'est ça », enfin, tu vois, un truc vraiment con.

Sammy se tut.

– Et... c'est tout ? Il s'est touché l'entrejambe en disant un truc con ?

– Euh... Il nous a fait toucher. Par-dessus son pantalon, ajouta-t-il aussitôt.

– Toucher par-dessus son pantalon.

– Enfin, plutôt... caresser, dit Sammy en faisant la grimace. Mais par-dessus son pantalon.

Decker eut envie de vomir.

– Il a éjaculé ?

– Euh... oui, dit Sammy en passant les bras autour de ses genoux. Mais nous, on n'a pas compris de quoi il s'agissait. Tout d'un coup, il a été mouillé. À ce moment-là, il est devenu vachement sérieux et nous a dit quelque chose comme « Petits polissons... »

– « Petits polissons, regardez ce que... », l'interrompit Jacob.

– Oui, c'est ça. « Regardez ce que vous m'avez fait faire. Vous m'avez fait faire pipi dans mon pantalon. » Et nous, on se demandait comment on avait pu faire ça. Je me souviens, une fois on en a parlé, Yonkie et moi, et Yonkie m'a dit : « Pourquoi il n'est pas allé aux toilettes ? » Moi, je me posais la même question.

Sammy se mordit l'ongle du pouce.

– Ensuite, il nous a obligés à aller nous laver les mains. Pour pas qu'on rentre chez nous en sentant le pipi.

– Je ne sentais pas le pipi, dit Jacob d'une voix neutre.

– Ah, oui, et ça ! dit Sammy en se balançant sur ses fesses. Il a ajouté : « Je ne dirai pas à votre Eema que vous êtes de vilains garçons. Si vous ne dites rien, je ne dirai rien non plus. » Et nous, on s'est dit, super, Eema ne saura rien.

Il eut un petit rire sans joie.

– En fait, on était plus... dégoûtés que traumatisés. Plus tard, quand on a appris toutes les interdictions contre l'homosexualité et qu'on a compris ce qui s'était passé, on a commencé à se demander si on avait péché... ou si on était homo parce qu'on avait fait jouir un type en le touchant.

– Vous savez bien que rien de tout ça n'est vrai, dit Decker.

– Oui, bien sûr. Mais il faut un moment pour le comprendre. Sincèrement, aujourd'hui c'est quelque chose que j'ai évacué. Ce type était un pervers. J'étais un gosse. Et comme je te l'ai dit, c'est de l'histoire ancienne.

Il y eut un silence.

– Et tu es sûr qu'il ne t'a rien fait d'autre ? demanda Decker.

– Sûr.

– Tu ne me caches rien, Sam ? Et ça ne s'est produit qu'une fois ?

– Oui. Après, on a fait bien attention à partir en même temps que les grands. Et quand il y a eu toutes ces histoires à la yeshiva, Eema nous a retirés du club d'informatique. Elle devait avoir les jetons.

La nuit se fit d'un calme pénétrant.

– Tu es bien sûr que c'est tout, Sammy ?

– Je te le jure.

Decker regarda Jacob.

– Et toi, Yonkie ?

Mais Jacob évitait son regard. Decker eut un vertige. Il tourna vers Sammy un œil interrogateur, mais Sam haussa les épaules en signe d'ignorance. Decker avait de plus en plus de mal à contenir sa rage, qui l'aveuglait.

– Qu'est-ce qu'il t'a fait, ce salopard ?

Jacob ne répondit pas.

– Je vais aller faire quelques pas, dit Sammy.

– Non, non, dit Jacob en se frottant les yeux. C'est... tu peux...

D'un long soupir, il sembla évacuer un fardeau trop lourd pour ses jeunes épaules.

– Il y a eu une fois..., commença-t-il en s'humectant les lèvres et en regardant son frère..., une fois où tu as été malade.

– Ah ? dit Sammy dans un hoquet.

– Il m'a retenu... c'est-à-dire, physiquement... il m'a attrapé par le bras pour m'empêcher de partir avec les grands. (Sa lèvre inférieure tremblait.) Il m'a mis la main au cul... mais fort. Il m'a serré les couilles... – excuse mon vocabulaire – ça faisait un mal de chien.

Decker attendit.

– Et c'est tout, conclut-il en serrant les lèvres.

– Par-dessus ton pantalon ?

Jacob fit non de la tête.

– Non... (Il prit une inspiration, difficilement.) J'étais un gosse plutôt malingre. Mes pantalons me tombaient tout le temps sur les hanches quand je courais. Eema m'achetait des jeans à élastique, c'étaient les seuls qui restaient en place... alors il a... il a glissé la main... (Il s'essuya les yeux.) T'as pas remarqué que je porte toujours des ceintures et que je les serre le plus possible ?

Il y eut un silence.

– Je me débattais, reprit Jacob. Et lui... il a ri. Il m'a dit... il m'a dit : « Qu'est-ce qui ne va pas, Yonkelah ? Tu as peur d'aimer ça ? »

– Salopard ! marmonna Sammy.

– J'ai fini par m'échapper. Je lui ai dit que j'allais tout raconter à Eema. Et tu sais ce qu'il m'a répondu ? Quel fumier !

Il leva les yeux, les baissa sur ses pieds, mais évita les regards.

– Il m'a dit : « Si tu dis quoi que ce soit à ta mère, elle mourra de la même manière qu'est mort ton père. »

Jacob renifla et ravala ses larmes. Il était blanc comme un linge.

– Moi, je savais bien qu'il me racontait des bobards. J'avais beau n'avoir que sept ans, je savais qu'on ne mourait pas comme ça.

Il renifla de nouveau.

– Mais il faut se souvenir que c'était au moment où il se passait tous ces trucs bizarres... qu'Eema était complètement chamboulée. Et ensuite, la gardienne assassinée... et personne qui ne nous dit rien. Tu sais, je mourais de trouille. (Il se tourna vers Sammy.) Et toi ? Tu avais la trouille, non ?

– J'étais pétrifié.

– Je sais bien que j'aurais dû en parler à Eema, mais... Bon, finalement, je n'ai rien dit parce qu'il n'a pas recommencé. Et comme l'a dit Sammy, Eema nous a retirés du club.

Il s'essuya les yeux et prit le tronc de l'oranger à bras-le-corps.

– J'ai mis à peu près un an à me convaincre qu'Eema n'allait pas mourir. Et puis un jour, elle nous a dit qu'on déménageait pour New York. (Il regarda son beau-père.) Je t'aimais bien, tu sais. Je n'avais pas envie de te quitter. Tu nous avais aidés à nous remettre de la mort d'Abba. Mais d'un autre côté... j'étais soulagé de partir ! J'avais tellement de souvenirs contradictoires, Abba en bonne santé, puis malade. Toi et Eema... le Rabbin Schulman... je l'adore. Mais aussi ce type ! Remarque, je ne pense pas souvent à lui. Et puis tout d'un coup, sans prévenir, ça me revient... ça me fait peur. Je me sens comme un bébé... pourquoi est-ce que je n'arrive pas à m'en débarrasser ?

Il soupira, puis il haussa les épaules et se tut.

Decker voulut parler, mais les mots restaient bloqués au fond de sa gorge. À l'époque du meurtre et des viols, il travaillait à la brigade des mineurs et aux crimes sexuels et était considéré comme un flic hors pair doté d'une solide expérience. Il avait interrogé de nombreux enfants victimes de maltraitance affective, physique et sexuelle, et avait pu constater chez tous le même signe clé, des troubles du sommeil.

Jacob avait eu des terreurs nocturnes.

Decker s'en était aperçu tout de suite. Et pourtant, il les avait attribuées à l'angoisse consécutive à la mort de son père, alors que ce décès remontait à deux ans.

Tout d'un coup, tout prenait sens. L'attitude amicale mais détachée de Jacob, son naturel calme mais secret. Tout était là, sous ses yeux : si seulement il avait pris la peine d'ôter ses œillères ! Il avait su que les garçons étaient en relation avec un pervers sexuel. Il avait su que Steve Gilbert, un violeur, leur avait enseigné l'informatique. Oui, il l'avait su, nom de Dieu, et pas une seule fois il n'avait pris la peine de les interroger sur le comportement de Gilbert envers eux.

Parce qu'à l'époque, il s'intéressait beaucoup plus à Rina qu'à ses deux enfants sans père. Elle était l'objet de toutes ses attentions. Quand il consacrait un peu de temps aux garçons, c'était pour se faire bien voir d'elle. Et il était passé complètement à côté de signes évidents de souffrance chez un enfant de sept ans. Même après avoir constaté le comportement sexuel de Jacob, la veille – un comportement particulièrement précoce chez un gosse élevé dans un foyer pratiquant –, il n'avait pas établi le rapprochement. Il avait été incapable de déchiffrer ce qu'avait dit Jacob : *Je ne peux pas parler si je sais qu'un gosse est en train de se faire violer.*

Un gosse. Pas une fille, non, un gosse !

N'importe quel flicaillon débutant aurait fait mieux.

S'il avait eu une once de perspicacité, s'il avait fait preuve du dixième de la sensibilité qu'il avait mise à écouter des enfants qui n'étaient rien pour lui, il aurait pu épargner à son propre fils – à ses deux fils – huit ans de souffrances.

Il aurait voulu disparaître dans un trou tant il se sentait honteux et coupable.

Jacob lui disait quelque chose.

– Excuse-moi, Yonkie. Je ne t'ai pas entendu, dit-il en se mordant la lèvre.

– Je te demandais si tu m'en voulais.

Decker resta sans voix.

– Si je t'en voulais ? marmonna-t-il enfin.

– Oui, de ne pas t'en avoir parlé.

Decker cligna plusieurs fois les paupières en retenant ses larmes. C'était bien la dernière chose dont il avait besoin – la sympathie des garçons.

– Non, fiston. Je ne t'en veux pas. Comment pourrais-je... (Il s'éclaircit la voix.) Non, c'est à moi que j'en veux. J'aurais dû...

Il s'approcha de lui et lui mit la main sur l'épaule. Aussitôt, Jacob s'appuya contre lui. Decker le serra dans ses bras, comme pour effacer en une seule étreinte huit ans de secrets et de honte. C'était impossible ; ils avaient tous les deux du chemin à faire pour se retrouver.

– Je me sens tellement nul envers toi...

Decker regarda Sammy, qui était toujours assis sous l'arbre, les genoux repliés contre la poitrine, et ne disait rien. Il avait donc avalé sa langue, au moment où il en aurait eu le plus besoin ?

– Envers vous deux, se corrigea-t-il. Je regrette de ne pas...

– Tu ne pouvais pas savoir, dit Sammy.

Oh, si, il aurait pu. Il aurait dû.

Jacob soupira dans les bras de Decker.

– Ç'aurait pu être pire. Au moins, on se serrait les coudes, Sammy et moi.

– Tu sais, dit Sammy, il m'arrive de penser à Gilbert qui pourrit en prison... Je me souviens qu'il était plutôt agréable à regarder. Alors, je me dis qu'avec un peu de chance, il se fait violer... souvent, et par plusieurs types. Ça me réconforte.

Jacob s'écarta de Decker.

– Tu ne peux pas parler de ça à Eema.

– Je n'en ai pas l'intention.

Bien qu'un peu plus calme, Jacob était toujours très pâle.

– Pour « Allô suicide », je suis toujours décidé. Tu es prêt à m'aider ?

– Quand veux-tu commencer ?

– Ce week-end.

– Ça marche.

– Papaaa ! hurla une voix suraiguë.

– Peter ? Les garçons ? appela Rina.

– Oui, on est là, cria Decker. On prenait l'air.

– Je ne peux pas me montrer avec une tête pareille, dit Jacob en s'éloignant.

Sans un mot, Sammy se leva et le suivit, en lui passant un bras autour des épaules. Jacob marchait les mains dans les poches, mais ne tenta pas de se soustraire au contact de son frère. Decker les regarda, si différents.

Et pourtant ils se disputaient rarement, ne se battaient jamais. Il s'était souvent demandé ce qui faisait qu'ils s'entendaient si bien. Maintenant il comprenait. Ils étaient soudés par la tristesse, la solitude, un tabou secret.

– Papaaaa ! cria Hannah, vieeeeens !

– C'est Marge, Peter. Elle dit que c'est important, précisa Rina.

Decker ferma les yeux.

– J'arrive.

– Papaaaa !

Hannah vint vers lui en courant, animée de la joie pure et sans retenue de voir son père. Pour elle, il était un héros.

Pour combien de temps encore ?

20

Marge l'attendait au départ du chemin, une lampe torche à la main. Sans son initiative, il aurait manqué l'embranchement. Il ralentit et arrêta la voiture banalisée, elle se glissa sur le siège du passager.

– Vous n'avez pas traîné.

Decker consulta sa montre. Dix heures cinq.

– J'ai mis une heure cinq.

– En roulant à combien, lieutenant ?

– Occupe-toi donc de tes affaires. Qui garde la boutique ?

– Oliver surveille Pluton et son homme de peine. Quand je dis homme de peine, c'est au sens littéral. Benton tranche la tête des poulets. La première fois que je l'ai vu, il était couvert de sang. Pour l'instant, il est menotté à un poteau. À lui seul, Oliver ne pouvait pas avoir l'œil sur les deux en même temps. Pluton, soit dit en passant, crie aux libertés civiles bafouées. Mais il fait plus de fumée que de feu.

Tout doucement, Decker enfonça l'accélérateur et la voiture avança au pas. Les gravillons chassaient sous les roues.

– Voyons si j'ai bien compris. En inspectant la maison, tu as trouvé une mare de sang au milieu du séjour.

– Et des traces de pas ensanglantées.

– Récentes ?

– Encore poisseuses.

– Le problème, c'est que tu ne sais pas si c'est du sang d'oiseau ou du sang humain.

– Exact.

– Et Benton t'assure que c'est du sang de poulet.

– Naturellement. (Elle scruta les ténèbres à travers le pare-brise.) Et il a passé son après-midi à tuer des poulets. Disons que j'admets qu'il ait ramené des saletés dans la maison. Mais l'explication qu'il donne pour la flaque ne tient pas debout.

– Et c'est... ?

– Qu'il apportait le seau de sang dans la maison, qu'il a trébuché et qu'il en a renversé une partie.

– Bon Dieu, ça m'arrive tout le temps, dit Decker.

Marge eut un petit rire, mais elle n'avait pas envie de plaisanter.

– Et il t'a dit ce qu'il allait faire avec un seau plein de sang chez lui ? demanda Decker.

– Il l'apportait dans la cuisine, dit Marge en plissant le nez. Il voulait le mélanger au bouillon de poulet qu'il prépare avec les os et les abats. D'après lui, ça constitue la base nutritive des soupes et des ragoûts de la secte.

– Miam, dit Decker, désabusé.

Mais il était partial : les règles diététiques juives interdisaient toute consommation de sang. Ce qui ne l'empêchait pas de manger du foie, un abat plutôt sanguin.

– S'il dit la vérité je vais avoir l'air d'une imbécile, dit Marge. Sans parler du fait que je vous ai gâché votre soirée.

– Tu as bien fait de m'appeler.

– J'espère sincèrement me tromper. Qui aurait envie que ce soit du sang humain ? Avec la petite qui a disparu... vers la gauche, Pete, dit-elle en pointant le doigt.

Decker donna un petit coup de volant et la voiture avança tout doucement dans l'obscurité.

– Parle-moi de Benton.

– Il est grand et costaud. Genre bunker. Je crois que, côté cerveau, il est un peu retardé. Il n'a pas dit trois mots.

– C'est Pluton qui vous a fait la conversation ?

– Exact.

– Vous avez eu droit à son numéro du gourou scandalisé ?

Marge réfléchit avant de répondre.

– Il m'a plutôt paru surpris. Quand il vient ici, il ne doit pas souvent mettre les pieds dans la maison, mais il savait que c'était une zone sinistrée.

– Comment le savait-il puisqu'il n'y va pas ?

– Il doit connaître Benton, savoir que le ménage n'est pas son fort. Parce que juste avant que j'entre, il m'a prévenue que c'était infesté de rats et d'araignées. Je crois qu'il essayait de me faire peur. N'oubliez pas qu'il n'était pas chaud du tout pour notre petite expédition. Mais il n'a pas eu l'air inquiet en me voyant pousser la porte... La mare est assez importante, dit-elle d'une voix faible.

– Il fait noir comme dans un puits, murmura Decker.

Et il régnait un silence de plomb. Un silence qui, loin d'être paisible, étouffait doucement comme sous un oreiller de plumes.

– C'est encore loin ?

– Huit cents mètres environ. On devrait apercevoir les lumières de la maison dans le virage.

– J'imagine que vous n'avez pas appelé la police locale ?

– Puisque vous avez insisté pour venir, contre mon avis.

– Je suis venu parce que je le voulais bien, Marge. Ce n'est pas une critique contre ton professionnalisme, dit-il.

– Tout va bien chez vous, Pete ? demanda-t-elle, le sentant tendu.

– Ça pourrait aller mieux. De toute manière, je vais jeter un coup d'œil. S'il faut prévenir quelqu'un, je m'en chargerai.

Dans le virage Decker aperçut effectivement des lumières. La ferme basse était dans un état de délabrement épouvantable, à peine plus pimpante qu'un bidonville. En s'en approchant, il vit une silhouette tassée menottée à un pilier carré et incliné qui soutenait un porche. À côté, une petite ombre faisait les cent pas. Decker gara sa voiture.

Pluton fut à la portière avant même qu'il ait le temps de l'ouvrir.

– Si vous croyez pouvoir m'imposer cette violation flagrante des droits civiques...

– Qu'est-ce que vous voulez ? Pleurnicher sans arrêt ou sortir d'ici ? lui renvoya Decker, qui descendit de voiture en toisant le petit homme de toute sa hauteur. Je peux faire en sorte que cette soirée soit l'une des plus longues de votre vie, frère Pluton. À vous de décider.

Pluton cilla.

– Lieutenant, dit-il, faut-il absolument lui laisser les menottes ? Vous le traitez comme un chien !

Decker jaugea l'ombre massive de Benton.

– Ce n'est pas une petite portion.

– Je me porte garant de lui, dit Pluton.

– C'est gentil à vous, mais s'il se met à nous tabasser, ça nous fera une belle jambe.

– On ne pourrait pas trouver un compromis ?

Le gourou semblait sincèrement soucieux du bien-être du garçon de ferme.

– Attendez ici, dit Decker en poussant un soupir.

Il s'écarta et appela Oliver.

– Si je confie à Marge la surveillance de Pluton, tu peux te charger de celui-ci tout seul ? demanda-t-il en désignant Benton du pouce.

– *No problemo.*

– C'est un paquet de muscles. Il peut te mettre par terre en moins de deux, ou moi, d'ailleurs, et je fais vingt kilos et dix centimètres de plus que toi.

– Compris. J'ouvrirai l'œil.

De nouveau, Decker lorgna l'ouvrier agricole. Appuyé contre le poteau, il ne montrait aucun signe d'agressivité. Mais comment savoir si cela durerait ?

– Va le libérer. Je te couvre au cas où il nous sauterait dessus comme une bête enragée. S'il se tient tranquille, amène-le ici.

Sans hésiter, Oliver s'avança vers Benton et lui enleva les menottes. L'ouvrier secoua les mains et se massa les poignets.

Ils rejoignirent les autres. Visage carré aux joues rendues rugueuses par une barbe naissante, Benton avançait par bonds, sans bouger les bras. Ses vêtements sales étaient constellés de débris de plumes et de viscères, et ses mains calleuses et parcheminées maculées de sang. Il dégageait une odeur fétide.

– Comment allez-vous, monsieur ? lui demanda Decker.

– Mieux, maintenant qu' j'ai plus ces trucs-là sur les mains, répondit Benton sans lever les yeux.

– Vous n'avez pas mal aux poignets ?

Les yeux toujours baissés, il fit non de la tête.

– Oliver, va aider l'inspecteur Dunn avec frère Pluton, dit Decker. J'ai besoin de rester quelques instants seul avec M. Benton.

– Bien, chef, dit Oliver en s'éloignant.

Decker sortit un dictaphone de sa poche, l'alluma et identifia les deux interlocuteurs.

– Ça ne vous dérange pas que j'utilise ceci, n'est-ce pas ? C'est pour votre protection.

– J'ai pas besoin de protection.

– Savez-vous pourquoi je suis ici, Benton ?

– Oui.

– J'ai besoin d'aller faire une inspection chez vous.

– C'est pas chez moi.

– Eh bien, j'ai besoin d'inspecter cette maison, dit Decker en désignant le taudis. Vous n'y voyez pas d'inconvénient ?

L'ouvrier haussa les épaules. En le regardant, Decker pensa aux livres pour enfants de Roger Hargreaves, ceux dont les héros portaient des noms simplistes. Hannah en avait quelques-uns : Monsieur Occupé, Monsieur Grand, Monsieur Drôle. Il aurait bien vu Benton en Monsieur Carré.

– Avez-vous une idée de ce que je vais trouver à l'intérieur ? lui demanda-t-il.

– Vous allez trouver le sang de poulet, dit Benton en plissant les paupières. J'ai tué, aujourd'hui. Je l'ai dit à la p'tite dame. Je lui ai aussi dit que j'ai failli me casser la figure et que j'ai renversé mon seau. Mais elle me croit pas.

– Personne ne vous accuse de mentir. Mais je dois enquêter.

Benton garda le silence.

– Donc, vous ne voyez pas d'inconvénient à ce que j'aille jeter un coup d'œil ?

– Allez-y.

– Faites bien attention à ce que vous me répondez. Parce que tout ce que vous me direz pourra être retenu contre vous.

L'homme de peine ne pipa mot.

– Par exemple, Benton, si vous pensez avoir besoin d'un avocat, je peux vous en fournir un.

Benton prit la mouche.

– Pas b'soin d'un avocat, dit-il. J'ai pas b'soin d'un avocat, paceque j'ai rien fait !

Une ampoule nue pendait au plafond, noyant dans une lumière glauque la pièce où régnait une odeur forte et aigre qui rappelait l'intérieur d'une chaussure de gym, humide, chaude, fétide. Dès que Decker eut franchi le seuil, il sentit le parquet grincer sous son poids et lui coller aux semelles. Les murs jaunis étaient zébrés par des ruissellements d'eau : le toit fuyait, et Decker aperçut même le ciel à certains endroits. Attirés par la lumière, mouches et moucherons bourdonnaient autour de l'ampoule poussiéreuse, grillés net s'ils s'en approchaient trop près, tombant comme un plomb de chasse pour aller grossir une petite pile de cadavres sur le sol incrusté de crasse et de reliefs de repas. Poussière et graisse se disputaient les lieux. Au centre du tas d'immondices, un canapé marron crachait ses viscères. Devant, une flaque de sang ovale s'étalait, se prolongeant sur les bords dans les volutes de traces de semelles. Decker sentit son nœud à l'estomac se resserrer, puis la nausée exploser.

– Je ne suis pas allée plus loin, dit Marge. Dès que j'ai vu ça… j'ai appelé Scott à la rescousse.

Decker braqua sa torche sur la flaque et l'inspecta pendant une bonne minute.

– Elle n'est pas si grande que ça, dit-il. Il y a comme des franges sur les bords. Tu vois ces effilochures tout autour ? C'est le bois qui a absorbé le liquide – le sang qui est au centre. Si on avait tué sur place, il y aurait davantage de sang, d'éclaboussures, de gouttelettes... et des taches sur le canapé. Non, ce que nous avons là correspond bien à quelque chose qui a été renversé par terre. Rien à voir avec un corps vivant qui saigne par les veines, ou un cadavre qui pisse le sang.

– Donc, vous adhérez à la version de Benton ?

– Évidemment, si le sang est humain, il faudra tout de même lui demander ce qu'il faisait avec ça chez lui.

Il promena le faisceau de sa lampe électrique sur les murs couleur excrément.

– Je ne vois pas de traces de sang.

Par-dessus son épaule, il jeta un coup d'œil par la porte ouverte. Dans les ténèbres, Pluton faisait les cent pas. Appuyé contre un pilier du porche qui, miraculeusement, ne s'était pas encore effondré sous son poids, Oliver regardait Benton, véritable bloc de granit posé sur une marche du porche.

Decker suait d'épuisement mental et physique.

– Je m'occupe du reste, dit-il. Va surveiller Pluton. Comme ça, Oliver pourra se consacrer entièrement à Benton.

– À vos ordres, dit Marge en haussant les sourcils. Bonne chance.

Les traces ensanglantées menèrent Decker à une cuisine humide et moite. Sur la paillasse, il trouva une douzaine de poulets plumés et décapités qui s'égouttaient par terre ; le sang coulait le long des portes des placards. Un panier d'œufs frais était posé sur une table. Sur le feu, quelque chose mijotait dans une petite marmite. Decker enfila ses gants et alla soulever le couvercle.

Dans une soupe trouble nageaient des morceaux de poulet et d'os. Des globules flottaient à la surface. Il referma le couvercle en faisant la grimace.

Le robinet coulait, il le ferma. L'évier était à moitié plein d'un liquide rouge vif, de la même couleur artificielle que les cerises confites ou le punch aux fruits rouges.

La puanteur se fit plus forte, presque insoutenable. Decker sortit son tube de Vicks et se fit une inhalation énergique.

Il inspecta les placards du haut. Pas de traces de gouttes ni de coulures. Il les ouvrit un à un, les referma. Ils contenaient des conserves de haricots verts, de thon, d'olives. Une boîte de sucre, une de café. Une demi-douzaine de bouteilles de bière ordinaire. Un sachet intact de bretzels. Et beaucoup de blattes, mortes pour la plupart mais dont plusieurs s'agitaient encore.

Dans le réfrigérateur il trouva un litre de lait frais, deux pommes rouges et un paquet de tortillas au maïs à moitié consommé, un pot de mayonnaise ouvert, un autre de sauce chili, une boîte d'olives entamée et un tube de moutarde. Le freezer était vide et encroûté de givre.

Il passa ensuite aux placards inférieurs. Braquant sa puissante lampe halogène sur le bas, il balaya toute la plinthe. Les poulets qui s'égouttaient sur le plan de travail y avaient dessiné des coulures fraîches.

Une deuxième fois, rapidement, il réinspecta la plinthe et la moulure inférieure.

Une troisième fois. Soudain, il s'arrêta au milieu et se mit à suer abondamment. Sa main trembla. Le faisceau de sa lampe s'était arrêté sur des lignes parallèles moins visibles, qui partaient du bas du placard et s'écoulaient jusque par terre.

Moins visibles, mais visibles tout de même. Des traces moins fraîches, mais pas très anciennes. Plus sèches, plus brunes. Elles démarraient du bas du placard, ce qui voulait dire qu'elles provenaient de l'intérieur.

L'estomac dans la gorge, Decker regardait fixement les marques révélatrices. Le placard était trop petit pour contenir un adulte. Mais un enfant...

Il s'épongea le front et le cou.

S'agenouilla.

Bourdonnement de mouches.

Puanteur de la viande avariée.

Il tira sur la porte. Un flot de sang à demi coagulé se déversa par terre, une nuée d'insectes lui sautant à la figure. Il les chassa de la main en essayant de ne pas en avaler. Ce spectacle... cette odeur... il recula d'un bond. Il fut aussitôt sur ses pieds, essayant de se redresser, mais eut un étourdissement. Il se rattrapa en s'agrippant au bord de la paillasse et enfonça les doigts dans la chair spongieuse d'un poulet cru.

Il ferma les yeux et essaya de trouver une particule d'air respirable dans cette atmosphère putride. C'était l'odeur plus que la vue du corps qui avait causé son vertige. Le cadavre était dans une position grotesque, mais, Dieu merci, ce n'était pas la gamine.

Il se força à s'accroupir de nouveau, écartant la nuée d'insectes. Il savait déjà, plus ou moins consciemment, que c'était le cadavre d'un homme adulte, mais il eut du mal à le reconstituer dans son ensemble. Si on avait réussi à le caser dans le petit placard, c'était, littéralement, morceau par morceau.

Les épaules tombantes du torse décapité se terminaient en deux moignons pulpeux. Les cuisses avaient été remontées sur le ventre ; elles s'arrêtaient aux genoux. Les jambes et les bras désarticulés avaient été tassés devant le torse – bras glabres, mais jambes poilues. Les mains étaient figées en des griffes crochues et les bouts des doigts gris et fripés.

Et il y avait la tête. Couleur d'argile et comme couverte de rouille, desséchée, elle avait été posée sur les membres, l'ensemble n'étant pas sans rappeler le drapeau des pirates. Un crâne presque chauve, un visage rondelet... les orbites étaient vides car les yeux avaient dû s'enfoncer dans la boîte crânienne. Pas de barbe, pas de moustache. Decker ne le reconnut pas.

Il referma le placard et sortit appeler Marge, qui pâlit dès qu'elle vit sa mine décomposée.

– Oh, mon Dieu...

– Ce n'est pas la gamine, ni Andromède...

– Qui, alors ?

– Je ne sais pas, mais tu devrais pouvoir me le dire. Enfile des gants.

– C'est vilain ? demanda-t-elle, déjà en nage.

Même si Decker avait possédé le calme nécessaire pour trouver ses mots, il n'aurait su lui décrire le cadavre.

– Par ici, dit-il en la précédant.

En entrant dans la cuisine, elle se mit à vaciller sur ses jambes.

– Ça va ? lui demanda-t-il.

– C'est l'odeur, dit-elle en mettant ses mains sur son nez.

– Tu n'es pas au bout de tes peines. Tu vas tenir le coup ?

– Si vous faites vite.

Il l'aida à s'accroupir.

– N'ouvre pas la bouche et bouche-toi le nez.

Il ouvrit le placard, une nuée de mouches s'en échappa.

– Oh, mon Dieu ! gémit Marge dans ses mains.

– C'est Nova ?

– Je... je crois, dit-elle en détournant les yeux.

– Tu n'en es pas sûre ?

– Je... si, si, c'est lui ! Vite, partons d'ici !

21

Le sergent Kirt Johannsen était un homme laconique.

– Alors, c'est quoi ce cirque ? J'ai tout loupé ?

Decker commença son récit, et l'autre l'écouta en faisant des bulles avec son chewing-gum. Ils étaient dehors, dans une obscurité quasi complète percée par la lumière couleur nickel qui filtrait à travers les vitres sales de la baraque. Petite cinquantaine, un mètre quatre-vingt-cinq, ventre proéminent, le sergent avait un visage rond entouré d'un halo de fins cheveux blancs, des lèvres pleines, un teint rougeaud et des yeux d'un bleu si clair qu'ils en paraissaient transparents. Il portait la tenue de campagne des shérifs et un chapeau marron à large bord. Il avait jeté un coup d'œil au corps découpé en morceaux et avait aussitôt suggéré d'aller prendre l'air.

Decker en était à la moitié de ses explications lorsqu'un des hommes de Johannsen vint vers eux. Il avait un visage piqueté de taches de rousseur et une bouche grande ouverte qui lui donnait l'air d'un idiot alors que ce n'en était pas un.

– Chef ?

– Quoi ? fit Johannsen, qui écoutait attentivement Decker et que cette interruption irritait.

Le jeune homme rougit.

– Le petit type, là-bas... celui qui s'appelle Pluton et qui crie tout le temps...

– Au fait, Stoner, au fait, le coupa Johannsen.

Stoner se mit à danser d'un pied sur l'autre.

– Eh bien, il dit qu'on ne peut pas embarquer Benton tant que son avocat ne sera pas arrivé.

– J'ai besoin de la permission de personne pour coffrer un type qui a un cadavre en morceaux dans sa cuisine, dit Johannsen avec un ricanement de mépris. Bouclez-le dans la cellule A.

– Et... Pluton ?

Johannsen faillit sourire.

– Puisque Abner nous fait la grâce de ne pas cuver chez nous ce soir, vous pouvez le mettre dans la cellule B.

Et se tournant vers Decker, il ajouta :

– Quel rôle joue-t-il, lui, là-dedans ?

– Il est assez haut placé dans la hiérarchie de l'Ordre. Comme l'était Nova.

– Nova, c'est le gars du placard ?

– Oui.

– Et Pluton, il est suspect ?

– Je ne sais pas. Je ne dis pas que c'est impossible, mais il a passé les neuf dernières heures en compagnie de mes inspecteurs.

Decker sortit un paquet de cigarettes, en alluma une pour le sergent puis une autre pour lui-même.

– Je sais que vous êtes obligé de mettre Pluton en garde à vue pour l'interroger. Et vous aurez certainement des motifs de le boucler. Mais il est pugnace. Il ne va pas se rendre sans se battre. Et les méthodes de la secte, c'est les procès.

– Ils sont cinglés, ces cons, grogna Johannsen. J'avais bien dit à Horace et à Mary Jane de ne pas faire la vente avec eux. Remarquez, ajouta-t-il en aspirant une bouffée de sa cigarette, je ne les critique pas. Ils en ont tiré un bon prix.

– Devant un tribunal, la secte n'a aucune chance. Mais ils ont les moyens de vous enquiquiner sérieusement.

Johannsen pesa les choix qui s'offraient à lui.

– Stoner, dit-il. Voici ce que vous allez faire. Vous m'écoutez ?

– Oui, chef...

– Euh, vous écoutez bien ce que je vais vous dire.

– Oui, chef.

– Vous, Hal et Doug, vous allez embarquer Benton et laisser ce cinglé de Pluton aux gens du lieutenant Decker. Ça vous va ? demanda-t-il à Decker.

– Ça me va.

– Je vous rejoins à la prison dès que possible, poursuivit le sergent. Assurez-vous que Benton a tout ce qu'il lui faut, mais surtout, ne lui posez aucune question. Attendez que son avocat arrive. Une seule mission : l'empêcher de s'échapper. Vous vous sentez de taille, Stoner ?

– Est-ce qu'on lui enlève ses menottes, chef ?

– Non, Stoner, dit Johannsen en fronçant le sourcil. Vous ne lui enlevez ses menottes sous aucun prétexte.

– Même derrière les barreaux ?

– Même derrière les barreaux. Compris, Stoner ?

– Compris, chef.

– Allez, au boulot.

Johannsen attendit qu'il soit hors de portée de voix, puis il tira une longue bouffée de sa cigarette et recracha un mince filet de fumée.

– Ne le jugez pas trop sévèrement, dit-il. Dans nos prisons, on ne voit que des ivrognes, parfois un mari un peu méchant avec sa femme. Mais les cadavres découpés en morceaux dans les placards, ce n'est pas notre quotidien.

– Ce n'est pas mon type d'homicide habituel non plus, dit Decker. Que savez-vous de Benton ?

– C'est un solitaire. Mais par ici, les fermiers ne s'occupent guère de ce que font leurs voisins. Je le vois quand il vient en ville faire ses courses. Il n'a jamais causé d'ennuis.

Johannsen prit une autre bouffée de sa cigarette.

– Il a une copine, ajouta-t-il.

– Ah bon ? s'étonna Decker en haussant les sourcils.

– Eh oui.

– Qui est-ce ?

– Elle s'appelle Ruth Young. La cinquantaine environ. Divorcée. Elle habite à vingt-vingt-cinq kilomètres d'ici. Elle a un verger de pacaniers.

– Ils passent des nuits ensemble ?

– Je n'ai jamais fait très attention à leur vie sociale. Mais il me semble avoir aperçu le camion de Benton chez elle certains soirs. Je devrais peut-être l'appeler. Ne serait-ce que pour m'assurer qu'elle est toujours en vie. Et aussi pour la prévenir, qu'elle sache où il est. Vous n'avez trouvé qu'un seul corps, n'est-ce pas ?

– Pour l'instant. Mais je n'ai pas fouillé toute la propriété. J'ai préféré vous appeler d'abord.

– Vous croyez qu'il y en a d'autres ? Enterrés ?

– Non.

– Donc, conclut Johannsen, étonné, pour vous, Benton n'est pas un tueur en série ?

– Non.

– Vous avez une idée de ce qui pourrait expliquer son geste ?

– Je ne suis même pas sûr que ce soit lui.

– Content de vous l'entendre dire. Ce type n'est pas une lumière, tant s'en faut, mais il n'est quand même pas assez stupide pour cacher un cadavre chez lui.

Decker ne discuta pas, mais il savait combien ce genre de raisonnement était spécieux. Au fil des ans, il avait pu constater des dizaines d'exemples de stupidité insondable.

– Ce n'est pas vraiment ça qui compte. C'est la position du corps. On a voulu faire passer un message.

– Quel genre de message ?

– Jouez pas au con avec moi.

– Je dirais qu'il a assez bien réussi. Vous allez cuisiner Pluton ?

– Oui.

– Il me fait l'effet d'un imbécile inoffensif.

– Peut-être.

Decker se passa une main dans les cheveux et les trouva mous.

– Donc, vous n'avez jamais rencontré Nova... le type du placard. Pourtant, il venait de temps en temps. Chercher les poulets et les œufs pour la secte.

– Non, vraiment, je ne me rappelle pas.

– Et Jupiter ? demanda Decker en terminant sa cigarette, vous l'avez rencontré ?

– Deux ou trois fois.

– Comment était-il ?

– Sympathique. Il vous parlait en vous regardant droit dans les yeux. Et Dieu sait s'il parlait... des étoiles et des planètes, surtout. Y avait pas mal de choses qui me passaient au-dessus de la tête, mais il avait l'air de bien connaître le sujet. Benton m'a dit qu'il avait été un savant célèbre, autrefois.

– Autrefois.

– Il m'a aussi raconté que Jupiter inventait une machine à voyager dans le temps. Vous imaginez bien que je ne l'ai écouté que d'une oreille. Benton, vous savez, il ne faut pas prendre ce qu'il dit au pied de la lettre.

Mais Decker était tout ouïe.

– Intéressant, dit-il.

– C'est possible, un truc pareil ? Une machine à voyager dans le temps ?

– Je ne sais pas. Mais c'était le dada de Jupiter du temps où il était Emil Ganz, le savant de grand renom. Il s'est pas mal ridiculisé avec ses idées farfelues. Ensuite, il a mystérieusement disparu de la circulation pendant dix ans. Il est revenu dans la peau de Jupiter, le père spirituel de l'Ordre de l'Alliance de Dieu. Quand Benton vous a-t-il parlé de sa machine à voyager dans le temps ?

– Il doit y avoir six mois de ça, dit Johannsen en écrasant son mégot. Je faisais une ronde, je me suis arrêté. Ils avaient sorti le télescope. D'ailleurs, Jupiter m'a montré la planète dont il porte le nom. Elle était visible à ce moment-là.

– Et c'était il y a six mois ?

– Peut-être bien qu'il revenait à son ancienne passion, dit le sergent en hochant la tête.

– Ça y ressemble. (Decker réfléchit un instant.) Remarquez, dit-il, j'ai du mal à établir la relation entre les machines à voyager dans le temps et le cadavre de Nova dans le placard.

– Lieutenant, je vous avoue que ça me dépasse, tout ça, dit Johannsen en remettant son chapeau. Écoutez. Vous venez jusqu'ici, vous m'appelez. Vous me traitez avec respect, vous m'offrez une cigarette et on bavarde comme deux copains. J'apprécie. Mais vous savez aussi bien que moi que je ne suis pas équipé pour mener une enquête pour homicide, premières constatations, interrogatoires et tout.

Decker attendit. Johannsen se fourra une tablette de chewing-gum dans la bouche.

– Je sais qu'officiellement cette affaire dépend de moi. Ce qui veut dire que j'ai deux options. Soit j'appelle Bakersfield. C'est ce que je ferais s'il s'agissait d'un meurtre isolé. Mais comme il vient se greffer sur d'autres enquêtes, je vous le confie. Faites ce que vous faites d'habitude. Amenez vos hommes, vos techniciens, toutes vos équipes. Je ne vais pas me battre pour un bout de territoire.

– Sergent, vous êtes un gentleman.

– Juste assez malin pour connaître mes limites.

– Votre coup de fil tombe bien.

Après avoir sorti du placard la tête et les membres de Nova, Judy Little, le coroner adjoint, s'attacha à libérer le torse. Elle travaillait lentement, méticuleusement. Le corps amputé ayant gonflé avec la chaleur, il devenait difficile de l'extraire sans endommager les tissus. Bien qu'agenouillé à côté d'elle, Decker avait du mal à comprendre ce qu'elle lui disait à travers son masque.

– Et pourquoi tombe-t-il bien ?

– J'ai reçu un rapport préliminaire sur Emil Euler Ganz alias Jupiter. On a trouvé de l'arsenic dans son organisme.

Decker sentit son cœur s'accélérer.

– Il est mort empoisonné ?

– Je n'ai pas dit ça. Quand nous aurons les résultats de toutes les analyses, je suis presque sûre de pouvoir conclure à un décès par déficience respiratoire due à une ingestion de barbituriques et d'alcool. Son taux était de 0,14. En plus, il se baladait avec du Nembutal et du Seconal – deux substances solubles dans l'alcool – dans le sang. Ces résultats confirment ce que vous avez trouvé sur les lieux : la bouteille de vodka et les flacons de barbituriques vides. Mais, pour la petite histoire, sachez qu'on a trouvé de l'arsenic dans ses cheveux et dans sa peau. L'arsenic est un constituant naturel du corps. Mais en quantités infinitésimales. Il en avait plus que la normale.

– Mais pas assez pour en mourir ?

– Je ne peux pas répondre parce que je ne connais pas son seuil léthal.

– Un empoisonnement à petites doses, alors ?

– Pas impossible. (Elle suait tellement qu'elle se mit à rouspéter.) Dites donc, il est vraiment maous. Si on pouvait climatiser ce trou, ça le rétrécirait et il sortirait plus facilement.

– J'ai encore une ou deux questions.

– Je m'en doutais. (Elle se releva et ses rotules craquèrent. Elle s'adossa au plan de travail.) Allez-y.

– Vous avez trouvé de l'arsenic dans les cheveux et dans la peau de Jupiter.

– Exact.

– Mais selon vous, la cause du décès est autre.

– Exact.

– Si vous deviez témoigner aujourd'hui, vous diriez que Jupiter a succombé à une ingestion de barbituriques et d'alcool.

– Tout à fait.

Il resta songeur.

– Peut-on émettre l'hypothèse que quelqu'un essayait de l'empoisonner à l'arsenic... à petites doses pour ne pas éveiller les soupçons... mais que ça n'a pas marché assez vite et qu'il ou elle a eu recours aux barbituriques ?

– Les conjectures, c'est votre domaine, dit Little. Mais c'est parfaitement plausible. Vous savez aussi bien que moi qu'une overdose d'alcool et de Nembutal est bien moins suspecte qu'une mort par arsenic.

– D'après Vénus, Jupiter se plaignait de maux de tête et de maux de ventre depuis six mois.

– Ces symptômes – nausées, crampes gastriques, diarrhées – sont typiques d'un empoisonnement à petites doses par un métal lourd. Des doses plus élevées auraient causé des douleurs abdominales atroces, des troubles moteurs, des vertiges, des tremblements nerveux. Il se serait arraché la peau parce que les métaux lourds provoquent une exfoliation dermique. Vous en rajoutez une dose, il claque. Et pas d'une mort paisible.

– Docteur Little ? lança une voix féminine.

Elle se retourna.

– Oui, Anna ?

Anna était une jeune technicienne asiatique. Elle portait une salopette bleue et un masque et tenait à la main un flacon rempli d'un liquide rouge et visqueux.

– Ce n'est pas du sang humain, dit-elle.

– C'est du sang de poulet ? demanda Decker.

– Je n'ai pas encore identifié toutes les protéines, je ne peux donc pas encore l'affirmer. Mais ce n'est pas du sang humain.

– Vous n'avez pas l'air surpris, dit Little en se tournant vers lui.

– Si Nova avait été tué dans la grande pièce, il y aurait eu des éclaboussures sur les murs.

– Si je comprends bien, la découverte de ce corps tient à quelques centimètres cubes de sang de poulet ?

– Le hasard fait parfois bien les choses.

Decker regarda le torse ensanglanté qui était toujours coincé dans le placard et dont les aréoles avaient été brunies par le sang séché. Sans la tête et les membres, il était moins horrible à voir.

La tête et les membres.

Soudain, une image s'imposa à son esprit. Le crâne barré des deux fémurs en croix qu'il avait aperçu sur une étiquette, sur l'étagère de l'abri de jardin.

– L'arsenic est un composant courant de la mort-aux-rats, n'est-ce pas ? demanda-t-il.

– Oui.

– Et il a un goût amer.

– Mais facile à cacher. Il suffit de diluer de petites quantités d'arsenic dans du coca ou dans du thé sucré... comme avait fait le tueur de Floride, George je-ne-sais-plus-comment. Lui, c'était le thallium.

– George Trepal.

– On peut aussi inhaler de la poudre. En la mélangeant à de la cocaïne ou en la fumant avec du crack.

– Possible.

Mais Decker songeait aux dizaines de flacons de vitamines qu'il avait trouvés dans l'armoire à pharmacie de Jupiter.

– On pourrait aussi mettre de la mort-aux-rats dans une gélule et faire passer ça pour des vitamines.

– Oui, ça marcherait.

– Avez-vous effectué des analyses toxicologiques sur ce que nous avons pris dans l'armoire à pharmacie de Jupiter ?

– Nous n'avions aucune raison de le faire.

– Maintenant, si.

– Ça fait combien de flacons ?

– Deux douzaines.

– Ça va prendre un temps fou, lieutenant. Il faut ouvrir chaque gélule et la soumettre à la chromatographie gazeuse. De plus, même si on y trouvait de l'arsenic, qu'est-ce que ça vous apprendrait de plus ? Nous savons déjà que Jupiter était empoisonné. Ce n'est pas ça qui va désigner le coupable.

– Il me faut ces analyses.

– Pas de problème. Mais je vous préviens : il va falloir être patient.

– Combien de temps peut-on survivre à ce traitement de faveur ?

– Si l'empoisonnement est fait lentement, par petites doses, à intervalles réguliers, pas mal de temps.

– Six mois ?

– Sans problème.

– Un an ?

– Ce n'est pas impossible.

Little s'agenouilla et reprit son travail. Elle passa les mains entre les parois du placard et le torse et se mit à tirer doucement vers elle.

– Comme je vous l'ai dit, l'arsenic est un constituant du corps humain. Il ne se décompose pas, il ne s'évacue pas, donc, il s'accumule. En excès dans l'organisme, il va d'abord se loger dans les cheveux et dans la peau, parce que c'est là que le renouvellement cellulaire est le plus rapide. Si je veux vraiment savoir depuis combien de temps Jupiter était empoisonné, il va falloir que je pratique des sections sur ses os. La croissance osseuse se fait un peu comme celle d'un arbre, par cernes successifs. Si on trouve du poison dans les os, c'est qu'il est dans l'organisme depuis un moment.

– Mais pendant tout ce temps-là, la victime a été malade.

– Absolument. Un empoisonnement à petites doses est une excellente manière de priver quelqu'un de ses moyens.

Un dernier effort, et le moignon ensanglanté fut extrait de sa cachette.

– Ah !

Son tronçon de chair tout sanguinolent dans les mains, Little avait l'air heureux de l'obstétricien qui vient de mettre un enfant au monde.

– Il me faut un double sac de la morgue, et tout de suite !

Decker fit la grimace, mais poursuivit son raisonnement.

– Vous pensez donc que quelqu'un a pu vouloir conserver Jupiter en vie tout en le mettant hors jeu ?

– Je ne pense rien. Je me contente d'évoquer certaines hypothèses. Vous savez, lieutenant, le suicide n'est toujours pas à exclure. On peut imaginer que les effets de l'empoisonnement aient eu raison de lui et qu'il ait voulu mettre fin à ses souffrances.

– En effet, dit Decker en se relevant. Toutes les hypothèses sont ouvertes. Mais tout de même... je penche de plus en plus pour la thèse de l'homicide.

22

En entendant frapper à la porte de sa chambre, Rina posa son livre.

– C'est ouvert, dit-elle.

Jacob s'approcha de sa mère et se pencha pour lui déposer un baiser sur le front.

– Bonsoir, Eema.

Rina regarda l'heure. Minuit et demie.

– Il est tard.

– J'ai du retard à rattraper. Des contrôles demain.

En pyjama, Jacob faisait à peine plus de douze ans.

– Assieds-toi, Yaakov, dit-elle. J'ai à te parler.

– Je suis désolé, Eema, dit Jacob en se perchant au bord du lit. Ça n'arrivera plus.

– Yonkie, pourquoi ne m'as-tu pas dit que tu avais eu quinze soixante au PSAT ?

– C'est Sammy qui te l'a dit ? demanda Jacob en se passant la langue sur les lèvres.

– Sammy ? Tu l'as dit à Sammy et pas à moi ?

– Non, bien sûr que non. Je n'étais même pas au courant. C'est lui qui me l'a appris. Il a appelé l'école en se faisant passer pour moi. Je voulais attendre : ils envoient les résultats par la poste. Mais tu connais Sammy. Il faut toujours qu'il sache tout. (Il se mit à agiter nerveusement la jambe.) Je ne le sais que depuis ce soir. Et toi ? dit-il.

– L'école m'a appelée, hier, dit-elle en soupirant. J'ai eu une longue conversation avec le Rabbin Wasserstein et Mme Gottlieb.

Elle paraissait épuisée, et par sa faute. Il n'osait plus la regarder.

– Ils t'appelaient pour quoi ?

Comme s'il ne le savait pas !

– Le Rabbin Wasserstein m'a donné tes notes : C en *gemara* et *Halacha*...

– C'est pour ça que je me couche si tard, la coupa Jacob. Je travaillais. Je sais bien que j'ai de mauvais résultats. J'essaie de remonter la pente.

– Ce ne sont pas tes notes qui m'inquiètent, Yonkie. C'est toi, dit-elle doucement. Le rabbin me dit que, depuis six mois, tu as changé d'attitude envers l'école. Tu n'es pas un enfant à problèmes – tu n'es pas dissipé –, mais tu n'as pas de bons résultats parce que ça ne t'intéresse pas. La moitié du temps, tu dors assis à ton bureau, et l'autre moitié tu es apathique. Il a l'impression que tu t'ennuies.

– Et c'est vrai ! (Jacob regarda au plafond.) *Si seulement elle savait. Elle est si confiante*... Mais je peux mieux faire, et sans trop me fatiguer. Il suffit que je m'applique davantage. Je te promets de faire un effort, Eema, ne te tracasse pas.

– Mais, chéri, il ne s'agit pas de moi. C'est de toi que je parle, dit-elle en lui déposant un baiser sur la main. D'après Mme Gottlieb, tu as deux ans d'avance en math sans faire aucun effort et tu n'es qu'en seconde. Quand tu seras en terminale, il n'y aura plus aucun professeur capable de t'enseigner les maths.

– Eh bien, je prendrai des cours à l'Université de Californie, campus de Northridge, ou mieux encore, à UCLA.

Jacob eut un sourire qui lui illumina le visage.

– J'aurai besoin d'une voiture.

L'art de détourner la conversation.

– Jacob, je veux que tu m'écoutes et que tu prennes au sérieux ce que j'ai à te dire, d'accord ?

– Je tends le dos.

– Mais non ! Écoute-moi. Le Rabbin Wasserstein m'a parlé d'un programme qu'il estime fait sur mesure pour les enfants comme toi – qui sont doués en math et en science.

– Des andouilles.

– Jacob, laisse-moi finir !

– Pardon.

– Tu serais inscrit officiellement au lycée Ner Yisroel, mais tu suivrais les cours de science et de math à Johns Hopkins.

– Ner Yisroel ? lâcha Jacob, horrifié. Tu ne parles pas sérieusement !

– Yonkie, c'est une occasion en or...

– Cette bande de fanatiques ! Ils vont me tuer !

– Non seulement tu ne vas pas en mourir, mais tu risques même d'apprendre quelque chose, dit Rina.

Jacob se mordit la lèvre et ne pipa mot.

– Je sais que tu aimes sortir, que tu aimes les filles. Ce n'est pas pour la vie, seulement pour un an. Un an, tu devrais pouvoir supporter, non ?

Jacob poussa un soupir. Son expression était toujours amère.

– Et quand ? L'année prochaine ?

– Non, non, non. En terminale. Je ne vais pas vous envoyer loin de moi en même temps, Sammy et toi. Par pur égoïsme, j'avoue. Ce serait trop dur pour moi.

– Donc, quoi qu'il arrive, je suis ici l'an prochain ?

– Oui. Ça te permettra de te remettre à niveau en études hébraïques avant de présenter ton dossier. Et il faudra que tu obtiennes un très bon résultat au SAT, et que tu aies un score d'au moins huit cents en math. Wasserstein pense que ça ne devrait pas poser de problème.

– Ha ! C'est pas lui qui passe les tests. (Jacob fit craquer ses articulations.) Mais je devrais y arriver. Je me débrouille bien aux tests.

– Yonkie, à l'école, tous tes professeurs s'accordent pour dire que les programmes ne t'intéressent pas, mais aucun ne sait comment remédier au problème. (Ses yeux se voilèrent.) L'idée de vous envoyer loin de la maison ne me réjouit pas du tout. Tu n'as eu que des séparations dans ta vie. Mais il ne faut pas perdre un temps précieux, surtout s'il existe une solution qui te convient.

– Je sais. Tu voudrais ce qu'il y a de mieux pour moi.

– C'est un cliché, mais qui reflète pourtant la vérité, dit Rina en lui tapotant la joue. Rien ne te presse de décider. Je te présente simplement une possibilité.

Jacob resta silencieux un moment.

– Si je fais ma terminale à Baltimore, Sammy sera déjà à New York.

– Oui. Vous serez à trois heures et demie de train ou quarante minutes d'avion l'un de l'autre. Vous pourrez passer le shabbat ensemble quand vous voudrez.

– Je vais y réfléchir, dit Jacob en haussant les épaules. Je sais que c'est important pour toi.

– Jacob, ce n'est pas moi, c'est toi...

– Non, Eema, c'est toi. S'il ne s'agissait que de moi, je laisserais tomber l'école et je... je ne sais pas... je ferais le tour du monde à la voile.

Rina fut stupéfaite, non tant de ce qu'il venait de dire que de son honnêteté.

– Tu es donc si malheureux que ça, Jacob ? Qu'y a-t-il ?

Il haussa les épaules.

– C'est la pratique religieuse qui te pèse ?

Il regarda sa mère dans les yeux. *Comment le savait-elle ?*

– Parfois, oui. Mais... ce n'est pas seulement la religion. C'est... je ne sais pas... à quoi bon, tout ça ? Tiens, regarde-toi, Eema. Tu es quelqu'un de bien. Tu crois en Hashem. Tu observes Ses commandements, tu es quelqu'un de très moral. Et tout d'un coup, boum ! dit-il en frappant dans ses mains. Abba tombe malade, il meurt, et tu te retrouves veuve avec deux jeunes enfants sur les bras...

– Yonkie...

– Ensuite, tu te remaries en te disant ça y est, la vie est belle. Et regarde comment tu vis. Il n'est jamais à la maison. Et tu l'attends jusqu'à pas d'heure. Je te parie qu'il ne rentre même pas ce soir.

– En effet, il ne rentre pas.

– Tu vois ?

– Yonkie, ça ne te concerne pas...

– Oh, mais si. Parce que moi je te vois, éprouvée par la vie, jour après jour.

– Mais enfin, d'où sors-tu ça ? Je suis très heureuse !

– Tu ne te sens jamais seule ? Tous les soirs, toutes les nuits... tu n'en as pas assez de lire des romans ?

– Tu lui en veux à ce point ?

– Non, ce n'est pas ça... remarque, je ne sais pas pourquoi il refuse aussi catégoriquement qu'on ait un nouveau chien.

– Si tu y tiens tant que ça, on en prendra un.

– Là n'est pas la question.

– Jacob, ton père a été vraiment bouleversé par la mort de Ginger. Il a du mal à faire ses deuils. Et pas seulement les siens, ceux des autres aussi ! Il se sent personnellement responsable de tous les maux de la planète.

– Qu'est-ce qu'il a comme excuse ? Il n'a pas perdu son père, lui.

– Non, mais il est adopté.

Jacob avait oublié.

– Écoute, je l'aime bien, dit-il. Je sais qu'il fait de son mieux. Et j'admets qu'il soit préoccupé par les problèmes du monde, mais de manière abstraite. Je ne crois pas qu'il consacre beaucoup de temps aux besoins d'autrui.

– Son travail exige énormément, Yonkie.

– Eema, personne ne l'a obligé à accepter cette promotion. (Tout à coup, Jacob leva les yeux au ciel, comme s'il se dégoûtait lui-même.) Voilà que je pleurniche, maintenant. Après tout, si ça t'est égal d'être tout le temps toute seule, en quoi est-ce que ça me regarde ?

– Peter adore son travail. C'est très rare d'aimer ce qu'on fait.

– Je croyais qu'il était censé t'aimer, toi.

– Ça n'empêche pas.

– Et c'est pour ça qu'il n'est jamais là ?

– Eh bien, dit Rina après avoir réfléchi quelques instants. Il faut croire que la solitude ne me pèse pas tant que ça puisque je choisis pour maris des hommes qui sont un peu des fantômes.

– Comment ça ? s'étonna Jacob. Abba était tout le temps à la maison.

– Trésor, Abba n'était jamais là. Il se levait vers cinq heures pour un *minyan* matinal. Il revenait une demi-heure plus tard pour s'occuper de vous jusqu'à ce que je me lève, généralement vers sept heures. Dès que j'étais debout, il partait à la Beit Midrash, où il étudiait toute la journée. Il dînait tous les soirs en famille. Il faut au moins lui reconnaître ça. Et il vous aidait à faire vos devoirs. Mais sitôt arrivée l'heure du bain ou du coucher, il repartait étudier. Il ne revenait jamais avant minuit. Je ne sais même pas à quelle heure il rentrait, d'ailleurs, parce que je dormais.

Il y eut un silence. Jacob baissait les yeux et Rina se rendit compte qu'elle venait de briser une idole.

– Ça ne me dérangeait pas, tu sais. Abba adorait apprendre, Peter adore son travail et moi, j'adore la solitude. Surtout après une journée passée avec ta sœur, qui est l'incarnation du mouvement perpétuel. Tu crois que je veille en me lamentant sur l'absence de Peter, mais en fait, je suis allongée sur un lit très confortable, je me repose les jambes et je peux lire un livre intéressant parce qu'on me fiche une paix royale.

– Passionnant !

– Les choses passionnantes, c'est peut-être bon pour toi, Jacob, mais moi, j'en ai vécu assez dans ma vie. Aujourd'hui, je veux la paix.

– Avec moi, tu es servie, dit-il avec un petit rire. (Il n'était pas loin d'une heure du matin.) Bon. Non seulement je t'empêche de dormir, mais moi aussi, j'ai besoin de sommeil.

– Je t'aime, Jacob.

– Moi aussi... Eema, je ne veux pas que tu me croies malheureux. Je suis plutôt bien dans ma peau. Simplement, parfois, les choses s'accumulent.

– Tu t'ennuies, Jacob. Il te faut une passion qui ne soit pas les filles.

– Quitte à en avoir une, dit-il avec un grand sourire, je trouve que celle-là en vaut une autre.

– Je ne dis pas le contraire, je te suggère simplement d'en trouver une deuxième.

– Tu as raison. Je vais avoir seize ans dans quelques semaines. Il y a toujours les voitures.

– Dis donc, tu le fais exprès ?

– Qui sait ? dit Jacob en riant. Allez, bonne nuit.

Il redevint sérieux.

– Je vais réfléchir au programme de Johns Hopkins. Ce n'est peut-être pas si mal. Et même pas mal du tout, ajouta-t-il avec un sourire naissant. Il y a des filles à Hopkins. Des étudiantes !

Decker essayait de ménager la chèvre et le chou et ça ne marchait pas.

– Bon, admettons qu'on l'arrête, disait Marge. Il a le droit de passer un coup de fil à une personne de son choix. Du moins, à son avocat.

– Et c'est précisément ce que nous voulons éviter. Pluton qui passe des coups de fil avant qu'on ait les mandats de perquisition ! Il ne faut surtout pas qu'il prévienne les autres.

Dans son impatience, Decker tapa du pied.

– La seule solution, c'est de gagner du temps sans lui refuser ostensiblement la procédure normale, dit-il. OK, disons qu'on le garde à vue, mais sans retenir de charges...

– Il a toujours le droit de passer son coup de fil.

– Non.

– De se faire assister d'un avocat, si.

– Seulement si nous l'interrogeons. Or nous n'allons pas l'interroger.

– Dans ce cas, comment justifier la garde à vue ?

– Dans le cadre de notre enquête, le temps de vérifier sa version, à savoir qu'il n'a pas mis les pieds ici depuis quarante-huit heures.

– Mais Pete, ça peut prendre des jours ! Nous ne pouvons pas le garder aussi longtemps sans avocat.

– Il ne le sait pas.

– Certainement que si. Et même s'il ne le sait pas, nous, nous le savons ! Une seule erreur de notre part et ils réfutent toutes les preuves relevées par nos équipes techniques.

Elle avait raison, naturellement. Decker fronça les sourcils.

– D'accord. Disons qu'il est en garde à vue et qu'il a droit à son coup de fil. Et nous ne nous y opposons pas. Mais nous ne pouvons pas le laisser utiliser la ligne de la ferme parce qu'elle est sous scellés. Et nous ne pouvons pas non plus l'emmener téléphoner ailleurs parce que... parce que...

– Par manque de temps, dit Marge.

– Voilà. Nous avons trop à faire ici. Nous n'avons donc pas d'autre choix que de le boucler dans la voiture en attendant d'avoir terminé notre boulot dans des conditions satisfaisantes. Ensuite, bien sûr, quand nous partirons, nous essaierons de lui trouver un téléphone. Mais comme il sera trois heures du matin, nous n'en trouverons pas.

– Et les cabines publiques ?

– Elles sont toujours en panne, Marge.

– Vous avez de la chance que sa vieillerie de téléphone mobile ne porte pas si loin, dit Marge, sceptique.

– Sacré coup de veine, en effet !

– Et s'il demande à utiliser notre radio ?

– Un civil ne peut pas avoir accès à nos réseaux internes. C'est contraire au règlement.

– Je ne parle pas du mode piéton, Pete. Mais il peut nous demander, à Scott ou à moi, de passer un appel par le radiotéléphone.

– Eh bien, vous n'arriverez pas à obtenir la communication.

– Il va hurler.

– Laissez-le hurler.

– Ce n'est pas vous qui vous le coltinez.

– Moi, je me suis coltiné un cadavre déjà tout disséqué, Marge.

Elle réfléchit un instant.

– Je vous laisse mon boulot, je prends le vôtre, dit-elle.

– Plus facile de bosser avec un connard mort qu'avec un connard vivant ? dit Decker en souriant d'une oreille à l'autre.

– Vous avez tout compris.

– Pas question, dit Decker. C'est moi qui choisis les affectations. C'est un des avantages de mon grade.

23

Les cellules de garde à vue modernes fermaient hermétiquement. On ne pouvait regarder à l'intérieur qu'à travers une double vitre renforcée d'un treillage métallique et sertie dans une porte blindée. La prison du shérif Johannsen, elle, consistait en deux cellules communicantes, style cage à barreaux, à l'ancienne, comme on en voit dans les westerns. Marge trouvait d'ailleurs à l'ensemble du bâtiment un air de décor de cinéma. La fenêtre du bureau du shérif était décorée d'une décalcomanie en forme d'étoile dorée. Trois bureaux de bois tout égratignés se disputaient un espace qui ne devait pas excéder cinquante-cinq mètres carrés. Le sol était recouvert d'un lino jauni par les ans et, punaisées sur des tableaux de liège, des affichettes rose fluo annonçant les manifestations locales côtoyaient les notes de service émises par le shérif. Une ampoule nue pendait à un ventilateur léthargique. Marge crut apercevoir un coffre blindé, mais se rendit compte que c'était une glacière vieille de cinquante ans.

Les cellules étaient à l'arrière et communiquaient avec la pièce par une petite porte. Il y faisait chaud et moite, même la nuit. Une lampe tue-mouches diffusait une lumière chiche qui baignait la scène d'un ton sépia. Assis sur un banc boulonné au mur, Benton était penché en avant, pieds écartés fermement plantés au sol, poignets menottés devant son entrejambe, qu'ils paraissaient protéger. Sous ses cheveux tout emmêlés, la sueur ruisselait en petites rigoles sur son visage, mais cela ne semblait pas le gêner. Il empestait un mélange de transpiration, de sang, de crasse et de merde. Ses traits étaient assombris par la saleté et par le doute. Lorsque la porte de la cellule s'ouvrit, il croisa le regard de Johannsen, mais évita celui de Marge et d'Oliver. Marge s'adossa aux barreaux, dans un coin, et Scott dans l'autre.

Johannsen alla s'asseoir sur le banc en laissant cinquante centimètres entre lui et Benton.

– Comment ça va ? demanda-t-il.

– Ça pourrait aller mieux, shérif, dit l'ouvrier agricole calmement, mais je me plains pas.

– Stoner vous a offert du café ?

– Oui.

– Vous en avez pris ?

– Oui.

– Je peux vous en proposer un deuxième ?

– Non, ça va.

– Une cigarette... non, vous ne fumez pas.

– Non.

Le silence s'installa, se prolongea.

– J'ai appelé Ruth il y a une vingtaine de minutes, pour la mettre au courant.

Une longue pause.

– Pourquoi vous avez fait ça ?

– Vous la connaissez. Elle aime se rendre utile.

– J'ai besoin de rien.

– Benton, vous allez avoir besoin d'aide. De beaucoup d'aide. Vous êtes dans un sacré pétrin.

– J'ai tué personne, shérif. Vous le savez bien.

– Benton, connaissiez-vous le type qu'on a retrouvé dans le placard ?

– Oui, m'sieur. C'était le gourou Nova.

– Vous aviez quelque chose contre lui ?

– Non, m'sieur. Rien du tout. Mais je le connaissais pas si bien que ça. Je connaissais mieux Pluton.

– Il est venu récemment ?

– Y a p't-être une semaine, oui.

– Vous avez vu quelqu'un d'autre ?

Benton chercha dans sa mémoire.

– Non, juste le Bonhomme Godasse qu'est venu pour essayer de me taper d'un poulet.

– On l'appelle le Bonhomme Godasse parce qu'il se promène avec des vieilles chaussures attachées autour du cou comme les hawaïennes avec leur collier de fleurs, expliqua Johannsen à Oliver. Et qu'est-ce qui s'est passé avec le Bonhomme Godasse ? demanda-t-il à Benton.

– Rien.

– Comment ça « rien » ?

– Je lui ai donné des têtes et des pattes de poulets et il était tout content. Quand c'est que je sors d'ici, shérif ? ajouta-t-il après une pause.

– D'abord, il faut que ces messieurs-dames vous posent quelques questions, dit Johannsen.

– Allez-y, posez.

– Je crois que Pluton tient à ce que l'interrogatoire se déroule en présence d'un avocat, dit Marge.

– Pas b'soin d'avocat, moi. J'ai rien fait, je vous dis.

– C'est pour votre protection, lui dit Oliver.

Pour la première fois, les yeux ternes de Benton s'arrêtèrent sur les inspecteurs.

– Ben alors, j'aimerais appeler le père Jupiter, si ça vous dérange pas.

Oliver et Marge échangèrent un coup d'œil. Oliver saisit la balle au bond.

– Ça va être difficile, Benton. J'espérais que frère Pluton vous aurait mis au courant... depuis le temps.

– Au courant de quoi ?

– Le père Jupiter est mort il y a deux jours, dit Marge avec le plus de ménagements possible.

Au début, Benton ne réagit pas. Il resta figé sur place ; seule sa poitrine se soulevait avec régularité.

– Alors, c'est pour ça qu'il venait plus me voir, dit-il. Et moi qui le croyais fâché.

Il regarda Marge.

– Je me demande pourquoi frère Pluton m'a rien dit, reprit-il.

– Il ne voulait pas vous faire de peine.

– Comment il est mort ?

Benton attendait la réponse, tout ouïe.

– Je ne peux pas vous révéler grand-chose, dit Marge. Mais voici ce que dit la presse. C'est une mort suspecte, par overdose. Probablement un suicide...

– Des conneries, tout ça ! Euh, excusez-moi, m'dame, dit-il en rougissant.

– Pas de problème.

Sans quitter le coin de la cellule, Marge s'accroupit de manière à se trouver à sa hauteur. Elle ne voulait pas lui poser de questions sur Nova, mais rien n'empêchait de le cuisiner sur la mort de Jupiter.

– Pourquoi avez-vous réagi violemment quand j'ai parlé de suicide ?

– Paceque c'était pas un type à faire ça.

Marge le laissa poursuivre. Comme il n'ajoutait rien, elle précisa sa question :

– Dites-moi pour quelles raisons vous n'y croyez pas.

– Je suis pas comme frère Bob ou frère Pluton, moi. J'ai pas une tête comme eux. Mais je sais quand je vois un homme heureux. Eh ben, quand on sortait le télescope, j'ai jamais vu quelqu'un d'aussi heureux que le père Jupiter. Comment il regardait les étoiles... on aurait dit qu'il était avec elles. Il m'a même dit qu'un jour il allait monter là-haut... avec les étoiles.

– Justement, ça voulait peut-être dire qu'il allait se suicider, dit Oliver.

– Non, monsieur, le contra Benton. Il parlait de sa machine à voyager dans le temps. Il en construisait une. Je vous en ai parlé, hein, shérif ? lança-t-il à Johannsen.

– En effet.

– Le père Jupiter m'a dit qu'il était en discussion avec une université. Pour ses idées. Il était tout excité.

Oliver jeta un coup d'œil à Marge.

– Quelle université ? demanda-t-il.

– M' rappelle pas. Mais c'était une grande.

– Southwest University of Technology, dit Marge.

– Oui, c'est ça.

De nouveau, les enquêteurs échangèrent un regard.

– Sa vieille obsession.

– C'est aussi là que travaille sa fille, ajouta Oliver.

– Est-ce que Jupiter vous a parlé de sa fille, Europa ? lui demanda Marge.

– M' rappelle pas. Oui, p't-être bien qu'il m'a parlé d'une fille. Évidemment, toutes les dames de l'Ordre de l'Alliance de Dieu étaient ses filles spirituelles.

– Elle n'appartient pas à la secte, dit Marge. Jupiter est son vrai père. Son père biologique. Il a été marié avant de devenir Jupiter. Vous le saviez ?

– Non, mais ça m'étonne pas.

– Il y a longtemps que vous connaissez Jupiter ? demanda Oliver.

– Dix ans.

C'est long dix ans.

– Comment l'avez-vous rencontré ? lui demanda Marge.

L'homme de peine se concentra très fort.

– Je crois bien que c'était quand je travaillais à Harrison... là-bas, à Saugus. C'est pas très loin de la secte, vingt minutes en voiture, peut-être.

– Oui, je connais, dit Marge.

– Bon.

Benton se redressa et leva ses deux mains pour se gratter le nez. On venait de lui poser une question importante, il se devait d'y répondre avec tout le respect qu'elle méritait.

– Un jour, le père Jupiter est venu me trouver. On a bavardé un peu tous les deux. Et puis il est parti.

– De quoi avez-vous parlé, Benton ?

– De quoi ? Euh, ben de moi, je crois. Est-ce que j'aimais mon boulot ? Des trucs comme ça.

Il se tut.

– Et ensuite ? le pressa Marge.

– Il est revenu me voir un autre jour. On a bavardé encore un peu. Et comme ça pendant deux ou trois semaines, je dirais. Et puis un jour, il m'a demandé si ça me plairait de m'occuper de son élevage de poulets ici, à Central City. Il m'a dit qu'il me paierait autant qu'à Harrison et que j'aurais toute une maison pour moi, pas juste une pièce. Ça m'a plu, alors j'ai dit d'accord.

Oliver avait sorti son calepin.

– Harrison... vous vous souvenez de l'adresse ?

Marge était de plus en plus curieuse des circonstances de cette rencontre.

– Quel genre d'endroit est-ce, Harrison ?

– Quel genre d'endroit... ?

– Oui, quel genre de gens y vivent ?

– Oh. (De nouveau, Benton se gratta le nez. Il en profita pour s'essuyer le visage.) Plein de gens différents. Y en avait qui se désintoxiquaient de l'alcool, d'autres de la drogue, d'autres qu'étaient juste des vieux. Moi, j'étais pas là pour l'alcool ou la drogue. J'étais l'homme à tout faire. Ils me laissaient habiter.

– Qui ça « ils » ? demanda Marge.

Benton fut long à répondre.

– La femme qui m'a engagé s'appelait Florine. C'est tout ce que je sais d'elle.

– Comment aviez-vous trouvé ce travail ? demanda Oliver.

– Je crois que c'était une infirmière qui m'en avait parlé, dit Benton.

– Une infirmière ? Vous étiez dans un hôpital, Benton ?

– Logé nourri, oui, répondit l'ouvrier d'un ton neutre. J'étais sorti de l'armée avec une mauvaise attaque de congestion pulmonaire qui voulait pas s'en aller. J'ai été pris en charge pendant deux ans par les Anciens Combattants et après, ils m'ont mis à Newhall, logé nourri. J'ai été long à me remettre. Très long. Les infirmières me demandaient de faire des petits bricolages. Elles savaient que j'étais adroit de mes mains.

Silence.

– Je me souviens que c'est une d'elles qui m'a parlé d'Harrison. J'y ai travaillé cinq ans, tous les jours de l'année. Mais des fois, j'étais à plat. Et j'en avais marre des merdes et de toutes ces vies bousillées. Alors, la proposition du père Jupiter... je m' suis dit pourquoi pas ?

Saugus se trouvait dans le secteur de Foothill. Dix ans auparavant, Marge y avait travaillé à la brigade des crimes sexuels. Elle ne se souvenait pas d'avoir vu un meurtre aussi atroce que celui de Nova. Si Benton avait été un tueur en série à l'époque, il avait changé de *modus operandi* depuis.

– Comment Jupiter vous a-t-il découvert ? Il avait vécu à Harrison ?

– J' sais pas.

– Quel était son lien avec Harrison ?

L'ouvrier agricole haussa les épaules. Autant pour ses capacités conjecturales.

– Et c'était il y a dix ans ? insista Marge.

– Oui, m'dame.

– Il parlait déjà des machines à remonter le temps ? demanda Oliver.

– Oh nooon ! À l'époque, il parlait que de Dieu et des cieux et des maux de la science moderne et des savants. C'est pour ça que j'ai été drôlement surpris de le voir apporter son télescope, l'an dernier. Pacequ'un télescope, si c'est pas un objet scientifique... Enfin... il avait l'air si content.

Oliver échangea un regard avec Marge.

– J'ai besoin de quelques instants seul avec ma collègue, shérif, dit-il. On fait une petite pause ?

– Pas de problème.

Johannsen sortit avec eux, en verrouillant la porte derrière lui.

– On revient, Benton, dit-il. Vous voulez une boisson fraîche ?

– Non merci, ça va. Je vais faire un petit somme, répondit Benton en s'allongeant sur le banc.

– À votre aise.

– On va prendre l'air ? dit Oliver à Marge.

Ils sortirent sous le ciel constellé d'étoiles. L'air était saturé du grésillement des criquets, de la stridulation des cigales, du coassement grave des grenouilles. Ils étaient en plein centre-ville, mais il n'y avait de la lumière que dans le bureau du shérif. Derrière leurs rideaux baissés, les boutiques étaient plongées dans l'obscurité, ce qui n'avait rien d'étonnant puisqu'il était près d'une heure du matin.

– Tu le crois quand il dit que Jupiter était heureux et pas du genre à se suicider ?

– Faut-il croire un homme qui a un cadavre en morceaux dans sa cuisine ?

– Évidemment.

Oliver repoussa une mèche de cheveux plaquée sur son front par la sueur.

– Alors, qu'est-ce qui fait que j'ai l'impression qu'on est à côté de la plaque ?

– Commençons par ce qu'on sait.

– La bonne vieille méthode. On a un mort : Jupiter. Et on sait que quelqu'un l'empoisonnait.

– Mais pas par doses mortelles.

– Et maintenant, on a son homme de peine... qui est indiscutablement un peu bizarre et qui a non pas un squelette mais un cadavre dans son placard. Lourd handicap.

– Écoute, voici les faits, l'interrompit Marge. Soit Jupiter s'est suicidé par overdose – ce qui contredit Benton quand il parle de sa joie de vivre – soit quelqu'un l'a suicidé. Ce qui colle avec la constatation de l'empoisonnement. À première vue, on peut supposer que l'arsenic n'agissant pas assez vite, quelqu'un ait décidé de recourir à des méthodes plus draconiennes.

– D'accord. Mais qui pouvait vouloir la mort de Jupiter ?

– D'après le Dr Little, on peut continuer à vivre avec de l'arsenic dans l'organisme, mais pas indéfiniment parce qu'il ne s'évacue pas. Au contraire, il s'accumule. Jupiter aurait pu survivre un an, mais guère plus.

– Ce qui mettrait le début de l'empoisonnement à l'époque où il redécouvrait la science.

– Europa a dit à Decker qu'il avait l'esprit toujours aussi vif quand ils discutaient de physique, fit remarquer Marge.

– J'ai l'impression qu'il revenait à son ancien domaine de recherche après une interruption de quoi... vingt ans ?

– Pas impossible. Mais tout cela ne nous dit pas qui avait intérêt à lui faire ingérer de l'arsenic en quantités trop faibles pour qu'il en meure mais assez fortes pour le rendre malade comme un chien... (Marge s'interrompit net.) Malade comme un chien, Scott, répéta-t-elle. Et pourquoi pas un peu gaga ? Pour qu'il soit incapable de se concentrer ?

Ils se turent.

– La question que je pose est la suivante, reprit-elle : est-ce que quelqu'un avait intérêt à l'empêcher de revenir à son ancienne passion pour la machine à voyager dans le temps ?

Oliver écarquilla subitement les yeux.

– Margie. Imagine que tu es chercheur et que tu essaies de te bâtir une solide réputation en cosmologie. Or tu as un père jadis brillant, mais qui s'est fait jeter de la profession comme un vulgaire charlatan complètement cinglé parce qu'il s'est mis en tête de construire une machine à remonter le temps. Finalement, au moment où tu le crois hors du tableau... voilà qu'il refait surface sans crier gare, avec les mêmes idées farfelues et plutôt gênantes...

– Europa ?

– Benton nous a bien dit que Jupiter était en pourparlers avec la Southwest University of Technology ? Elle y enseigne, Margie. Elle doit avoir envie de disparaître dans un trou de souris chaque fois qu'elle entend prononcer son nom.

– Europa n'avait pas vu son père depuis des années...

– À condition qu'elle nous dise la vérité.

Marge considéra cette hypothèse avec sérieux.

– Elle finit par se débarrasser de son vautour de père et au moment où elle commence à se faire un nom, le voilà qui revient.

– Exactement, dit Oliver. Alors, elle glisse un peu d'arsenic dans ses vitamines, ça ne fait pas grand mal et ça le calme. Tu vois, juste un peu de poudre dans sa boisson ou dans ses compléments vitaminés.

– Attends, dit Marge. Qui a dit qu'il y avait de l'arsenic dans les vitamines ?

– Deck en a évoqué la possibilité.

– Mais tu n'en as pas la preuve.

– Non.

– Donc, on nage en pleine théorie.

– Évidemment. Si on avait du concret, on ne serait pas là à discuter.

Oliver reprit le chemin du bureau du shérif.

– N'oublie pas, Marge, qu'Europa est la bénéficiaire d'une assurance vie d'un million de dollars et qui peut doubler si on conclut à la mort accidentelle.

– Mais cette assurance est arrivée à terme depuis des années. Pourquoi effacer son père maintenant si c'était seulement pour l'argent ?

– Parce que, jusqu'à maintenant, il ne lui faisait pas d'ombre. Et d'ailleurs, qui te dit qu'elle voulait sa mort ? Elle voulait peut-être simplement le priver de ses moyens pour ne plus l'avoir dans les pattes. Quand elle a vu que l'arsenic ne donnait pas les résultats escomptés et qu'il continuait avec ses machines, elle s'est trouvée forcée de radicaliser son action.

– D'accord, mais comment y est-elle parvenue si elle ne l'a pas vu depuis quinze ans ? Comment a-t-elle fait ne serait-ce que pour entrer dans la secte ?

– Elle s'est servie d'un complice, dit Oliver. Bob.

– Elle ne l'a pas vu depuis des années.

– Qu'elle dit. Mais après tout, c'est peut-être la vérité. Je ne sais pas. (Il haussa les épaules.) Il n'existe pas de théorie sans faille. (Ils avancèrent quelque temps en silence.) Cet endroit où Benton a travaillé ? Harrison ? Tu en as déjà entendu parler ?

– Non.

– À ton avis, qu'est-ce que c'est ? Un centre de désintoxication ?

– Ça en a tout l'air, dit Marge.

– Et à ton avis, qu'est-ce qu'il y faisait vraiment, ce Benton ? dit Oliver avec un petit sourire. Je parie qu'il avalait du Demerol pour éloigner ses démons. Il m'a tout l'air d'un malade mental.

– On devrait pouvoir vérifier, dit Marge. Ce que j'aimerais bien savoir, c'est ce que Jupiter y faisait, lui.

– Bonne question. (Oliver consulta sa montre.) Bon, qu'est-ce qu'il fout, cet avocat ? Il y a une heure, Johannsen nous a dit qu'il aurait quelqu'un dans une heure.

– Attendons un peu, dit Marge.

– Coincés à Ploucville. Je te parie qu'ils n'ont même pas le câble. Comment se fait-il que je me ramasse toutes les missions en or ?

– Ton charme, sans doute.

– C'est scandaleux ! s'exclama Pluton. Ceci est une violation flagrante des droits civiques. Je ne vais pas laisser passer ça. Vous allez y laisser votre badge !

Decker ralentit. La route, creusée d'ornières, mettait les pneus à rude épreuve.

– Le premier qui veut mon badge, je le lui donne. C'est ma femme qui va être contente.

– M'interdire délibérément de voir Benton...

– Je vous protège, frère Pluton. Vous ne voudriez tout de même pas être accusé de collusion...

– Quoi ?!

– Toute personne ayant mis les pieds à la ferme ces deux derniers jours est suspecte.

– Dans ce cas, je suis innocenté.

– Attendons d'avoir vérifié votre version.

– Je ne me fais aucun souci ! Je suis innocent ! Je suis absolument abasourdi par... par votre découverte. C'est horrible ! Obscène ! Répugnant ! Grotesque ! La mort violente et prématurée de frère Nova m'attriste profondément. Nous regretterons tous le grand homme qu'il était et le coupable doit écoper du châtiment maximum. Mais pour l'instant, c'est Benton qui me préoccupe !

– Donc, vous ne le croyez pas coupable ?

– Je ne ferai aucun commentaire.

Jusqu'alors, aucune scène de crime n'avait été découverte à la ferme. Mais Decker avait quelques idées quant aux endroits où mener ses recherches.

– Benton a besoin d'un avocat. Vous et vos laquais vous vous employez à abroger la procédure normale, car vous savez pertinemment qu'il ne comprend pas la gravité de la situation.

– Il aura la protection qu'il mérite. On a appelé un avocat intérimaire le temps que vous fassiez venir le sien.

– Je sais très bien le genre d'avocat que vous êtes allés pêcher. Quelque idiot sorti de Trouduc University, un Jeb machin-chose...

– J'ai un cousin qui s'appelle Jeb. C'est un homme d'affaires plutôt futé...

– Qu'est-ce que ça vient faire là-dedans ?

– Vous avez l'air d'avoir quelque chose contre ce prénom.

– Si vous croyez pouvoir me passer par-dessus la tête en piétinant tout sur votre passage, vous vous trompez lourdement ! Et par-dessus le marché, vous m'interdisez l'accès au téléphone.

– Je vous l'ai déjà expliqué : les lignes de la ferme ont toutes été affectées à la transmission de renseignements tactiques urgents.

– Il existe des cabines publiques, lieutenant.

– Sachez que je ne peux pas laisser des informations confidentielles sur une enquête pour homicide circuler sur les fréquences publiques.

– Donc, si je comprends bien, je ne peux pas appeler sur votre ligne privée et je ne peux pas non plus appeler sur les lignes publiques. C'est une violation manifeste de mes droits...

– Pas du tout puisque je ne vous accuse de rien... enfin, pas encore.

– Alors, comment appelez-vous le traitement que vous me faites subir ? Ce n'est pas une arrestation officielle, non. Plutôt une garde à vue.

– D'une certaine manière, oui. Juste le temps que nous puissions éclaircir certains points.

– Et vous refusez de me laisser passer un simple coup de fil.

– Dès que nous arriverons chez le shérif, on vous donnera un téléphone.

Decker vérifia l'heure à sa montre. Une heure et demie.

– Encore vingt minutes. Tenez bon.

– Vous me séquestrez comme un animal en quarantaine.

Decker finit par faire la sourde oreille et laissa Pluton se répandre en invectives sans répondre. Le scandale, l'indignité, la pression nerveuse, les procès à venir, etc. etc. Les menaces lui entraient par une oreille et sortaient par l'autre.

On appela à la radio. Il prit le micro et répondit. Sa patience et ses tergiversations étaient enfin récompensées. Les mandats de perquisition de la secte venaient d'arriver. Il accusa réception du renseignement et coupa la communication. Pluton devait avoir entendu les mots clés car il se mit à poser des questions.

– De quoi parle-t-elle ? Quels mandats ?

Decker garda le silence.

Pluton s'agita.

– De quels mandats s'agit-il ? Elle a parlé de l'Ordre. Qu'est-ce que ces mandats ont à voir avec l'Ordre ? Vous ne pouvez tout de même pas croire que l'un d'entre nous est impliqué dans l'assassinat de Nova ! Franchement, vous nous croyez assez stupides pour aller fourrer le pauvre Nova dans notre ferme et vous permettre d'aller fouiller partout ?

Il n'avait pas tout à fait tort.

– Je ne sais pas, dit Decker. Vous seriez assez stupides pour faire ça ?

– Je ne m'abaisserai pas à répondre.

– Tant mieux. Savourons le silence.

Pluton ne saisit pas l'allusion.

– En permettant à vos hommes de violer l'intimité de nos locaux, vous n'allez faire que renforcer l'hostilité et la mauvaise volonté. Ce meurtre odieux a eu lieu à la ferme. En quoi cela vous autorise-t-il à fouiller les locaux de la secte au petit matin ?

– Donc, vous croyez Benton coupable ? demanda Decker.

– Je vous l'ai dit, je ne ferai pas de commentaire... mais enfin, qui d'autre ? Nova était un membre très respecté, un membre indispensable de notre communauté. Pourquoi aurions-nous souillé notre nid ?

– Qu'est-ce qui vous fait porter vos soupçons sur Benton ?

– Visiblement, il n'a pas toute sa tête.

– Qu'est-ce qui vous fait dire ça ?

– Voyons, lieutenant. Vous l'avez vu. Jupiter ramassait toutes sortes de cas sociaux. Benton en faisait partie.

– Où l'a-t-il dégoté ?

– Je ne me souviens pas, répondit Pluton sèchement. Je crois que Benton était en cure de désintoxication. Au début, le père Jupiter allait souvent dans les centres de désintoxication délivrer ses messages d'encouragement spirituel. À l'époque, il croyait de son devoir de tendre la main aux déshérités. À mesure que l'Ordre a pris de l'ampleur, sa présence est devenue de plus en plus nécessaire en notre sein. Mais il m'envoyait souvent porter secours aux indigents. C'est comme ça que j'ai trouvé Moriah Farrander.

– Vous êtes un saint homme...

– Vous m'avez posé une question...

– Quels centres de désintoxication Jupiter faisait-il profiter de ses lumières spirituelles ?

– Voilà que vous vous moquez.

– Vous avez des noms ?

– Non, dit Pluton en soupirant. Si vous coopérez avec moi, je coopérerai avec vous. Je vous trouverai ces noms.

Decker ne répondit pas.

– J'aimerais pouvoir assurer à nos chers frères et sœurs un sentiment de sécurité. Je me rends bien compte que je ne vais pas pouvoir vous empêcher de nous envahir, mais pouvez-vous au moins attendre jusqu'au matin ?

– Pas question.

– En quoi le fait de réveiller nos adeptes à une heure indue peut-il vous aider ?

– Frère Pluton, des éléments nouveaux sont apparus, qui nécessitent l'exécution des perquisitions dès maintenant.

– Des éléments nouveaux ? Quels éléments ?

– Vous le saurez bien assez tôt, dit Decker. J'ai changé d'avis : destination, la secte. Vous allez pouvoir le passer votre coup de fil, frère Pluton. Et à votre place, j'en profiterais pour appeler mon avocat.

24

À deux rues de la secte étaient garés trois véhicules de patrouille, la Honda de Bert Martinez et l'Audi de Tom Webster. Decker se gara derrière l'une des voitures pie, coupa le moteur et ouvrit la portière côté passager.

– Dehors, dit-il.

Surpris par son ton autoritaire, le gourou descendit, l'air effrayé en voyant des flics en uniforme approcher de la voiture, la main sur la crosse de leur arme.

– Qu'est-ce qui se passe ? demanda-t-il. Je n'aime pas ça.

Decker descendit de voiture, présenta son badge et fit signe aux flics de surveiller le prisonnier.

– J'ai besoin de parler à mes deux inspecteurs, dit-il à Pluton. Je vous préviens, si ça vous démange d'aller rejoindre vos acolytes, abstenez-vous-en.

– Où allez-vous ? dit Pluton, d'un ton impérieux.

Le petit homme avait les yeux rivés sur les flics. Decker le soupçonna d'avoir été molesté enfant et de n'avoir rien trouvé de mieux que d'en molester d'autres une fois investi d'un certain pouvoir.

– Je vais là, répondit-il en désignant un endroit moins de dix mètres plus loin. Ces messieurs vont prendre soin de vous. Puis, aux policiers : Vous l'avez à l'œil.

Martinez et Webster étaient déjà descendus de voiture. Decker alla les retrouver sous l'ombre épaisse d'un chêne, brindilles et feuilles sèches craquant sous ses pieds. Dans la clarté lunaire, le gris ressortait dans les cheveux de Martinez. Sa moustache, raidie par la brillantine, était restée noire. Les traits de son visage charnu étaient tirés par la fatigue, mais, dans ses yeux vifs, Decker lut la disponibilité et l'efficacité.

Plus jeune et plus en forme, Webster résistait vaillamment à l'heure avancée. Cheveux bien peignés, costume sans un faux pli, chaussettes assorties, il posait sur Decker ses yeux bleu clair que n'entourait aucune ride, aucun cerne, donnant à son supérieur l'impression d'être un patriarche racorni.

Il se serait bien passé de ce rôle.

Il compatissait avec Martinez. Pourtant, les deux hommes s'entendaient assez bien, même s'ils faisaient équipe depuis moins de deux ans.

Webster tendit les mandats à Decker.

– Tout est en règle, dit-il.

– On a tout épluché, ajouta Martinez. Mais vous pouvez vérifier si vous voulez.

Et comment ! Tout en s'assurant que rien ne manquait au document, Decker leur demanda :

– Vous avez des nouvelles de Dunn et Oliver ? Je leur ai dit de vous téléphoner, étant donné que j'étais coincé avec Monsieur Sourire.

– Marge nous a appelés il y a une vingtaine de minutes sur le réseau interne, dit Webster de son accent traînant. Les équipes techniques n'ayant pas trouvé de lieu du crime, elle reste là-bas avec Scott. Ils ont prévu une fouille méthodique de la propriété dès l'aube... ils ont préféré pieuter à Central City plutôt que de refaire la route.

– Logique. (Decker consulta sa montre : deux heures du matin.) Avec Benton, c'est sûr, ils n'ont pas dû avoir de quoi s'occuper toute la nuit. Si je comprends bien, il n'a pas avoué ?

– En tout cas, ils ne nous ont rien dit.

– Une idée de ce qui les a fait abandonner si tôt ?

– Ce type est un connard complètement borné, dit Webster. Il leur a fourgué sa version une fois pour toutes et il refuse d'en changer un seul mot.

– Et c'est quoi, sa version ?

– C'est pas lui.

– D'après Dunn, il répète ça comme un leitmotiv : j'ai rien fait, j'ai rien fait... Ils auraient pu l'interroger pendant un mois qu'ils n'en auraient rien tiré d'autre.

– Un mois, c'est peut-être beaucoup demander, mais deux heures, ça fait mince.

– Le shérif le garde bouclé pendant qu'on fouille la ferme.

– Dunn et Oliver ont l'intention de reprendre l'interrogatoire après, dit Martinez. S'ils trouvent des preuves, ce sera toujours autant pour étayer une accusation contre lui.

– Ou, tout au moins, pour les aider à conduire leur interrogatoire, dit Webster. Pour l'instant, ils ont que dalle parce que les légistes n'ont trouvé que des traces du sang de Nova dans la ferme. D'après elle, c'est ce qui a goutté quand ils ont transporté le corps dans la cuisine.

– Qui « elle » ?

– Le Dr Little, dit Martinez. On l'a eue au téléphone il y a environ une heure. Quand le corps a été mis dans le placard, il était saigné à blanc.

– Benton tue les poulets, dit Decker.

Martinez et Webster échangèrent un regard, dans l'espoir qu'il éclaircisse cette phrase énigmatique.

– Les poulets, ça ne se tue pas en leur tranchant le cou et en les pendant par les pattes ? demanda Decker.

Martinez haussa les épaules.

– Aucune idée, dit Webster.

– Nova a eu la tête tranchée, dit Decker.

– Vous voulez dire que Benton l'aurait pris pour un poulet ?

– Très drôle, Tom.

– À deux heures du mat', je ne suis plus responsable de ce que je dis.

– Je veux simplement dire que Benton sait comment saigner un cadavre.

– Vous croyez que c'est lui ? demanda Webster.

– Pour l'instant, j'ai des doutes. Mais qu'on m'apporte des preuves et je suis prêt à me laisser convaincre.

– Pour votre information, patron, reprit Martinez, Benton a passé les deux dernières nuits avec une femme – ça tombe dans la fourchette que donne Little pour la mort de Nova – une certaine Ruth... (Il se mit à feuilleter son calepin.) Ruth...

– Ruth Young, compléta Decker. Johannsen m'a parlé d'elle. Elle lui a fourni un alibi ?

– Oui. Mais Marge m'a aussitôt fait remarquer que ça laissait à Benton encore plusieurs heures de tranquillité seul dans la maison.

Decker passa une main dans ses cheveux, qui étaient sales et gras. Tout allait se résumer à réunir des preuves.

– Tom, vous venez de me dire qu'on avait trouvé du sang de Nova en très petites quantités dans la maison.

– Qui provenaient sans doute du torse, pendant le transport.

– Donc, résuma Decker, dès qu'ils auront fini de chercher des preuves à la ferme, Oliver et Dunn reprendront l'interrogatoire de Benton ?

– C'est ce qu'ils nous ont dit, répondit Martinez. Ils vous rappelleront à l'aube pour vous tenir au courant. Mais si vous préférez, ajouta-t-il en sortant un papier, vous pouvez les appeler vous-même. Seulement, là où ils sont, il n'y a que des lignes publiques.

Decker hésita, puis écarta cette solution.

– Fichons-leur la paix. Ils ont bien mérité quelques heures de sommeil.

– J'en prendrais bien quelques-unes moi-même, dit Webster. Ah, une chose avant que j'oublie : Marge voulait que je vous demande si vous avez entendu parler d'un endroit... (il sortit son bloc-notes et se mit à en tourner furieusement les pages) d'un endroit qui s'appelle Harrison. Ce serait un centre de désintoxication situé à Saugus.

– Harrison, répéta Decker.

Le nom lui disait quelque chose. Il tenta de mettre une image dessus. Il avait travaillé dans le secteur de Foothill pendant plus de dix ans, – homicides, crimes sexuels, profiling. Saugus en dépendait.

– Bâtiment vert, en bardeaux, un étage, transformé en centre de réadaptation, dit-il. Je crois qu'il comprenait huit chambres, plus un logement de gardien en sous-sol. Et une galerie qui faisait tout le tour. On y accueillait des drogués et des alcooliques, mais aussi quelques DL et quelques malades mentaux non violents.

– Quelques « DL » ? demanda Martinez.

– Débiles légers. C'était une certaine Flora... non, pas Flora... Florine. Oui, Florine Vesquelez, qui dirigeait l'établissement. Pas seulement Harrison, d'ailleurs, mais d'autres aussi. Pour autant que je sache, elle est irréprochable. Pourquoi Harrison ?

– Benton y a travaillé comme factotum pendant cinq ans, répondit Webster.

– Travaillé ou séjourné ?

– Les deux. C'est là qu'il a rencontré Jupiter. D'après lui, un jour, Jupiter est venu le trouver pour bavarder avec lui. Ça s'est terminé qu'il l'a embauché pour son élevage.

– C'était quand ?

– Il y a dix ans.

– C'est-à-dire pendant que je travaillais à Foothill. Je connais encore pas mal de monde là-bas. Je vais vérifier. Vous savez si Jupiter était résident à Harrison ?

– Pas en même temps que Benton, en tout cas.

Webster regarda du côté de Pluton.

– C'est quoi notre mission avec le nabot ?

– Voici la situation, dit Decker. Nous menons deux enquêtes pour homicide en parallèle : Nova et Jupiter. Il y a de fortes chances pour que les deux meurtres soient liés, mais nous n'en avons pas la certitude. Pour Jupiter, il peut s'agir d'un suicide par overdose, mais je penche de plus en plus pour l'homicide étant donné qu'on a trouvé des traces d'arsenic dans son organisme. Vous me suivez ?

– Comme un petit chien.

– Apparemment, le meurtre n'a pas eu lieu dans le bâtiment de ferme. Peut-être dans la propriété, mais nous n'en avons pas encore la preuve. D'après nos renseignements, Nova a pu être tué dans les locaux de la secte et transporté par petits morceaux. Asnikov nous a dit qu'à part Jupiter, quatre autres personnes seulement avaient accès à l'élevage : Vénus, Bob, Pluton et Nova, mais Nova est mort. S'il a dit vrai, les trois autres doivent être considérés comme suspects. Vous me suivez toujours ?

– Toujours.

– Il faudra également que je les interroge sur la mort de Jupiter, parce que cette histoire d'arsenic jette une lumière tout à fait nouvelle sur l'affaire. Le mandat nous donne un droit de perquisition total sur les lieux. Nous pouvons emporter tout ce que nous trouverons. Tom, vous faites la laverie – les lavabos, les bacs, les machines à laver – et vous cherchez des vêtements tachés de sang. Ensuite, les toilettes, les baignoires, la tuyauterie : vous me ramassez les cheveux et vous essayez de me trouver des fragments d'os. Vous, Martinez, vous commencez par la chambre de Nova. Vous la fouillez de fond en comble, vous voyez s'il n'y a pas des cachettes. Et pour finir, on cherche tout ce qui pourrait contenir de l'arsenic. Je commence par l'abri de jardin. Je me souviens d'y avoir vu de la mort-aux-rats.

Le crâne et les fémurs.

– Ça va prendre du temps, dit Webster.

– Probablement jusqu'en fin de matinée, dit Decker. Puisque vous allez être occupés et que Dunn et Oliver sont à Central City, il faut que j'affecte quelqu'un à la disparition de Lyra et d'Andromède.

– Quel foutoir !

C'est le moins qu'on puisse dire, songea Decker.

Les trois dobermans accueillirent avec des aboiements menaçants les voitures venues se garer devant la porte. Decker descendit et claqua sa portière, et les autres l'imitèrent.

– Mettez-vous en protection autour de vos voitures, dit-il aux six policiers en uniforme. Derrière les portières, armes au poing, jusqu'à ce que je vous donne le feu vert. Après, j'en veux deux côté nord, deux côté sud et deux à l'arrière. N'oubliez pas d'attendre mon signal pour quitter vos positions. Des questions ?

Il n'y en avait pas.

– Allez.

– Et... les alligators planqués dans les douves, qu'est-ce qu'on en fait ? demanda Martinez en montrant les chiens.

Il était impossible d'approcher de la grille, de l'autre côté de laquelle les molosses montraient les crocs.

– Vous avez rapporté des poulets, patron ? demanda Webster. On aurait pu faire diversion.

Decker n'était pas d'humeur à plaisanter. Une douleur sourde lui tambourinait dans la tête, et son irritation tournait à la colère.

– On dirait que vous avez un problème, lieutenant, dit le gourou, un sourire satisfait sur les lèvres.

– Retenez vos monstres, répondit Decker sans céder à la mauvaise humeur.

Revenu sur son territoire, Pluton avait retrouvé son assurance. Il réagit en s'offusquant.

– Ils vous considèrent comme l'ennemi. Ils font tout simplement ce à quoi ils ont été entraînés.

– À cette heure de la nuit, des aboiements pareils sont une nuisance sonore.

– Allez-y, collez-moi une amende.

– Écoutez, mon vieux. Il est deux heures du matin et j'ai encore plusieurs heures de boulot devant moi. J'ai tous les papiers nécessaires et vous m'empêchez de faire mon travail. Il s'en faut d'un cheveu que je vous arrête pour obstruction à la justice.

– Vous êtes à bout de fatigue, lieutenant, dit le petit homme qui prenait un plaisir manifeste à user de son petit regain de pouvoir. Vous n'avez même pas dit s'il vous plaît.

Decker sortit les menottes en grinçant des dents.

– D'accord, d'accord, dit Pluton. Ce n'est pas l'humour qui vous étouffe.

Il se plaça devant la grille et calma les chiens, puis il fit sauter le verrou.

Il avait à peine mis les pieds à l'intérieur que le plus grand des trois lui sauta dessus pour lui lécher le visage et manqua le renverser.

Mais Pluton n'était pas d'humeur câline.

– Assis, Dancer ! (Il l'attrapa par son collier étrangleur et, d'un coup brusque, le fit retomber sur ses quatre pattes.) Chien qui aboie ne mord pas, dit-il à Decker.

– Vous avez trente secondes pour boucler vos molosses avant que j'intervienne.

– Je frémis...

– Vingt-cinq.

– Allez, les gars, dit Pluton sans perdre une seconde de plus. Faut laisser entrer la Gestapo.

Retenant toujours Dancer par son collier, il se dirigea vers la porte d'entrée, suivi par les deux autres chiens.

Sa petite silhouette tassée devant la porte en acier se détachait sur le fond de la forteresse. De là où était Decker, l'ensemble des bâtiments, éclairé par la lumière grise des étoiles, avait l'air aussi accueillant qu'un bunker. Comme Pluton avait laissé la grille ouverte, Decker faillit le suivre. Mais il se ravisa en voyant les deux dobermans en liberté.

Pluton pianota sur un digicode. Quelques instants plus tard, un vrombissement retentit et il poussa la porte.

Au moment même où il franchissait le seuil, deux déflagrations déchirèrent le silence de la nuit. Forts de leur expérience d'anciens combattants, Decker et Martinez furent aussitôt à terre, entraînant d'instinct avec eux un Webster éberlué. Pluton avait été littéralement soufflé en arrière.

Un liquide abondant jaillissait de sa poitrine et de sa tête. Il tomba à la renverse, sa tête s'écrasant sur le sol avec un gros crac. Les policiers en uniforme ripostèrent par une volée de balles et disparurent dans la fumée de leurs armes. Alors, des éclairs d'une lumière aveuglante fusèrent par la porte ouverte.

Ils avaient des fusils automatiques !

– Merde ! cria Decker en se couvrant la tête avec les mains. Merde, merde, merde !

Plaqué à plat ventre par terre, il hurla :

– Cessez le feu ! Cessez le feu, merde !

Les policiers en uniforme lâchèrent encore quelques balles, puis ce fut le silence.

Pris dans les tirs croisés, un chien gisait, mort.

Une seconde bête fendait l'air de ses hurlements stridents.

Les yeux brûlants, Decker tenta de scruter la scène à travers la fumée. Dancer, le plus grand des dobermans, gémissait lamentablement en léchant le sang qui coulait à flots de la tête de Pluton.

Tout à coup, dans l'odeur âcre de la poudre, une voix perça la nuit, forte. On aurait dit un Magicien d'Oz maléfique.

– Je n'ai jamais aimé cet homme.

Bob.

– Dites-leur d'arrêter ! On a des gosses, ici !

Decker fut pris d'un vertige.

– Cessez le feu ! cria-t-il encore une fois.

Il y eut un long silence, pendant lequel il n'entendit plus que sa propre respiration, éperdue.

– Tout le monde en un seul morceau ? murmura-t-il.

– Ça va, chuchota Martinez.

– Tom...

Webster tremblait si fort qu'il ne pouvait plus bouger. Il finit par porter la main à son entrejambe.

– Entier.

La voix s'éleva de nouveau, rompant le silence.

– Vous êtes trop arrogant, lieutenant ! Une vraie mouche du coche. J'en ai ras le bol !

– Loin de moi l'intention, Bob... dit Decker, qui avait retrouvé l'usage de ses cordes vocales.

– L'enfer est pavé de bonnes intentions. Et c'est exactement ce que nous avons ici, lieutenant. Une longue route pavée, qui descend tout droit chez Hadès.

Un autre silence se fit, puis fut rompu par un mugissement de sirènes dans le lointain.

– C'est vous qui allez devoir retenir vos monstres, Decker ! cria Bob. S'ils roulent un peu trop des mécaniques, ça va pas me plaire. Je vous l'ai dit, il y a des gosses, ici ! Et je sais combien vous aimez les gosses, vous et vos potes.

L'estomac remué, Decker hurla :

– Si vous ne tirez pas, nous ne tirerons pas non plus. Nous ne voulons pas de morts.

Il regarda le corps sans vie de Pluton, le sang qui ne s'écoulait plus qu'en petits filets minces et lents. Saigné à blanc.

– Nous ne voulons plus de morts.

Les sirènes se rapprochaient.

– Je vais ramper jusqu'à mes voitures, Bob, poursuivit-il. J'ai des instructions à donner... pour éviter les malentendus.

– Vous n'êtes pas un animal ! Si vous voulez vous déplacer, marchez sur deux pattes, comme un homme ! Je veux vous voir.

– Il est complètement cinglé, murmura Martinez.

– Vous avez entendu ? cria Bob.

– Oui, j'ai entendu ! riposta Decker. Simplement, je ne suis pas d'accord.

– J'ai des gosses, ici, Decker. Plein de petits gosses au visage tout mignon, qui feront des photos super pour les grands magazines. Vous entendez ce que je vous dis ?

Un peu qu'il comprenait !

– C'est comme le graviton invisible, reprit Bob. Il est là, mais on ne le voit pas. Vous allez être obligé de prendre ce que je vous dis pour argent comptant, sinon on va avoir de gros problèmes, tous les deux.

Le visage de Decker ruisselait de sueur.

– Ne faites pas ce qu'il dit, le supplia Webster.

– Fermez votre gueule, nom de Dieu, et écoutez-moi ! lui rétorqua Decker. Je vais me lever. Pendant ce temps-là, vous deux, vous allez ramper jusqu'aux voitures et vous protéger...

– Patron, je...

– C'est un ordre, putain, Webster ! Dès que vous serez en sécurité, vous glanerez tout ce que vous pourrez sur ce Bob Ross : j'ai besoin de trouver le défaut de la cuirasse ! Appelez Europa Ganz. Elle a été la petite amie de ce fils de pute...

– Decker ! hurla Bob. Je perds patience !

– Allez, on tente la manœuvre, murmura le policier à ses hommes. C'est parti !

Centimètre par centimètre, il se força à se mettre à genoux.

Il se sentait aussi visible que la lune.

Sur ses pieds.

Aussi visible que le soleil.

Il se figea sur place, attendit.

Rien.

À reculons, il fit un pas, puis un autre, vers les voitures.

– Eh, pas d'embrouille ! lui cria Bob. On a des caméras à infrarouges. On vous voit comme en plein jour. Et les mains sur la tête !

Decker leva les bras en l'air.

– Là, vous les voyez, mes mains ?

Il jeta un bref coup d'œil par-dessus son épaule, et les deux autres se précipitèrent à l'abri.

– Ne bougez plus ! cria Bob.

Decker stoppa.

– Bob, il faut que je donne des ordres à mes hommes si je veux protéger tout le monde.

– Eh bien, criez-les ! Fallait pas vous mêler de ce qui ne vous regardait pas, Decker...

Sa voix fut couverte par les hurlements des sirènes. Sur les toits des voitures qui arrivaient les unes après les autres, les lumières battaient de leurs pulsations bleues et rouges. Arme au poing, les policiers ouvraient les portières et s'accroupissaient derrière. Cinq, six, sept... Le capitaine Strapp serait bientôt là.

Il en arrivait toujours plus. Bientôt, il y en eut une douzaine.

Finalement, les sirènes se turent et seules les lumières aveuglantes des voitures troublèrent la nuit. On aurait dit qu'on venait d'éteindre le son d'un coup de télécommande et que le film passait en muet.

– Ne tirez plus ! cria Decker d'une voix qui porta loin.

Il répéta son ordre, plus fort.

Silence.

Les flashes hypnotiques bleus, rouges, bleus, rouges, se succédaient.

Decker sentait les ratés de son cœur, et son sang qui battait dans sa tête. Il ne pouvait pas rester indéfiniment à découvert et faire la cible d'un jeu pour maniaques psychotiques.

– Je vais rejoindre une voiture, lança-t-il.

– Restez où vous êtes ! Je veux vous voir ! ordonna Bob.

– Pas question. Souvenez-vous du graviton. Si vous n'improvisez pas, nous non plus. On joue sur la confiance.

Pas de réaction.

– Bob, vous m'entendez ?

Rien.

Imperceptiblement, il recula de nouveau.

Une seconde s'écoula, deux, puis trois, quatre, cinq...

Il lui fallut une bonne minute avant de pouvoir poser la main sur un capot. D'instinct, il faillit se précipiter sur la portière.

C'eût été trahir sa peur.

Ne jamais leur montrer qu'on transpire à grosses gouttes.

Trop tard pour ça, constata Decker dont le visage ruisselait.

Il se força à rester debout.

Bob semblait mettre un point d'honneur à lui prouver sa confiance, même s'il en avait une notion perverse. Decker décida de l'exploiter.

– Toujours à découvert, Bob ! cria-t-il. Belle cible, hein ? Il faut que je vous fasse sacrément confiance ! Je sais que vous me voyez...

– Parfaitement, dans ma lunette ! cria le gourou.

– Et que vous m'entendez.

– Comme une cloche d'église.

– J'ai un téléphone cellulaire dans ma poche, Bob. Tenez, je vous donne le numéro.

L'autre ne répondit pas, mais Decker s'exécuta.

Dix secondes, vingt secondes s'écoulèrent, toujours aucune réponse.

Les voitures lançaient leurs éclats colorés. Trente secondes.

La détonation suraiguë déchira le silence. Decker sursauta, puis, d'une main tremblante, réussit à envoyer son appel.

– Eh, ho, Bob ! dit-il.

– Pourquoi vous êtes-vous mêlé de ce qui ne vous regardait pas, lieutenant ? Regardez, maintenant.

– Quel merdier...

– C'est peu dire, mon pote.

D'un mouvement fluide Decker se glissa à l'abri d'une voiture. Ses mains tremblaient tellement qu'il faillit lâcher le téléphone. Il prit une profonde inspiration et expira avec une précision de yogi.

– La situation est bloquée, mon vieux, dit-il.

– Ah bon, vous croyez ?

Un rire.

– Bloquée, coincée, inextricable. Et si vous ou quelqu'un d'autre essayez de jouer au héros, vous aurez un gosse mort pour chaque coup foiré. Puisqu'on vit dans un monde hollywoodien d'images flash et de petites phrases, vos conneries feront un taux d'audience faramineux dans le monde entier.

25

Decker était monté dans la Honda de Martinez. Il parlait vite et avec animation.

– On a environ cinq minutes avant que Strapp rapplique et m'enlève l'affaire. Vous deux, vous allez dégager.

– Quoi ?! s'exclama Webster. Mais pourquoi ?

– Si vous restez ici, il va vous poser des questions et vous serez coincés. De plus, l'affaire change d'échelle. Il y a toutes les chances que les fédéraux s'en mêlent. Si vous êtes occupés à répondre à Strapp, vous ne pouvez plus enquêter. Mais hors circuit, vous pouvez encore faire avancer les choses. Tant que Bob est en communication avec moi, je suis obligé de rester. Je trouverai quelque chose pour excuser votre absence.

– Quoi, par exemple ? demanda Martinez.

Decker pensa vite et bien. Dans le lointain, d'autres sirènes mugissaient.

– Vous ne vous êtes pas écorchés en tombant ?

– Moi, si. Je crois que je me suis éraflé le genou, dit Webster.

– Super ! J'ai cru que c'était une blessure par balle et j'ai envoyé Martinez vous accompagner à l'hôpital.

Les mugissements s'intensifiaient. Les huiles arrivaient.

– Tom, reprit-il. Appelez Dunn et Oliver. Faites-les revenir à Los Angeles, mais surtout pas ici tant que je ne les aurai pas contactés. Entre-temps, passez-leur l'info.

– Pigé.

– Ensuite, dénichez-moi tout ce que vous pourrez sur le gourou Bob alias Bob Ross, poursuivit-il, toujours sur son rythme de mitraillette. Si vous voulez être exhaustifs, il faudra fouiller les banques de données. Mais mon intime conviction est que la meilleure piste, c'est encore Europa. Cuisinez-la sévère et dès qu'on aura des infos sur

Bob, on comprendra peut-être quelle mouche l'a piqué. Et si on comprend le pourquoi, ça nous donnera peut-être le comment, comme dans « comment le manipuler ».

Les sirènes étaient tout près. Decker dut crier pour se faire entendre.

– En dernier lieu, il faudra préparer un raid ou une infiltration. Les groupes d'intervention vont avoir besoin de Marge, de Scott et de moi parce que nous connaissons la disposition des lieux. À nous trois, nous avons quasiment couvert tous les locaux. Nous pouvons en reconstituer le plan. C'est notre atout le plus précieux : nous allons être sous les feux de la rampe et, pendant ce temps-là, nous gagnerons du temps. Ce ne serait pas mal de trouver quelqu'un qui connaisse vraiment bien les lieux. Des suggestions ?

– Reuben Asnikov ? proposa Webster. Il est peut-être en contact avec d'anciens adeptes.

– Allez-y.

– Les voitures sont là, le prévint Webster.

Decker sortit au moment même où la voiture de Strapp freinait en dérapant sur les gravillons. Il donna un grand coup sur le capot de la Honda.

– Filez !

Martinez mit le moteur en route et s'éloigna à toute allure. Decker, lui, partit en courant sous le nez de Strapp et alla se dissimuler dans l'ombre. Il composa le numéro de la secte. Au bout de vingt sonneries, il raccrocha et se résigna à affronter son supérieur. Mais aussitôt, son téléphone se mit à sonner.

Il prit la ligne.

– Bob, dit-il, dans quelques secondes je devrai céder ma place.

Il attendit une réponse, qui ne vint pas.

– On a appelé les grosses légumes. Ils prennent la relève. Ils vont probablement faire appel aux fédéraux, bien que cette affaire ne soit pas strictement de leur ressort. On va sans doute me confisquer mon téléphone. J'ai préféré être courtois : je vous préviens que je n'y suis pour rien.

– Je n'aime pas du tout ça. Les fédéraux sont des têtes brûlées. Vous n'avez qu'à voir Waco.

– Je serais heureux de rester, frère Bob, mais, comme vous, nous avons une hiérarchie à respecter. Dans l'ordre des préséances, je suis loin d'être le premier.

– C'est précisément ce qui cloche dans notre univers, dit Bob. Moi, j'essaie de faire en sorte que les choses ne sortent pas d'ici, je veux dire... qu'on reste entre nous, et il faut que le gouvernement vienne tout foutre par terre. C'est pour ça que nous n'avançons pas dans la conquête de l'espace. Pour ça que nous sommes dépassés dans la course à l'armement. Nous possédons les connaissances scientifiques et technologiques, mais les bureaucrates nous ligotent. Et les fondamentalistes, aussi. Ils ont une peur viscérale du progrès.

– Peut-être bien. Mais il faut composer avec la réalité. La mienne, ce sont mes supérieurs.

– Eh bien moi, je ne discute ni avec vos supérieurs ni avec les fédéraux, lieutenant. Dites-le-leur. Et dites-leur aussi que s'ils font les malins, j'ai assez de petites douceurs ici pour faire d'Oklahoma City un goûter d'enfants de chœur.

Decker digéra ces mots. Il voulait dire... des bombes ?

– ... transmettez, Decker, disait Bob.

– Frère Bob, si vous avez l'intention de faire sauter la baraque, vous ne pouvez pas attendre que je ne fasse plus partie du tableau ?

– Trop tard, lieutenant. En ce qui me concerne, vous faites tellement partie du tableau que vous êtes accroché dans un musée. Mais je vais vous dire une chose : si je fais passer tout le monde au barbecue, je préciserai que vous n'y êtes pour rien.

– Il vaudrait mieux attendre...

– Allons, voilà que vous exagérez. Vous essayez de gagner le temps nécessaire à vos clowns pour préparer un raid.

– Nous ne pouvons pas lancer un assaut. Votre taule est un bunker.

– Bien vu ! (Rire contenu.) Mais j'aimerais bien voir comment ils s'y prendraient. Ce serait... amusant.

Decker sentit qu'on lui tapait sur l'épaule. C'était Strapp.

– Le capitaine Strapp est là, dit-il. Voulez-vous lui parler, Bob ?

Mais Bob avait coupé.

L'Ordre de l'Alliance de Dieu avait droit à son quart d'heure de gloire obligé auprès des journalistes : les questions fusaient, auxquelles il n'y avait pas de réponses. La désinformation se propageant plus vite que la lumière, il était d'autant plus difficile de faire la part entre la réalité et la fiction. Les policiers avaient établi leur camp derrière une barrière de voitures et de fourgons. La presse était cantonnée à distance, derrière un cordon de police, et logiquement hors de portée de tir, mais les zooms des caméras étaient braqués sur les points stratégiques. En moins d'une heure, trois différents organismes de sécurité avaient été appelés, et mettaient leur ignorance en commun.

Comme prévu, Decker fut aussitôt démis de ses fonctions et remplacé au commandement par le capitaine Strapp, bientôt lui-même remercié en faveur du chef de la police de Los Angeles, qui avait le maire sur ses talons. Bob ayant parlé de bombes, le maire avait fait venir la force antiterroriste et le FBI pour prêter main-forte à la police. Le sous-directeur responsable de la branche Los Angeles du FBI était à Sacramento, mais rentrerait dès le matin par le premier avion. La présence d'explosifs avait fait monter la tension. La police et le FBI avaient chacun leur groupe d'intervention et leurs négociateurs spécialistes de ce genre de questions délicates. Le corps des marines de Quantico avait été informé, le bureau du procureur prévenu et les agents de terrain étaient en contact téléphonique avec la Maison blanche.

D'ordinaire, Decker aurait été viré depuis plusieurs heures. Mais comme il avait une certaine emprise sur Bob, les autorités supérieures l'avaient maintenu en place. Tout le monde était sur le pied de guerre, au petit détail près qu'il ne se passait rien.

Les magiciens de la technologie avaient installé des fourgons de surveillance dignes de James Bond, équipés non seulement de fusils MP 5 standard, mais aussi de nouveaux fusils de précision très performants. Les armes étaient ergonomiques, lourdes, mortelles et munies des derniers équipements en matière de lunettes à infrarouges. Le « sous-marin » était doté de caméras et de matériel de surveillance dernier cri.

Toute cette technologie aurait été précieuse si la secte avait logé ses adeptes dans des tentes. Mais comme l'endroit était protégé par d'épais blocs de béton armé – et que les forces de l'ordre n'avaient pas de caméras à rayons X – personne ne savait vraiment ce qui se passait à l'intérieur. Coffré dans l'un des énormes camions blindés du FBI, Decker avait perdu son téléphone et son boulot ; recroquevillé sur lui-même, il regardait des écrans qui clignotaient, vides d'images.

Le FBI avait réquisitionné son téléphone mobile pour le mettre sur table d'écoute et tout le monde attendait le moment où il sonnerait.

Decker était entouré de trois fédéraux. L'agent spécial superviseur Jan Barak, technicienne spécialisée, devait avoir la trentaine. Visage rond et expression inquiète, elle portait un tailleur pantalon noir, un chemisier noir et des baskets sans chaussettes. Un peu plus âgé et le front dégarni, l'agent spécial Darrel Lombardo était un Américain d'origine africaine. N'arrivant pas à cerner ses fonctions, Decker conclut qu'il était là simplement pour le surveiller.

Le troisième était Bennett McCarry, agent spécial responsable de la mission. Ce Caucasien quadragénaire très soigné de sa personne était vêtu d'un costume gris, d'une chemise blanche et d'une cravate aux motifs géométriques noirs et blancs, dont il avait desserré le nœud. Il avait un visage long et fin et des joues roses hérissées d'une petite barbe claire, un menton proéminent, des pommettes saillantes et des yeux enfoncés dans leurs orbites. Il donnait l'impression d'être tendu comme une corde de piano. C'était lui qui gérait les lignes téléphoniques du réseau interne – accusant réception des ordres qui lui parvenaient de tout en haut, en distribuant d'autres à ses troupes, essayant de mettre un peu d'ordre en coordination avec le poste de commande du maire, qui était à quelques camions de là. Pendant les interludes, il posait des questions pénétrantes à Decker.

– Comment avez-vous fait pour vous fourrer dans ce pétrin ?

– Comme vous à Waco et à Ruby Ridge, rétorqua Decker, du tac au tac.

McCarry le fusilla du regard en attendant une réponse digne de ce nom.

– Posez-moi une question précise et je vous répondrai de même, ajouta Decker.

McCarry grinça des dents.

– Qu'est-ce que vous savez sur ce gourou, ce... Bob ?

– Vous voulez un signalement ?

– Ça ira comme début.

– Grand, mince, environ un mètre quatre-vingts. Petit bouc. Faites venir un dessinateur et vous aurez votre portrait-robot. Ses passe-temps favoris seraient le jardinage et les femmes. Il m'a dit avoir étudié à la Southwest University of Technology. C'était un disciple d'Emil Ganz.

– *Alias* le père Jupiter, précisa l'agent Barak. Le gourou de la secte...

– Jupiter est mort il y a plusieurs jours, l'interrompit McCarry. Mort suspecte. Par overdose. Il s'est inspiré de Heaven's Gate... bouteille de vodka vide et barbituriques.

– J'ai appris tout à l'heure par le coroner, dit Decker en confirmant d'un hochement de tête, qu'on avait trouvé des traces d'arsenic dans son organisme.

– Ah, alors c'est un homicide, dit McCarry soudain intéressé.

– Pas forcément. Le Dr Little continue de penser que le décès est dû au mélange d'alcool et de somnifères. Accident ou suicide, qui sait ? Mais grâce aux résultats de l'autopsie, j'ai pu obtenir des mandats de perquisition et de saisie. Je ne pouvais pas le faire plus tôt, n'ayant pas de raisons de soupçonner un meurtre. Nous sommes arrivés ici vers deux heures du matin.

– Nous ? Qui nous ? demanda l'agent Lombardo.

– Pluton et moi. Pluton, c'est le type que Bob a explosé. Il avait calmé les chiens, des dobermans, et allait franchir la porte quand Bob a ouvert le feu.

McCarry lui demanda ce qu'il faisait avec Pluton à deux heures du matin.

– Bonne question, répondit Decker. Faites-moi le plaisir d'écouter la réponse jusqu'au bout. Nous étions à Central City, où la secte possède un élevage avicole, et nous essayions de désincarcérer un corps d'un placard de cuisine. Ce n'était pas facile parce qu'il était décapité et démembré, et que le torse était enflé.

Le trio resta bouche bée.

– Le corps appartenait à l'un des dirigeants de la secte, un podologue qui se faisait appeler Nova. Nous l'avons interrogé il y a environ quarante-huit heures : sa mort est donc plus récente. C'est lui qui a signé le certificat de décès de Jupiter, en spécifiant comme cause : overdose. On a voulu savoir pour quelle raison il avait fait ça. Mais il était insaisissable. Il donnait l'impression de se sentir menacé. Et vu comment il a fini, ses craintes étaient fondées.

Barak ouvrit la bouche, la referma.

– Et... c'est aussi Bob qui a découpé Nova en morceaux ? demanda-t-elle.

– Bob est le premier sur notre liste de mecs à abattre. En deuxième position, mais loin derrière, il y a l'ouvrier agricole employé pour faire tourner la ferme. Un certain Benton, qui est bouclé à la prison de Central City. J'y ai laissé deux de mes policiers pour essayer de lui tirer les vers du nez pendant que je venais exécuter les mandats. Quand Bob a tiré sur Pluton, j'étais dix-douze mètres derrière lui. Mes gars et moi nous sommes plaqués au sol. Nous avons réussi à nous mettre en sécurité. J'ai rapporté l'incident... (Une pause.) Voilà, vous savez tout.

– Pourquoi Bob a-t-il tué Nova ? demanda McCarry en tripotant sa cravate.

– Rien ne nous dit que c'est lui.

– Pourquoi a-t-il tiré sur Pluton, alors ?

– Ça me dépasse complètement.

– Vous avez bien une idée.

– J'en ai plusieurs, mais aucune de satisfaisante. Avant de parler, j'attends des preuves.

– Donc, Bob est en train de prendre le contrôle de la secte ? demanda Barak.

– Ça en a tout l'air.

– Il reste encore quelqu'un en travers de son chemin ?

Decker lui parla de Vénus.

– Vous savez si elle est en vie ? demanda McCarry.

– Non. S'il appelle, je peux lui demander de me la passer. Mais il n'est pas très souple de caractère. Il ne va pas apprécier nos exigences.

– Vous avez dit que c'était un ancien disciple de Ganz.

– En effet.

– Un scientifique, donc ?

– Je ne sais pas s'il a jamais travaillé en tant que scientifique. Il étudiait l'astrophysique à Southwest quand Ganz a refait surface sous le nom de Jupiter. Bob l'a suivi à l'Ordre de l'Alliance de Dieu et le reste, c'est du passé.

– Que voulez-vous dire par « refait surface » ? demanda McCarry.

– Que savez-vous sur Ganz ?

– Gourou de la secte depuis quoi... dix ans ?

– Quinze.

– Autrefois savant de grande renommée.

– Il y a vingt-cinq ans, expliqua Decker, le Dr Emil Euler Ganz a quitté son poste et tout le prestige dont il jouissait à la Southwest University of Technology, et il a disparu de la surface de la terre. Pendant dix ans, personne n'a su où il était passé. Il y a quinze ans, il est réapparu en se faisant appeler « père Jupiter » et il a fondé l'Ordre.

– Qu'est-ce qu'il a fait pendant dix ans ? demanda Lombardo.

– Mystère. Tout le monde s'accorde à dire qu'il s'est purement et simplement volatilisé. Sa famille le croyait mort. Sa femme a lancé des détectives sur ses traces, mais ça n'a rien donné et elle a laissé tomber. Et tout d'un coup, le voilà qui revient en la personne de Jupiter.

– Comme c'est commode !

– Pas pour sa femme.

– Où est-elle ?

– Elle est morte il y a quatre ans.

– Comment le savez-vous ?

– Par leur fille.

– Ganz avait une fille ?

– Il a trois enfants. Sa fille est la seule à qui sa mort pouvait profiter.

Decker leur apprit l'existence et la nature de l'assurance vie.

– Vous en avez encore beaucoup, des nouvelles fracassantes comme ça ?

Decker changea de position et regarda McCarry droit dans les yeux.

– Je ne vous cache rien, monsieur McCarry, agent spécial responsable de mission. Simplement, j'ai deux jours d'avance sur vous.

– Pouvez-vous nous dire pourquoi nous n'avons aucun Bob Ross qui corresponde au signalement du gourou Bob dans nos ordinateurs ?

– Soit vos données sont incomplètes, soit Bob Ross n'est pas son vrai nom. Ce qui ne me surprendrait pas. La plupart des membres de la secte ont changé le leur, en général pour des noms d'astres : Vénus, Pluton, Andromède...

– Et Bob, alors, pourquoi est-il resté Bob ? demanda Barak.

– Pour affirmer son indépendance, j'imagine, dit Decker en haussant les épaules. Le véritable nom de Vénus est Jilliam Laham. C'est une amie d'enfance d'Europa Ganz. Andromède, elle, s'appelle Lauren Bolt. Au fait, elle a disparu, ainsi que Lyra, une jeune fille de douze-treize ans, il y a environ dix-huit heures.

– Vous vous moquez de moi ou quoi ?

– Je voudrais bien. Hier, Pluton a appelé le commissariat. Il était furieux. Un peu plus, il nous accusait de les avoir kidnappées. C'est en partie ce qui nous a amenés à la ferme. Vous êtes sûr que vous ne voulez pas prendre de notes ?

McCarry tombait des nues, mais il n'eut guère le temps de s'étonner car le téléphone sonna. Les bandes s'enclenchèrent, il décrocha.

– Agent spécial Bennett McCarry, FBI. J'écoute.

Bob s'énerva tout de suite.

– Passez-moi Decker !

McCarry avait l'habitude de ce genre de situation. Il avait négocié avec les Freemen de l'Idaho et du Montana. L'astuce consistait à garder son calme tout en restant ferme.

– Il n'est pas disponible, dit-il. Que puis-je faire pour vous, Bob ?

– Monsieur le gourou, tête de nœud. D'ailleurs, je parle pas avec des enfoirés que je vois pas.

– Je vais sortir.

– M'interrompez pas !

Bob hurlait. Decker l'entendait dans le récepteur, voyait les ondes que traçait sa voix sur le moniteur.

– Vous avez une minute pour me le rendre disponible, agent spécial McCarry, sinon je pulvérise soixante-seize enfants. J'ai des charges de plastique et des explosifs conventionnels placés à tous les endroits stratégiques. Au cas où vous auriez envie de lancer un assaut, laissez tomber l'idée tout de suite. On a fabriqué plus de cent cinquante kilos de saloperie, acide sulfurique, nitrate, toluène et explosifs en gel. J'ai du TNT non seulement en batteries cellulaires avec des détonateurs longue portée, mais aussi sous forme de projectiles et de pastilles. Si vous croyez que je bluffe, je vais vous envoyer un échantillon du labo. Si je vise votre visage, agent spécial McCarry, je vous transforme en vapeur cosmique.

– Je comprends, Bob. Je vous crois. Je vais vous passer Deck...

– M'interrompez pas ! Tant qu'on est en ligne, fermez-la et écoutez ! Inutile de couper l'électricité. Nous avons des génératrices. Faites seulement mine de gonfler les biscoteaux, et vous verrez à qui vous parlez. Et je vous préviens, j'ai un détonateur sous les yeux et des démangeaisons dans les doigts.

– Je vous crois, je vous crois. Je vais essayer de faire de mon mieux...

– Comme l'a dit Yoda, on n'essaie pas. On fait ou on fait pas. (Respiration rauque.) Et vous savez ce que, moi, je vais faire pour vous, agent spécial McCarry ? Je vais faire venir la presse et tout le tremblement et je vais leur donner votre nom. Comme ça, quand ils annonceront que soixante-seize enfants ont valsé dans les airs, ils pourront aussi annoncer au monde entier que l'agent spécial McCarry a essayé de faire de son mieux !

– Eh, une minute, une min...

Mais Bob avait raccroché. McCarry lâcha un juron. Il avait une voix forte, qui résonna dans le fourgon. Il suait comme dans un four.

Decker haussa les sourcils et tendit la main.

Sans un mot, McCarry lui passa le téléphone.

26

L'appartement était situé à moins de deux kilomètres de l'université, ce qui permettait de s'y rendre à vélo. Europa profitait manifestement de cet avantage, comme l'attestait le vélo de course de fabrication européenne qui trônait dans son séjour. Sportive, elle avait décoré ses murs de photos d'elle descendant à ski une piste raide et enneigée ; d'elle luttant dans un raft contre les eaux déchaînées d'un rapide ; d'elle debout dans une forêt dense en tenue de randonnée, et d'elle en équilibre précaire sur un VTT, montrant d'un grand geste une vue magnifique. Il y avait d'autres photos, de paysages glacials ou de ciels étoilés. Ses concessions à la vie ordinaire se limitaient à un équipement compact comprenant une chaîne hi-fi et une petite télé. Il y avait aussi une bibliothèque en panneaux de particules remplie de livres de poche. Le mobilier consistait en deux canapés à deux places en cuir fauve, sur lesquels elle avait jeté des coussins en patchwork, une table basse en bois de forme design, où s'empilaient des magazines, deux fauteuils bas style sac de billes en polystyrène, et un télescope.

Martinez et Webster mirent Europa au courant des dernières complications survenues à la secte. Elle alluma aussitôt la télé. À trois heures et demie du matin, les événements étaient couverts par toutes les chaînes, locales comme câblées. Ils lui laissèrent le temps de s'habiller. Mais quand elle revint, elle avait toujours son peignoir en éponge verte. Elle tenait à la main un vieil album photo à la couverture tout abîmée et déchirée.

Elle écarta ses mèches de son visage.

– J'ai retrouvé quelques vieilles photos de lui, dit-elle en se frottant les yeux. Je ne sais pas si ça peut vous être utile.

Elle leur montra une page où les clichés étaient collés en biais. Mince comme un spaghetti dans son jean patte d'eph et sa chemise imprimée de fruits tropicaux aux teintes criardes, l'homme avait des cheveux qui lui descendaient plus bas que les épaules et une longue barbe fournie. Il tenait par l'épaule une femme, elle aussi mince comme un fil de fer, aux cheveux raides et délavés, aux oreilles alourdies d'énormes créoles. Pour compléter le tableau, lunettes cerclées de fer et chaussures à semelles compensées.

Europa remarqua que Webster la dévisageait.

– L'accoutrement hippie, dit-elle. Vous devez être trop jeune.

– Vous me flattez, dit Webster en souriant.

– Ou plutôt, dit Martinez en observant les photos..., croisement de hippie et de disco.

– Bien vu, commenta Europa.

– Des hippies auraient porté des sandales en cuir, précisa Martinez.

– Manifs étudiantes ou guerre du Vietnam ?

– Vietnam.

– Je vous plains.

– Moi aussi, dit Martinez. J'ai connu l'enfer et j'ai manqué tout le *fun*.

Elle se regarda sur le cliché.

– Vous avez tout à fait raison. C'était après la période hippie, même si Southwest n'a jamais été un bastion de la protestation antimilitariste. Ils ne pouvaient pas se le permettre, vu que la moitié du campus actuel a pu être construite grâce à la machine de guerre... Nos labos dernier cri, par exemple. Nous avons un accélérateur de particules qui n'est pas piqué des hannetons : quatre kilomètres de long. Ça n'est pas donné, ces joujoux-là.

Elle sortit les photos de l'album.

– Elles sont pour vous si vous les voulez. Dieu seul sait pourquoi j'ai gardé ça. Bob n'était pas l'amour de ma vie.

Elle jeta un coup d'œil à la télé, qui ne montrait que des travellings sur des bâtiments sans vie. Puis soudain, quelques vues de la confusion qui régnait, un peu plus loin, parmi la police et les agents du FBI.

Martinez prit les photos.

– Le nom de famille de Bob est bien Ross ? Il ne nous l'a jamais dit.

– Quand je l'ai connu, il s'appelait Robert Ross... il voulait se faire passer pour un fils de famille protestante de la Nouvelle-Angleterre, dit-elle en relevant le nez. Nouvelle-Angleterre, tu parles ! Il avait l'accent des banlieues de New York. Asseyez-vous. Je peux vous offrir quelque chose ?

– Non merci, dit Webster en s'affalant dans un sac de billes. Donc, son vrai nom est bien Ross ?

– Possible. Avec lui, allez savoir. Il fallait toujours qu'il cache quelque chose. Ce que je vous dis là, ce ne sont pas des suppositions, mais des faits. Pourquoi n'ai-je pas raconté ce morceau d'anthologie plus tôt à votre chef ? Sans doute parce qu'il enquêtait sur mon père et non pas sur Bob, et que ça ne m'a pas paru important. Maintenant, ça l'est devenu. Asseyez-vous, monsieur Martinez.

Martinez prit place sur l'un des canapés, elle se percha sur le bras opposé.

– Un jour, Bob est venu me voir dans ma chambre pour me poser des questions sur mon père, reprit-elle. Je recevais souvent ce genre de visite. Southwest avait été le fief de Ganzby le magnifique et j'étais sa fille. Ça m'agaçait que tout le monde vienne me parler de mon père, mais je savais rester polie.

– Quel genre de questions vous a-t-il posées ? demanda Webster.

– C'était environ un an avant la réapparition miraculeuse de mon père. À l'époque, les conversations de salon tournaient toujours autour de la même question : où était passé le Dr Emil Ganz. Bob voulait tout simplement savoir si j'avais des infos. Comme si j'avais pu en avoir et ne rien dire !

Elle serra l'album contre elle et soupira.

– Bref, Bob avait du mal à se maintenir à la moyenne. Et c'était après l'inflation des notes. Les universités étaient coulantes, même s'il n'y avait plus de conscription. Dix ans plus tôt, Bob aurait raté tous ses examens. En fait, il était plus près de cinq sur vingt que de la moyenne.

– Pourquoi était-il si mauvais ? demanda Webster.

– C'est dur de tout piger en math quand on a le cerveau saturé d'hallucinogènes. Mais enfin... il y avait d'autres camés qui arrivaient à se débrouiller. Bob était un cas à part. Je crois qu'il était entré à Southwest par piston.

– Qui l'avait recommandé ? demanda Martinez qui griffonnait dans son calepin.

– Je ne sais pas s'il est entré sur recommandation parce que son père a fait un don ou parce qu'il avait un oncle ancien élève... C'est malpoli de poser la question.

Elle se tut soudain, et l'anxiété se peignit sur son visage.

– Je n'arrive pas à croire qu'il ait pu descendre ce pauvre type, là, comme ça. Vous croyez qu'il y avait des luttes intestines pour le pouvoir ?... Ce type représentait une menace pour lui ?

– Je ne sais pas, dit Webster. Vous croyez Bob capable de réagir violemment sous la menace ?

– Il a toujours été très suspicieux de nature. Remarquez, ajouta-t-elle avec un petit rire, ça n'a rien d'étonnant : il était toujours en dehors des clous. À force, on finit par apprendre à vivre en regardant par-dessus son épaule. Bon. Revenons en arrière, à l'époque de la fac... comment dire ?

Elle se concentra.

– Bob avait des éclairs de génie.

– Vous voulez dire des visions ? demanda Martinez.

– Non, non, non. Bien qu'avec toutes ses drogues, il a dû se payer pas mal de *trips*. Non, je parle d'éclairs de génie mathématiques. Il trouvait des solutions partielles à des problèmes vieux comme le monde... c'est ce qui différencie les gosses des adultes... l'abstraction en math et en physique.

– Je suis perdu, dit Webster.

– C'est difficile à expliquer, dit Europa. Les vrais génies connaissent souvent des moments de grâce, au cours desquels des représentations mentales, un dessin, un tableau, un diagramme, un objet, se forment dans leur esprit bien avant qu'ils l'abordent par la théorie mathématique. Einstein avait ainsi visualisé sa théorie de la relativité. Il voyait l'espace se déformer en présence de corps noirs, il voyait la distorsion du temps et la réduction des objets. Euler, Fermat, Gauss, Bohr, Heisenberg, Hawking... les célèbres diagrammes de Feynman, les sommes de Riemann qui forment la base du calcul... Les grands génies possèdent apparemment tous cette capacité incroyable de voir en images les solutions aux problèmes mathématiques. Naturellement, il faut les chiffres pour étayer l'intuition. Mais ce travail-là se fait *a posteriori*, c'est rarement de là qu'on part. Quand Einstein a tenté de faire coller sa théorie aux mathématiques, il a commis l'une des plus grosses gaffes de sa vie.

– Donc, Bob avait ce génie ? Ces images mentales ?

– Je crois avoir utilisé l'expression d'éclair de génie, dit Europa en souriant. Il avait des éclairs, mais qui n'ont jamais abouti à quelque chose qui fasse sens parce que un, pour résoudre un problème il faut de la persévérance, de la patience et une éthique professionnelle, et Bob ne possédait aucune de ces qualités, et deux, les math n'étaient pas son point fort. Oh, bien sûr, il était capable d'enseigner le calcul à des ingénieurs. Mais pour être un astrophysicien de génie, ça ne suffit pas. Je ne sais pas s'il était paresseux ou simplement peu doué.

– Il s'est fait mettre dehors ? demanda Martinez.

– Oui, mais pas pour avoir échoué à ses examens. Pour détournement de fonds. Il aurait dû faire de la prison. Mais comme il a promis de partir sans bruit, on l'a laissé filer.

– Parlez-nous-en, dit Webster.

– Il tenait la caisse à la cafétéria. Au coup de feu de midi, par exemple, les gens payaient un repas à quatre-vingt-dix-neuf cents avec un billet d'un dollar et partaient sans prendre leur monnaie. Au lieu d'encaisser, Bob empochait le dollar. Il avait une autre méthode. Comme il était bon en calcul mental, il faisait la somme des plats d'un repas dans sa tête. Il annonçait toujours le bon total, taxes et tout. Mais il n'enregistrait pas la vente. Il gardait l'argent et rendait la monnaie sur ses fonds personnels. Il ne faisait pas ça bêtement : il tapait toujours un total journalier qui reflétait une certaine activité. Mais il arrivait à subtiliser cinquante, soixante dollars par jour. Cinq jours par semaine. Faites le calcul.

– Il fallait qu'il ait beaucoup de monnaie sur lui.

– Mais non. Quand il en avait besoin, il mettait un billet de vingt dans la caisse et prenait les pièces. Tout était toujours équilibré. Finalement, c'est une de ses petites amies qui avait une dent contre lui qui l'a balancé. Il s'arrangeait toujours pour faire faire les sales boulots par les autres, ajouta Europa en secouant la tête.

– Y compris vous-même ? demanda Webster.

– Pas voler, non. Mais c'est lui qui m'a amenée à toucher à la drogue. On a fait des *trips* ensemble. Je me sentais seule, mon père nous manquait à tous les deux. (Elle marqua une pause, absorbée dans ses pensées.) En fait, il possédait presque tous les défauts de mon père : il était égoïste, mégalo, parano, langue de vipère, beau parleur...

– Menteur pathologique ?

– Eh bien, il était sans doute un peu psychotique. Abus de drogues, escroqueries, mensonges, sentiment de paranoïa... qui n'a fait que se renforcer quand on l'a pris la main dans le sac. Il rabaissait les autres pour flatter son amour-propre. « Ouais, tu t'es bien débrouillé en algèbre linéaire, mais pour les trucs faciles, il suffit de bûcher. Tu verras quand tu aborderas l'analyse pure ou la théorie des ensembles. »

Elle secoua la tête.

– Au lit, vous savez, il n'était pas génial. Mais il s'arrangeait toujours pour me donner l'impression que c'était moi qui lui devais quelque chose. Il était terriblement imbu de lui-même. Pourtant, j'ai une chose à porter à son crédit : il était l'une des rares personnes qui ne se soient jamais moquées de moi à cause des idées tordues de mon père.

– La machine à voyager dans le temps, dit Martinez.

– Oui. (Elle leva les yeux au ciel.) Comment êtes-vous au courant ? Par votre chef, je suppose.

– Je viens d'avoir au téléphone des collègues qui ont passé la nuit à Central City, lui confirma Martinez. Saviez-vous que votre père avait acheté un élevage de poulets pour nourrir la secte...

– Un élevage de poulets ?! s'étonna Europa en riant. Bon...

– L'ouvrier qui y travaille, un certain Benton, nous a dit que votre père y avait apporté un télescope. Qu'il le sortait souvent pour observer le ciel, la nuit.

– Tout ça pour me dire que... ?

– D'après lui, votre père s'intéressait de nouveau aux machines à voyager dans le temps.

– Ah bon ? dit Europa, le regard vide.

– Qu'en pensez-vous ?

– Des machines ou de l'intérêt que mon père leur portait ?

– Disons des machines en général.

– Ma spécialité, c'est le spin des particules subatomiques. Pour les machines à voyager dans le temps, adressez-vous à H. G. Wells.

– Et le regain d'intérêt qu'elles ont suscité chez votre père ?

– Je ne sais pas quoi en penser. Le plus triste, c'est que ses idées sur les liens superluminiques étaient étayées par des données scientifiques.

– Quel genre de données ? demanda Webster.

– Vous voulez vraiment savoir ? lui demanda-t-elle en souriant.

– C'est compliqué ?

– Technique. C'est une histoire de photons dégagés quand les électrons passent d'une position *delta* d'excitation à une position de repos. Certaines théories prétendent que si ces mêmes photons partageaient le même espace et étaient dégagés au même moment, ils conserveraient indéfiniment une communication instantanée entre eux. D'où le déplacement plus rapide que la lumière. Mon père est parti de cette idée. Le problème, c'est que tout son projet a vite pris une dimension paranoïaque. Je n'en ai retenu que quelques bribes, parce que maman nous protégeait de ses lubies. Mais je me souviens très bien de lui disant qu'il devait absolument construire sa machine pour échapper aux extraterrestres, parce qu'ils avaient déjà semé des pensées mauvaises dans les cerveaux de ses amis. Il disait que si on ne s'échappait pas très vite, on serait les prochains. Imaginez un enfant dont le père raconte ce genre de choses : j'étais morte de peur. J'avais d'autant plus peur des extraterrestres que mon père y croyait. À l'époque, Emil Euler Ganz jouissait d'un crédit immense en matière de cosmologie.

– Je veux bien vous croire, dit Martinez. Quel âge aviez-vous ?

– Douze ans, environ. J'en avais quinze quand papa a disparu. Au début, maman s'est fait du souci, mais sans plus. À mesure que les jours ont passé, elle est devenue folle d'inquiétude. Moi, j'étais pétrifiée. Parce que tout au fond de moi, même à quinze ans, je croyais que les extraterrestres avaient réussi. Après tout ce qu'il avait raconté, je trouvais parfaitement logique qu'il ait été enlevé par des créatures de l'espace.

Elle se tut pendant un bon moment.

– Quelque part, il faut croire que je suis restée une enfant, je le crois encore. Sinon, comment expliquer une absence de dix ans ?

– Il y a des sommets au Népal, dit Webster.

– Exact. Il est forcément parti se cacher quelque part. Mais un enlèvement par des extraterrestres, c'est tellement moins terre à terre... si je puis dire.

– Bob s'intéressait-il aux machines de votre père ? demanda Martinez.

– En tout cas, il ne me l'a jamais dit, répondit-elle en tambourinant des doigts sur l'album photo. La secte lui convenait bien. Pensez donc : toutes ces cibles faciles pour qui aime jouer au chef, toutes ces jeunes filles vulnérables qui ne pouvaient pas refuser de coucher avec lui. De plus, il admirait sincèrement le travail de mon père. Je suis sûre qu'il lui léchait les bottes. Mon père était incapable de résister à la flatterie. En tout cas, ça a marché avec Jilliam... excusez-moi, Vénus. Vous savez que je connais Vénus depuis l'enfance ?

– Vous imaginez qu'elle et Bob puissent être ensemble ?

Europa réfléchit avant de répondre.

– Peut-être..., mais je ne crois pas, non. Jilliam n'était pas très portée sur le sexe. Quand je l'ai connue, elle était en pleine recherche spirituelle. Mais enfin..., si elle s'est mise avec Bob, le côté sexuel n'y est évidemment pas étranger.

– Et pourtant, il n'était pas très performant, dit Webster.

– Pas avec moi.

– Sans entrer dans les détails, vous pouvez nous dire en quoi il vous a déçue ? demanda Martinez.

– Oh, je peux vous donner des détails, ça ne me dérange pas, dit-elle en haussant les épaules. Il n'était jamais en érection complète.

Je trouvais ça étrange, parce qu'il éjaculait toujours avec le drapeau à mi-mât. Ce n'était pas très satisfaisant.

– J'imagine, dit Webster. Il avait besoin de stimuli ?

– Pas que je sache, non. Il ne crachait pas sur le porno adulte hétéro, comme la plupart des gens, mais je ne me souviens pas d'avoir vu chez lui des trucs homo ou pédophiles. Il avait quelques magazines sado-maso. Mais nous n'avons jamais mis en pratique. Il ne bandait jamais très dur, c'est tout. Je suppose que je ne le chauffais pas.

– À votre avis, pourquoi piquait-il dans la caisse ? demanda Webster. Il était pauvre ?

– Non. En plus, à Southwest, ce n'est pas sur l'argent qu'on juge les gens, mais sur ce qu'ils ont dans la tête. Vous voulez mon avis ? Il volait parce que ça l'excitait.

Elle s'adossa au fauteuil.

– Je l'ai vu à la cafétéria, une ou deux fois, faire son numéro, reprit-elle. Prendre l'argent et rendre sur son petit magot. Il me faisait un clin d'œil... et... je ne sais pas pourquoi, un jour, j'ai baissé les yeux sur son pantalon. Ça le faisait bander. C'est incroyable ce qui peut vous revenir à l'esprit, même quand on croit avoir oublié. C'est quand on n'y pense pas que ça revient.

Elle leva les mains au ciel en jetant un coup d'œil à la télé.

– J'espère que cette crise va trouver sa solution. Il y a beaucoup d'enfants à la secte. J'y ai même un demi-frère et une demi-sœur. Le garçon est le fils de Vénus, la fille est d'une autre maîtresse de mon père.

– Vous les avez déjà rencontrés ? demanda Martinez.

– J'aurais pu, mais je n'en ai jamais eu envie. C'est vraiment trop triste, tout ça, conclut-elle en secouant la tête.

Le bip de Webster se mit à sonner. D'un coup d'œil, il vérifia le numéro.

– Le patron, dit-il à Martinez.

– Le téléphone est là, dit Europa.

Il la remercia et composa le numéro. Decker décrocha avant la fin de la première sonnerie.

– Où êtes-vous ?

Tendu, professionnel.

– Chez le Dr Ganz...

– Quoi de neuf ?

– Pas mal de choses. Pour commencer, Bob s'est fait mettre à la porte de Southwest.

– Ça ne m'étonne pas. Europa confirme que son nom de famille est Ross ?

– C'est ce qu'il lui a dit.

– Il n'est nulle part dans les fichiers informatisés du FBI.

– Elle le situerait milieu ouvrier, banlieue de New York.

– D'origine étrangère ?

– Pas impossible.

– Ross, ça ne pourrait pas être juif ? demanda Decker.

– Est-ce que Bob pourrait être juif ? demanda Webster à Europa.

– Plutôt antisémite. Il était jaloux des étudiants juifs. Il faisait des remarques désobligeantes à leur encontre. Vu d'où il venait, New York ou les environs, je le verrais assez bien italien ou portoricain.

– Vous avez entendu ? demanda Webster à Decker.

– Oui.

Decker réfléchit aux variantes italiennes de Ross : Russo, Rizzo... ce nom lui était vaguement familier. Puis il se souvint que Rizzo était un personnage de *Grease*. Il y avait aussi Ratso Rizzo, dans *Midnight Cowboy*, un film des années soixante-dix. Aïe, ses références culturelles commençaient à dater. Il baissa la voix.

– Elle coopère ?

– Énormément.

– Passez-la moi.

Decker se tortilla pour avoir les coudées plus franches, au sens propre. Le fourgon était petit et McCarry le serrait de près. Au bout du fil, une voix dit :

– Ici le Dr Ganz.

– Merci de votre coopération.

– Vous savez, je suis désolée de ce qui arrive.

– Votre aide nous est précieuse. Mon agent, Webster, me dit que vous savez pas mal de choses sur Bob Ross, enfin... celui que nous connaissons sous ce nom.

– Je l'ai connu il y a quinze ou seize ans.

– Bon alors : pensez-vous que Bob possède le savoir-faire technique pour fabriquer des bombes ? Pas des bombes artisanales, des grosses charges.

– Étrange question. Disons, pour faire simple, qu'à l'origine l'Ordre a été créé par des ingénieurs et des scientifiques dissidents. Si deux bons à rien ont pu faire sauter la moitié du bâtiment fédéral à Oklahoma City, je ne serais pas surprise que ces dingues aient une puissance de frappe nucléaire.

27

Dehors, à l'abri du fourgon blindé, l'agent spécial McCarry responsable des opérations déroula l'un des nombreux plans que la secte avait déposés au cadastre lors de la demande de permis de construire. Mais il était incapable de se concentrer sur les lignes et les cercles tracés par les architectes de l'époque. Il n'arrivait pas à détacher ses yeux des bunkers. Quelles activités abritaient-ils ? Et surtout, pourquoi ce connard de gourou n'avait-il pas rappelé en demandant à parler à Decker ? Il les faisait mariner ; évidemment, c'était prévisible.

L'architecte se pencha sur le plan, qu'elle étala du plat de la main et retint par des cailloux aux quatre coins pour l'empêcher de s'enrouler. Ensuite, elle chaussa ses doubles foyers. Adele Sawyer, la soixantaine passée, cheveux ramassés en une épaisse queue de cheval, n'avait participé que de loin au projet initial. Elle n'avait même jamais vu les plans définitifs. Mais elle était la première sur laquelle les fédéraux avaient pu mettre la main, et elle était venue aussitôt.

Elle se mit à leur expliquer la disposition des lieux.

– Si je me souviens bien, Jupiter voulait un vestibule assez vaste pour servir de salle de réunion où il pourrait rassembler les adeptes et discuter des problèmes courants.

– Comment a-t-il pu financer un projet aussi ambitieux ? maugréa McCarry. Ça a coûté combien ? Quatre millions ? Cinq ?

L'architecte ne parut pas ébranlée par sa brusquerie.

– En fait, répondit-elle, la structure extérieure se limite à quelques volumes simples reliés entre eux, et constitués de plaques de béton armé. C'est quasi inviolable, mais pas si cher que ça à construire, puisqu'on ne s'embarrasse pas de fioritures.

McCarry examinait les dessins à l'encre bleue en essayant de se les représenter en grandeur réelle. Il jeta un coup d'œil au poste de commande, qui se trouvait quelques camions plus loin. Le maire donnait ses instructions à une troupe de larbins qu'il allait présenter à la presse. Los Angeles n'était qu'un immense cirque à trois pistes.

– Vous qui connaissez l'intérieur des locaux, dit-il à Decker, vous avez des commentaires à ajouter ?

Decker s'engonça dans sa veste en attendant les premières lueurs de l'aube. Combien d'heures de tranquillité avant que les gens allument la télé pour le journal du matin ? Avant que ces quelques badauds deviennent une foule impossible à contrôler ? Combien de temps avant qu'une situation déjà bloquée, avec des vies en jeu, tourne au cauchemar ? Il baissa les yeux sur le tirage à l'encre bleue et pointa un doigt sur une zone.

– C'est l'entrée ?

Adele confirma d'un hochement de tête.

– Si je me souviens bien, c'est haut de plafond, dit-il.

– Cinq mètres, d'après les plans.

– Le plafond est percé d'un grand vitrail.

– On peut donc entrer par là ?

– Pas sans un bélier. Un treillage d'acier double des barreaux métalliques. En voyant ça, j'ai pensé que tout ce métal servait à soutenir l'ouvrage, qui est énorme. À la jonction entre murs et plafond, il y a de petits vasistas, eux aussi équipés de barreaux. D'ailleurs, vous pouvez en juger par vous-même. Vous avez les dimensions exactes ?

– Trente centimètres sur quarante-cinq, dit McCarry. Même sans les barreaux, les ouvertures sont trop petites pour laisser passer un de mes hommes. Sauf si elles sont en forme de meurtrières, évasées à l'intérieur. Qu'indique le plan ?

– Mêmes dimensions intérieures qu'extérieures, répondit Adele.

– Environ la taille d'une trappe à chien. À petit chien, dit Decker.

– Je me demande si on ne pourrait pas desceller les barreaux, dit McCarry. En les aspergeant à distance de nitrogène liquide, on pourrait les arracher... à condition d'avoir quelqu'un d'assez petit pour passer par l'ouverture. Une femme, peut-être.

– Lieutenant ?

Decker se retourna. Webster et Martinez arrivaient, suivis d'Europa qui, comme Adele, était vêtue d'un pull à grosses mailles et d'un jean. Avec leurs cheveux grisonnants et leur visage frais comme la rose, elles auraient pu passer pour mère et fille.

– Qui êtes-vous ? demanda McCarry.

– Ces messieurs travaillent sous mes ordres, répondit Decker. Et madame est le Dr Europa Ganz, la fille de Jupiter. C'est elle que j'ai appelée pour savoir si Bob pouvait fabriquer des explosifs.

– Mais bien sûr. (McCarry lui serra la main, et une lueur d'animation brilla dans ses yeux.) Vous devez connaître l'intérieur des locaux, lui dit-il.

– En fait, la dernière fois que j'y suis entrée, c'était il y a quinze ans.

– Qu'est-ce que vous faites ici, alors ?

– C'est la question que je me pose.

– Elle connaît Bob Ross, dit Decker.

– Je l'ai connu autrefois, rectifia Europa.

– Un certain Bob Risso, Russo, Rizzo. Ce nom me dit quelque chose, mais quoi ? dit Decker, exaspéré.

– Puisque vous le connaissez, dit McCarry, parlez-nous de lui.

– Je l'ai connu ! le corrigea Europa encore une fois. Au passé.

– J'ai mis la main sur Asnikov, dit Martinez.

– Je vous écoute, dit Decker.

– Qui est Asnikov ? aboya McCarry. Le débriefeur ? Qu'est-ce qui se passe ici ? Si vous menez une enquête parallèle sans nous tenir au courant...

– Agent spécial McCarry, je ne demande qu'à vous éclairer, dès que j'y verrai un peu plus clair moi-même.

McCarry se raidit.

– Qu'est-ce qu'Asnikov vient faire dans cette histoire ? Je suis responsable de cette unité...

– Excusez-moi, le coupa Adele. Si vous en avez encore pour un moment à vous engueuler, je vais me chercher une tasse de café.

– Je vous accompagne, dit Europa.

– Non, vous restez ici, dit Decker. Nous avons besoin de vous.

– J'ai déjà dit à ces messieurs tout ce que je savais sur Bob, dit Europa en désignant Webster et Martinez.

– Vous leur avez dit quoi ? s'impatienta McCarry. Mais enfin qu'est-ce que c'est que ces mystères ?

– Excusez-moi, dit Adele. J'en ai pour deux minutes...

– Bon Dieu, vous ne pourriez pas me mettre au courant, merde ! explosa McCarry.

Decker fit un signe à ses hommes. Ils lui répétèrent ce qu'ils venaient d'apprendre de la bouche d'Europa, qui écouta en confirmant de temps en temps d'un hochement de tête.

– Elle connaît Vénus et Bob, conclut Decker. De plus, étant la fille de Jupiter, j'ai pensé qu'elle pourrait nous brosser un portrait psychologique...

– Moi ? dit Europa. J'ai à peine connu mon père quand il vivait avec nous et j'avais quinze ans quand il a abandonné le navire.

– Vous êtes restée en contact avec lui, dit Decker.

– Simples échanges de politesses. « Merci de ton coup de fil, papa. À plus tard. » Et je vous signale que je n'ai eu ni Bob ni Jilliam au téléphone pendant ces quinze années.

– Peu importe. Vous en savez toujours plus que nous. À votre avis, qu'est-ce qui motive Bob ?

– Pour tuer ? Aucune idée.

– Vous nous avez dit qu'il avait un côté parano, dit Martinez.

– Mais à l'époque, il volait et il se droguait. Ça suffirait à rendre n'importe qui parano.

Decker eut une idée soudaine.

– Docteur Ganz, et si Bob s'était fait prendre la main dans le sac une fois de plus ? Comment aurait-il réagi ? Paranoïa ?

– Qui aurait-il volé ? demanda Webster.

– Jupiter était le seul à avoir des biens, répondit Decker.

– Mais il est mort, dit McCarry. Vous voulez dire que c'est Bob qui l'a tué ?

– Pas forcément. Mais j'imagine qu'il aurait pu l'empoisonner à petit feu, le droguer pour empêcher son esprit de fonctionner, pour pouvoir le dépouiller tranquillement...

– L'empoisonner ? l'interrompit Europa. Mon père a été empoisonné ?

– L'autopsie a révélé la présence d'arsenic dans son organisme.

– Depuis quand le savez-vous ?

– Une douzaine d'heures.

– Seigneur ! soupira-t-elle. Et ça durait depuis combien de temps ?

– Le coroner n'a pas pu le dire. Elle a parlé d'un examen à pratiquer sur ses os pour en avoir une idée plus précise.

– Votre père a-t-il fondé l'Ordre de l'Alliance de Dieu sur ses fonds propres ? demanda McCarry.

– Je... je ne sais pas, répondit-elle.

– Avait-il un pécule de côté quand il a disparu ? lui demanda Decker.

– J'avais quinze ans. Comment voulez-vous que je l'aie su ?

– Votre mère aurait pu vous en parler.

– Nous ne parlions jamais de mon père. Ça lui était pénible.

Europa fit un effort pour rassembler ses souvenirs.

– Je ne me souviens pas d'avoir vu ma mère tracassée par des soucis d'argent. Nous n'étions certes pas riches et je sais que les recherches qu'elle a lancées pour retrouver mon père lui ont coûté très cher. Les liquidités venaient forcément de quelque part.

– Mais vous ne savez pas si votre père avait des réserves au moment de sa disparition.

– Non. Il fallait bien qu'il vive de quelque chose. Pendant dix ans... Mes souvenirs sont un peu nébuleux. Mais il me semble que ma mère a eu plus de mal après son retour. Évidemment, à cette époque-là, j'étais devenue adulte, j'étais plus sensible aux problèmes pécuniaires.

– Votre père a pu vouloir récupérer une partie de l'argent sur lequel vous viviez, suggéra Martinez.

– C'est fort possible.

– Bon, on pourrait revenir à Bob ? s'impatienta McCarry. Vous avez dit qu'il était parano.

– J'ai dit qu'il avait un côté parano, rectifia Europa. Un peu comme mon père, d'ailleurs.

– Bob admirait votre père, fit observer Decker.

– Il l'adulait ! C'était son héros.

– Et sa famille ? Il avait bien une famille ? demanda McCarry.

– Il ne m'en a jamais beaucoup parlé. Il a passé son enfance dans l'Est. J'avais le sentiment qu'il ne s'entendait pas avec son père.

– Ça y est ! s'écria Decker. Nom de Dieu, c'est ça, c'est ça !

– Quoi ? demanda Martinez.

Decker frappa dans ses mains.

– Dans la section éditoriale du journal d'hier, ils ont publié une lettre d'insultes contre Emil Ganz écrite par un type qui s'appelle Rizzo ou Russo. En gros, il disait que Ganz avait plagié tous ses travaux de recherche importants.

– N'importe quoi ! dit Europa.

– Je vous ai donné le journal, Bert...

– Il est dans la voiture. Je vais le chercher.

Europa s'agita.

– Mon père avait beaucoup de traits de caractère négatifs, mais je n'ai jamais entendu quiconque se plaindre d'avoir été plagié.

– Le père de Bob est-il un homme de science ? lui demanda Decker.

– Je l'ignore.

– Le Russo ou Rizzo du journal était propriétaire d'une affaire d'importation de produits de santé naturels.

– Ah, bon sang ! s'écria Europa. Mais oui, Bob m'a parlé d'une affaire familiale.

– Vous voyez... Si ma mémoire est bonne, dans sa lettre le Russo ou Rizzo mettait en doute l'intégrité scientifique de Ganz.

– Si je puis me permettre, les interrompit Webster. Dr Ganz, vous nous avez bien dit que, selon vous, Bob avait bénéficié de protections pour entrer à Southw...

– J'ai supposé...

– C'était peut-être son propre père, suggéra Webster.

– Si son père avait eu quelque influence à Southwest, Bob n'aurait jamais été viré, répondit Europa. Triste, mais vrai. Il faut avoir le bras long.

– Et si les accusations de plagiat s'avéraient fondées ? suggéra Webster.

– Ça ne tient pas debout.

– Mais en admettant... Ne peut-on pas imaginer que Southwest ait accepté Bob uniquement pour faire taire son père ? poursuivit Webster. Après tout, Ganz était une bonne vitrine pour l'université.

– Pas à l'époque. Il était la risée de tout le monde.

– Mais imaginez l'effet que ç'aurait fait si on avait découvert qu'un de leurs professeurs les plus renommés n'était qu'un vulgaire tricheur. On démolit bien plus sûrement sa réputation en apportant son crédit à un savant malhonnête qu'à un savant fou.

– Écoutez, nous perdons notre temps, dit McCarry. Ce salaud de Bob n'a même pas rappelé.

– Ça ne me surprend pas, dit Europa. Il adore jouer.

– Ah bon, parce que, pour lui, tout ceci n'est qu'un jeu ?

– Sans aucun doute.

McCarry cracha par terre.

– Dieu sait que les prises d'otages, ce n'est pas ça qui manque. Il faut toujours que je tombe sur les dingues.

– Beaucoup de criminels sont des dingues, lui fit remarquer Decker.

– Oui, mais surtout, la plupart des dingues sont des connards. QI inférieur, retard d'apprentissage. Bob ne fait pas partie de cette catégorie. Même dans la population des leaders cinglés, qui sont plutôt plus malins que la moyenne, il occuperait le dessus du panier. De plus, il est capable de fabriquer des bombes. Je ne me trompe pas ? demanda-t-il à Europa.

– Il est très intelligent.

– C'est Ted Kaczynski avec une armée de zombies derrière lui, dit McCarry. Une prise d'otages avec une forte proportion d'enfants et un leader parano mais intelligent. On n'est pas sortis de l'auberge.

– Il attend que vous vous manifestiez, dit Europa. Soyez plus patient que lui. Parce que chaque fois que vous prendrez une initiative, vous dévoilerez une partie de votre tactique. C'est un fait. Si vous voulez que Bob continue de jouer le jeu, arrangez-vous pour faire durer. Ne partez pas en guerre contre lui. Ce qui l'intéresse, ce n'est pas la force brutale mais la finesse.

– Je croyais que vous ne le connaissiez pas, dit McCarry.

– Je ne le connais pas en tant qu'homme. Mais je connais les joueurs. Southwest en regorge. Voyez-vous, agent spécial McCarry chargé des opérations, comme la plupart des militaires, ou paramilitaires, si vous préférez, vous pensez cette situation en termes de duel sans issue. Pour vous, l'un des deux camps doit perdre. Et dans le cas présent, quand on perd, on perd très gros. Mais au lieu d'une polarité perdant/gagnant, vous devriez envisager une polarité gagnant/gagnant – le point d'équilibre selon Nash – où les deux parties atteignent leur position optimale.

– Qu'est-ce que vous me chantez là, bon Dieu ?

Europa poussa un profond soupir, qui en dit long sur ce qu'elle pensait des nuls en math, cette fraction si défavorisée de la population.

– Surtout, ne tentez rien tant que le vent n'aura pas tourné en votre faveur.

Le téléphone portable de McCarry sonna. Celui-ci répondit à voix basse, en tournant le dos à tout le monde. Martinez revint avec un journal dans la main et le tendit à Decker.

– La lettre est signée d'un certain Dr Robert Russo, chef.

– Dr Russo. (Decker lut la lettre en diagonale.) Physicien médiocre... plagiaire, voleur, kidnappeur, adultère, dit-il à haute voix. Adultère ? demanda-t-il à Europa, ça vous évoque quelque chose ?

– Rien du tout, dit-elle sèchement. Je peux voir la lettre ?

– ... en fuite, pressé d'échapper à la colère d'un mari lassé d'être trompé par lui...

Il lui donna le journal.

– À la relecture, j'ai l'impression qu'il avait une liaison avec la femme de Russo.

– La mère de Bob, dit Webster. Et si c'était Ganz qui avait fait entrer Bob à Southwest... par culpabilité ? Ou sous la pression...

– Mon père n'était plus là quand Bob est entré à Southwest, précisa Europa.

– Peut-être que si, mais que vous ne le saviez pas.

Elle fronça les sourcils, puis lut la lettre avec attention.

– C'est absolument ridicule !

– Qu'est-ce qui est ridicule ? L'accusation de plagiat ou ses liaisons ?

– Je ne savais rien de la vie intime de mon père. Mais je sais qu'il n'a plagié personne. Le monde universitaire grouille de minables. Ce gars est un psychopathe !

– Dans ce cas, on peut parier qu'il s'agit bien du père de Bob, fit observer Martinez.

Webster consulta sa montre et glissa quelques mots à l'oreille de Decker.

– C'est le moment d'aller chercher Asnikov. On ferait mieux de filer avant que McCarry ait d'autres idées de génie.

– Allez-y. Si vous pouvez, amenez-le ici quand vous aurez terminé. Il connaît peut-être la disposition des lieux. Et ça calmera McCarry.

Europa était toujours absorbée par la lecture du journal.

– Le ton de cette lettre ressemble aux élucubrations de Bob quand il faisait un mauvais *trip*.

– Quelle lettre ? demanda McCarry, qui revenait.

Europa la lui montra.

– Nom de Dieu ! s'écria-t-il. Alors comme ça, Ganz baisait la femme de ce mec... qui est sans doute la mère de Bob ?

– J'en mettrais ma main au feu, dit Decker.

– Il faut vraiment que Bob junior ait eu une relation complètement pourrie avec Bob senior pour faire son héros de l'ennemi numéro un de son père.

– Bob a donc tué mon père par empoisonnement ? demanda Europa.

– Ce qui a tué votre père, ce sont les médicaments et l'alcool, dit Decker. Nous n'avons pas encore écarté l'hypothèse du suicide.

– Et l'arsenic ?

– D'après le coroner, ce n'est pas de ça qu'il est mort. Vous savez, ajouta Decker après une pause, si Bob dépouillait votre père, il était logique qu'il veuille le maintenir en vie. Parce que maintenant qu'il est mort, je parie que toute la fortune de Jupiter vous revient... à vous et à ses héritiers vivants.

– Pourquoi ? Qu'est-ce que vous savez de la fortune de mon père ?

– Il avait une assurance vie d'un million de dollars, dont vous êtes la bénéficiaire, dit Decker.

Europa écarquilla les yeux.

– Pas possible... vous êtes sûr ?

– Je crois...

– Vous croyez ou vous êtes sûr ?

– Je l'ai entendu dire.

– Et pourquoi ne suis-je pas au courant, moi ?

– Parce que la mort de votre père est suspecte. Il faut que la cause du décès soit établie avant qu'une assurance vie paie quoi que ce soit. S'il s'agit d'un homicide, vous devez être éliminée en tant que suspect. Mais je ne parle pas de l'assurance... qui vous revient sans discussion. Je me dis que Jupiter devait avoir des comptes en banque. Nous savons qu'il dépouillait les adeptes au profit de la secte.

– Ah bon ?

– C'était la condition *sine qua non* pour adhérer, précisa Webster. On remet ses biens matériels au père Jupiter, qui les dépense dans l'intérêt du groupe.

– Le seul argent que Bob pouvait détourner était celui de la communauté, celui qui est sur les comptes au nom de Jupiter, dit Decker. Désormais, jusqu'à preuve du contraire, les biens personnels de Jupiter reviennent à ses héritiers vivants les plus proches.

– Mes frères et moi.

– Sauf s'il a laissé un testament. Et même dans ce cas, un testament est attaquable.

– Si je comprends bien, depuis la mort de mon père, ce que Bob détournait me revient.

– Et Bob peut dire adieu à la vie facile... Mais dans tout ça, ajouta Decker après quelques instants d'hésitation, je ne vois pas très bien quel était le rôle de Nova.

– Qui est Nova ? demanda Europa.

– Un autre gourou de la secte, dit Decker. Nous l'avons retrouvé en petits morceaux dans une ferme qui appartenait à votre père.

– Mon Dieu ! Mais c'est horrible. Et ça aussi, ce serait Bob ?

– Il y a des chances, répondit Decker.

Il se tourna vers McCarry, qui regardait fixement les plans sans rien y comprendre.

– On ne vous entend plus, lui dit-il.

McCarry releva brusquement la tête et se frotta le front.

– Mon patron revient de Sacramento par le train de six heures. J'aimerais avoir établi un plan d'attaque avant.

– Vous allez être démis de l'affaire, lui dit Decker. Laissez tomber. Il n'est pas question que je coopère avec votre patron, McCarry. Nous sommes ensemble dans ce foutoir depuis le début, nous y resterons jusqu'à la fin.

McCarry fut absolument stupéfait. Une telle loyauté était sans précédent. Il soupçonna aussitôt Decker de lui préparer un coup fourré.

– Vous faites ça pour mes beaux yeux ? demanda-t-il.

– McCarry, je refuse de mettre votre chef au courant. Si je dois répéter mon histoire une fois de plus, je gerbe.

28

– Ner Yisroel ? demanda Sammy. Tu plaisantes ?

Rina se retint de lever les yeux au ciel.

– On dit : « Bonjour, Eema », dit-elle.

Sammy se laissa tomber lourdement sur une chaise, à la table de la cuisine. Il portait l'uniforme de l'école, pantalon bleu et chemise blanche, mais était pieds nus.

– Tu veux sa mort ?

– Pas de grands mots, dit Rina en prenant le bol à céréales d'Hannah. Si tu te souciais vraiment de l'avenir de ton frère, tu l'encouragerais.

– Tu veux dire que je me moque de ce qui peut lui arriver ?

– Shmuel, il est trop tôt pour se disputer. Si tu cherches la bagarre, cherche-la tout seul, dit-elle en sortant de la cuisine.

– Explique-moi comment on se bagarre tout seul ? lui lança-t-il.

Elle l'ignora et gagna la chambre d'Hannah. À l'exception de ses bouclettes serrées et rousses, la petite disparaissait entièrement sous les draps. Rina repoussa la couette.

– Bonjour, chérie.

Hannah cligna les paupières et referma aussitôt les yeux en tendant ses petits bras grêles pour un câlin.

– Ah, lui dit Rina en s'asseyant sur le bord de son lit et en la prenant dans ses bras. Ma dose quotidienne de tendresse.

– Papa est déjà parti ? demanda Hannah en embrassant sa mère.

– Oui, il est parti.

– Mais il m'a pas dit au revoir, se plaignit-elle.

– Il n'est pas rentré hier soir.

– Ah bon ? Et où il était ? dit la petite en ouvrant des yeux troublés.

Bonne question.

– Il a dormi au travail.
– Au travail ?
Rina hocha la tête.
– Pourquoi ?
– Parce qu'il n'avait pas le temps de rentrer.
– Il y a des lits, au travail de papa ? demanda Hannah, qui suivait sa logique.
– Oui.
– Mais tous les papas n'ont pas des lits au travail.
– Non.
– Seulement papa ?
Rina fit oui de la tête.
– Je peux le voir, son lit ?
– Un jour.
– Aujourd'hui ?
– Non, un autre jour.
– Ils ont des oreillers ?
– Oui, dit Rina en souriant.
Elle se leva.
– Tu peux t'habiller toute seule ou tu as besoin que je t'aide ?
– Je vais mettre ma robe. Et mes chaussettes. Et mes chaussures. Mais tu m'aideras pour la boucle.
– D'accord. Je t'attends dans la cuisine quand tu seras prête.
– Tu me fais des flocons d'avoine ?
– Oui. Ça ira ?
– Ça ira. Je peux regarder des dessins animés ? demanda Hannah en se frottant les yeux.
– Quelques minutes.
– Alors, je m'habillerai très vite.
– Tant mieux.
Avec un soupir Rina retourna dans la cuisine affronter Sammy. Il tournait sa cuiller dans son bol, triturant ses Rice Krispies. Il avait enfilé des chaussettes, mais toujours pas de chaussures. Il leva les yeux en la voyant entrer.
– Je suis toujours là, dit-il.
– Je vois bien.
– Tu ne me supportes plus.
Elle rit.
– Je t'aime, Sammy.
– Oui, mais tu ne me supportes plus.
– Shmuel...

– Je parle sérieusement.

– Je ne peux rien dire sans que tu te braques, dit-elle.

– Je connais très bien Yonkie... mieux que toi.

– Je n'en doute pas. Pourtant, ce programme est une bonne chose. Il a besoin d'un défi à relever.

– Je te l'accorde. Mais pas Ner Yisroel.

– Rien n'est gravé dans la pierre. D'ailleurs, ce n'est pas une histoire entre toi et lui, mais entre lui et moi.

– Autrement dit, je ne compte pas. Tu vois ? Tu ne me supportes plus.

Rina ne répondit pas. C'était la meilleure tactique.

Jacob entra en traînant les pieds.

– B'jour.

– Bonjour, répondit Rina en l'embrassant sur sa kippa.

Jacob se lava les mains en disant la prière *Al N'tilat Yadayim*. Puis il se versa un jus d'orange et l'avala d'une traite.

– Tu as réussi à dormir un peu ? lui demanda Rina.

– J'ai grappillé quelques heures, dit-il en s'affalant sur une chaise.

– Ce n'est pas assez.

– Je ne manque pas que de sommeil, lui rétorqua-t-il.

Sammy lui fit passer un bol propre.

– Il y a autre chose que des Rice Krispies ? demanda Jacob.

– Des Apple Jacks.

Il repoussa le bol en fronçant les sourcils.

– Je passe.

– Il faut bien que tu manges quelque chose.

– Je prendrai un petit pain à l'école.

– Yonkie...

Hannah entra en dansant et en scandant, sur l'air des lampions :

– Mes dessins animés ! Mes dessins animés !

– *Looney Tunes* à six heures et demie du matin, c'est vraiment nécessaire à son épanouissement psychologique ? rouspéta Sammy.

– Sans compter que c'est violent, renchérit Jacob.

Rina alluma la télé sans leur répondre. Aussitôt, des bâtiments qui ressemblaient à des bunkers emplirent l'écran. En arrière-plan, les stroboscopes des voitures de police. Elle sentit son cœur bondir dans sa poitrine.

Avait-il appelé, hier soir ?

– Mes dessins animés ! réclama Hannah.

– Chut ! gronda Rina.

– Un mort... disait un journaliste. La situation est grave, et aucune issue ne semble se dessiner à West Valley...

– Mon Dieu, c'est chez nous ! s'exclama Rina.

– Qu'est-ce qui se passe, Eema ? demanda Sammy, aussitôt alarmé.

– Va vérifier sur le répondeur si ton père n'a pas laissé de message.

– Il n'est pas rentré...

– Fais ce que je te dis !

Sammy obtempéra.

Jacob avait les yeux rivés sur l'écran.

– Tout va bien ? demanda-t-il.

– Je ne sais pas !

– Je veux mes dessins animés, gémit Hannah.

Jacob se leva, quittant le spectacle à contrecœur.

– Allez, viens, Hannalah. On va les regarder dans ma chambre.

– Dans ta chambre ? Chouette, chouette ! s'exclama Hannah en dansant sur place.

Sammy revint.

– Rien sur le répondeur.

– Et merde !

Les garçons la regardèrent avec de grands yeux. Ils n'avaient jamais entendu jurer leur mère.

– Tu veux que j'appelle le commissariat ? lui proposa Sammy.

– Non ! dit Rina en faisant les cent pas. C'est à moi de le faire. Il n'y a rien de grave. Sinon, ils m'auraient déjà appelée. Si seulement il... monte le son, veux-tu ?

– Alleeez ! dit Hannah en tirant sur la chemise de Jacob.

– Une seconde...

– Sors-la d'ici tout de suite ! hurla Rina.

Elle composa le numéro du portable de Peter.

La ligne était coupée.

Magnifique !

Jacob prit sa sœur dans ses bras et quitta la cuisine. Rina raccrocha rageusement, puis décrocha à nouveau et composa le numéro du commissariat.

– Il sait que je me fais du souci et il ne... oui, Rina Decker à l'appareil. Est-ce que mon mari, le lieutenant... Ne me mettez pas en attente ! Je veux simplement savoir...

Une voix électronique la faisait déjà patienter.

– Après sept ans, on pourrait penser qu'il aurait la décence... Oui, Rina Decker à l'appareil. Je me demandais si... enfin, savez-vous où il est... si tout va bien ?

Une pause.

– Il n'y a pas de « Je suis certain » qui tienne. Passez-moi quelqu'un qui puisse me renseigner ou je pose une bombe !

Elle tapa du pied.

– Dieu, ces gens-là sont à tuer !

– Il va bien, Eema, la rassura Sammy. Tu l'as dit toi-même, s'il lui était arrivé quelque chose, tu aurais été prévenue.

– Qu'est-ce qui se passe, là-bas ? lui demanda Rina.

– On dirait une prise d'otages...

– Fabuleux !

Elle eut un léger vertige et s'appuya contre la paillasse. La voyant pâlir, Sammy lui avança une chaise.

– Assieds-toi.

– Ça va, ça va.

– Assieds-toi !

Il y eut un signal d'appel. Rina appuya sur la touche « flash ».

– C'est moi. Je vais bien.

De soulagement autant que de colère, Rina fondit en larmes.

– Tu ne crois pas que tu aurais pu appeler et laisser un message ?

– On m'a confisqué mon téléphone et toutes les autres lignes sont bloquées. Jusqu'à présent, impossible de communiquer avec l'extérieur. Tu t'es fait du souci. Je suis absolument désolé.

– Non, non, ça va, dit-elle entre des sanglots étouffés. Excuse-moi de t'avoir sauté à la gorge.

– Je comprends. Honnêtement, je n'ai pas pu faire autrement.

– Tant que tu vas bien.

– Ne t'en fais pas.

– Ça fait du bien d'entendre ta voix.

– Moi aussi. Je t'aime. Tu as appris par la télé ?

– J'ai les yeux dessus.

– Tu peux me dire quelles images ils montrent ?

Rina regarda.

– Des vues extérieures d'un groupe de bâtiments. C'est la secte, n'est-ce pas ?

– Oui. Même chose sur toutes les chaînes ?

Rina attrapa la télécommande et vérifia.

– À peu de chose près.

– Pas de visages ?

– Pas pour l'instant.

– Parfait. Bon, il faut que j'y aille.

– Je t'aime, lui dit-elle d'une petite voix.

Decker sentit sa gorge se serrer.

– Chérie, moi aussi, je t'aime. Beaucoup. Embrasse les enfants pour moi. Dis-leur que je les aime. C'est sérieux.

– Je sais.

– Je ne peux pas te dire quand on se reverra.

Elle perçut tout le désir qu'il n'exprimait pas.

– Peu importe. Dès que tu pourras, ce sera bien. Promets-moi d'être prudent.

– Comme toujours.

– Pas d'héroïsme, hein ?

– Trésor, on m'appelle. Il faut que je te quitte.

Il raccrocha. Rina fit de même et s'aperçut qu'elle avait les paumes moites. Elle les frotta l'une contre l'autre en regardant Sammy.

– Dis aux deux autres qu'ils peuvent revenir d'exil.

– Il va bien ?

– Oui, dit-elle en regardant fixement l'écran de la télé. Mais il est coincé là-bas pour un bout de temps. Ne l'attendez pas avant shabbat. Et encore.

– Il t'a dit ça ?

– Pas en ces termes, mais c'est ce que ça voulait dire. À moins que la situation se dénoue vite. D'après lui, la secte dispose de réserves importantes. Ça peut durer un moment. (Elle essuya ses larmes.) Oh, mon Dieu, mon Dieu ! On n'apprécie ce qu'on a que quand on ne l'a plus.

Le silence se fit.

– Allez, Samuel, va chercher les autres. Jacob doit être mort de peur. (Elle embrassa son fils sur la joue, puis s'aspergea le visage d'un peu d'eau.) Et mets tes chaussures. Il est tard. Jacob a des examens. La vie continue.

Mais Sammy ne partait pas. Elle leva les yeux.

– Qu'est-ce qu'il y a ?

– La vie continue, répéta-t-il. On me l'a déjà faite, celle-là.

– J'ai appris les détails par la radio, dans ma voiture, dit Asnikov en ouvrant la porte de son cabinet. Comme vous ne laissez quasiment rien filtrer, vous, les flics, les journalistes en concluent que vous veillez jalousement sur vos informations. Mais à mon avis, la vérité, c'est que vous en possédez très peu. Depuis le temps que la secte verrouille tout ce qui entre et sort, il n'y a guère de fuites, donc guère de renseignements disponibles.

– Justement, vous pouvez peut-être nous aider, dit Martinez.

– Je ne vois pas en quoi.

Asnikov alluma la lumière à l'accueil et traversa la pièce pour aller ouvrir son bureau. Il actionna les interrupteurs, puis enleva sa veste et la mit sur le dossier de son fauteuil.

– Maintenant que vous êtes dans le pétrin, dit-il, vous allez peut-être comprendre mon travail. J'aide des êtres humains à sortir de ces forteresses avant que leurs monstres de gourous ne pètent les plombs et emmènent tout le monde avec eux.

D'une pression sur la télécommande, il alluma la télé fixée au plafond. Les caméras filmaient toujours les bâtiments. Plans fixes, *statu quo*. Les rayons du soleil filtraient à travers les nuages et allumaient des éclats dorés sur le béton gris acier des bunkers. Au mur, la pendule indiquait six heures et demie.

Asnikov grinçait des dents, si fort que cela s'entendait.

– Puisque vous êtes venus jusqu'ici, asseyez-vous, dit-il en désignant son canapé Stickley aux coussins de couleurs vives.

– Excusez-moi, dit Webster, mais vous nous aideriez vraiment en venant avec nous.

Asnikov plongea ses yeux verts dans ceux de Webster.

– Où ça ? Vous ne m'embarquez pas au commissariat, tout de même ?

– Non, monsieur. Nous aimerions que vous nous accompagniez à la secte.

– Vous avez un mandat pour m'y obliger ?

Martinez remarqua qu'il avait accusé le coup, ne fût-ce qu'une fraction de seconde.

– Non, nous n'avons pas de mandat. Nous vous demandons un service.

Asnikov se retourna vers la télé, où l'on montrait le déploiement de voitures et de fourgons de police.

– Et... que puis-je faire pour vous ?

– Nous donner des indications sur les plans des bâtiments.

– Je ne les connais pas, dit-il en regardant Martinez. Ces salopards ont lancé des espions à mes trousses. Je n'ai jamais pu m'approcher à moins d'un kilomètre de chez eux sans qu'on me tire dessus.

– Image quelque peu exagérée, monsieur Asnikov ? dit Martinez.

Asnikov eut un sourire énigmatique, chargé d'amertume et de mauvaises intentions.

– Ce que je veux dire par là, c'est que je ne suis jamais entré à l'intérieur. Croyez-moi, j'adorerais participer à l'assaut qui fera tomber cette bande de salopards. Mais je suis comme vous... je ne sais rien.

– Êtes-vous en train de me dire que vous n'avez jamais aidé quiconque à s'échapper ?

– Très exactement.

Aucun doute, l'homme était nerveux. Martinez en aurait mis sa main au feu.

– Si ce n'est vous, peut-être quelqu'un travaillant pour vous ?

– Non, dit Asnikov en campant sur ses positions. J'aurais bien aimé vous être utile...

Il laissa sa phrase en suspens.

Fin de la conversation. Webster tenta de la relancer en changeant de tactique.

– Que savez-vous du gourou Bob ?

– Pourquoi ?

– Pour savoir, dit Martinez. Tout d'abord, il s'appelle bien Russo ?

– Ah, je vois qu'on a bien fait son travail. Il est plus connu sous le nom de Ross. Celui qu'il utilisait à la Southwest University, qu'il a quittée sans diplôme, soit dit en passant.

– En fait, il en a été viré, précisa Webster. On lui a donné le choix entre partir de son plein gré et se faire mettre à la porte.

Asnikov haussa un sourcil.

– Dans ce cas, vous êtes mieux renseigné que moi. Autrefois, je ne lui ai pas prêté plus d'attention que ça. Depuis le temps que je connais la secte, j'ai toujours vu Pluton comme le cerbère de service. Étant donné que l'infiltration est mon outil de travail, j'ai toujours concentré mes efforts sur la meilleure manière de le contourner, lui. Ignorer Bob a sans doute été une erreur. C'est peut-être ce qui m'a valu mes problèmes.

– Que savez-vous de Pluton ? demanda Martinez.

– Et vous ?

– Rien. Pour l'instant, nous en sommes toujours à essayer de coincer Bob.

– De son vrai nom, Pluton s'appelle Keith Muldoony. Il vient d'une famille nombreuse très pauvre du fin fond de la Virginie. À une époque, il était le fils prodigue. Non seulement le héros de la famille, mais un exemple pour la ville entière. Pensez donc ! Il avait un diplôme d'études supérieures !

– D'où ?

– De la fac locale. Rien de bien extraordinaire, mais compte tenu de ses origines, c'était quelque chose. Son sujet principal était la psycho. Il a même travaillé dans un hôpital pendant un an. Il impressionnait ses proches parce qu'il portait une blouse blanche. Quand j'ai pris contact avec eux, c'est la première chose qu'ils m'ont dite : « Keith, il travaillait dans un hôpital et il avait une blouse blanche. » Ça vous pose un homme, la blouse blanche, quand les frères et les cousins vivent des allocs ou sont en prison.

– Qu'est-ce qu'il y faisait, dans cet hôpital ?

– D'après ce que j'ai pu comprendre, des boulots de sous-fifre, guère plus. Sans doute au service psychiatrie, vu son diplôme.

– Ça fait loin, de la Virginie à la Californie.

– Oui.

– Qu'est-ce qui l'a amené ici ?

– Jupiter. Pluton est venu le rejoindre. Ils ont fondé l'Ordre ensemble.

– Comment avait-il entendu parler de Jupiter ?

– Je l'ignore. Mais pendant un moment, il n'y a eu qu'eux deux et quelques adeptes un peu louf. Vénus, Nova et Bob sont venus après.

Asnikov prit une cafetière et alla la remplir au cabinet de toilette. Il prépara six tasses de café fort.

– Il aurait dû prendre la suite de Jupiter. Comme quoi on ne peut jamais tout prévoir...

Martinez n'allait pas abandonner si vite.

– Monsieur Asnikov, je suis sûr que vous êtes resté en contact avec d'anciens adeptes. Nous cherchons quelqu'un qui pourrait nous indiquer la disposition des lieux.

– Désolé.

– Désolé quoi ? demanda Webster. Vous ne connaissez personne ou vous refusez de nous aider ?

Asnikov se retourna vers la télé.

– Nous tournons en rond. C'est ça, votre conception de l'efficacité, ou vous vous contentez de faire des heures pour plaire à votre chef ?

– Et Lauren Bolt ? Vous ne savez rien sur elle ? le pressa Webster.

– Ah, Lauren. (Il sourit.) Une bande de vampires meurtriers complètement dingues vous raconte que je l'ai kidnappée et vous les croyez ? (Il secoua la tête.) Vous, on peut dire que vous n'avez pas appris grand-chose en quelques jours.

– Pourquoi ses parents ne sont-ils toujours pas revenus ? demanda Martinez.

– Aucune idée. (Asnikov désigna du doigt un cabinet attenant.) J'ai un détecteur de mensonges, là. Je l'utilise sur les clients éventuels pour éliminer les psychopathes. Allez-y, épinglez-moi. Demandez-moi ce que vous voudrez sur Lauren Bolt et ses parents. Messieurs, je vous le garantis, vous aurez une courbe aussi plate que l'électrocardiogramme d'un mort.

Martinez fit une dernière tentative.

– Monsieur Asnikov, nous savons tous que vos dossiers sont confidentiels, mais la situation est exceptionnelle. Des dizaines d'enfants sont retenus en otage. Vous avez des enfants, monsieur ?

– Écoutez, je suis de votre côté. Il se trouve que je connais personnellement certains des jeunes adultes de la secte.

– Qui ça ?

– Ce sont des affaires en cours. Le secret professionnel m'interdit de vous révéler les noms et même si je le faisais, ça n'avancerait à rien. Parce qu'ils sont toujours à l'intérieur et que ce simple fait est la preuve de mon échec.

Le silence se fit. La cafetière émit des gargouillis.

La mâchoire serrée, Asnikov se versa une tasse d'expresso.

– Qu'est-ce que vous attendez de moi ? J'ai des renseignements fractionnés, épars. Si je vous en donne, qu'ils soient faux et que ça provoque une catastrophe, non seulement ma réputation sera fichue, à juste titre, mais je me sentirai personnellement responsable de toutes les vies perdues. Faire durer le plus possible. C'est ma tactique. Je n'agis que lorsque je suis sûr de moi.

– Faire durer, c'est très bien à condition d'avoir le temps, lui objecta Martinez.

Le visage d'Asnikov était tendu par l'humiliation de l'échec. Webster le sentit à bout.

– Monsieur, lui dit-il, nous vous demandons simplement de nous accompagner et de nous dire ce que vous savez sur la secte. Vous l'étudiez depuis bien plus longtemps que nous.

– Je refuse de participer à l'assaut. Parce que je sais que ça va se terminer en bain de sang. Je n'ai absolument aucune confiance dans les forces de police.

Webster voulut parler, mais Martinez lui fit signe de se taire et tenta un dernier atout.

– D'accord. Mais si vous changez d'avis, appelez-moi. Ou, mieux encore, n'hésitez pas à passer sur place. Tant que la situation est bloquée, l'invitation tient.

Asnikov mit la carte qu'il lui tendait dans sa poche de poitrine.

– C'est plutôt flatteur que vous me créditiez de tout ce savoir. (Son expression se fit sévère. De nouveau, il fixa l'écran de télé.) J'ai perdu ma sœur à Jonestown... et ma nièce, une petite de trois ans avec une tête d'ange et de beaux cheveux bouclés. Mes parents ne s'en sont jamais remis.

Il termina son café et alla ouvrir la porte de son bureau.

– Je suis de tout cœur avec vous, dit-il.

29

Decker plissa les paupières dans le soleil, puis mit sa main en visière sur ses yeux.

– Donc, si je comprends bien, Asnikov nous cache quelque chose ?

– Non, j'ai dit « il me semble », rectifia Martinez.

– Dans ce cas, foutez-lui un juge aux fesses. Je ne vais pas lui faire des ronds de jambe quand il y a des vies en jeu ! On a la loi pour nous : un danger imminent contre un ou plusieurs individus prime le secret médical. Qu'on s'en serve.

– Mais, patron, nous n'avons aucune certitude, dit Webster.

Decker se tourna vers lui. Pour une fois, le beau gars du Sud frais comme la rose était un peu fripé.

– Donc, Asnikov ne nous cache rien ?

– On l'a trouvé pas très franc du collier, mais...

– Mais quoi ? dit Decker, qui tenta, mais en vain, de ne pas lui aboyer à la figure.

Webster lui rapporta les derniers mots d'Asnikov, la sœur et la nièce de trois ans mortes à Jonestown, en Guyane.

– Un truc comme ça dans une vie, ça crée des liens personnels avec tous les gosses enfermés dans une secte. À mon avis, il serait prêt à coopérer, mais il se sent lié par la confidentialité.

– Ôtons-lui donc le pouvoir de décision. Dégotons un mandat pour fouiller dans ses dossiers.

– Même si on y arrive, patron, il va falloir un temps fou pour tout passer au peigne fin, dit Martinez.

Decker contempla longuement les bunkers.

– Si Bob décide de se terrer, du temps, nous en aurons à revendre.

Martinez se mordit les pointes des moustaches.

– « Si Bob décide de se terrer »...

– Oui, « si », répéta Decker.

Il consulta sa montre. Sept heures et demie. Il n'avait pas dormi depuis plus de vingt-quatre heures. Ses yeux lourds de sommeil se posèrent sur l'un des fourgons du FBI. À l'intérieur, McCarry mettait son chef au courant. L'agent n'était pas un mauvais bougre, mais plutôt un bâton dans les roues. Un gars de plus dans la chaîne du commandement, et il y avait de quoi tout faire foirer. Decker se dit que McCarry pensait la même chose de lui.

– Quoi encore ? demanda Martinez.

– Allez remplir un formulaire de demande de mandat. Au moins ça vous occupera. Quant à moi, ajouta-t-il en pointant un doigt sur sa poitrine, je me pose, je me gratte les couilles et j'attends.

– Vous auriez fait un bon joueur de base-ball, lui fit remarquer Webster.

– Si au moins je gagnais autant qu'eux.

– Bob n'a pas cherché à vous appeler ?

– Ça fait quatre heures qu'on n'a pas de nouvelles.

Un silence s'installa. De quoi engourdir les esprits.

– Où est Europa ? demanda Webster.

– On l'a renvoyée chez elle.

– Pourquoi ?

– Elle n'avait rien de neuf à nous apporter. Elle m'a dit à peu près la même chose qu'à vous. Elle nous a laissé son numéro de bip, au cas où. Mais nous n'avions aucune raison de la garder, surtout que Bob n'a pas voulu lui parler.

Il fourra les mains dans ses poches et poussa des petites mottes de terre du bout de sa chaussure.

– J'espérais qu'elle arriverait à le faire sortir de son trou. Mais il semblerait qu'il refuse toute communication. L'inaction rend les gros bonnets nerveux. La police de Los Angeles et les groupes fédéraux d'intervention commencent à parler d'un assaut.

Martinez regarda les bâtiments. De loin, ils ressemblaient à des châteaux forts.

– Et comment ont-ils l'intention d'entrer là-dedans ?

– Ils veulent geler les barreaux pour pouvoir les casser, lancer des grenades lacrymogènes par les fenêtres et trouver quelqu'un d'assez petit pour s'y faufiler. Mais d'abord, ils essaient de voir si les fenêtres sont électrifiées ou reliées à des détonateurs.

– Et comment fait-on ça, à distance ?

– Aucune idée. Je ne suis pas expert en armes. Ils ont des sortes de scanners, toutes les armes qu'on peut imaginer et tous les derniers gadgets high-tech. Ce qu'ils n'ont pas, c'est une connaissance de l'intérieur. Trouvez-nous ça dans les dossiers d'Asnikov et nous détiendrons l'arme magique.

Il y eut un silence, qui s'éternisa : dix secondes, vingt secondes, une minute...

Le regard de Decker passa des bâtiments sans vie à la zone de presse, qui grouillait d'animation. Les hordes se bousculaient derrière un ruban jaune maintenu en place par une demi-douzaine de policiers qui usaient de toutes leurs armes psychologiques pour les contenir.

– Quel juge va-t-on tirer du lit ? demanda Webster.

Decker lui donna un nom, puis un deuxième comme solution de rechange.

– Vous avez son téléphone ? demanda Martinez.

– Dans mon bureau. (Decker plongea la main dans sa poche et en sortit un trousseau de clefs.) Marge et Scott y sont... au commissariat. Enfin, ils y étaient il y a dix minutes, parce que je les ai appelés pour les faire venir ici. Ils sont arrivés de Central City pendant que vous étiez chez Asnikov.

– Pourquoi les faites-vous venir ? Je croyais que vous vouliez les tenir à l'écart pour qu'ils puissent travailler de leur côté.

– Ordre du capitaine. Il a besoin de leurs lumières : ils connaissent l'intérieur des locaux.

De nouveau, le silence se fit. Ils regardaient tous les trois les bâtiments. Après une nuit sans sommeil, ils avaient un teint cireux que ne flattait pas la lumière du soleil levant. Sept heures trente-huit à la montre de Decker. Oui, le temps pouvait ralentir. Peut-être, dans une vie antérieure, Einstein avait-il fait partie d'un corps multidisciplinaire des forces de l'ordre engagé dans une prise d'otages sans issue. Il faut dire aussi qu'en tant qu'employé des postes en Suisse, il devait avoir beaucoup de temps à tuer. Et comme les postiers n'y étaient pas armés, les heures devaient s'éterniser dans la salle de tri.

McCarry était toujours en réunion avec ses collègues.

Decker attendait toujours un appel de Bob.

Tout était très, très calme.

– La clef, chef ? demanda Webster.

Decker la chercha dans son trousseau en émettant un petit gloussement.

– Ce serait chouette de pouvoir aligner deux pensées.

– C'est le manque de sommeil.

– Sans aucun doute. (Decker sortit la clef et la tendit à Martinez.) L'un de vous deux sait-il utiliser mon agenda électronique ?

– Pas moi, dit Martinez.

– Je me débrouillerai, dit Webster. C'est pour ça qu'on fait une bonne équipe, tous les deux. Je m'occupe du Filofax et Bert me plaque au sol quand un excité me tire dessus.

Mais Decker n'écoutait pas. Il avait reconnu des visages familiers au loin. Dunn et Oliver essayaient de franchir un barrage de militaires. Martinez les avait vus lui aussi.

– Bert, allez à leur rescousse, dit Decker. Nous comparerons nos renseignements et après, je vous expliquerai comment utiliser mon agenda.

Cinq minutes plus tard, ils s'installaient sous les frondaisons d'un orme. Recroquevillé dans son costume marron fripé, Decker tirait sur une cigarette tandis que ses quatre non-fumeurs d'inspecteurs chassaient la fumée à grands gestes.

– Comment faites-vous pour sucer de la nicotine à... (Marge consulta sa montre) à huit heures quarante-cinq du matin ?

– Sept heures quarante-cinq, la corrigea Decker.

– Encore mieux !

Le manque de sommeil la rendait irritable. Ils étaient tous épuisés, tendus. En choisissant ses mots, Oliver résuma étape par étape la nuit qu'ils venaient de passer à Central City. À cinq heures et demie du matin, avant de repartir pour Los Angeles, ils étaient une fois de plus allés cuisiner Benton dans sa prison.

– Ce n'était pas mon meilleur interrogatoire, dit Marge.

– Oh, il y a pire, dit Oliver. Il a dormi tout le temps.

– Faux. Il a parlé. Il a dit et répété que ce n'était pas lui.

– Il parlait dans son sommeil, Marge. Comme moi maintenant. (Oliver étouffa un bâillement.) Puisqu'on nous a rappelés ici, maintenant qu'il fait jour, il faudrait envoyer quelqu'un fouiller la ferme. Nous n'avons toujours pas trouvé de scène du crime.

– J'enverrai quelqu'un, dit Decker. Pour l'instant, Strapp vous veut tous les deux ici.

– J'en suis touchée, dit Marge.

– Si le groupe d'intervention décide de lancer un assaut, ils auront besoin de vos lumières pour se repérer à l'intérieur.

– Ah bon ? On ne m'a pas invitée pour mon charme ?

– Je crains que non.

Marge serra les poings.

– Le raid est prévu pour quand ?

– Aucune idée. Je ne sais même pas si la décision a été prise... Entre-temps, dès que McCarry aura terminé avec son chef et l'architecte, il veut vous voir.

– Il est comment ? demanda Oliver.

– Tendu et nerveux, comme nous tous. Plutôt compétent, je dirais... Il donne l'impression de vouloir faire du bon boulot. Par amour-propre, mais aussi pour le FBI. Il ne faut pas oublier que Waco leur a fait une réputation déplorable.

– Où est Strapp ? demanda Marge.

– Il discute avec McCarry et le chef de la police.

– Ils ne vous ont pas convié ?

– Je me suis excusé sous le prétexte de rester disponible au cas où Bob appellerait. Trop de monde dans cette putain d'équipe. Trop de monde, trop d'opinions, trop de réunions.

Oliver n'y tint plus.

– Vous savez s'ils ont prévu des pauses repas ou repos pendant notre veillée d'armes ? demanda-t-il en bâillant à se décrocher la mâchoire.

– Tu rêves ? dit Webster à voix basse.

– Et vous deux, quoi de neuf ? demanda Marge en se tournant vers lui et Martinez.

Martinez lui parla de la visite chez Asnikov.

– Donc, conclut Oliver, fiasco de ce côté-là.

– Ce n'est pas l'avis du chef, dit Webster. Dès qu'il nous aura expliqué comment utiliser son Filofax, on demande un mandat pour avoir accès aux dossiers.

– On vous a dit qu'on a trouvé le vrai nom de Pluton ? dit Martinez. Il s'appelait Keith Muldoony.

– Muldoony ? dit Decker, les yeux troubles. Irlandais ?

– Peut-être. Mais il venait d'un milieu très pauvre, dans les Appalaches, en Virginie, où j'ai toujours cru que les origines étaient anglaises.

– La Virginie ? dit Marge. C'est surprenant. J'ai passé quelques années à Fayetteville, en Caroline du Nord, à la base militaire. En général, je repère les parlers locaux.

– Moi aussi, je m'y suis laissé prendre, dit Webster.

– Moi, dit Oliver, je trouve tout à fait logique que Pluton soit un gars de la campagne. Je l'ai vu tuer un poulet. Il lui a tranché la tête d'un seul coup. Après, il a proposé à Benton de l'aider à nettoyer le poulailler. J'aurais dû deviner qu'il avait vécu dans une ferme. (Il réfléchit quelques secondes.) Un type comme Bob n'aurait jamais fait ça.

– Pourquoi pas ? dit Marge. Il a tiré sur Pluton sans ciller.

– Tirer sur quelqu'un, c'est un truc de citadin. Trancher d'un seul coup de hache la tête d'un poulet tout caquetant, c'est de la campagne pur jus. Sans compter que le sang gicle. Je n'imagine pas Bob tout éclaboussé.

– S'il a tué Nova, c'est pourtant ce qui a dû lui arriver, fit observer Marge.

– Pas s'il l'a tué par balle et découpé ensuite, dit Oliver. Il a peut-être mis des bottes et un ciré, ajouta-t-il après un instant de réflexion.

– Comment le nom de Pluton est-il venu sur le tapis ? demanda Decker.

– On était dans une impasse avec Asnikov, répondit Martinez. J'ai changé de sujet pour entretenir la conversation.

– D'après lui, Pluton viendrait d'une famille nombreuse sans éducation, ce qui ne l'a pas empêché de décrocher un diplôme à la fac locale.

– En psychologie, ajouta Martinez. Il est devenu le héros de la famille parce qu'il a trouvé un boulot dans un hôpital.

– En blouse blanche, précisa Webster. Ça les a impressionnés.

– Pluton a travaillé dans un hôpital ? s'étonna Decker en les regardant à tour de rôle. Qu'est-ce qu'il y faisait ?

– Asnikov le voit plutôt garçon de salle.

– Garçon de salle ?

– Ils sont en blouse blanche, patron, dit Webster.

– Tu veux dire que c'était le type qui vide les bassins ? demanda Oliver avec un grand sourire qui souligna les poches sous ses yeux. Ça lui va comme un gant.

– Je me disais... intervint Martinez. Bob lui en voulait peut-être de s'être hissé tout en haut à la force du poignet.

– Et il l'aurait descendu pour ça ? dit Webster avec une grimace.

– J'ai vu plus bizarre comme mobile, dit Marge. De plus, Pluton a décroché son diplôme alors que Bob s'est fait virer de l'université.

– On ne peut pas comparer la Southwest University avec un institut d'enseignement court, dit Decker. Côté arrogance et prestige, Bob battait Pluton, et de loin.

– D'après Asnikov, la secte a été fondée par Jupiter et Pluton, et une poignée d'adeptes. Bob est apparu plus tard.

– Moi, j'imagine bien un type comme Bob, suffisant comme il l'est, n'appréciant pas de se faire donner des ordres par un petit blanc des montagnes comme Pluton.

– Mais Bert vient de nous dire que Pluton n'était pas un petit blanc des montagnes, qu'il avait fait des études.

– Il a démarré dans la fange, dit Oliver. On n'efface jamais ses origines.

– Non, ça ne colle pas, dit Webster. Pourquoi voudriez-vous que Bob, même haïssant Pluton, même jaloux de lui, ouvre le feu et se mette dans une galère pareille ? De prime abord, il me paraît sensé. S'il a disjoncté, il doit y avoir une autre raison.

– Je ne l'ai jamais rencontré, dit Martinez, mais j'imagine qu'il a du charisme.

– Vous ne vous trompez pas, dit Decker.

– Dites, patron, si la place de leader avait été mise aux voix, à votre avis qui l'aurait emporté ? Pluton, Bob ou Vénus ?

– Allez savoir. Pluton jouait au chef. Mais ni Bob ni Vénus ne le gênaient dans sa quête de pouvoir.

– Si Bob avait décidé de voler la vedette à Pluton, ils se seraient battus au coude à coude ?

Decker réfléchit un moment.

– Je ne sais pas, mais une chose est sûre : dans la hiérarchie, ils étaient au même niveau.

– Mais vous n'êtes pas sûr que Bob aurait pu remporter une élection.

– À quoi voulez-vous en venir, Bert ? dit Decker. À l'idée que sa seule manière de prendre la tête de la secte était de tuer son rival ?

– Bon, admettons qu'il ait pu gagner légalement. Qui nous dit qu'il aurait eu la patience d'attendre son heure ? Il a pris le contrôle par le chemin le plus rapide.

– Sauf qu'il ne l'a pas, ce contrôle. Dès qu'il mettra le pied dehors, ce sera un homme mort.

– Mais peut-être qu'il s'en fiche. Parce que là, maintenant, il a gagné, c'est lui, le roi. Ça m'apparaît comme le raisonnement typique du dingue, ça. Impulsif. On agit maintenant, on paie plus tard.

– Il a besoin d'attirer l'attention sur lui. Il a fait main basse non seulement sur la secte, mais sur toute la presse. Et quand on tient la presse, on tient le pays.

– Jupiter est mort, Pluton est mort, Nova est mort, dit Martinez en comptant sur ses doigts, puis en se lissant la moustache. Il n'aime pas seulement le pouvoir, il aime aussi tuer.

– D'après toi, il se découvrirait tout d'un coup des impulsions meurtrières ? dit Webster.

– Qui a dit que ça lui était venu tout d'un coup, Tom ? Il les a peut-être toujours eues. Nous savons par Europa qu'il prenait son pied à piquer dans la caisse.

– Entre ça et le meurtre, il y a un gouffre.

Decker n'en était pas si sûr. Les criminels sont très excités par la notoriété. L'idée de Martinez lui plaisait de plus en plus : un tueur fou dans une secte. Parce que les sectes comme l'Ordre de l'Alliance de Dieu attiraient comme des aimants les gens égarés en quête d'une nouvelle vie sous la gouverne d'un gourou. Les gens désireux de rompre les ponts avec la famille et les amis, avec l'extérieur en général. Les gens qui ne voulaient pas qu'on puisse les retrouver. Tout cela faisait d'eux des proies idéales pour les prédateurs.

– Regardez Jonestown... Regardez Heaven's Gate... Regardez Waco, leur dit-il. Les leaders ont réussi à persuader leurs adeptes, des êtres humains supposés rationnels, de commettre un suicide de masse et, dans le cas de Waco et de Jonestown, d'y entraîner leurs enfants. S'ils ont réussi un tel tour de force, justifier quelques meurtres « nécessaires au bien de la communauté » n'a pas dû leur être bien difficile.

– Les psychopathes ont dû s'en donner à cœur joie, dit Martinez. Imaginez une secte qui fonctionne à huis clos, avec plein de victimes potentielles et toute la tranquillité qu'il faut pour faire son sale boulot. Pour un tueur en série, c'est la situation idéale. Qui sait ? Peut-être Bob a-t-il déguisé ses crimes en mises à mort approuvées... comme des sacrifices humains déguisés en rites.

– Vous savez, dit Marge, ça fait, quoi... quatre ans que je travaille à la brigade des homicides dans la région...

– Et moi, douze, dit Oliver.

– C'est-à-dire que la secte existait déjà depuis trois ans, dit Marge. Et je crois comprendre que tu n'as jamais entendu parler de sacrifices humains ?

– Non, mais comment savoir ?

– Bonne réponse, dit Decker. Tant que les comparses du gourou maintiennent les adeptes prisonniers, nous n'avons aucun moyen de vérifier ce qui se passe entre ces murs, ni même qui y est enfermé. (Il contempla les bâtiments.) Bob peut s'être adonné à ses crimes depuis des années, avoir enterré les cadavres dans la propriété sans que personne ne le sache.

Sa réflexion jeta un froid.

– Qui sait ce qu'il y a sous ces rangs de légumes ! ajouta-t-il à voix presque basse.

– Là, vous y allez un peu fort, dit Marge.

– Mais la question est pertinente, Marge, dit Oliver. Parce que... qui va arrêter Bob ?

– Jupiter aurait pu, pour commencer, dit Webster. Sauf si tu penses que c'était lui aussi un tueur fou.

Oliver haussa les sourcils.

– Une secte de tueurs en série...

– Allons donc ! dit Webster.

– Imaginez qu'il y ait eu des meurtres, mais que Jupiter ne l'ait pas su, dit Decker. Peut-être qu'à chaque disparition Bob rejetait la faute sur Asnikov.

– C'est ce qui s'est passé hier, fit remarquer Marge. Andromède et Lyra disparaissent et c'est la faute d'Asnikov.

– Même en admettant que j'adhère à ce principe de départ... qui est peut-être un peu tordu tout de même, raisonna Webster.

– Quelques raccourcis logiques, dit Decker en souriant.

– Pourquoi Bob irait-il saboter son petit train-train de tueur en série en se mettant à assassiner ouvertement, comme il l'a fait avec Pluton ? poursuivit Webster. C'est vraiment s'exposer inutilement.

– L'étau se resserrait autour de lui, dit Martinez.

– Tous les psychopathes ont un besoin autodestructeur d'attirer l'attention, dit Decker. Oliver l'a très bien souligné tout à l'heure. La mort de Jupiter a pu braquer un ou deux projecteurs sur Bob et qu'il se soit pris au jeu.

– Mais, chef, le but, c'est d'attirer l'attention sans se faire pincer.

– Alors, on reste dans l'anonymat, dit Martinez. Et c'est nettement moins amusant.

Decker réfléchit quelques instants en silence.

– Reprenons depuis le début. Qu'est-ce qui a provoqué cette crise ?

– La mort de Jupiter, dit Martinez.

– Exact. Jupiter meurt, peut-être empoisonné. Je fais le pari que quelqu'un avait intérêt à le mettre hors circuit sans le tuer pour pouvoir camoufler ses méfaits, ce qui devenait impossible si Jupiter était mort.

– Des méfaits... vous voulez dire des meurtres, dit Webster, incrédule. Vous voulez dire que Bob était un assassin et que Jupiter fermait les yeux ?

– En voyant les méthodes de Bob, je crois possible qu'il ait utilisé Jupiter comme écran. Il avait même peut-être réussi à persuader

Jupiter que ses victimes étaient les ennemis de la secte et devaient être éliminées.

– Pourquoi Jupiter l'aurait-il cru ? demanda Webster.

– Pourquoi pas ? S'il était maintenu dans un état d'isolement et n'était informé que par ses gourous...

– Mais pour croire ça, il faut être fou.

– Et qui vous dit qu'il ne l'était pas ? Vous vous souvenez de la cassette vidéo où il disait qu'il les briserait dans son pays ? Nous avons cru qu'il s'agissait des gens extérieurs comme nous. Mais il parlait peut-être de ses ennemis au sein de la secte.

– Même si Bob avait réussi à le convaincre de la nécessité des meurtres, vous ne croyez pas que Vénus, Nova ou Pluton seraient intervenus ?

– Sur les trois personnes que vous venez de citer, deux sont mortes, lui fit remarquer Decker. Ils ont pu essayer de l'empêcher de nuire et que Bob en ait pris ombrage.

– Ça me rend malade, dit Marge avec tristesse. Je commence à me dire qu'Andromède et Lyra étaient peut-être les dernières victimes de Bob.

Decker eut un haussement d'épaules dubitatif, mais ne réussit pas à le rendre convaincant.

Webster, lui, était toujours sceptique.

– Vous vous éparpillez un peu... toutes ces spéculations.

– Tu as mieux à faire pour occuper le temps ? lui demanda Oliver.

– Oui, il a mieux à faire. Il peut aller me chercher un mandat, dit Decker.

– Je n'attends que le numéro du juge, rétorqua Webster.

Decker fronça les sourcils. Une autre pensée venait de lui traverser l'esprit.

– Je pense à Nova, reprit-il. Ce n'est pas un meurtre ordinaire, mais un morceau d'anthologie ! Celui qui a fait ça a vraiment pris son pied. Disposer le corps en simulant le symbole de la mort, c'est se vanter de son acte. C'est typique d'un tueur en série organisé.

– Peut-être, mais tirer sur Pluton devant tout le monde n'avait rien d'organisé, dit Webster.

– Ça ! Mais c'était efficace, le contra Oliver. Bob s'est rendu compte que ses jours étaient comptés, il n'avait plus rien à perdre.

– Si Bob est l'assassin sadique que tu dis, celui qui prend plaisir à ses crimes, il est forcément du genre à vouloir faire tomber toute la secte avec lui... à partir glorieusement, même si c'est pervers, dit Martinez.

– Vous nagez en plein fantasme, dit Webster.

– Non, nous imaginons un scénario, répondit Oliver.

– D'accord. Admettons que Bob Russo soit un tueur en série. Admettons même qu'il ait tué Nova et Pluton parce qu'ils menaçaient l'assise de son pouvoir. Vous pouvez me dire pourquoi il aurait décidé de tuer Pluton devant tout le monde, comme ça ?

– Il aura craqué sous la pression, dit Martinez.

Webster lui fit signe de se taire et regarda Decker.

– Vous allez nous expliquer pour le Filofax ou non ?

– Tu tapes sur *« enter »*, ensuite tu tapes le nom...

Une sonnerie stridente retentit. C'était le téléphone portable de Marge. Surprise, elle prit la ligne.

– Marge Dunn.

Un murmure virulent lui parvint. C'était une voix de femme.

– Il faut absolument que vous nous fassiez sortir d'ici ! Ce type est fou !

Le cœur battant, Marge claqua dans ses doigts pour attirer l'attention de Decker.

– Vénus... c'est vous ?

– Écoutez-moi bien ! Parce que je n'ai que quelques secondes avant qu'il revienne. (Elle baissa encore la voix et fut presque inaudible.) Si vous ratez votre coup, nous mourrons tous ! Vous m'entendez ? Il a piégé les portes et les fenêtres. La porte de la cuisine, qui donne dans le jardin, est sans doute la plus facile à désamorcer. C'est par là qu'il entre et qu'il sort, il a donc dû inventer un système plus simple. Compris ?

– Compris...

– Pour l'instant, il est occupé à électrifier les clôtures extérieures. Ça ne vous laisse pas beaucoup de temps. Mais il y a un trou sous la clôture, à mi-chemin entre...

De la friture !

Marge appuya sur un bouton au hasard en espérant trouver un canal adéquat. En vain. La ligne était coupée.

Elle jura.

– C'était Vénus ? demanda Decker.

– J'imagine, vu qu'elle est la seule à qui j'aie donné ma carte... attendez ! Je l'ai donnée à Terra aussi. C'était peut-être Terra.

– Votre numéro de portable est sur votre carte ?

Marge acquiesça d'un signe de tête.

– Vénus a une voix rauque. Celle de Terra est plus douce. Mais je n'ai pas pu faire la différence, la femme murmurait, elle avait l'air morte de peur.

– Est-ce qu'elle a parlé de la porte de derrière ? demanda Martinez.

– Elle a dit que toutes les issues étaient piégées, mais que la porte de derrière était sans doute la plus facile à débrancher parce que c'est par là qu'il passe. Elle a aussi dit qu'il fallait faire vite parce qu'il était en train d'électrifier la clôture extérieure.

– Vous croyez que ça peut être un piège pour nous pousser à agir ? demanda Decker. Europa a dit que Bob était joueur. Et que si nous attendions le temps nécessaire, il ferait le premier pas. Si c'était ça ?

Marge ne répondit pas tout de suite.

– Possible, dit-elle enfin, prudente. Sauf que la voix était vraiment terrifiée.

– Ça peut être vrai comme ça peut être du cinéma, dit Decker. Les sectes attirent les marginaux, Hollywood aussi. On a connu beaucoup d'anciens comédiens qui ont terminé sous la houlette de gourous passablement bizarres.

30

Après avoir mis la police de Los Angeles et le FBI au courant des dernières évolutions, Decker et son équipe attendirent les instructions. Marge fut interrogée la première, et son téléphone aussitôt réquisitionné. Les questions fusaient. Pour dix personnes onze opinions étaient émises. Devant une telle diversité, les huiles décidèrent de réunir une énième force d'intervention, c'est-à-dire de convoquer une énième réunion. Même si Decker avait été invité à y participer, il se serait excusé. Plus nombreux on était à mener la barque, plus grandes étaient les chances de naufrage.

De l'avis général, le coup de téléphone était un piège. Marge fut la seule à ne pas s'y ranger. Appuyée contre le tronc de l'orme, elle buvait du café dans un gobelet de carton, les yeux fixés sur les bâtiments sans vie. Decker et Oliver l'y avaient rejointe, ainsi que l'agent spécial chargé de mission Bennett McCarry, qui n'avait rien de mieux à faire. À eux quatre ils formaient une petite force d'intervention sans importance ni pouvoir, mais à l'intérieur de laquelle elle pouvait se faire entendre. Elle se frotta les yeux, fatiguée par l'éclat aveuglant du soleil qui par endroits perçait vaillamment la couche de nuages couleur étain.

– Si Bob voulait nous tendre un piège, pourquoi ne pas avoir mis un gosse au bout du fil ? Il sait que nous sommes prêts à prendre davantage de risques pour les enfants.

– Les gosses ne sont pas fiables, dit McCarry.

– Ceux de la secte, si, lui objecta Marge. Ils sont programmés comme de vrais petits robots.

Elle se souvint de son entretien avec Vega, revit la lueur qui avait brillé au fond de ses yeux quand elle avait évoqué les aventures du Petit Prince dans les univers magiques. Une enfant très intelligente, qui avait pourtant passé toute sa jeune vie entre des murs de béton, l'esprit farci de sciences ardues et d'une foi factice imposée par un gourou qui était un astrophysicien déchu. Elle eut un pincement au cœur.

McCarry disait quelque chose.

– ... comme si quelqu'un lui dictait ce qu'elle devait dire ?

– La femme au téléphone ? demanda Marge.

McCarry réprima mal un mouvement d'humeur.

– Oui, madame. La femme au téléphone. Vous a-t-elle donné l'impression de répéter des ordres qu'elle aurait reçus ?

Marge réfléchit.

– Elle m'a paru sincèrement terrorisée.

– Même si c'est un leurre pour nous forcer à agir, nous ne pouvons pas passer outre, dit Oliver.

– Je suis sûr que l'équipe en place s'y emploie, répondit Decker.

– Pourquoi n'êtes-vous pas avec eux ? lui demanda Oliver.

– On a dû me juger indésirable.

Decker bâilla, puis se tourna vers McCarry.

– Dites... qu'est-ce que vous faites ici, avec des ratés comme nous, alors que vous pourriez jouer dans la cour des grands ?

– J'aime bien les ratés, dit McCarry en haussant les épaules. Je me sens à l'aise en leur compagnie.

Decker sourit. Il voyait au moins deux raisons à sa présence parmi eux. Tout d'abord, aussi minime fût-elle, Decker avait une certaine influence sur Bob. Peut-être l'agent du FBI avait-il l'intention de se mettre dans sa roue. Mais surtout, il le sentait las de toutes ces réunions inutiles, et trouvait de plus en plus sympathique cet homme avec qui les relations se réchauffaient peu à peu. Il avait remarqué de petits signes de confiance mutuelle ; par exemple, en sortant de la caravane du FBI, McCarry était allé chercher du café chaud pour toute son équipe.

– Où sont les deux autres ? demanda celui-ci. Blondinet et Moustache ?

– Webster et Martinez ? traduisit Decker. Ils déposent une demande de mandat pour avoir accès aux dossiers d'Asnikov.

– À quel juge les avez-vous adressés ? demanda Marge.

– Ryan.

– Il est bien, Ryan.

– Asnikov est un salopard de première, lâcha McCarry. Faire de la rétention d'information quand des vies d'enfants sont en jeu...

– Il prétend n'avoir jamais aidé quiconque à s'échapper de la secte, dit Oliver.

– Avez-vous jamais prononcé son nom devant les adeptes ? demanda McCarry. Pour voir leur réaction.

– Une ou deux fois, oui, dit Marge.

– Pour eux, c'est le diable, non ?

– Incarné.

McCarry but une gorgée de café.

– On ne suscite la haine que si on fait du tort. Depuis l'existence de la secte, à lui seul le Bureau de Los Angeles a reçu près de cinquante plaintes contre lui, pour enlèvement.

– Des plaintes pour enlèvement ? De la part de la secte ? s'étonna Marge.

McCarry fit non de la tête.

– La secte ne s'adresserait jamais au FBI au sujet d'Asnikov. Pour commencer, ce sont eux les kidnappeurs. Ensuite, les gourous ont tous un passé nébuleux, j'en suis convaincu. Non, la plupart des plaintes contre Reuben proviennent de parents divorcés. Il kidnappe des gosses pour le compte de l'un ou de l'autre. Vous connaissez le topo. Papa décide de faire un bras d'honneur à maman en faisant kidnapper fiston.

– Il kidnappe pour le parent qui a la garde de l'enfant ou pour l'autre ?

– Ça marche dans les deux sens. Nous avons au moins quinze cas recensés où il a enlevé l'enfant au parent qui en avait reçu la garde. Mais dans un certain nombre de ces cas, il semblerait que le tribunal ait rendu un mauvais jugement. Je dirais que le gros de son travail, c'est de rendre le gosse au parent qui a la garde.

– Rien à dire, dit Marge. Ça s'appelle de la réparation.

– En théorie, non, dit McCarry, dont les yeux prirent un éclat d'acier. Mais ses méthodes ne sont pas...

– C'est votre enfant, vous avez la loi pour vous, le système vous porte préjudice... je ne vois pas où est le problème, conclut Marge en haussant les épaules.

– C'est de l'autodéfense, dit McCarry.

– Pour moi, c'est de la justice tout court.

L'agent n'insista pas. Decker regarda autour de lui. La zone grouillait de carrosseries et de personnel : voitures, camions, fourgons des groupes d'intervention et autres, journalistes de la presse écrite et télévisée, projecteurs, maquilleuses (le mascara et le fond de teint, ça coule dans le brouillard), perches et micros. En moins de deux heures, la population semblait s'être multipliée par mitose. On aurait dit une fourmilière macrocosmique. Tout le monde attendait qu'il se passe enfin quelque chose.

– On pourrait réduire les équipes de moitié sans que ça change quoi que ce soit, fit remarquer Decker.

– De plus de la moitié, dit McCarry. Quelle dépense inutile !

Il se tourna vers Marge.

– Mes techniciens sont en train de mettre votre ligne sur table d'écoute. Ils devraient avoir fini dans un quart d'heure. Il va falloir que vous restiez sur place, au cas où on chercherait de nouveau à vous joindre.

– Entre-temps, patron, dit Oliver, on ferait bien de chercher ce prétendu trou dans la clôture... s'il existe. J'ai des jumelles dans le coffre de la voiture.

– Oui, oui, allez-y, Scott. Qui sait ce que vous trouverez. (Il se tourna vers McCarry.) Au FBI, on sait si les portes et les fenêtres sont réellement électrifiées ?

– Non.

– D'après la femme au téléphone, Bob serait en train de le faire, dit Oliver. Je me demande s'il a terminé, auquel cas il n'aurait plus qu'à actionner un interrupteur pour tout mettre sous tension. Et si nous planifions notre intervention sans tenir compte de ce facteur, au moment où il nous verra traficoter sa clôture, il n'aura plus qu'à envoyer le jus pour nous griller comme des steaks.

Mais Decker regardait au loin.

– Qu'est-ce que vous regardez ? lui demanda Marge.

– À dix heures. Juste devant les cordes.

Il pointa le doigt à une centaine de mètres à gauche de la zone réservée à la presse.

– On dirait une intervention de sécurité.

Plusieurs hommes en uniforme interrogeaient une femme en jean, col roulé noir et tennis rouges.

Ils faisaient plus que l'interroger : elle était menottée et se balançait sur ses pieds. En regardant mieux, en fait, elle trépignait.

D'après ses gestes et ses mouvements pleins d'énergie, elle semblait jeune. Mince, cheveux châtains raides, elle paraissait crier, mais Decker était trop loin pour l'entendre. En quelques secondes, les policiers l'avaient encerclée et engloutie dans un océan de chemises bleues. Puis la foule s'écarta, et elle fut entraînée de force par deux hommes, résistant du bout de ses chaussures qui tracèrent deux sillons sur le sol.

– Viens, Scott, on va voir ce qui se passe.

Oliver avala une dernière gorgée de café et jeta son gobelet dans un sac qui faisait office de poubelle.

– J'arrive, poupée.

Decker les regarda partir en courant. Il les vit sortir leur carte professionnelle, puis parler aux policiers tandis que la femme était poussée sans ménagements dans une voiture pie. Au début, il lui sembla que Marge hochait la tête d'un air affolé. Mais bientôt, elle changea d'expression. Même de loin, il vit ses yeux s'arrondir.

La voiture démarra et Oliver se jeta en travers du capot tandis que Marge cognait du poing contre la vitre. Decker l'entendit crier, mais ne comprit pas ce qu'elle disait. La voiture freina brusquement, puis repartit en arrière. Sans attendre qu'elle soit immobilisée, Marge ouvrit toute grande la portière arrière et fourra la tête à l'intérieur.

Sans un mot, Decker courut vers la voiture, McCarry sur les talons. Visiblement, il avait eu la même idée que lui.

Marge avait attrapé la fille pour la sortir de la voiture, et celle-ci se débattait en donnant des coups de pieds.

– Me touchez pas avec vos sales pattes !

– Calmez...

– ... je risque ma vie pour venir ici et vous, espèces de crétins, vous m'arrêtez !

– Ces messieurs ne savaient pas...

– Eh bien, quand on ne sait pas, on écoute ! Je me disais bien que je n'aurais jamais dû revenir !

Elle luttait toujours.

– Lâchez-moi, imbécile !

Marge la lâcha et la fille tomba sur les fesses. Sans un mot, Marge l'attrapa par le bras et l'aida à se relever.

La fille agita les mains en silence sous son nez.

– M'enlever vos bracelets sado-maso, vous croyez que c'est dans vos cordes ?

– Je suis là pour vous aider, dit Marge.

– Écoutez, ma belle. Si vous voulez faire amie-amie, vous commencez par m'enlever ces menottes !

Decker s'arrêta devant elle, hors d'haleine. Il la regarda droit dans les yeux en essayant de se rappeler la seule photo un peu floue qu'il avait vue d'Andromède. Elle lui rendit son regard.

– Vous êtes Lauren Bolt ?

– Ça dépend qui demande, lui rétorqua-t-elle d'un air de défi. Qui êtes-vous ?

– Lieutenant Peter Decker, de la police de Los Angeles. Où est Lyra ?

– C'est pas vos oignons !

– Dites-moi simplement... (Decker n'avait toujours pas repris son souffle) dites-moi qu'elle va bien. Je vous en prie. Tout ce que je veux, c'est vous entendre dire qu'elle va bien.

Pour la première fois, la fille comprit qu'il était véritablement inquiet.

– Elle va bien.

– Elle est en sécurité ?

Elle acquiesça d'un signe de tête.

– Tant mieux ! (Decker porta une main à sa poitrine.) Une chose de moins qui me rongera le foie.

– Vous la cherchiez ?

– On vous cherchait toutes les deux. La secte prétend que vous avez été kidnappées par Reuben Asnikov.

– Typique d'eux, ce genre d'affirmation, dit-elle avec un grognement de dédain. Typique de Pluton, cette espèce d'abruti arrogant. Il est vraiment mort ?

– Oui.

– Dommage que ce ne soit pas Nova.

– Nova ? demanda Marge.

– Vous le connaissez ? dit Lauren, intriguée.

– Nous l'avons interrogé, précisa Oliver.

– Ah, c'est vrai, dit-elle, je me souviens. J'y étais encore. Je parie qu'il a négligé de vous dire qu'il est un pervers ! Tous, d'ailleurs. Mais lui, c'est le pire parce qu'il aime les enfants.

– Nova est mort, lui dit Oliver.

Un sourire s'épanouit sur les lèvres de Lauren.

– Et maintenant, si vous pouviez boucler tous les autres, ma vie aurait enfin un sens.

– Vous travaillez pour Asnikov ? demanda Marge.

– Non. Mais c'est à cause de lui que je suis là... enfin, en partie à cause de lui. Même s'il ne m'avait pas appelée, je serais venue. (Elle regarda la pointe de ses pieds.) Pour les enfants. On... on s'attache.

Elle leva les yeux et cligna les paupières dans la lumière vive.

– Il m'a trouvée juste à temps. On allait prendre un bateau pour l'Australie.

– Mais vous ne travaillez pas pour Asnikov, dit McCarry.

Sur le visage de Lauren l'hostilité éclata.

– Je viens de vous le dire, non ? Vous êtes sourd ?

McCarry tapa du pied.

– Je croyais que vous étiez venue nous apporter votre aide, lui dit-il.

– Ça dépend de toi, mec.

Decker l'observa. Elle ne devait pas avoir vingt-cinq ans et était si frêle qu'on l'aurait cassée comme une brindille. Et pourtant, elle engueulait une escouade de policiers, elle se débattait comme un diable et jurait comme un charretier, pas intimidée pour deux sous par les représentants de la loi. Elle était effrontée, insolente et costaud. Il ne fallait pas s'étonner qu'on lui ait passé les menottes. Pourtant, Decker comprenait son culot éhonté. Il lui en avait fallu pour infiltrer la secte.

L'un des policiers se tenait un peu à l'écart du groupe, main sur la hanche.

– Je l'embarque, lieutenant ?

– Non, dit Decker. Laissez-la tranquille.

– C'est ça, laisse-moi tranquille, mec, dit-elle.

Marge prit McCarry à part.

– Je vais vous expliquer, lui dit-elle.

D'un signe, Decker lui donna son feu vert. Puis il examina le visage de la jeune fille, dont les traits patriciens étaient déformés par la rage. Mentalement, il se la représenta plus âgée de soixante ans.

– Les Farrander m'ont dit que Maureen était leur plus jeune fille, donc vous ne pouvez pas être la tante de Lyra. Je dirais que vous êtes la nièce de Maureen... la fille d'une de ses sœurs.

Lauren le fusilla du regard, mais ne dit rien.

– Maureen ? dit Oliver.

– Moriah, pour la secte, lui répondit Decker.

Puis, à Lauren :

– Mon enquête sur Lyra m'a amené à rencontrer vos grands-parents. Vous ressemblez à votre grand-mère.

La jeune fille se raidit.

– Ceese la désintéressée... Le parangon d'altruisme !

– Nous sommes tous prisonniers de notre passé...

– Pas tous, mec !

– Non, pas vous. Vous êtes la cousine vertueuse dont la mission est de sauver Lyra. Tant mieux pour vous, Lauren. Vous avez réussi. Vous l'avez fait sortir et vous lui avez sans doute sauvé la vie. Je n'exagère pas. Maintenant, aidez-nous à libérer les autres gosses et vous serez une véritable héroïne.

Aussitôt, les yeux de Lauren s'emplirent de larmes.

– D'abord, enlevez-moi cette quincaillerie.

Decker croisa le regard du policier qui avait les clefs.

– Ôtez-lui les menottes.

L'homme s'exécuta à contrecœur et Lauren se massa les poignets. Libérée de ses menottes, elle semblait moins sûre d'elle. Silencieuse, mais sur ses gardes.

– C'est grâce à vous que j'ai réussi, dit-elle. L'enquête de police a chamboulé l'emploi du temps de la secte, qui était réglé comme un mécanisme d'horlogerie. Vous m'avez fourni la faille dont j'avais besoin.

– Il y avait longtemps que vous prépariez votre coup ?

– Un peu plus de deux ans. (Elle s'essuya les yeux.) Ç'a été l'enfer, mais je recommencerais si c'était à refaire. Surtout avec tout ce que je sais. Pas question de la laisser pourrir là-dedans.

– Vous ne pouviez pas la connaître avant, lui dit Decker. Vous n'aviez même pas dû la rencontrer, vu qu'elle a toujours vécu dans la secte. Qu'est-ce qui vous a décidée à la sortir de là ?

Elle croisa les bras et les serra contre sa poitrine.

– C'est tout moi ! J'ai toujours eu un faible pour les déshérités. J'étais le genre de gosse qui ramène les chats perdus et les oisillons tombés du nid à la maison. (Elle détourna les yeux, le visage toujours empreint de tristesse.) Je ne peux pas m'empêcher de penser aux autres enfants.

– Bienvenue au club, lui dit Marge. Vous saviez quels dangers vous attendaient ?

– Reuben m'avait prévenue, dit-elle en haussant les épaules. Il m'avait déconseillé d'y aller. Il m'avait dit que la secte pouvait être très dangereuse. Que Pluton surveillerait toutes mes allées et venues. Que si j'osais sortir du rang, je subirais des châtiments corporels. Que Bob me draguerait parce que j'étais jeune et jolie. Qu'il faudrait que je couche avec lui, sinon, il me le ferait payer très cher. Il m'a dit que j'avais de fortes chances de ne jamais pouvoir ressortir. Qu'il ne pouvait pas m'aider, ni lui ni personne, parce que la secte était impénétrable. Il m'a conseillé de me donner non pas des jours, mais des mois de réflexion. Ce que j'ai fait.

– Mais ça ne vous a pas empêchée d'y aller, dit Decker.

– En fait, je n'ai pas cru tout ce qu'il m'a raconté. Et mon arrogance m'a servi. Parce que si j'avais su... (Elle détourna le regard.)

J'avais travaillé avec des gosses des quartiers pauvres... des gosses des banlieues, au grand dam de ma mère. Vous avez rencontré ma mère ? demanda-t-elle.

Decker secoua la tête.

– C'est Ceese en miniature. Voyez-vous, je viens d'une famille où on estime que tout le monde doit être parfumé à la vanille. Le jour où j'ai découvert les délices du chocolat, je me suis mise à penser à la gosse de Maureen. Dans la famille, personne ne s'inquiétait de son sort... Charité bien ordonnée commence par soi-même.

Elle regarda les bunkers, et une larme roula sur sa joue.

– Ça me ronge. Il y a des gens bien, dans la secte, vous savez ? Des gens honnêtes qui cherchent Dieu au mauvais endroit. Ce ne sont pas eux les coupables. Ce n'est même pas Jupiter. Oui, il était dingue, mais plutôt perdu dans ses visions qu'assoiffé de pouvoir. Ce sont les quatre cinglés au-dessous de lui... Pluton, Nova, Vénus et Bob. Vous ne savez pas la moitié de la vérité.

Oliver sortit son calepin.

– Je veux bien vous croire, puisque vous nous dites que Nova était pédophile. Il avait pourtant l'air d'une chiffe molle.

– Comme la plupart des pédophiles, lui rétorqua Lauren. Comment est-il mort ?

– Par exsanguination, très probablement, dit Decker. Il a été découpé en morceaux et fourré dans un placard de cuisine, à la ferme de la secte. La police locale a arrêté le factotum. Un certain Benton. Le nom vous dit quelque chose ?

– Je ne savais même pas que la secte possédait une ferme, dit Lauren.

– Elle appartenait à Jupiter. Aujourd'hui, elle revient sans doute à sa fille, Europa. C'est Benton qui s'en s'occupe, même si je ne pense pas qu'il ait buté Nova. À mon avis, l'assassin, c'est Bob.

– Ce serait logique, dit Lauren. Après la mort de notre père Jup... d'Emil Ganz, Bob s'est installé dans les lieux comme un cafard.

– Moi, j'ai toujours imaginé Pluton dans le rôle du cafard, dit Oliver.

– Non, il serait plutôt du genre Tyrannosaure Rex. Il détruit tout ce qui se trouve sur son passage.

Bob en cafard, Pluton en tyrannosaure. Comme Oliver, Decker aurait plutôt pensé le contraire.

– Pourquoi Bob irait-il tuer une chiffe molle comme Nova ? Nova le menaçait ?

Lauren réfléchit.

– Pas vraiment. C'était le plus faible des quatre.

– Donc, quel était le mobile de Bob ? demanda McCarry.

– Il aime tuer, dit Lauren.

Sa réponse jeta un froid.

– Tout de même, il doit y avoir autre chose, dit Decker.

Il marqua une pause, repassant dans son esprit l'affaire qui les avait amenés à la secte, revenant au tout début. L'étincelle se fit.

– Jupiter a été trouvé mort vers cinq heures du matin. Une demi-heure plus tard, Nova rédigeait le certificat de décès. Et Europa prévenait la police peu après. Une femme, qui était dans la secte, l'avait appelée pour lui annoncer la mort de son père. Ce n'était pas Vénus.

Decker posa un regard pénétrant sur Lauren, qui se mordit la lèvre.

– Voyons, Lauren. Vous n'avez pas pu passer ce coup de fil sans l'aide de quelqu'un. Seuls les gourous avaient accès aux téléphones. Quelqu'un vous en a donné l'ordre. Par élimination, je conclus que c'était Nova. Qu'est-ce qui a pu le pousser à vous faire prévenir un violateur ?

– Il était effrayé par la mort de Jupiter. Bob et Pluton voulaient enterrer Ganz dans l'enceinte, comme les autres.

– Les autres ? dit McCarry. Quels autres ?

– Ceux qui avaient « expiré » au fil du temps. Je suis sûre qu'ils ont été assassinés.

– Vous en avez des preuves ? demanda McCarry.

– Je sais que les membres rebelles avaient une fâcheuse tendance à disparaître.

– Seigneur ! murmura Marge.

– Et qu'est-ce que Nova vous a confié d'autre, Lauren ?

– Que Ganz était trop connu pour qu'on dissimule sa mort. Qu'il avait des enfants. Il se faisait du souci pour Europa, sa fille. Ganz avait gardé un contact avec elle. Cette fois-ci, Nova voulait emprunter la filière normale. Il m'a dit que si nous n'appelions pas la police tout de suite, nous aurions de très gros ennuis le jour où Europa découvrirait le décès de son père. Que personne n'échapperait aux interrogatoires, que les lieux seraient passés au peigne fin. Qu'alors, le glas sonnerait pour nous... pour eux... pour la secte.

– Il pensait nous endormir avant qu'on ne creuse trop profond, dit Oliver.

Lauren approuva d'un signe de tête.

– Il m'a ordonné d'appeler Europa en sachant que cela signifiait briser son serment et enjamber les chaînes.

– Enjamber les chaînes..., répéta Decker, briser son serment. (Il tapa du pied par terre.) J'ai déjà entendu cette expression.

– C'est une des grandes règles de base de la secte, dit Lauren. Ne brisez jamais votre serment, n'enjambez jamais les chaînes du commandement. Les gourous nous le répétaient sans arrêt, sans arrêt.

Decker se donna une tape sur le front.

– Mais bon Dieu !

– Quoi ? dit Oliver.

– La première fois que j'ai rencontré Pluton, je lui ai demandé s'il savait qui avait appelé Europa. Il m'a répondu que le coupable serait réprimandé pour avoir enjambé les chaînes et brisé son serment.

Il fit la grimace. Tyrannosaure Rex, nous voici.

– C'est Pluton qui a tué Nova. En guise de « remontrances » pour son insubordination. Ce petit salopard l'avait débité en tranches et nous a reçus comme si de rien n'était. Il vous a accompagnés à la ferme, où il savait que vous trouveriez le corps. Mais il s'en moquait bien, parce qu'il était sûr qu'on arrêterait Benton !

– Patron, lui dit Oliver. Mlle Bolt vient de nous dire que c'était Bob qui aimait tuer.

– Bob tue comme il irait à la chasse. Pour le plaisir. Pluton, lui, a tué pour ne pas être menacé dans son pouvoir. Il ne pouvait pas permettre que des hommes comme Nova, qui « enjambaient les chaînes et brisaient leur serment », restent impunis après avoir pactisé avec des violateurs. Surtout qu'il était un des serviteurs privilégiés de Jupiter, un gourou. Ce rang exigeait la loyauté la plus totale à l'égard de la secte. Et puisqu'on ne pouvait plus lui faire confiance, il fallait l'éliminer.

– Alors, pourquoi Bob a-t-il tué Pluton ? demanda McCarry.

– Parce qu'il savait qu'il n'avait plus de quoi asseoir son pouvoir. Tant que Jupiter était en vie, mais shooté à l'arsenic, Bob avait plus ou moins la bride sur le cou. Même si Pluton était le numéro deux, c'était Jupiter qui tenait les rênes. Mais une fois Jupiter mort, fini la rigolade. Bob savait qu'il n'avait pas de pouvoir. Plutôt mourir leader que vivre sous les ordres d'un petit tyran comme Pluton. Et après la mort de Nova, Bob a pu se dire qu'il serait le prochain à passer sur le billot.

– Bon, mais qui a tué Jupiter, alors ? demanda McCarry.

– La secte abritait deux assassins et un pédophile. Faites votre choix.

Lauren s'essuya les yeux encore une fois.

– Je revois toujours les enfants... obéissants, faisant tout ce qu'on leur disait. (Elle se mordit la lèvre.) Il faut faire quelque chose. Ils se livrent à des actes atroces. Et ils nous obligent à regarder.

– Vous avez assisté à des meurtres ? demanda Decker.

– À des châtiments, répondit-elle. Ils se justifiaient en disant que c'était une purification doublée d'un avertissement à l'intention des autres membres.

– Quel genre de châtiments ?

– Appliquer des tisons rougis sur le ventre et la plante des pieds, marquer le dos au sceau du diable, six-six-six. Pour une deuxième infraction, Pluton procédait à des amputations : orteils, doigts.

Il y eut un silence. Oliver revit le petit homme tranchant la tête d'un poulet.

– Et à la troisième infraction ?

Cette fois-ci, Lauren se mordit la lèvre jusqu'au sang.

– Il n'y en avait pas. Les coupables... disparaissaient.

– Et Jupiter ? Il était présent pendant les châtiments ?

– Je ne me souviens pas de l'avoir vu aux rites purificatoires, dit-elle en laissant échapper un sanglot. Les actes de sadisme étaient toujours le fait de ses sous-fifres.

– Et Nova ? Il y participait ?

– Il surveillait le pouls et les réflexes du repentant, enfin... de la victime. Pour être sûr que le châtiment n'allait pas trop loin.

– Comme sous l'Inquisition, dit Decker. Les tortionnaires avaient toujours un médecin présent pour s'assurer que la victime ne mourait pas... Comme ça on pouvait la torturer à nouveau.

– Les victimes n'avaient droit qu'à deux chances ? demanda Marge.

– Oui.

– Et personne ne protestait ?

– Vous savez, dit Lauren, j'ai vite compris que la contestation est une invention des sociétés libres. Nous vivions sous la terreur ! Personne ne disait rien !

Il y eut un silence.

– Pluton avait réussi à convaincre la congrégation que ce procédé était nécessaire à son salut, poursuivit Lauren. Si la victime ne subissait pas ces tortures, elle mourrait avec le statut de violateur et n'atteindrait jamais le niveau supérieur. Vénus les faisait chanter et psalmodier pendant que Bob et Pluton se livraient à leurs atrocités. Tout, absolument tout, était ritualisé.

– Comment avez-vous réussi à les circonvenir ? demanda Marge.

– J'ai fait du charme à Bob, dit-elle avec une expression douloureuse. Hé ! Endormir l'ennemi en couchant avec lui est une tradition qui a fait ses preuves, dit-elle en levant les mains en l'air.

Aussitôt, Decker pensa à Chanukah. Presque tout le monde connaissait l'histoire des braves Macchabées repoussant les Syriens. Peu de gens connaissaient la contribution héroïque de la femme, Yaël. Après la défaite syrienne, Sistera, le général ennemi, était allé se réfugier chez elle. Elle l'avait épuisé au lit. Ensuite, quand il était tombé dans un profond sommeil, elle lui avait enfoncé un pieu de tente dans le cerveau.

– Et comment vous êtes-vous échappée, Lauren ?

– Là aussi, j'ai utilisé la méthode éprouvée des détenus. J'ai creusé un tunnel ; je m'y suis mise le jour même de mon arrivée. Au pire, j'avais mes ongles, au mieux, une petite cuiller.

Ils étaient hébétés. Tout ça pour une fillette qu'elle ne connaissait même pas. Sa morale et son éthique avaient de quoi donner à réfléchir.

Lauren chassa des mèches de cheveux de son visage.

– J'ai fait ce que j'avais à faire, dit-elle.

– Quelqu'un d'autre connaît-il l'existence de votre tunnel ?

– C'est peut-être le trou dans la clôture, lâcha Oliver.

– Quel trou ? demanda Lauren.

Marge lui expliqua le coup de téléphone qu'elle avait reçu.

– Je n'ai pas fait les choses à moitié, dit Lauren. J'ai largement dépassé la clôture, pour arriver en pleins bois, à l'extérieur de l'enceinte. Jamais je n'aurais essayé de ressortir à ciel ouvert. C'était beaucoup trop exposé. J'en avais parlé avec Reuben bien avant d'infiltrer la secte. C'est lui qui m'avait dit d'aller chercher le couvert des arbres. Je ne sais pas de quel trou parlait cette personne.

– À votre avis, c'était un piège ? demanda McCarry.

– Ça dépend. Si c'était Terra, non. Elle est terrorisée par Bob.

– Si vous la retrouviez, demanda Decker, vous pensez qu'elle se rangerait de votre côté ?

– Eh bien... elle a une peur bleue de Bob, mais elle a aussi une peur bleue de s'opposer à lui.

– Si la mystérieuse interlocutrice est Vénus, ça peut-il être un piège ?

– Je ne sais pas. Je dirais qu'elle a énormément investi dans la secte et que je l'imagine mal voulant sa destruction. De plus, elle impose le respect. On ne fait pas n'importe quoi avec elle. Certains ont essayé et il leur est arrivé des trucs.

– Quels trucs ? demanda McCarry. Ne me dites pas que c'est un tueur en série.

– Je vous le répète, je n'ai jamais rien vu, dit Lauren, pensive. Mais ses ennemis, de même que les ennemis de Pluton et de Bob, avaient une certaine propension à disparaître.

– Eh bien, quand on parle de populations décimées..., dit Marge. C'est tout de même étonnant que la secte ne se soit pas autodétruite corps et biens. C'est même incroyable.

– Pas du tout, dit Lauren. Quand il n'y a pas d'absolus, quand les lois sont laissées au bon vouloir arbitraire d'une poignée de personnes, tout est permis. Je ne suis pas très calée en religion organisée, mais Dieu a ses côtés positifs. Si les dix commandements nous ont été donnés par le Créateur suprême, alors il faut qu'ils soient immuables. Et ce n'est pas une mauvaise chose. Parce que quand les humains se mêlent de changer les règles, ça mène toujours à la catastrophe.

McCarry la détourna de ses réflexions.

– Parlez-moi de ce tunnel.

Elle leur donna tous les détails. Comment elle avait choisi son point de départ dans la classe des ados parce que les gourous ne s'intéressaient pas du tout aux enfants et que les classes étaient toujours désertes la nuit. Elle s'y glissait discrètement et se mettait au travail. Elle creusait au rythme des pleurs de la nursery, qui était juste à côté. Toutes les nuits, elle grattait. Elle avait eu de la chance. Dans la vallée, le sol était meuble. Pas comme l'argile sur laquelle était construite la ville de Los Angeles.

– On devrait voir avec les groupes d'intervention, dit McCarry. Voici ce que je propose. On amène la secte à penser qu'on cherche un trou imaginaire...

– Qui existe peut-être, le coupa Lauren. Je ne suis peut-être pas la seule à avoir voulu creuser. Je dis simplement que le trou dont vous parlez ne rejoint pas mon tunnel. D'après son emplacement, ce n'est même pas l'une de mes diversions.

– Diversions ? releva Decker.

– Oui, j'ai creusé de faux trous, dehors. Encore une idée de Reuben. Pour disperser mes poursuivants au cas où je me serais fait prendre en pleine évasion. J'ai creusé deux tunnels qui se terminent en impasse. L'un fait environ sept mètres, l'autre le double.

Decker était stupéfait.

– Je peux vous piquer votre inventivité et la commercialiser ?

– C'était une question de vie ou de mort pour moi et pour Lyra. C'est fou ce qu'on devient créatif dans ces cas-là.

– Si nous cherchons ce trou fictif dans la clôture, qui se trouve à mi-chemin de quelque part et d'on ne sait où, Bob pourra penser que nous sommes tombés dans son piège. Entre-temps, les groupes d'intervention passeront par...

– Euh... tenter le raid par le tunnel me paraît illusoire. Il était tout juste assez grand pour moi. Il permet à peine de ramper sans lever la tête à plus de quinze centimètres du sol. À certains endroits, j'ai dû me contorsionner. Vous n'y ferez jamais passer un homme de taille normale. Ni même un petit, à mon avis.

– Et quelqu'un de ma taille ? demanda Marge.

– Peut-être...

– Ce sera donc un commando féminin, dit Marge. J'en prendrai la tête.

– Vous ne connaissez pas le chemin, dit Lauren. Les tournants sont difficiles à négocier. S'il y a eu des effondrements, vous ne vous y retrouverez pas.

– J'en prends le risque !

– Marge, c'est insensé ! lui dit Decker.

– Il faudra agir de nuit, poursuivit-elle sans relever.

– De nuit, de jour, ça ne change rien, dit Lauren. Il y fait noir comme dans un puits. Et ça glisse.

– Je pensais au camouflage dans la montagne.

– Ah, bien vu.

– Il nous faudra des casques de mineur, dit Marge. Du matériel, des protections, gants, masques. Je n'ai pas envie d'attraper un virus mortel.

– Une petite bouteille d'oxygène ne serait peut-être pas de trop, dit Lauren, au cas où.

– Vous ne craignez pas que les gaz s'enflamment ?

– Ce n'est pas si profond.

– Combien ?

– Deux mètres, à peu près.

– Trop dangereux, dit Decker. Laissez tomber !

– Comment ça, « laissez tomber » ! s'écria-t-elle, scandalisée. Les hommes peuvent bien risquer leur vie dans un assaut, mais quand il s'agit de faibles femmes...

– Je l'interdirais à quiconque placé sous mon autorité. Marge, pour l'amour du ciel, vous êtes flic à la brigade des homicides, pas Indiana Jones !

– Elle est bien sortie, elle !

– Elle a eu deux ans pour tester son tunnel. De plus, quand elle est sortie, la secte n'était pas là à guetter un assaut.

– Pete, ils ne s'attendent pas à nous voir débarquer par un tunnel...

– Ils s'attendent à tout, sous n'importe quelle forme. Par les portes, par au-dessus, par en dessous. Ils guettent partout !

Il leva les mains au ciel.

– Si nous devons lancer un raid, laissons-en au moins le soin aux groupes d'intervention.

– J'ai un énorme avantage sur eux, dit Marge en se frappant le sternum. Je connais les lieux.

– Pour que ça te serve à quelque chose, lui dit Oliver, il faut d'abord que tu pénètres à l'intérieur.

– J'y arriverai.

– Elle vient de vous dire que vous ne passerez pas ! insista Decker.

Lauren fit machine arrière.

– Je ne sais pas..., dit-elle.

– Vous êtes décidée à y retourner ? lui demanda Marge.

– Oui, dit Lauren en hochant la tête avec énergie. Si je ne tentais pas le tout pour le tout, je ne pourrais plus me regarder dans la glace. (Elle se tourna vers Decker.) Pete, ou Decker, je ne sais pas comment vous vous appelez..., si elle est partante, je le suis aussi. Vous avez besoin de moi. Je suis votre seul espoir.

– Il faudra des professionnels avec vous, lui dit McCarry.

– Pas plus de trois personnes. J'ai vaguement calculé le niveau d'oxygène : le tunnel peut alimenter trois paires de poumons sans problème.

– Nous prendrons des bonbonnes d'oxygène, dit Marge. Bon, moi, ça fait un, Lauren deux, il nous faut une troisième. (Elle se tourna vers Decker.) Qui est notre meilleure fille, sur le terrain ?

– Je dirais Sharon Jacobs.

– Elle est là ?

– Est-ce que je sais, moi ? s'énerva Decker. C'est du suicide pur et simple !

– Pete, j'ai toujours dans la tête la voix de la jeune fille que j'ai interrogée...

– Qui ça ? demanda Lauren.

– Vega.

– Oh, elle est extraordinaire ! Et brillante, avec ça.

– J'y vais, point final, dit Marge en se plantant devant Decker.

Il lui connaissait cet air décidé pour le lui avoir vu plusieurs fois. Elle semblait lui dire : « Causez toujours. »

– L'agent spécial Elise Stone travaille dans nos groupes d'intervention depuis dix ans, dit McCarry. Je sais qu'elle est ici depuis le début de la crise.

– Adoptée, dit Marge. Lauren prendra la tête, moi ensuite, et Elise en arrière-garde.

Elle leva la tête. Le soleil était plus fort et lui brûla les yeux.

– On a une douzaine d'heures pour concocter un plan viable. On ferait mieux de s'y mettre.

Elle prit Lauren par l'épaule.

– Allez, on va sauver ces gosses, dit-elle.

31

Reuben Asnikov fut convoqué pour identifier Lauren Bolt et confirmer qu'elle n'était pas un suppôt de la secte. Il se prêta à l'exercice avec joie, car il se sentait non seulement justifié par sa présence, mais aussi soulagé et reconnaissant. Il alla jusqu'à exprimer une lueur d'espoir pour le sort des enfants.

Les nouveau-nés chauves, qui bavaient en souriant en coin, les enfants qui marchaient à peine, pouce mouillé, pas chancelant, yeux curieux ; l'âge de la maternelle, où l'on apprend à compter en enfonçant des pièces de caoutchouc dans des formes adaptées, les six-sept ans au sourire ébréché, aux yeux vifs et aux bras maigres, les préadolescents toujours en train de glousser, les ados qui se frayaient un chemin vers l'âge adulte, tous étaient la préoccupation majeure.

Decker ne put s'empêcher de se demander si aucun d'entre eux atteindrait jamais la majorité.

Quand Lauren et Reuben se furent reconnus mutuellement, Lauren fut conduite à une caravane, où on l'invita à se reposer pendant qu'on rédigeait les contrats de dédommagement. Cela prendrait des heures, le jargon juridique imposant de respecter une certaine phraséologie. On lui demanderait de reconnaître les dangers – connus et cachés – inhérents à l'opération, de signer des montagnes de papiers par lesquels elle renonçait à ses droits de poursuivre en justice la ville de Los Angeles ou tout individu associé à l'assaut en cas de dommage physique ou mental, fût-ce la perte d'un membre ou même de la vie. Decker espéra jusqu'à la dernière minute qu'elle se rétracterait, mais elle se montra de plus en plus décidée.

Asnikov était libre de partir, mais il préféra rester. Il portait un gros pull gris sur une chemise Oxford blanche, un pantalon et des chaussettes noirs et des chaussures à semelle de crêpe. Les yeux fixés sur les bâtiments, il mâchait un chewing-gum qu'il faisait claquer bruyamment, avec un mouvement de mâchoires exagéré.

– Lauren est une fille fantastique, dit-il, mais tête-brûlée.

– L'impétuosité de la jeunesse, répondit Decker. Nous autres, les vieux croûtons, nous passons notre temps en réunion, elle, elle fonce.

– Je ne la croyais pas capable de réussir, dit Asnikov en regardant droit devant lui... Ça me rongeait, de la savoir à l'intérieur sans pouvoir l'aider. Au début, nous avions parlé d'implanter des moyens de communication sur sa peau. Et puis, au dernier moment, elle a dit non. Elle était entièrement seule dans cette opération.

– Elle n'a jamais essayé de vous joindre ?

– Les adeptes n'ont pas accès aux téléphones. Et même si elle avait pu en chaparder un, il aurait été trop dangereux de s'en servir. Ils ont des caméras de surveillance partout. (Il regarda Decker.) J'ai essayé de la dissuader. Mais je suis content qu'elle ne m'ait pas écouté. Elle a réussi là où j'ai échoué.

– Elle a eu de la chance, dit Decker. Mais cette fois-ci, c'est différent. Ils vont chercher à démasquer des agents infiltrés. C'est une chose de s'échapper d'ici, c'en est une autre de lancer un assaut et de libérer tout le monde.

– Je suis d'accord. Pourquoi ne l'en empêchez-vous pas ?

– Si j'avais su qu'elle allait nous faire ce genre de numéro, dit Decker en serrant les mâchoires, je l'aurais arrêtée tout de suite. Maintenant, la situation m'échappe.

– Vous êtes contre le raid ? demanda Asnikov d'un ton neutre.

Sous sa forme actuelle, oui, Decker était farouchement contre. Mais il ne fit pas de commentaire.

– Un jour, Lauren m'a dit qu'elle était un peu chat, dit Asnikov, – d'ailleurs, elle se déplace sans bruit. J'espère que c'est vrai, parce qu'elle va avoir besoin de ses neuf vies. (Il secoua la tête.) Trois contre plus de cent, les chances ne sont pas vraiment de notre côté. Mais l'effet de surprise jouera en notre faveur. Lauren vous aura épargné le souci d'obtenir l'accès à mes dossiers, ajouta-t-il en souriant.

– Elle vous a épargné celui de nous voir fouiller dedans, rétorqua Decker.

– Ça ne m'aurait pas posé de problème. Bien sûr, j'ai des dossiers au bureau. Mais les infos les plus importantes sont là. (Il pointa l'index sur sa tempe.) Pour quand est prévue l'intervention ?

– Aucune idée, dit Decker.

– Vous essayez de jouer au plus malin avec moi ?

– Pas du tout. Je suis clair comme de l'eau de roche. Bien trop fatigué.

Asnikov acquiesça d'un signe de tête.

– D'une certaine manière, je suis jaloux de Lauren. J'aimerais bien être à sa place.

– Le complexe du héros ?

– Un peu ! Chaque fois que je libère un être humain, ça me fait un bien fou. Ça m'aide à évacuer le sentiment d'impuissance et d'écœurement que j'ai eu quand la caméra a montré ma sœur morte... Si vous réussissez votre coup, je savourerai une douce vengeance. (Il serra la mâchoire et ses muscles durcirent.) Je donnerais tout pour faire tomber ce camp de concentration !

L'image n'était pas loin de la réalité. Un leader fou assisté de trois hommes de peine qui étaient des bourreaux, plus un pédophile comme médecin résident. Il suffisait de multiplier les nombres, et cela donnait à peu près une armée de SS.

Si vous réussissez votre coup, songea Decker. Avec des si...

Il regarda Asnikov – posture rigide, visage durci, mâchoires plus actives que jamais, grincements de dents qui avaient remplacé le claquement des bulles de chewing-gum – et ses yeux lui firent penser à des étoiles dans une galaxie lointaine.

Réveillé par la sonnerie stridente du téléphone, Decker bondit sur ses pieds. Tel un pompier de garde, il fut aussitôt prêt à l'action. Il regarda McCarry, puis l'experte en communications, l'agent spécial Jan Barak. Celle-ci lui fit un compte à rebours silencieux sur ses doigts. Pile à zéro, Decker décrocha.

– Qu'est-ce que vous fichez là, lieutenant ? lui demanda Bob.

– Pas grand-chose, Bob, lui répondit Decker du tac au tac, et vous qu'est-ce que vous fichez là-dedans ?

– Je viens de faire un petit somme du tonnerre. Je me sens en pleine forme. Et vous ?

– Ça va.

– On ne dirait pas. Vous avez la voix fatiguée. Ils ne vous laissent pas une seconde de répit, hein ?

– J'aime faire mon boulot, Bob. Servir et protéger. C'est notre devise.

– Bien répondu, lieutenant Decker. Parce qu'à chacun de nous est dévolue une tâche. C'est dans l'ordre cosmique de l'univers. Regardez les mouvements des planètes de notre système solaire. Tout est en équilibre gravitationnel parfait. Les orbites sont parfaites... jusqu'au moment où un météore géant, ou une comète, traverse l'atmosphère et rompt tout ce bel équilibre. Et là, la bonne vieille entropie redresse la tête. C'est le chaos total. Vous me comprenez ?

– Respecter le *statu quo*. Je suis avec vous, frère.

– Je ne crois pas, lieutenant. Enfin... peut-être que vous si, mais certains de vos sous-fifres voient les choses autrement. Parce que nous avons remarqué du mouvement, de votre côté... Vous faites des relevés de nos locaux. De l'avant à l'arrière..., de nos entrées publiques à nos portes dérobées, dans le maquis de la montagne.

– Vous êtes sûr que c'est nous ? Il y a du peuple par ici.

– Ce ne sont pas les pumas qui m'inquiètent, mais les animaux à deux pattes. Pour la nuit, nos fusils sont équipés de caméras à infrarouges. Si vous voulez faire des cibles faciles, ça dépend de vous.

– Je ne suis pas sourd.

– Je n'en suis pas sûr, insista Bob. Dites-leur que nos armes ont des rayons d'action fabuleux. Parce que, enfin, je ne comprends pas, Decker. Qu'est-ce qui peut pousser un homme à se porter volontaire pour faire de la cible d'entraînement ?

– Je vais aller voir ce qui se passe.

– Lieutenant, moi, je le sais, ce qui se passe. Ils ne vous tiennent même pas au courant ?

– Quel message voulez-vous que je leur transmette ?

– Seulement ce que je viens de vous dire. Je vous préviens, Decker, que le très saint Ordre de l'Alliance de Dieu considère qu'il a le droit de vie et de mort sur tout ce qui envahit son espace. Peu importe que vous entriez par-devant ou par-derrière, comprenez bien où je veux en venir.

– Vous avez tous les atouts en main, Bob. Nous le savons depuis le début.

– Alors, pourquoi ne me fout-on pas la paix ? On ne me croit pas ? On aurait besoin d'une démonstration ?

– Non, Bob, c'est inutile.

– Je vais leur en faire une petite, quittez pas. Chérie, viens par ici une seconde.

– Bob, ne...

Il y eut une déflagration assourdissante. Decker en lâcha son téléphone en reculant d'un bond, les deux mains sur les oreilles. Il avait l'impression d'avoir des canons dans le crâne et un feu d'artifice sur le nerf optique. Le cœur tambourinant contre les côtes, il vacilla sur ses pieds. Il sentit que quelqu'un le touchait.

Il se retourna vivement, chancela, essaya de concentrer son regard. Jan Barak le regardait d'un air inquiet. Elle lui parlait, mais il n'entendait rien. McCarry parlait, lui aussi : il prononçait une série de « merde » silencieux.

Decker prit une profonde inspiration. S'il avait pu baisser le volume dans sa tête... Les yeux partout à la fois, il repéra le téléphone et se baissa pour le ramasser. Il le porta tout doucement à son oreille.

– Bob, vous êtes là ? dit-il.

Silence. Ses paroles résonnèrent dans sa tête comme à travers un micro, prolongées par un écho.

McCarry se tapa le front. Barak lui parlait, apparemment. Decker les ignora et fit une deuxième tentative.

– Bob... vous m'entendez ?

Pas de réponse. Tout à coup, la voix de McCarry, bien qu'étouffée, devint audible.

– ... ligne est coupée.

– Oh, dit Decker en raccrochant. Quel coup, dites donc !

McCarry parlait toujours.

– ... voir un médecin.

– Ça va, ça va.

– Decker...

– Je vous entends, non ?

D'après la sensation qu'il avait dans la gorge, il savait qu'il criait. Mais tous les sons lui arrivaient assourdis. Même si la voix de McCarry semblait lui parvenir de l'intérieur d'un beffroi, il l'entendait encore à peu près.

– Accordez-moi quelques minutes, ça va aller.

– Decker, ne faites pas l'idiot, vous avez...

Mais la suite lui échappa totalement. L'agent finit sa phrase par le mot salaud, qu'il lut sur ses lèvres.

Decker eut la nausée et sentit que tout tournait autour de lui. Il s'assit et mit la tête entre ses genoux. Barak s'approcha, lui posa une main sur l'épaule. Il ne réagit pas. Puis il se redressa, et ses yeux tombèrent par hasard sur un des moniteurs retransmettant les images d'une caméra braquée sur l'enceinte.

– Regardez ! dit-il en pointant son index en l'air.

Tous les yeux suivirent son doigt.

La porte d'entrée de la secte venait de s'ouvrir juste assez pour permettre d'éjecter un corps, qui décrivit un grand arc de cercle et atterrit trois mètres plus loin, telle une marionnette disloquée aux ficelles rompues. Le corps était mince, vêtu d'une robe longue. Une femme, sans doute, bien que la tête fût enveloppée dans des serviettes. Des serviettes trempées – cela se voyait même sur l'écran noir et blanc –, et d'où s'échappait un important écoulement de sang.

Une femme, oui. Mais qui ?

Dieu seul aurait pu la reconnaître.

32

Accroupie dans le maquis, Marge sentit ses cuisses se serrer involontairement et se figea sur place. Elle était tout yeux, tout ouïe. La nuit durant, des coups de feu avaient été tirés des petites fenêtres du hall principal. Rien de stratégique, plutôt des tirs isolés, mais qui suffisaient à faire sécréter de l'adrénaline en continu. Les forces de l'ordre avaient parlé de lancer des grenades lacrymogènes par les fenêtres, mais les adeptes venaient de passer les dernières vingt-quatre heures à colmater toutes leurs issues avec des planches en bois.

De nouveau, Marge regarda autour d'elle, par-dessus son épaule. Les seuls bruits audibles étaient les voix nocturnes de la nature. En apparence, tout était calme. Mais tout pouvait changer d'une seconde à l'autre. Ils jouaient, bien forcés, l'interminable jeu de l'attente. Une seconde, deux, trois... quatre... elle comptait lentement.

Elle transpirait dans ses brodequins et sa combinaison de camouflage en nylon. La nuit était fraîche et ses vêtements légers, et elle savait que la sueur qui coulait sur son front, son visage, ses aisselles, entre ses jambes et le long de ses cuisses et de ses mollets, était due à la tension et à la peur. Du revers de sa manche, elle s'épongea le front au ras de son casque de mineur.

L'attente se prolongeait. Vingt-six, vingt-sept, vingt-hu...

Un hibou ulula, puis s'élança, effleurant les branches, en un grand plongeon en piqué vers le sol. Quelques instants plus tard, il remontait avec un mulot tout gigotant entre ses serres. Découpé sur une lune pleine aux trois quarts, il traversa le ciel, fendant l'air de ses ailes. En vol, il prit le mulot dans son bec, puis atterrit vingt mètres plus loin, sur un chêne à la silhouette de vampire. Quelques instants plus tard, le mulot n'était plus qu'une charogne.

Le cœur de Marge tambourinait dans sa poitrine. Le mouvement soudain de l'oiseau pouvait attirer l'attention sur leur opération.

Aussitôt, elle donna deux coups secs sur la corde qu'elle portait enroulée autour de la taille ; c'était le signal d'arrêt.

On lui répondit par de petits coups.

Puis plus rien.

On repart de zéro, Dunn. Un, deux, trois, quatre...

Elles avaient décidé de se passer des messages par l'intermédiaire de la corde, les talkies-walkies étant trop bruyants. Bien entendu, elles avaient des radios en renfort.

D'ailleurs, elles avaient tout prévu : aliments déshydratés, eau dans des poches scellées, moyens de localisation, de communication, matériel de protection, lampes torches, munitions, lunettes normales et lunettes à infrarouges, grenades et gaz lacrymo. Encombrée par ce lourd équipement, Marge avait du mal à marcher sans bruit dans le maquis. Mais elle assurait.

Au bout de plusieurs minutes, elle sentit un message en morse sur la corde : deux longues, une brève, trois longues. Lauren lui demandait de se remettre à avancer. Elle transmit le message à l'agent spécial Elise Stone, et fit passer son accord dans l'autre sens.

Elle se revit, enfant, jouant au téléphone. Pourvu que, contrairement aux petites tricheries du jeu d'antan, le message n'arrive pas déformé.

Autre pas en avant, autre arrêt.

Et ainsi de suite, pendant un temps qui lui sembla durer des heures.

En réalité, Marge en mit deux entières pour parcourir à peine plus d'un kilomètre et demi.

– Il va falloir se débarrasser de notre barda électronique, murmura Lauren à ses deux coéquipières. Paranoïaques comme ils sont, ils ont tout un tas de dispositifs de détection électronique. Nous ne pouvons pas courir ce risque. Et puis, il va falloir s'alléger. Vous êtes plutôt corpulentes, toutes les deux. Vous ne passerez jamais dans le tunnel harnachées comme vous l'êtes.

Elise Stone, bien que mesurant cinq centimètres de moins que Marge, était aussi solidement charpentée qu'elle. Ses cheveux blonds coupés court dépassaient de son casque en mèches rebelles.

– D'accord pour enlever nos gilets pare-balles, mais tu gardes le tien.

– Je suis engoncée comme c'est pas possible dans ce truc ! J'ai l'impression d'être une momie.

– Lauren, murmura Marge, tu es en tête, tu seras la première à déboucher dans le bâtiment. Il te faut absolument une protection. Tu es menue. Obéis.

– Je vais transpirer à mort.

– Tu vas transpirer, mais tu n'en mourras pas, lui dit Elise. Où est l'entrée du tunnel ?

– C'est le gros rocher, à côté de toi.

Elise regarda sur sa gauche et laissa éclater sa surprise.

– Comment as-tu fait pour soulever ce truc-là ?

– Je ne l'ai pas soulevé, je l'ai fait rouler centimètre par centimètre. À l'époque, j'avais du temps à revendre.

Elise essaya de l'ébranler.

– Il doit peser au moins deux cent cinquante kilos. Où est la barre à mine ?

Marge sortit l'outil de son sac à dos et l'enfonça le plus loin possible sous le rocher.

– Maintenant, il faut faire levier.

– Quelle heure est-il ? demanda Elise.

– Deux heures et quart.

– À quelle heure est le lever du soleil ?

– Six heures et demie.

– Nom de Dieu, c'est pas bon, ça ! s'écria Elise. Il faut se dépêcher. Lauren, dégage.

La jeune fille s'écarta.

Elise attrapa le milieu de la barre, Marge l'extrémité. Elles comptèrent jusqu'à trois et appuyèrent de toutes leurs forces, l'effort leur arrachant un grognement. La masse de pierre bougea d'une dizaine de centimètres. Les deux femmes échangèrent un regard.

– Le sous-sol aurait-il une forte teneur en fer par ici ? demanda Elise.

– Tais-toi et continue, dit Marge.

– Continue, dit Elise en écho.

Une demi-heure plus tard, l'ouverture du tunnel était dégagée aux deux tiers. Elise était en nage.

– Je devrais pouvoir m'y glisser, dit-elle. Mais toi ? De nous trois, c'est toi la plus grande. Tu vas passer ?

Marge se baissa à ras de terre et glissa la tête à l'intérieur. Aussitôt, elle resta bloquée aux épaules.

Elle évalua la situation, puis se releva.

– En me tortillant, je devrais arriver à passer, dit-elle.

Elle se remit debout avec un sentiment de force et de bonne forme physique. Toutes ces années de pompes et d'abdos trouvaient enfin leur application pratique.

Elise resserra la corde autour de sa taille.

– Alors, on y va.

– D'abord, il faudrait stabiliser le rocher pour qu'il ne risque pas de retomber et de bloquer l'ouverture.

– Où ai-je la tête ? dit Elise avec une grimace.

Les deux flics travaillèrent ensemble. Quand elles eurent terminé, elles passèrent une dernière fois en revue ce qu'elles avaient à faire, laissèrent leurs sacs à dos à l'entrée et ne prirent que le strict nécessaire avec elles : casque, lampe, eau minérale, une petite bonbonne d'oxygène et un fusil semi-automatique avec des chargeurs. En ajustant le masque chirurgical sur son nez, Marge regarda Lauren.

– Tu es sûre que tu te sens du voyage, Lauren ?

– Absolument.

– Prête ?

– Y a pas plus prête.

– Alors, vas-y, ma vieille.

Lauren la serra fort dans ses bras, puis, sans hésiter, elle se mit à plat ventre, alluma la lampe de son casque et s'engagea dans le boyau noir en rampant. Il s'écoula une minute entière, puis la lumière ne fut plus qu'un minuscule point au loin. Marge sentit enfin un petit coup sur la corde.

– Bon, j'y vais.

– Bonne chance, Dunn, lui dit Elise.

– À toi aussi, Stone.

Marge acheva d'ajuster son masque et s'engagea à son tour, mais elle fut aussitôt bloquée dans le passage laissé par le rocher. En bougeant les épaules tantôt à droite, tantôt à gauche, elle se faufila tant bien que mal dans la galerie. Elle continua de se contorsionner jusqu'à ce que la terre cède autour de son torse, lui concédant le millimètre supplémentaire qui lui permettrait d'avancer. Elle se sentit glisser entre le rocher et la terre ; quelques instants plus tard, elle était enfermée dans le conduit sombre et moisi.

Complètement coupée de l'air indispensable à la vie ! Comme enterrée vivante. Merde, oui, enterrée vivante ! Seule cette petite ouverture leur fournissait désormais, à elles trois, l'oxygène naturel. Leur apport supplémentaire ne durerait guère plus d'une demi-heure. En cas d'éboulement, Marge se savait perdue. Prenant conscience de sa respiration, haletante sous l'effet de l'angoisse, elle lutta contre la panique qui l'assaillait.

Ralentis, tout va bien, s'engueula-t-elle. *Respire profondément... régulièrement. Inspire, expire...*

L'effet fut instantané. Sa respiration ralentit et se fit moins saccadée.

Devant elle, une seule direction. Impossible de ne pas avancer. Elle réussit à grand-peine à étendre ses mains gantées devant elle et à s'aider en grattant la terre. Elle rampait comme un serpent.

Ou plutôt comme un vulgaire ver de terre, songea-t-elle. *Ne pense pas à toi. Pense aux enfants ! Pense à cette pauvre innocente tuée par un psychopathe à titre d'exemple, et jetée comme un jouet cassé. Pense à Pete et à ses tympans qui bourdonnent.*

Bien que... honnêtement, comparé au fait d'être enterré vivant, souffrir de bourdonnements d'oreille lui paraissait un sort plutôt enviable.

De la terre s'était infiltrée dans ses vêtements et lui irritait les cuisses, les tibias, l'abdomen et la poitrine. Elle tenta de relever la tête mais se cogna au plafond, déclenchant une pluie limoneuse qui pénétra dans ses yeux.

De nouveau, elle paniqua.

Respire lentement... respire régulièrement. Inspire... expire.

La lumière de son casque fonctionnait, Dieu merci, mais n'éclairait pas grand-chose. Elle attendit un peu, puis sentit un tiraillement au niveau de la taille. Un signal de Lauren... mais elle ne la voyait pas.

Elle ne voyait que le sol qui défilait lentement sous son ventre. L'air était chargé d'humidité et de saleté, et imprégné d'une odeur métallique qui rappelait l'approche de l'orage.

Au début, elle avait été saisie par un silence de mort dans le tunnel. En dressant l'oreille, elle perçut des bruits de ruissellement, pas grand-chose, une goutte par-ci, une goutte par-là. Des infiltrations. Il avait plu récemment. Combien d'eau était ainsi retenue dans le sol ? Allait-elle se trouver piégée dans une mare et se noyer ? Non, si cela devait arriver, ce serait Lauren qui...

– Non, non, n'y songe même pas, avance !

Elle entendit gratter, comme des souris dans un grenier. Mais les souris ne vivaient pas à deux mètres sous terre. Les taupes, si. C'était peut-être une taupe. Ça mord, les taupes ?

N'y pense pas !

C'était plus vraisemblablement Lauren, dont le corps léger avançait en effleurant le sol.

Autre secousse de la corde.

Marge continua d'avancer. Elle sentit alors que la galerie se resserrait et que le goulot se refermait sur elle.

Et si elle restait coincée au milieu ? Pourrait-on la sauver sans provoquer d'éboulement ?

N'y pense pas !

Elle compta lentement, un... deux... trois...

Respire normalement, s'ordonna-t-elle. *Un... deux... trois...*

De plus en plus pénible, cette descente dans le boyau glissant et sombre. Dans la terre saturée d'eau, le couloir rond suintait la vase entre deux flaques croupissantes. Marge sentait la crasse s'incruster dans ses vêtements.

Personne devant, personne derrière. Solitude totale.

Au cas où la terreur et la claustrophobie deviendraient intolérables, elles avaient mis au point un signal de six coups secs sur la corde, répété deux fois. Mais Marge voulait bien être pendue si elle craquait la première.

Continue.

Les battements de son cœur se répercutaient jusque dans son casque. Elle sentit qu'à nouveau sa respiration devenait brusque et saccadée.

Continue ! Arrête de t'appesantir sur ta peur. Pense à celle de ces gosses !

Mais l'étroit cylindre se resserrant encore sur elle, elle sentit les aiguilles de la panique se ficher jusque dans ses os. Elle leva les yeux, espérant capter une lueur du casque de Lauren. Il n'y avait que les ténèbres, visqueuses et profondes.

Ne panique pas ! Ne...

Tout à coup, elle sentit la corde se resserrer autour de sa taille. Le signal venait de l'avant. Lauren demandait l'autorisation de poursuivre.

Marge s'arrêta... tenta de reprendre son souffle.

Concentre-toi, Dunn ! La vie de centaines de personnes dépend de toi ! Pense à cette pauvre fille à la tête en charpie. C'est ça qui a créé l'urgence !

Bob le tueur lâché dans la nature.

Inspiration, expiration.

Plus lentement, plus lentement.

Marge se souvint de ce qui avait été convenu et réussit à glisser une main jusqu'à la corde pour passer le message à Elise.

Attente.

Au bout de quelques secondes, la réponse lui revint.

Elise était prête à s'engager dans le conduit de glaise.

Elle donna bientôt le signal de poursuivre. Marge le transmit à Lauren, compta jusqu'à dix, puis se mit à ramper.

À glisser, plutôt, parce que le tunnel était très humide. Il lui rappelait le toboggan de la piscine de la base de Fayetteville. Elle se revit par les étés torrides du Sud, se laissant glisser sur la feuille de plastique recouverte d'une fine pellicule d'eau. (Le colonel avait exigé de tous les enfants Dunn qu'ils soient bon nageurs.) Dans ce quartier aux racines profondément ouvrières, personne n'avait de piscine privée. Ce n'était pas comme à Los Angeles, où l'immeuble le plus minable en possédait une.

Pense au tunnel comme à un toboggan.

Une inspiration, rapide.

Et autour de toi, ce ne sont pas les ténèbres, non. C'est toi qui fermes les yeux.

Elle ne se savait pas aussi claustrophobe. Comment avait fait Lauren pour réussir cet exploit ? Non seulement elle avait parcouru ce fichu boyau de bout en bout pour sauver la vie de Lyra, mais elle l'avait creusé de ses mains.

Et les journalistes qui n'arrêtent pas de rappeler, non sans ironie, que de nos jours il n'y a plus de héros !

Pense à l'héroïsme de Lauren. Pense au toboggan. Pense à n'importe quoi, sauf au fait que tu es enterrée deux mètres sous terre dans un pays sujet aux secousses sismiques sans pouvoir communiquer autrement que par l'intermédiaire d'une corde. Qui ne servirait à rien si le tunnel s'écroulait parce que les autres seraient ensevelies avec toi.

De nouveau, elle se sentit céder à une panique folle.

Un tiraillement à sa taille.

Lauren poursuivait.

C'était bien, Dunn. Très bien.

Reste calme, garde ton sang-froid. Pense aux gosses. Les gosses... les gosses !

Un petit coup sur la corde, côté Elise.

De nouveau, message transmis.

Ne faiblis pas, ne faiblis pas !

Elle eut un léger vertige.

Non, Dunn, non ! Tu ne vas pas t'évanouir. Contrôle ta respiration.

Un coup sur la corde : Lauren qui fait signe de stopper.

Marge transmit.

S'arrêta.

Elle compta à voix basse, mais de manière audible. Elle avait besoin d'entendre autre chose que le goutte-à-goutte des eaux de ruissellement. Autre chose que les grattements de Lauren. Par-dessus tout, elle ne supportait plus le silence terrifiant qui l'avalait lorsque Lauren n'avançait plus ou que l'eau ne coulait plus.

Un... deux... trois... quatre... cinq... six...

Pas de panique, pas de panique !

Treize... quatorze... quinze...

Le signal de poursuivre.

Transmets, Dunn. Transmets vers l'arrière.

En se tortillant sur le ventre, elle progressa. Rien devant, rien derrière.

Nulle part où courir se réfugier.

Nulle part où courir...

Ce n'était pas le titre d'une chanson ?

Oui, oui. Pense à des titres de chansons.

Les secondes, lentement, devinrent des minutes. Une, deux, cinq, un quart d'heure.

Centimètre par centimètre, elle avançait, le visage et le masque peinturlurés de vase, en se demandant combien de moucherons, moustiques et autres insectes pathogènes elle inhalait ou laissait pénétrer par ses pores.

Continue, ma fille, continue.

Tu deviens bonne, ma vieille, tu vas y arriver.

Encore une fois, le signal d'arrêt.

Transmets, Dunn. Transmets.

Elle compta lentement. Trente secondes s'écoulèrent. Une minute. Deux minutes.

Ne panique pas, ne panique surtout pas !

Le temps s'étira : trois minutes, quatre.

C'en était trop. Incapable d'endiguer sa panique, elle envoya un signal à Lauren – qu'est-ce qui se passe ? Dis-moi ce qui se passe !

Question sans réponse.

Le cœur de Marge bondit dans sa gorge. *Au nom du ciel, qu'est-ce qui se passe, bon Dieu ? Pourvu que Lauren n'ait pas eu un problème !*

De nouveau, elle tenta de communiquer avec elle par le biais de la corde.

De nouveau, son message resta sans réponse.

Dieu du ciel, et si elle avait été capturée ? Fallait-il faire demi-tour, avec Elise ?

Attends, attends encore quelques minutes. Patience !

Au bout de dix minutes, Marge sentit Stone qui lui demandait ce qui se passait à l'avant. Du diable si elle le savait.

Encore une minute et elle donnerait l'ordre de faire demi-tour.

Dix secondes... vingt...

Que faire ? Mais que faire ?

Trente... quarante...

Enfin, elle sentit un petit coup à sa taille, côté Lauren.

Quel soulagement ce fut !

Lauren faisait savoir qu'elle était arrivée au bout du tunnel.

Attendez jusqu'à nouvel ordre.

Marge transmit à Elise.

De nouveau, elle laissa s'égrener les secondes et les minutes, mais l'attente fut moins angoissante : ce que l'une avait réussi, les deux autres le réussiraient aussi.

Lauren était en sécurité.

Au bout de cinq minutes, Marge perçut son signal. Elle lui disait d'avancer, et vite.

Avec une vigueur renouvelée, Marge reprit sa progression. Sa respiration se calma, elle retrouva sa clarté d'esprit. Elle ne se rendit même pas compte qu'elle avait les yeux pleins de larmes.

33

Une main fine se tendit vers elle, attrapa son gant qui disparaissait sous une couche de boue. Au bout de l'étroit conduit, Marge aperçut Lauren, le visage noir de terre, un doigt sur la bouche pour lui imposer le silence. Elle planta les pieds dans la paroi suintante et tenta de se hisser hors du trou. Elle n'y arriva qu'avec l'aide de la jeune fille qui, bien que plus légère qu'elle de vingt-cinq kilos, la tira de là, tête et épaules, avec une force démesurée. Malheureusement, elle resta coincée au niveau du torse et des hanches ; elle s'appuya de toutes ses forces sur la surface plate du sol, mais ses mains dérapèrent. Lauren l'attrapa sous les aisselles au moment où elle allait retomber.

– Bonne prise, murmura Marge. On réessaie.

Elle se positionna, banda à la limite de la rupture tous les muscles de ses bras et se hissa enfin lentement hors de la tombe cylindrique. Lorsqu'elle fut suffisamment dégagée pour pouvoir plier les genoux, elle se pencha en avant et lança ses longues jambes au-dehors. Libérée de cette matrice gluante, elle se laissa tomber par terre. En respirant l'oxygène de l'air, elle se sentit renaître, littéralement.

Lauren lui éteignit sa lampe en lui murmurant à l'oreille :

– Ça va ?

– Tout baigne, répondit Marge à voix basse.

Il faisait aussi noir que dans la galerie. Mais Marge savait qu'elle se trouvait dans l'une des deux salles de classe, plus précisément dans le cagibi aux fournitures. Elle vit approcher un croissant de lumière : c'était Elise. En se concentrant, elle aperçut de longues tuniques qui se balançaient sur la tringle comme des fantômes. Elle se mit lentement sur ses pieds.

– La pouponnière est juste à côté, dit Lauren à voix basse. Ne parlons que si c'est absolument nécessaire. Qui sait où ils ont posé des micros.

Marge acquiesça d'un signe de tête. Elles attendirent Elise en grattant en silence la boue incrustée entre les crampons de leurs semelles. Il ne fallait surtout pas risquer de déraper. À elles deux, elles hissèrent Elise hors du tunnel sans difficulté. Pendant que celle-ci reprenait son souffle, Marge sortit une lampe-stylo qu'elle braqua sur les tuniques. Elles étaient blanches. Elle en prit une et l'enfila par-dessus ses vêtements.

– Comme camouflage, c'est mieux que ma combinaison.

Elise et Lauren l'imitèrent. Marge fit une dernière vérification en lisant sa feuille de rôle.

– Changement de programme, Lauren, dit-elle. Ils veulent qu'on fasse sortir les plus grands d'abord.

– Quoi ? Pourquoi pas les petits ?

– On terminera par eux, dit Elise. Ils risquent de pleurer et de nous faire repérer. Si on les emmène en dernier et qu'on se fasse prendre, au moins les autres seront en sécurité.

– Mais la pouponnière est là, tout près ! chuchota Lauren. Les chambres sont plusieurs portes plus loin. Il va falloir emprunter un couloir, qui sera surveillé, j'en suis sûre. Pour quelqu'un qui ne veut pas se faire prendre dès le départ, ce n'est pas ce qu'il y a de mieux.

– Je monterai la garde, répondit Marge. Toi, occupe-toi de persuader les gosses de te suivre. D'après le peu que je connais d'eux, ça ne va pas être facile.

– J'espère que vous savez ce que vous faites, soupira Lauren.

Marge, pas plus qu'elle ou Elise, ne savait ce qu'elle faisait.

– Et ce truc ? demanda Lauren en parlant du gilet pare-balles qu'elle portait sous sa tunique blanche.

– Garde-le.

– Je ferai le guet, dit Elise. Marge, accompagne Lauren, et ne traînez pas.

– Si tu tombes sur quelqu'un, tu connais la consigne.

– Oui. Je tue, dit Elise.

Marge vérifia son Beretta en s'assurant que le chargeur était bien enclenché à fond. Lauren fit quelques pas, elle la retint.

– Je passe la première.

– Mais...

– Je suis armée.

– Et moi, j'ai le gilet, protesta Lauren. Et de toute façon, je sais où je vais.

– Elle a raison, dit Elise.

– On part ensemble, dit Marge. Mais d'abord, laisse-moi inspecter la salle de classe. À part la caméra de surveillance braquée sur le bureau du prof, il y a autre chose ?

– Pas que je sache.

Marge dit une brève prière silencieuse, puis tourna la poignée du cagibi. Elle entrebâilla la porte et risqua un coup d'œil prudent à l'extérieur. À part des taches et des ombres, elle ne vit rien. Elle poussa la porte un peu plus : toujours rien. Elle l'ouvrit à toute volée.

Pas de coups de feu.

Elle sortit sur la pointe des pieds, repéra la caméra de surveillance installée au-dessus du tableau et pointée sur le bureau. Elle évalua la zone couverte par l'objectif pour pouvoir l'éviter.

Elle fit un pas.

Les murs aveugles étaient un précieux atout. Certes, on ne voyait pas dehors, mais on ne pouvait pas être vu non plus. La faible clarté de la lune filtrait par les ouvertures au ras du plafond, baignant les pupitres d'une lueur argentée. Marge alluma sa lampe-stylo et balaya la pièce. Rien d'anormal. Main levée, elle fit attendre Lauren le temps de s'assurer qu'il n'y avait personne. Puis elle lui fit signe de la rejoindre et elles s'aventurèrent toutes les deux dans le vestibule en évitant l'objectif de la caméra. Marge risqua vite un coup d'œil dans le couloir sombre et silencieux.

Ensemble, elles se glissèrent dans l'ombre à pas de loup.

Un pas... deux pas... trois, quatre.

Soudain, Marge arrêta Lauren en lui posant une main sur la poitrine.

– On vient ! murmura-t-elle.

Elle la plaqua contre le mur, faisant écran devant elle. Elle sentait les battements rapides de son cœur, l'odeur de sa sueur. À moins que ce ne fût la sienne. Quelques secondes plus tard, une sentinelle en toge blanche apparut, scrutant la pénombre d'un œil vide – fantôme malveillant dénué du charme des personnages de BD. Elle tourna la tête dans leur direction et Marge ne lui laissa pas le temps de remarquer leur présence. Elle bondit et la frappa d'un coup de crosse au plexus solaire, puis au crâne. Le garde s'effondra, elle amortit sa chute. D'après le poids, c'était un homme.

– Fais-lui les poches. Tu cherches une radio, un talkie-walkie, ordonna-t-elle à Lauren.

Lauren s'exécuta et lui montra un petit boîtier.

– Mets-le devant mes yeux.

Sans lâcher le corps inerte, Marge inspecta l'objet.

– Bon, tu peux le lui laisser. Simplement, tu n'appuies pas sur le bouton rouge : on entendrait nos voix. Attrape ce type par les pieds, on l'emporte dans le cagibi.

Lauren souleva l'homme par les chevilles et le dévisagea.

– C'est le frère Ansel, dit-elle. C'est lui qui fait les rites purificatoires. Un salopard de première.

Marge accusa réception du renseignement d'un signe de tête, contente de savoir qu'elle avait buté « un salopard de première ». Elles l'emportèrent avec des soins infinis, en prenant garde d'éviter la caméra.

Elise les regarda arriver, intriguée.

– Il est mort ?

– Je ne crois pas.

Marge déposa le corps par terre et chercha son pouls. Il battait fort. L'homme respirait. Elle examina la blessure qu'elle lui avait faite à la tête. Le sang coulait, mais pas à flots.

– Il s'en remettra, mais avec un mal de tête dont il se souviendra.

– Je vais l'attacher et le bâillonner, dit Elise. Je le soignerai après.

Marge lui tendit le petit interphone.

– Tu as devant toi le frère Ansel, dit-elle, responsable de la torture, connard doré sur tranche.

– Donc, si quelqu'un appelle, dit Elise, je suis un maniaque de la torture et je m'appelle frère Ansel.

– T'as pigé, dit Marge. Allez viens, Lauren. Maintenant qu'on a le champ libre, on se grouille.

Elles ressortirent dans le vestibule ; elles se déplaçaient vite et en silence. Lauren s'arrêta devant une porte.

– C'est le dortoir des ados, dit-elle.

– Mixte ?

Lauren confirma d'un signe de tête.

Étonnée, Marge haussa les sourcils, puis elle ouvrit la porte et jeta un coup d'œil à l'intérieur. Huit lits, dont sept occupés. Aucun adulte pour superviser. Situation idéale à condition que tout le monde garde son sang-froid.

– Arrange-toi pour qu'ils t'écoutent comme quand tu leur faisais la classe, dit-elle.

Lauren avait le souffle court ; la sueur perlait sur son front. Elle prit une profonde inspiration et commença par Vega, qu'elle secoua doucement par l'épaule. La jeune fille s'éveilla en sursaut, son visage s'éclairant lorsqu'elle la reconnut.

– Sœur Andromède ! cria-t-elle.

Lauren lui plaqua la main sur la bouche.

– Chuuuut ! Vega, il faut faire vite. Nous partons tout de suite ! dit-elle en enlevant sa main.

L'adolescente chétive chassa ses mèches brunes de devant ses yeux bleus écarquillés.

– Partir ? Mais où ? murmura-t-elle.

– Pas de questions. Tu me fais confiance et tu me suis. Et surtout, pas un bruit.

– Mais où allez-v...

– Pas de questions, j'ai dit !

– Bien, sœur Andromède, obtempéra Vega, décontenancée d'avoir déplu à son aînée.

Lauren se radoucit.

– Vega, dit-elle, je compte sur ton aide pour les autres.

– Je vous aiderai, sœur Androm...

Elle s'arrêta net et dévisagea Marge.

– Vous ne voulez tout de même pas qu'on s'en aille avec les violateurs ! Notre gourou Bob nous a prévenus qu'ils risquaient de venir pour...

– Écoute-moi ! lui dit Lauren vivement mais fermement. Si tu ne fais pas ce que je dis, il se passera des choses terribles, absolument terribles. Des gens mourront !

– Mais le gourou Bob dit que la mort est une bonne chose. C'est par elle que nous irons rejoindre Jupiter.

Lauren se pencha sur la jeune fille, lui prit le visage entre ses mains et la regarda droit dans les yeux.

– Tu vas avoir beaucoup de mal à accepter ce que je vais te dire, ma chère Vega, mais le gourou Bob a tort ! Maintenant, à toi de décider qui tu crois. Lui ? ou moi ?

Vega se passa la langue sur les lèvres.

– Je vous suivrai, sœur Andromède, dit-elle.

Lauren lui déposa un baiser sur le front.

– Merci, merci. Maintenant, tu dois m'aider à convaincre les autres.

Méthodiquement, elle éveilla les autres adolescents, quatre filles puis deux garçons, tous également réjouis du retour de leur sœur Andromède, mais aussi déconcertés par ce qu'elle leur demandait de faire.

La plus âgée était une fille du nom d'Asa – yeux bruns, cheveux roux frisés –, version adolescente d'Annie, la petite orpheline du film pour enfants.

– Je vous fais confiance, sœur Andromède, dit-elle. Mais nous ne pouvons pas partir sans l'autorisation du gourou Bob. Ce n'est pas la procédure habituelle. Cela équivaut à briser notre serment et à franchir les limites. Et aussi, à pactiser avec un violateur.

Les autres hochèrent la tête à l'unisson.

– Je reconnais que ce que sœur Andromède nous demande de faire est inhabituel, dit Vega.

Orion, un Asiatique d'environ treize ans, dents puissantes et bien carrées, y alla de son couplet.

– Peut-être que notre sœur Andromède s'est laissé corrompre par les violateurs. Le gourou Bob nous avait mis en garde. (Il pointa un doigt accusateur.) À mon avis, c'est un piège.

Le temps pressait. Ils avaient beau parler à voix basse, le ton montait peu à peu. Marge implora Lauren du regard.

Fais quelque chose !

Mais ce fut Vega qui s'avança et lança :

– Oui, dit-elle en parlant de Marge, elle fait partie des violateurs. Elle vient du monde corrompu, mais je vous assure qu'elle ne l'est pas. C'est une rêveuse, comme notre très saint père Jupiter. Une voyageuse parmi les étoiles de l'imagination.

– Comment le sais-tu ? demanda Asa.

– J'ai parlé avec elle, dit-elle, et une larme roula sur sa joue. Elle comprend le livre que nous aimons par-dessus tout, *Le Petit Prince.* Elle l'a lu en français.

Regards admiratifs. Vega bomba le torse.

– Moi, je suivrai sœur Andromède, notre professeur. Je placerai ma confiance en elle. J'irai avec la violatrice parce que j'ai lu dans son cœur. Je vous conseille à tous de faire de même. Mais si l'un ou l'une d'entre vous préfère rester, alors... je lui demande, instamment... de ne pas divulguer le secret de sœur Andromède.

Il y eut une longue pause, au bout de laquelle Orion dit ceci :

– Notre père Jupiter était un explorateur des mondes alternatifs. Je serai donc un explorateur. Je prêcherai sa parole dans la sphère de la violatrice. Je me joins à elle, conclut-il en se levant.

Asa fut la suivante à les rejoindre.

Avec trois défections, le reste suivit quasiment sans protester. Marge leur dit d'enfiler leur tunique par-dessus leur pyjama, puis alla jeter un coup d'œil dans le couloir.

Désert.

– Vite, et surtout, pas un bruit, dit-elle.

Elle les mit en rang et les conduisit dans la salle de classe. Une fois à l'intérieur du cagibi, à l'abri des objectifs des caméras, elle leur attacha des cordes autour de la taille, aidée dans sa tâche par leur obéissance aveugle.

– Tu pars devant, dit-elle à Lauren. Ils te suivront et Elise fermera la marche.

– Mais avec tout ce monde dans le tunnel, il n'y aura jamais assez d'oxygène.

– Lauren, le temps joue contre nous. Il faut courir ce risque. Les enfants ont l'habitude de la méditation. Impose-leur de respirer lentement et profondément. Et en cas d'urgence, utilise ceci, dit-elle en lui tendant sans hésiter sa bonbonne d'oxygène.

– Mais... et toi ? dit Lauren.

– J'ai de bons poumons, dit Marge. En tout cas, c'est ce que disaient les garçons. Allez, file !

– Vous allez emmener les autres enfants ? demanda Vega.

– Dès que vous serez arrivés en lieu sûr.

– Dans ce cas, je reste pour vous aider.

Marge posa les mains sur les épaules fragiles de Vega et la regarda dans les yeux.

– Si tu fais ça, Vega, tu risques de ne pas en revenir.

– C'est exact, dit Vega. Mais j'assume ce risque. Je ne crains pas la mort, je crains de négliger mon devoir. Comme nous l'a dit plusieurs fois notre père Jupiter, le devoir prime tout. Aujourd'hui, je sens que c'est envers vous qu'il doit s'exercer. Vous allez avoir besoin d'aide pour persuader les enfants de vous suivre.

– Allez, on se bouge, dit Elise. L'équipe de sauvetage devrait être là dans moins d'une heure. Si on manque la patrouille de reconnaissance, on est foutues.

– C'est d'accord, Vega, dit Marge. Tu peux rester.

– Bon.

– Dès que possible, dit Marge à Lauren, reviens m'aider à faire sortir les plus jeunes.

Un grognement leur parvint, étouffé par une couverture. Frère Ansel reprenait ses esprits. Marge lui décocha un coup de pied énergique et il se tint tranquille. L'un des enfants demanda d'où était venu le bruit.

– C'est notre père Jupiter qui nous envoie des paroles d'encouragement, dit Lauren. Allez, on y va.

Vega tenta de rassurer ses camarades.

– Ceci est notre première aventure dans l'espace. Nous allons en faire une expérience positive, scientifique et spirituelle. Souvenez-vous toujours de notre père. Méditons et prions.

– À notre père Jupiter et à son esprit éternel, dit Orion.

Les ados baissèrent la tête d'un air solennel. Bien que ne tenant plus en place, Elise essayait de garder son calme. Elle avait peur de provoquer leur résistance en les pressant. Lauren les embrassa un à un sur la joue.

– Bien parlé, mes enfants. À notre père Jupiter. Bon. C'est parti.

Sans un mot, elle se glissa dans le boyau sombre et sinistre. Avec des gestes rapides, Marge et Elise firent passer les enfants l'un après l'autre à sa suite.

– Avancez tête baissée, leur disait Elise lorsqu'ils s'engageaient dans le tunnel.

Au moment d'y entrer à son tour, elle se tourna vers Marge.

– Bonne chance.

– À toi aussi.

L'agent Stone disparut sous terre.

Quelques instants plus tard, le cagibi fut plongé dans l'obscurité et le silence que ne troublait plus qu'un léger souffle.

Le temps s'éternisa, étiré par la peur et ce silence.

Assise par terre sans rien dire, Vega attendait les instructions. Elle était parfaitement calme et ne montrait aucun signe d'appréhension. Logique. Comment pouvait-elle concevoir le danger, la réalité, elle qui avait vécu toute sa vie dans un univers déformé ?

De nouveau, des gémissements sortirent de dessous la bâche.

– Qui est là-dessous ? demanda Vega sans émotion.

Marge la savait trop fine pour se contenter d'un mensonge.

– Frère Ansel.

– Vous l'avez capturé.

– Oui.

– Et ligoté.

– Oui.

– Vous le considérez comme une entrave à votre opération.

– Exact.

Marge souleva un coin de la couverture. Ansel bougeait la tête de droite à gauche. Lentement, il ouvrit les yeux. En la voyant, il voulut se lever, mais elle le repoussa par terre en lui appliquant son arme entre les deux yeux.

– Un seul bruit et tu es un homme mort. Et je ne plaisante pas.

Les yeux pleins de terreur, il hocha la tête. Marge inspecta la gaze ensanglantée qui recouvrait sa blessure. Elise était non seulement un bon agent de terrain, mais aussi une bonne infirmière.

Soudain, il y eut de la friture dans l'intercom. Marge laissa retomber la couverture sur la tête d'Ansel et sortit du cagibi. Pas question de risquer de transmettre les gémissements. Vega la suivit et referma la porte.

– Vous connaissez les codes ? demanda-t-elle.

– Les codes ? dit Marge, le cœur battant. Non, bien sûr que non.

– Les planètes sont sur orbite, répondit Vega d'une voix neutre. La voix de frère Ansel n'est ni grave ni aiguë. Un peu nasale.

Marge hocha la tête, appuya sur le bouton. Au milieu de la friture, quelqu'un lui posa une question énigmatique. Elle regarda Vega, qui lui fit un signe d'assentiment.

– Les planètes sont sur orbite, dit-elle.

À travers les interférences, elle entendit une autre question, tout aussi cryptique que la première. Elle se mit à paniquer, mais s'imposa de conserver son flegme devant Vega, même si l'adolescente était beaucoup plus calme qu'elle.

Déjà celle-ci lui murmurait à l'oreille :

– Dites : « Je répète. Les planètes sont sur orbite. Vous me recevez ? »

Marge prit une profonde inspiration et répéta le message fidèlement, d'une voix basse et nasale.

Dans la friture, aucune réponse.

– Me recevez-vous ? demanda Marge en détachant ses mots.

Une seconde s'écoula, deux... finalement, un « Roger » haché lui parvint, suivi d'une fin de communication.

Marge relâcha le bouton et vida ses poumons. Aucun mot de remerciement n'aurait pu exprimer le soulagement qu'elle ressentait. Elle décida que le meilleur compliment envers Vega serait de faire appel à son intellect et à son sens de l'aventure.

– Sais-tu, Vega, que dans mon univers... celui des violateurs... on envoie des gens dans l'espace ?

– Exact, répondit Vega. Des astronautes. Notre père Jupiter y a contribué. Mais il a mis au point des moyens plus spirituels de voyager dans l'espace... des moyens qui ne nécessitent pas l'utilisation de vaisseaux spatiaux.

– Bien sûr, murmura Marge. Le voyage spirituel est toujours supérieur aux expériences physiques. Pourtant, quelqu'un qui combine qualités spirituelles et qualités intellectuelles, ce qui est ton cas, si je puis me permettre, a le profil idéal pour faire un astronaute.

– Mais je suis une fille, dit Vega en regardant Marge avec curiosité.

– Il existe des femmes astronautes. Tu le sais, hein ?

Vega ne répondit pas. Son visage était impassible.

– À mon avis, tu vaux les meilleures d'entre elles, tant sur ces plans-là que sur le plan de l'héroïsme.

– Je suis une enfant, dit Vega, dont les yeux s'emplirent de larmes.

– Le Petit Prince aussi était un enfant, dit Marge qui lutta pour retenir les siennes.

Sa lèvre inférieure s'étant mise à trembler, Vega céda aux pleurs. Elle ne répondit pas, et Marge n'insista pas.

– Ce n'est pas bien de s'emplir l'esprit de fantasmes quand le travail attend, dit-elle enfin.

Elle avait raison, et Marge le lui dit. Cette adolescente avait tant de choses à offrir aux « violateurs ». Tant de bonté innée, un tel désir de faire le bien. Aux confins de la répression, sous l'égide d'assassins, avait éclos un être moralement supérieur.

– Je dois prier pour être sûre d'avoir pris la bonne décision quant à mon devoir, dit-elle.

Le moment semblait opportun, en effet, et Marge se joignit à elle. Elle pria pour la vie des bébés et des enfants qui étaient toujours enfermés dans le bâtiment, elle pria pour les adultes innocents subjugués par ces monstres, elle pria pour Lauren et Elise. Elle pria aussi pour sa propre survie. Mais d'abord et avant tout, elle pria pour que Vega sorte sans dommage de cette épreuve. Après tout ce qu'elle avait fait, elle méritait le tableau d'honneur.

34

Elle trouvait le temps long.

En théorie, elle s'était préparée à l'imprévu, mais elle hésitait encore à opérer un changement de tactique majeur. Les minutes étaient longues, mais la réalité lui dictait qu'elles restaient des minutes. Elle ne voulait pas laisser sa perception déformée se traduire en actes irréfléchis, surtout en ayant Vega sous sa responsabilité. Bien qu'absorbée dans ses prières, l'adolescente perçut son appréhension. Elle sortit aussitôt de sa méditation et examina sa nouvelle alliée.

– Vous pensez qu'il leur est arrivé quelque chose ?

– Non, pas du tout, dit Marge en s'efforçant de calmer les trémolos de sa voix.

– C'est long.

– Oui.

– Le tunnel a pu s'effondrer.

– J'espère bien que non.

– Mais vous n'en êtes pas sûre.

– Non. C'est vrai, dit Marge en retenant un soupir.

– Vous pensez qu'ils se sont fait prendre ?

– J'en doute. Ils sont sous la surveillance d'un grand nombre de professionnels. C'est un gage de sécurité.

– Mais nous aussi, nous vous surveillons, dit Vega.

– Qu'est-ce que vous surveillez ? demanda Marge qui se pencha pour regarder la jeune fille dans les yeux en s'efforçant de respirer régulièrement.

– Ils vous regardent enfreindre les limites de notre enceinte. Il va se passer des choses si les violateurs s'approchent trop près. Les adultes croient que les enfants ne comprennent rien. Mais nous savons des choses. Nous ne parlons pas, mais nous écoutons.

– Que sais-tu, Vega ?

– Je connais les plans échafaudés par Vénus et le gourou Bob. Je sais ce qui va se passer si les violateurs pénètrent dans notre enceinte. Nous avons reçu des instructions pour suivre notre mère Vénus et notre gourou Bob dans le temple. Ensemble, ils nous emmèneront de l'autre côté.

– L'autre côté.

Marge marqua une pause.

– Le gourou ne parlait pas au sens matériel, n'est-ce pas ?

– En effet. Notre mère et le gourou parlaient d'un voyage spirituel.

Marge sentit des doigts de bronze se refermer sur son cou.

– Suicide collectif.

– Le gourou Bob et notre mère ont dit aux adultes qu'il est préférable de mettre fin à sa vie dans notre sphère plutôt que de se laisser corrompre par les violateurs. À l'Ordre de l'Alliance de Dieu, beaucoup de gens adhèrent à cette idée. Des mesures ont été prises.

– Quel genre de mesures ? demanda Marge qui se sentit les lèvres sèches.

– On tend des fils tout autour du temple pour mettre fin à notre visite sur terre. Le gourou Bob a prévu que ça se passe comme pour la création de notre planète : grâce au *big bang*. Cette notion lui plaît et correspond bien à la nature circulaire de la mission de notre père Jupiter. Création et destruction, le cycle éternel.

Marge se serait volontiers passée de la phase destruction.

– Donc, le gourou possède des explosifs ?

– Correct. De plusieurs types. Mais à mon avis, aussi bien lui que notre mère Vénus n'y auront recours que s'ils estiment que ce voyage spirituel est le dernier espoir pour l'Ordre.

Vega mentionnait sans arrêt la participation de Vénus à ces projets. Plus Marge pensait au coup de fil, plus elle était convaincue que ce n'était pas un piège. S'il ne venait pas de Vénus, il venait de Terra.

Où était Terra ? Et dans quel état d'esprit ?

Vega la tira de ses réflexions.

– Il est dans l'intérêt des violateurs de faire savoir à Bob que vous ne projetez rien contre lui.

– C'est la vérité, en effet.

– Vous avez bien projeté ceci.

– C'est différent, dit Marge qui se hérissa. Nous agissons dans l'intérêt des enfants.

– C'est différent à vos yeux. Mais pas aux siens.

Marge se tut. Elle avait cru entendre quelque chose, des grattements qui provenaient d'en bas. Quelqu'un arrivait. Elle sortit son

Beretta au cas où ce n'aurait été ni Elise ni Lauren. Une minute plus tard, Lauren murmurait d'une voix désespérée :

– Aide-moi à sortir de là !

Marge l'attrapa par la main et la hissa hors du trou.

– Tout va...

– Je ne sais pas, je ne sais pas ! (Hors d'haleine, elle respirait difficilement.) Je suis partie en avant... Il nous a fallu un temps fou pour faire passer tout le monde. Elise dit qu'on a pris beaucoup de retard. Quand je suis partie, elle n'était toujours pas entrée en contact avec l'équipe de reconnaissance. Mais on s'est mises d'accord pour que je revienne avant que tu paniques.

– Je ne paniquais pas.

– Enfin... peu importe. (Lauren n'avait toujours pas repris son souffle.) Ça ne se passe pas bien du tout, là-bas, tu sais ? Il y a sans arrêt des tirs croisés. C'est peut-être pour ça qu'on n'arrive pas à mettre la main sur l'équipe de sauvetage. Ils ne veulent pas attirer l'attention sur l'entrée du tunnel. Je ne comprends pas pourquoi la police s'active autant, surtout compte tenu du fait que nous n'avons pas encore tous les enfants.

– Bob a pu commettre plus de meurtres qu...

Elle s'arrêta net. Vega écoutait... Vega écoutait toujours. Marge consulta sa montre. Elles étaient effectivement très en retard.

– Je crois vraiment qu'il faudrait commencer par la nursery. Les bébés sont les plus vulnérables, dit Lauren.

– D'accord, allons-y.

Lauren pointa le doigt vers la forme qui gisait sous la couverture.

– Et lui ?

– C'est un sacré boulet. Pendant ton absence, je lui ai administré une dose massive de sédatifs pour nourrissons.

– On ne devait pas garder ça pour endormir les petits ?

– Fais ce que tu as à faire, dit Marge en haussant les épaules.

Elle vérifia qu'elle avait son arme et la radio de frère Ansel.

– Attends ici, je vais m'assurer qu'il n'y a personne dans la classe.

Elle s'aventura au-dehors. Cette fois-ci, elle entendit des bruits furtifs. Il était quatre heures et demie du matin. La secte s'éveillait. Elle fit signe à Lauren et à Vega de la suivre. Sur la pointe des pieds, elles gagnèrent la porte qui reliait la classe à la nursery. Sans bruit, Lauren tenta d'actionner la poignée.

– C'est fermé à clef, dit-elle.

– Alors, il va falloir passer par le couloir, dit Marge.

– Je vais y aller la première. Si je me fais repérer, j'éveillerai moins de soupçons.

– Et moi, aucun, dit Vega. Je vous accompagne.

– Non, Vega, tu restes avec moi, dit Marge.

Elle ouvrit avec d'infinies précautions la porte qui donnait sur le couloir et inspecta les alentours.

Silence.

Elle s'engagea dans le couloir désert, mais entendit aussitôt des bruits de pas.

– C'est plein de lève-tôt, ici, dit Lauren en prenant la tête de la petite colonne.

Elle entrouvrit la porte de la pouponnière et regarda à l'intérieur.

Tous les enfants dormaient dans un silence de plomb.

Un silence trop profond pour une pouponnière.

Elle entra, Marge et Vega sur les talons, puis elle referma la porte.

Elles attendirent que leurs yeux s'accoutument à l'obscurité complète.

Ce fut alors que Marge remarqua, dans un coin de la pièce, une silhouette plongée dans l'ombre. C'était une femme, assise dans un rocking-chair ; les paupières closes, la tête renversée en arrière, elle tenait un nourrisson dans les bras. Elle avait dû lui donner une tétée, car un biberon presque plein reposait sur le menton du bébé, gouttant sur son pyjama.

Lauren s'approcha.

– Terra ? murmura-t-elle.

Pas de réponse.

– Terra, c'est Andromède.

Terra ne bougeait pas plus qu'un mannequin.

– Peut-être qu'elle dort profondément, suggéra Vega.

– Il y a quelque chose qui cloche, dit Marge. C'est bizarre. Il n'y a aucun... mouvement... aucun...

Elle s'interrompit et prit conscience qu'elle transpirait. Elle regarda Lauren, puis Vega.

– Ne bougez pas, leur dit-elle.

Elle s'approcha du berceau le plus proche.

Elle baissa les yeux sur le petit corps endormi, enveloppé dans une couverture de couleur sombre. Le bébé, une petite fille d'environ un an, reposait sur le côté. Elle avait des joues de porcelaine et des boucles qui lui retombaient sur les yeux. Marge tendit une main tremblante de peur et lui toucha le front. Aussitôt, elle sentit comme une décharge électrique dans sa moelle épinière.

La peau était froide et sèche.

Soigneusement, elle prit la petite et la tourna sur le dos. Aucune résistance, aucun mouvement. Ses bras s'abattirent sur le matelas avec un bruit sec, comme ceux d'une poupée de chiffons. Marge posa le bout des doigts sur les plis soyeux du cou, cherchant la carotide. Le pouls ne battait pas.

Elle rencontra le regard interrogateur de Lauren en luttant contre la nausée. Elle s'approcha du second berceau, passa au troisième. Lauren ne tarda pas à comprendre.

– Oh, mon Dieu !

Elle chancela.

– Dieu du ciel, non !

– Va examiner les plus grands, sur les matelas.

– Oh, mon Dieu, mon Dieu !

– Chuut ! Silence, Lauren, on va t'entendre...

Elle se tut, car elle avait perçu des voix au-dehors. Des voix d'hommes. La porte de la pouponnière s'ouvrit à toute volée et deux fantômes blancs entrèrent au pas de charge.

– On va emporter les corps et apporter... disait l'un d'eux.

Il aperçut Marge dans sa tunique blanche.

– Qu'est-ce que vous fout...

Marge ne le laissa pas terminer. Elle leva le bras et leur décocha à chacun deux coups brefs et incisifs à l'entrejambe. Ils se plièrent en deux, elle en profita pour leur assener un coup de crosse sur le crâne. Ils s'effondrèrent au sol en gémissant, les mains entre les jambes. Un dernier coup de pied à la tête, et ils s'évanouirent.

La secte se refermait autour d'elles.

Marge donna ses instructions d'un ton sec tout en continuant de faire le tour des berceaux.

– Inspectez-les tous pour être sûres qu'on n'en ait pas oublié un vivant.

Vega se mit aussitôt au travail, mais Lauren restait figée sur place.

– Mon Dieu, c'est comme à Jonestown. On a dû leur administrer du poison dans le biberon !

– Au boulot, Lauren !

– Terra n'a pas pu faire ça, c'est impossible, dit Lauren en éclatant en sanglots. On a dû la forcer... jamais elle n'aurait assassiné...

– Pour moi, ils sont tous morts, l'interrompit Vega.

– Oh, mon Dieu ! gémit Lauren. Comment a-t-elle pu faire ça ? Pourquoi...

– La ferme ! aboya Marge avec violence. Ils vont débarquer d'une minute à l'autre, au boulot, nom de Dieu !

Elle prit le pouls de Terra. Rien.

– Va aider Vega avec les plus grands ! On a environ dix minutes avant que les autres se demandent où sont passés les deux connards que j'ai butés.

La peau de Terra était douce et froide comme la banquise. Marge la poussa doucement à l'épaule et le corps s'effondra. Elle posa la main sur la joue du nourrisson et se releva aussitôt, baignée de sueurs froides.

– Dieu de Dieu ! Celui-ci est chaud ! s'écria-t-elle, le cœur battant. Son pouls bat. Il respire !

Le biberon était plein. Le bébé avait dû s'endormir avant d'ingérer le poison mortel. Marge eut un léger vertige et s'aperçut qu'elle était en hyperventilation. Elle se força à respirer lentement.

– Lauren et moi devons aller chercher les écoliers, dit-elle à Vega. En admettant qu'ils soient toujours en vie. Il nous reste cinq minutes. Te sens-tu capable de repartir seule dans le tunnel avec le bébé ?

– Oui.

– Vega, c'est sombre, ça glisse, c'est terrifiant et c'est très, très long.

– J'y arriverai, inspecteur Marge. Vous m'avez dit que je ferais un très bon astronaute, ajouta-t-elle avec un bref sourire. Si je ne peux pas ramper dans un tunnel, comment ferai-je dans l'espace ? Donnez-moi le bébé.

Marge sentit ses yeux s'embuer de larmes. Elle l'embrassa sur le front.

– Quoi qu'il arrive, ne reviens pas nous chercher. Va vers ton salut, Vega ! Sors, et deviens la femme extraordinaire que tu es taillée pour devenir.

Vega lui rendit son baiser, puis elle partit avec le nourrisson encore endormi dans les bras.

– Les jeunes enfants sont toujours sous surveillance, dit Lauren. Les adultes vont hurler s'ils te voient.

– Je leur tirerai dessus si nécessaire. Allons-y !

Marge ouvrit la porte de la première chambre à la volée. Aussitôt, elle reçut en plein visage un fort rayon de lumière fluorescente. Une femme en tunique blanche virevoltait dans la pièce, ses yeux vitreux tentant de se concentrer sur le visage de Lauren. Elle tenait un broc en plastique à la main – aux trois quarts plein d'un liquide couleur marasquin.

– Ah, sœur Andromède, vous nous êtes revenue...

– Allons, Cérès, il faut sortir...

– Mais nous sortons, nous sortons ! dit Cérès, un sourire vague sur les lèvres. C'est précisément à quoi je m'emploie. J'aide les enfants à partir avant que les violateurs ne nous prennent d'assaut.

Une trentaine d'enfants se tenaient en file indienne, les yeux encore ensommeillés après ce réveil anormalement matinal. Ils s'étageaient en âge entre quatre et dix ans. Sur une table sur tréteaux étaient disposés quarante gobelets de carton contenant le liquide rouge cerise. Marge les balaya d'un revers de la main. Cérès les regarda se renverser sur la table et la boisson éclabousser par terre ; elle leva des yeux stupéfaits.

– Qu'est-ce que vous...

– Désolée, ma sœur, l'interrompit Marge.

Et elle lui envoya un direct en pleine figure. La femme se plia en deux et s'écroula devant les enfants interloqués.

– Silence, les enfants ! leur dit Lauren. Silence absolu !

Percevant aussitôt la colère de leur professeur, et l'urgence de la situation, ils se figèrent sur place. Leur expression passa de la terreur pure à l'horreur, aucun n'osant plus faire un pas.

Marge avait mis le turbo.

– Lauren, dit-elle, tu les emmènes dans le tunnel.

– Mais il y a les autres !

– Je m'en occupe.

– Non, moi ! insista Lauren. Ils me suivront plus facilement.

Elle avait raison.

– Dis-leur de m'obéir sans poser de questions, lui ordonna Marge.

Lauren transmit le message, en usant de son autorité de professeur.

Marge inspecta le couloir. Il était libre, elle les pressa.

– Allez, par ici ! Et vite !

Avec des gestes frénétiques, elle les poussa vers la liberté. Elle avait fait sortir la moitié de la classe quand un autre garde tourna l'angle du couloir. Il la vit quelques secondes avant qu'elle le voie et sortit son arme d'une main tremblante. Un pro l'aurait eue. Mais l'homme avait hésité.

Marge n'hésita pas, elle. Elle lui logea deux balles dans la tête.

Un de moins, encore un, songea-t-elle. Et celui-ci pour de bon. Elle se sentait comme cybertransportée dans un jeu vidéo, avec pour mission de tuer la première les méchants fantômes en tunique blanche.

– Dépêchez-vous ! hurla-t-elle aux gosses. Par ici ! Vite, vite, vite !

Elle les poussait dans la salle de classe, vers la trappe qui béait dans le sol du cagibi.

– Tous dans le trou ! C'est un tunnel, les enfants. Un long tunnel noir. C'est bon, les enfants, vous y arriverez ! Une fois dehors, plus de danger.

Elle braqua sa lampe dedans.

– Allez, on y va ! À quatre pattes, on rampe !

Personne ne bougeait. Les plus jeunes se mirent à pleurer. Marge se fit relayer par les plus âgés, en particulier par une grande fille aux yeux noirs et aux cheveux courts et frisés.

– Fais-les descendre là-dedans avant qu'il soit trop tard ! Bougez-vous ou on va tous y rester !

La fille était paralysée de terreur. Marge la secoua énergiquement.

– Allez, ouste, ou je dirai à Andromède que vous avez désobéi.

La fille hocha la tête ; ses joues ruisselaient de larmes. Tremblante, elle fit descendre les plus jeunes dans le boyau noir, les poussant dans les entrailles de la terre quand ils refusaient d'y entrer de leur plein gré. Les plus grands prirent les plus petits, qui pleurnichaient, par la main et les y entraînèrent de force.

– Allez, allez, allez !

Marge les pressa encore, mais retint la grande.

– Comment t'appelles-tu ?

– Centura.

– Moi, c'est Marge. Non seulement tu vas m'aider, mais tu vas devenir une héroïne, comme le père Jupiter était un héros. (Elle poussa un petit dans le trou.) Allez, allez !

Quand le dernier y eut enfin disparu, elle tendit une lampe électrique à Centura en lui disant :

– Je te confie la traversée. Aide les plus petits s'ils ont peur d'avancer. Il y a des gens qui vous attendent à la sortie. Allez, tout de suite, vite !

Centura pleurait, mais elle obéit et s'engouffra dans le conduit ténébreux. Marge accourut aussitôt à la rescousse de Lauren, qu'elle trouva en train d'amener un deuxième groupe d'enfants.

– Ce sont les derniers ? demanda-t-elle.

– Oui.

Des voix se firent entendre. Marge vit approcher un groupe d'hommes, visa et leur tira à tous une balle dans le ventre.

Vite, courir vers la liberté, avec les enfants. Quand ils furent tous dans la classe, elle claqua la porte et la bloqua avec une chaise.

Andromède coiffa son casque et alluma sa lampe.

– Allez, on y va ! On descend, là ! On se dépêche !

Pleurs, gémissements. Refus. Marge eut recours à la force ; sans leur laisser le temps de protester, elle poussa sans ménagement les réticents dans le boyau, refoula ceux qui essayaient de faire demi-tour au dernier moment.

– Allez, allez, allez !

Ils gémissaient à fendre l'âme. Marge se sentit dans la peau d'un ogre, mais, poussée par des visions horribles d'enfants assassinés, elle redoubla de vitesse et d'énergie. Elle cria, hurla, les rudoya physiquement jusqu'à ce qu'ils comprennent qu'ils n'avaient pas le choix.

Quand, enfin, le dernier enfant se fut engagé dans le tunnel qui les amènerait en sûreté, Marge arracha sa tunique, coiffa son casque et se jeta à son tour dans le boyau étroit et humide.

Une fois de plus, dès qu'elle sentit la vase et la terre pénétrer par tous les pores de sa peau, la panique l'étreignit. Mais son cœur battait si vite que ce fut à peine si elle remarqua sa peur. Elle eut l'impression que le tunnel s'était encore resserré. Son corps peinait entre les parois visqueuses, et elle prenait en plein visage et en pleine bouche les projections boueuses soulevées par les dizaines de pieds en amont d'elle.

Soudain, sans crier gare, le sol se déchira en grondant ; ils furent secoués comme du sel dans une salière, sous une pluie de terre et de boue qui rétrécit encore le diamètre du boyau. Des hurlements suraigus emplirent le tunnel.

Marge cracha un mélange de glaire et de terre.

– Continuez ! cria-t-elle en poussant devant elle. Ne vous arrêtez pas, ne vous arrêtez pas !

Deuxième détonation, plus forte encore que la première.

Le ventre de la terre était secoué de convulsions. Du plafond, la terre se détachait en mottes ou en pluie fine ; partout, les enfants se mirent à tousser, à éternuer, à s'étrangler, à crier, à pleurer, à geindre. Marge eut le bas du corps enterré sous une avalanche ; comment s'en dégager, sans aucune liberté de mouvement ? Elle ne se laissa pas abattre : à deux mains, elle planta les ongles dans le terrain traître et s'extirpa peu à peu de l'éboulement.

– Allez, allez, allez ! hurla-t-elle en recrachant des saletés. Plus vite, plus vite !

La température monta subitement et dans le tunnel l'atmosphère évoqua bientôt celle d'un bain de boue fumant.

– Vite avant le prochain ! cria-t-elle dans un hoquet. Vite !

Tout ce précieux oxygène brûlé pour rien.

– Si vous pouvez, retenez votre respiration...

Mais elle eut un vertige ; des étoiles dansèrent devant ses yeux.

Non, tu ne vas pas t'évanouir. Les enfants ont besoin...

Inspire, expire, profondément.

Ils ont besoin de toi.

De plus en plus noir.

Arrête un instant.

Juste un instant...

Les étoiles s'atténuaient. Son sang lui tambourinait dans la tête, mais c'était toujours mieux que de tourner de l'œil.

La température montait encore.

Le sol était chaud au toucher.

Rôtie vivante.

L'enfant juste devant elle, un garçon de huit ans, s'arrêta. Marge ne sut pas s'il refusait d'avancer ou s'il avait perdu connaissance. Peu importe. Au prix d'un effort surhumain, elle mit ses mains en coupelle sur ses fesses et poussa de toutes ses forces. Il était lourd, il avait des os en plomb, mais elle n'avait pas le choix. Si elle ne l'aidait pas à passer, elle ne passerait jamais elle-même.

Ho hisse !

Repos !

Ho hisse !

Chaud, chaud chaud !

Ho hisse !

Quelle fournaise !

Mais les miracles se produisent dans les lieux les plus extraordinaires. Le garçon revint à lui. Bien qu'encore groggy, il put se propulser en avant, tout doucement.

– Va, va chercher le père Jupiter, l'encouragea Marge en suffoquant. Allez !

– Chaud... gémit-il.

– On y est presque...

Ne parle pas, Dunn ! Respire ! Économise ton énergie.

Le tunnel se rétrécissait encore.

Marge peinait de plus en plus.

Plus de forces.

De plus en plus chaud.

Grillée vive.

Omelette norvégienne.

Délire, quand tu nous tiens !

Non, tu y arriveras !

Continue, continue... Aah, aah... continue...

Les étoiles qui reviennent.

Les forces qui déclinent.

Un vacarme assourdissant suivi de violents tremblements. La glaise qui s'écroule sur sa tête, qui enterre son corps affaibli sous un mélange de boue et de braises, qui lui brûle les narines, lui pique la bouche, les joues, les yeux.

Contin...

Mais plus rien.

Elle sombre.

Tout s'efface, s'amenuise, s'évanouit.

La terre a tremblé et son corps sans forces cède à l'« autre côté ».

Une secousse, sur sa jambe.

Quelque chose, sur elle, qui la tire.

Le garçon, peut-être, qui s'accroche à elle ?

Pauvre gosse.

Elle se soucie de lui, jusqu'à son dernier souffle. Mais peut-elle faire autrement ?

Le corps enfoui sous des kilos de terre, les poumons bloqués, elle baisse les bras. Tandis que s'éteignent les dernières lueurs de sa conscience, elle a la vague impression de respirer de l'air frais.

35

Une boule de feu explose dans le ciel couleur charbon, crachant ses flammes dans le cosmos ; l'air, chaud comme une poêle à frire, écorche les narines de Decker. Il perd l'équilibre, tombe à la renverse dans le caniveau et atterrit sur la hanche. Ses vêtements sont durcis par plusieurs couches de cendres et de suie, ses mains, à vif d'avoir creusé si longtemps dans la boue, le font souffrir. Quelques secondes plus tard, l'explosion est suivie d'un tir de mitrailleuse dirigé sur lui.

– À terre !

Les enfants avaient réussi à sortir avant que le tunnel s'éboule et que l'entrée s'effondre. Ils gisaient en tas, Decker se jeta sur eux. Il n'avait pas plus de cinq minutes pour sauver Marge avant qu'elle se noie dans le bourbier.

– Bande d'enfoirés !

Tête baissée, il chercha à tâtons la crosse de son arme automatique. Il se dégagea du tas d'enfants, se mit à genoux, risqua un œil hors de la tranchée, puis lâcha une volée de balles pour faire barrage.

– Bande de salopards !

L'échange de tirs avait eu beau sembler interminable, il n'avait pas duré plus de trente secondes. Dès que le silence se fit, Decker se glissa hors de la tranchée en laissant les enfants entre les mains des sauveteurs. Les équipes de la police et du FBI ne perdirent pas une seconde : évitant les balles, elles les firent passer à l'abri dans un fourgon blindé.

L'aube s'annonçait déjà. Parfait : au moins on verrait ce qu'on faisait. Malheureusement, on serait aussi plus visibles. Rampant jusqu'au cratère, Decker plongea à pleines mains dans la fange et se mit à creuser comme un chien de chasse enragé. À plat ventre, la tête protégée par un casque de chantier, McCarry, Stone, Oliver, Martinez et Webster joignirent leurs efforts aux siens. Les quatre policiers travaillaient à mains nues, les deux agents du FBI ayant le privilège de s'aider d'un petit outil.

Combien de minutes, déjà, depuis l'explosion ?

Deux... Deux et demie ?

Il restait donc trois, quatre minutes pour la sauver.

– Allez, Margie, fais-moi un signe, que je sache où tu es ! (Decker enfonça les bras jusqu'aux coudes dans la terre meuble et mouillée, agitant ses doigts comme des antennes.) Ils ne peuvent pas nous foutre la paix, ces connards ? Ils ne pourraient pas se faire sauter le caisson tout seuls ?

McCarry pelletait en jurant.

– La petite a dit que Bob voulait recréer le *big bang*. Il m'a tout l'air d'arriver à ses fins.

– Eh bien moi, en fait de fin, voici ce que je lui souhaite, dit Decker. Je voudrais l'écorcher vi...

Ses doigts effleurèrent une surface douce : de la peau ! Tout était si glissant qu'il n'arriva pas à les refermer dessus.

– Là, ça y est ! hurla-t-il. J'ai trouvé quelque chose, j'ai trouvé quelque chose, j'en suis sûr.

L'équipe redoubla d'ardeur. Mais les tirs hostiles se multiplièrent, forçant Decker à lâcher prise pour se protéger.

– Les salauds ! dit-il en tombant tête la première par terre.

Cette fois-ci, McCarry et Oliver ripostèrent, ce qui lui permit de replonger dans le bourbier. Il fallait tout tenter pour sauver les derniers survivants, dont sa meilleure amie et partenaire depuis dix ans, nom de Dieu !

Plus que trois minutes...

Travaille, Decker, travaille !

– Il y avait combien d'enfants avant Marge ? hurla-t-il.

– Lauren ne se rappelle pas, répondit Elise Stone.

– Comment voulez-vous qu'elle le sache...

– Elle n'a pas eu le temps de compter...

– C'est là ! J'ai quelque chose, j'ai...

Une fois de plus, le bras de Decker disparut, et son visage vint danser joue contre joue avec la flaque de vase. Pour la deuxième fois, il toucha de la chair humaine et y plongea les ongles.

– Là ! J'ai quelqu'un ! Relevez-moi, tirez-moi de là !

Webster, Martinez et Oliver l'attrapèrent à bras-le-corps et le tirèrent en arrière pendant que les autres dégageaient la terre autour de lui.

Decker priait à voix haute.

– Mon Dieu, faites que je ne lâche pas, faites qu'ils aient la patience...

De nouveau, un tir déchira l'air. Mais cette fois-ci, ils étaient si près du but qu'ils ne cessèrent pas de gratter, pelleter, extirper, tout en priant que les balles les épargnent.

Ils ahanaient. Decker, lui, s'accrochait avec une force inouïe pour arracher ce corps aux entrailles de la terre. Bientôt, un membre apparut. Un bras mince, qu'ils empoignèrent sans ménagement, le ferrant comme un poisson, pendant que les autres continuaient de dégager tout autour. Bientôt, un gosse était arraché au bourbier infernal. Une fois son visage débarrassé de sa gangue de boue, il apparut que c'était un garçon de douze ou treize ans.

Plus que deux minutes pour sauver Marge ! Decker laissa ce soin aux autres et s'occupa du garçon. Il lui ouvrit la bouche toute grande et plongea ses doigts dans sa gorge : l'urgence était de lui permettre de respirer sans provoquer de haut-le-cœur et d'éviter à tout prix qu'il inhale de la vase. Lorsqu'il lui eut dégagé les voies aériennes, Decker lui fit le bouche à bouche. Il expira trois coups brefs et regarda si sa poitrine se soulevait.

Rien.

De nouveau il lui fourra les doigts au fond de la gorge, de nouveau il lui fit trois injections d'air. Cette fois-ci, le thorax du gamin se gonfla.

– Il respire ! hurla-t-il, le visage ruisselant de sueur. Nom de Dieu c'est gagné ! Vite, un infirmier ! Où ils sont passés, ces putains de toubibs ? Il lui faut un massage cardiaque !

– Ils sont derrière la tranchée ! cria Elise sans cesser de creuser.

– C'est loin ?

Elle ne répondit pas. Elle avait fini par craquer et pelletait en sanglotant. Oliver lui jeta un coup d'œil en tentant de ne pas céder à l'émotion lui aussi. Mais dès qu'il pensait à sa partenaire enfouie dans cette boue infâme, il se sentait perdre la bataille contre les larmes.

– Allez, ma belle, allez ! s'encourageait-il. (Ses forces déclinaient, mais *l'adrénaline pure l'aidait à tenir.*) Allez, Margie, tu ne dois pas être bien loin !

À une centaine de mètres, il y eut une explosion. La terre cracha un geyser de roches et de blocs de granit.

– Fumiers ! hurla Martinez, dont les deux bras disparaissaient dans la terre. Salop... Oh, putain de Dieu, j'ai senti quelque chose ! (Il enfonça encore les bras.) Oui, j'ai quelque chose ! On dirait un vêtement ! Creusez ici ! autour de moi.

La terre se mit à voler dans toutes les directions. Pendant ce temps-là, Decker continuait d'insuffler la vie dans les poumons du garçon. Il avait appelé Webster en renfort pour appliquer des pressions sur le thorax.

– Pouls ? demanda-t-il.

– Rien encore.

– Allez, petit, on va gagner... (Il regarda Martinez.) Vous avez trouvé Marge ?

– Pas encore.

– Et un et deux et trois et quatre et cinq, comptait Webster.

Decker continuait le bouche à bouche. Ah, s'il pouvait seulement ranimer ce gamin ! Il ne s'était jamais représenté la mort comme une vengeance des bons contre les méchants, mais, tandis qu'il luttait pour cette vie et que les autres s'escrimaient en suant sang et eau, il ne pensait plus qu'à une chose : torturer Bob Russo. Le plaisir qu'il prenait à ces images lui fit peur.

– Et un et deux et trois et quatre..., comptait Webster.

Un souffle.

– Et un et deux et trois et quatre.

Un autre.

– Plus vite ! cria Martinez. Elle m'échappe... elle glisse... (Il était dans la boue jusqu'au visage.) Vite, vite !

La terre humide retombait à mesure qu'ils creusaient. On aurait dit des sables mouvants. Mais lentement, la fosse s'élargit, s'agrandit. De quelques centimètres au début, elle fut bientôt profonde de trente, cinquante centimètres. Lorsqu'ils eurent dégagé la main de Martinez, qui était agrippée à un bout de tissu, McCarry et Stone s'accrochèrent de toutes leurs forces au vêtement et se mirent à tirer dessus en espérant que les matériaux utilisés par le FBI étaient de bonne qualité.

C'était comme d'extraire un squelette de dinosaure d'une tourbière.

Ils bandèrent tous leurs muscles, plus fort.

Creuse, tire, creuse, tire...

– Et un et deux et trois et quatre et cinq, disait Webster.

Un souffle dans les poumons du garçon, et Decker qui crie :

– Vous l'avez ?

– Ça vient.

– Son visage est dégagé ?

– Pas encore. Presque.
– Et quatre et cinq.
Un souffle.
– Vous l'avez ?
Tir groupé.
– Merde ! hurla Decker en se protégeant la tête. Merde, merde, merde !
La police ripostait.
– On l'a...
– Ça vient, dit Martinez avec un grognement.
Le morceau de tissu se révéla être une jambe de pantalon ; ensuite, vint le pied chaussé d'un brodequin, et toute la jambe. McCarry bloqua ses bras autour du fémur et tira vers le haut ; les autres pelletaient toujours. Les deux jambes furent bientôt à découvert. Ils se mirent à cinq hommes pour finir de les arracher à la glaise.
Webster toujours à hurler : Et un, et deux, et trois...
Soudain, le gamin se mit à cracher de la boue et fut pris d'une quinte de toux ; Decker le tourna sur le côté pour qu'il puisse vomir sans s'étouffer. Sans crier gare, Webster céda aux larmes, mais se précipita dans le cratère pour aider les autres à extirper le corps de la terre.
La respiration du garçon était erratique, son pouls irrégulier, mais Decker n'y tenait plus. Il fallait qu'il aille aider les autres. Il fallait qu'il participe au sauvetage de sa partenaire et amie.
– Trouvez un kiné ! ordonna-t-il à Webster.
Il s'attela à l'une des jambes avec les autres, et tira.
Les hanches apparurent bientôt.
De longues jambes, des hanches larges... un adulte en tenue de camouflage. C'était elle, forcément.
Dieu du ciel, faites que ce soit elle.
Encore une minute et le manque d'oxygène aurait des effets irréversibles sur le cerveau.
Decker tira si fort qu'il eut l'impression que les veines de son cou éclataient.
– Tirez, tirez, tirez, hurla-t-il.
– On fait que ça, nom de Dieu ! cria McCarry.
Deux jambes et une hanche.
Deux hanches, le ventre, la poitrine.
Plus qu'une toute petite minute.
Une seconde, deux, trois...
Tout d'un coup le corps vint, glissant si facilement qu'ils se retrouvèrent tous sur les fesses.

Elle était inerte. Ni respiration ni pouls ni réflexes. Sous son épaisse gangue de boue, son visage ressemblait à un moulage lisse. Decker le nettoya avec frénésie, désencombra la gorge et les narines.

Peut-être cinquante secondes, peut-être moins.

Marge étant la dernière victime, McCarry n'avait plus qu'à se préoccuper de faire évacuer ses troupes sans dommage. Tout en essayant de déplacer Marge dans la tranchée de protection, l'agent spécial responsable de la mission donnait des ordres brefs et précis pour organiser le départ des véhicules. Mais Decker n'entendait rien. Il était trop occupé à dégager les voies respiratoires de Marge, qu'il suivait, pendant son transport, en rampant au milieu des tirs de mitrailleuse.

Enfin, elle fut à l'abri dans la sécurité relative de la tranchée. Les véhicules des secours se trouvaient à moins de dix mètres. En voyant le corps, un trio d'ambulanciers sortit par le hayon d'une voiture et se précipita avec une civière. Tandis qu'ils chargeaient Marge dans un 4 x 4 Suburban converti en ambulance blindée, McCarry répartit son équipe de secours dans les fourgons du FBI.

Sans hésiter, Decker se glissa à l'arrière de l'ambulance juste avant qu'on referme les portes. Sa présence rendit plus inconfortable encore l'espace exigu, mais personne ne lui fit de remarque. On mit le contact, le moteur démarra. Un petit coup d'accélérateur et le 4 x 4 fit une embardée en s'engageant sur le terrain plein de creux et de bosses. Tout autour, les camions blindés de McCarry tentaient désespérément de se frayer un chemin sans déraper.

L'œil sec, Decker tenait la main glacée de Marge dans la sienne en regardant par la vitre arrière tandis que l'équipe des urgences s'affairait sur le corps inerte. Ils dégageaient, nettoyaient, intubaient, oxygénaient ; ils pansaient, injectaient, surveillaient sur moniteur son électrocardiogramme plat. Un infirmier commença le massage cardiaque, de petits pics rappelant des montagnes dessinées à l'ardoise magique apparaissant à l'écran. Depuis l'hôpital, le médecin posait des questions par radio. Avec le bruit des moteurs et des fusillades et la friture qu'il y avait sur la ligne, on l'entendait à peine.

L'un des ambulanciers s'adressait à Decker.

Concentre-toi, Pete.

– Pardon ?

– Je vais vous demander de la lâcher et de reculer, monsieur.

Il avait des électrodes dans la main. Decker comprit aussitôt : s'il touchait Marge pendant l'opération, il encaisserait toutes les décharges électriques. À contrecœur, il coupa ce contact physique.

– Électrodes en place ?

– En place.

Subitement, la Jeep fut secouée par un violent roulis ; il y avait eu une explosion. Le sol s'ouvrit en grondant, et la lumière douce de l'aube fut salie par un jet de sable et de terre. Une pluie de cailloux s'abattit sur les vitres en plexi tandis que des pierres rebondissaient sur la caisse. La température grimpa en flèche.

Le chauffeur fit une embardée à gauche, une autre à droite, en lâchant une bordée de jurons ; mais il ne se laissa pas arrêter pour autant. Il regarda par-dessus son épaule.

– Y pas de casse ? demanda-t-il.

Decker voulut répondre, mais s'aperçut qu'aucun son ne sortait de sa gorge. Il regarda par la vitre. L'équipe de McCarry paraissait au complet. Du moins les camions roulaient-ils tous sur leurs quatre roues.

Il rassembla son courage et regarda le visage de Marge : grisâtre, celui-ci disparaissait sous un masque dont partaient des tuyaux. Oui, l'air entrait dans ses poumons, mais ses alvéoles étaient-elles suffisamment dégagées pour absorber l'oxygène indispensable à la vie ?

Une volée de balles atterrit sur le toit de la voiture, résonnant à l'intérieur, amplifiée par l'écho.

– Putain d'ordures ! jura le chauffeur en essayant de ne pas dévier de sa trajectoire.

La voiture dérapa et faillit partir en tonneaux. Mais elle retomba sur ses roues dans un grand bruit et fit un tête-à-queue.

Le chauffeur reprit sa route sans s'arrêter.

Peu à peu, les bunkers de la secte s'amenuisaient au loin.

En nage dans cette température infernale, les infirmiers tentèrent une deuxième fois d'appliquer les électrodes. Il avait beau faire près de trente degrés, Decker grelottait.

– Allez, on essaie, dit l'infirmier.

– Vous pouvez aller plus vite ? demanda l'un des hommes au chauffeur.

– Pas si vous voulez arriver vivants.

– Eric ? Électrodes en place ?

– Électrodes en place, Terry. Envoie le jus dès que tu es prêt !

– Prêt !

Le corps raidi sauta en l'air, tous les yeux se tournant vers le moniteur.

Un grand pic grimpa jusqu'au haut de l'écran, reflet de l'impulsion transmise.

Ensuite, une ligne plate.

Quelques instants plus tard, plusieurs pics erratiques apparurent, accompagnés de bips audibles.

Et suivis d'une ligne plate.

Mais un bip, puis un sursaut, puis un deuxième bip, puis un troisième, apparurent spontanément.

– C'est gagné ! Du premier coup ! Une veine pareille, c'est rare !

L'infirmier avait du mal à reprendre son souffle, mais un sourire lui fendait le visage d'une oreille à l'autre.

Les joues ruisselantes de larmes, Decker fixait l'écran. Sans quitter des yeux ces magnifiques pics, il demanda :

– Elle respire ?

– Pas seule.

Decker continua d'observer le moniteur. Le pouls se faisait plus fort et plus régulier.

– Mais son cœur bat. Il bat tout seul !

– Oui, monsieur, c'est vrai, lui répondit Eric.

– Ses poumons vont bien s'y mettre eux aussi.

– Euh... elle est sous oxygène.

Decker regarda le visage de Marge et le caressa avec tendresse, essuyant du bout des doigts les larmes qui tombaient sur son masque à oxygène.

– T'as fait la moitié du boulot, Dunn. Allez, ma belle, je sais que tu m'entends ! On est ensemble, tous les deux ; alors, ne va pas me faire un coup de vache maintenant !

Une autre éruption secoua le flanc de la montagne. De nouveau, le ciel fut obscurci. L'ambulance accusa le coup ; bombardée par les projectiles, elle glissa sur le sol caillouteux tandis que le matériel était violemment projeté d'une paroi à l'autre.

Mais presque aussitôt, les ténèbres firent place à un jour aveuglant : des explosions chimiques, feu et matières, déclenchèrent un gigantesque feu d'artifice qui illumina le petit jour.

La détonation fut assourdissante. Decker se boucha les oreilles en grimaçant de douleur. Mais la terre refusait de se laisser réduire au silence. Après l'explosion initiale, elle ouvrit grande sa gueule et lâcha des éructations qui ébranlèrent tous les environs. L'ambulance fut avalée dans le sol béant, balayée et emportée comme par une tempête. Ballotté dans le fourgon, Decker réussit à apercevoir par l'une des vitres, à travers les nuées de matières chimiques, les bunkers qui explosaient et tombaient en série, tels des dominos.

Un souffle après l'autre, d'une violence météorique.

Boum ! Boum ! Boum ! Boum !

L'enfer d'une éruption volcanique. En quelques secondes, les bâtiments qui avaient abrité l'Ordre de l'Alliance de Dieu ne furent plus qu'un souvenir. Rasés jusqu'au sol. Réduits à un brasier qui crachait ses flammes, vomissait de la fumée et des cendres blanches, incandescentes.

36

Après l'avoir laissé dormir quatre heures, une infirmière vint réveiller Decker pour lui faire subir une série d'examens. L'interruption l'irrita, et il s'en prit à elle, lui criant à la figure que les hôpitaux étaient les derniers endroits du monde où l'on pouvait espérer se reposer, et pourquoi ne le laissait-elle pas tranquille, nom de Dieu ! Rina tenta bien de l'apaiser, mais il ne réagit pas. Il endura les piqûres et les petites misères dans un état de semi-conscience, puis retomba dans le sommeil dès que sa tortionnaire en blouse blanche fut partie.

Il s'éveilla en pensant à Marge et en se reprochant de ne pas être à ses côtés. Il n'avait qu'à enfiler une robe de chambre, prendre l'ascenseur et descendre un étage : il avait une envie folle de l'entendre parler.

Parler vraiment.

Pas seulement geindre et gémir en disant « Je vous entends », ou « Oui ». Il voulait une vraie conversation, même si Marge ne lui répondait que par monosyllabes. Mais se déplacer physiquement lui parut exténuant, sinon impossible. De plus, la pendule de sa table de chevet indiquait « 4 : 06 ». Du matin, selon toute vraisemblance, et non de l'après-midi... quoique, dans les hôpitaux comme dans les casinos, il était impossible d'avoir la notion de l'heure.

Le comble, c'était Rina qui dormait sur le lit de camp. Un garçon de salle en avait apporté un la veille et l'avait déplié à côté du lit d'hôpital. Decker s'imagina mal sa femme dormant à quatre heures six – maintenant quatre heures sept – de l'après-midi. Il la voyait plutôt lisant un livre ou parlant à une infirmière, ou encore à la maison, en train de s'occuper d'Hannah.

Qui s'occupait d'Hannah ?

Probablement ses beaux-parents. Cindy ?

Il était très fier de sa logique, preuve qu'il n'avait pas perdu ses capacités de déduction. De nouveau, sa vision assombrie et floue se porta sur Rina étendue sur le lit dur, enveloppée dans un drap. Il frémit en revoyant le carnage, les corps déchiquetés transportés à la morgue par les soins du coroner. Le défilé des chariots dont les draps recouvraient des cadavres incomplets. Il eut envie de réveiller Rina simplement pour s'assurer qu'elle était en vie, même s'il savait qu'elle l'était forcément. Les hôpitaux ne logeaient pas les morts et les vivants dans la même chambre.

Il s'abstint donc en se disant que oui, elle était bien vivante et qu'il ferait mieux de la laisser dormir. Et d'essayer de dormir lui-même.

Lorsqu'il reprit conscience un peu plus tard, il trouva le lit d'appoint vide. La panique le saisit une seconde ; il se dit que sa première impression avait été la bonne, qu'elle avait été victime du bain de sang. Mais plus probablement, le jour était venu et Rina vaquait à ses occupations. Par la fenêtre grande comme un timbre-poste filtraient de ternes rayons de soleil. Ils ne font jamais les vitres, ici ? Lentement, il bascula ses longues jambes par-dessus le matelas et tenta de se redresser.

La pièce se mit à tourner et il eut l'impression que son cortex se baladait dans son crâne comme une bille dans une boîte en fer. Il baissa le menton et se comprima les tempes en essayant de faire taire le bourdonnement qui s'amplifiait dans ses oreilles. Puis il se dit qu'il serait peut-être mieux debout. Il réussit à se mettre debout et resta genoux pliés, vacillant sur la plante des pieds.

– Qu'est-ce que tu fais, tu es fou ?

Rina.

Decker se laissa retomber sur le matelas, trop las pour protester. La réalité commençait à pointer son nez fouineur. Il comprit où il était, ce qui s'était passé. Après avoir été admis en observation, il s'était laissé tomber sur son oreiller, trop fatigué pour rêver, trop épuisé pour avoir des cauchemars. Mais il savait qu'ils viendraient, à leur heure. L'épreuve, insupportable pour sa conscience, avait bien dû aller se loger quelque part, et avait choisi son inconscient.

Restait à espérer qu'elle ressortirait lorsqu'il en aurait terminé avec toutes les questions et toutes les démarches administratives. Car c'était bien ça qui l'attendait : l'enfer et la paperasse. Mais il ne s'apitoya pas longtemps sur son sort. Il était en vie, Marge était en vie, ses enfants étaient en vie et la presque totalité des enfants de la secte avait été sauvée.

Allons, Deck, accorde-toi une pause !

Il demanda à Rina quelle heure il était, d'une voix qui parut étrangère à ses oreilles.

– Sept heures dix.

Sept heures dix. Admis à quatorze heures trente la veille, il avait dormi quelque chose comme quinze heures d'un sommeil interrompu par ces fichues infirmières... qui ne faisaient que leur travail, il le savait bien. Mais c'était tout de même agaçant. Il se passa la main dans les cheveux et trouva ses boucles mouillées. Il avait dû transpirer en dormant.

– Il faut que je voie Marge, déclara-t-il.

– Elle dort.

Il lui fallut quelques secondes pour comprendre ce qu'elle venait de dire. Elle dort.

– Mais comment le sais-tu ?

– Je reviens de sa chambre.

– Comment va-t-elle ?

– Elle réagit très bien.

– Elle respire seule ?

– Quasiment. Elle est sous oxygène, mais plus sous ventilation artificielle depuis plusieurs heures.

Decker acquiesça. Dans sa tête, il sentit le brouillard se lever.

– Je vais descendre la regarder dormir.

– Ménage-toi, Peter. Tu as besoin de repos.

La voix de Rina était douce... Ou plutôt assourdie. Il avait toujours des bourdonnements d'oreille, mais au moins il entendait. Quand elle se tut, il n'y eut plus qu'un vrombissement horripilant dans son cerveau.

– J'ai dit le *gomel*, dit-il fièrement.

Le *gomel*, c'était la prière juive par laquelle on remercie Dieu d'être délivré du danger.

– C'est un véritable miracle que tu t'en sois sorti sur tes deux jambes, dit Rina.

– Enfin, façon de parler ! dit Decker en se renversant sur ses oreillers. Pour combien de temps suis-je cloué ici ?

– Tu es en observation pour vingt-quatre heures.

– Tu veux dire incarcération.

Rina le regarda, les yeux humides. Sa lèvre se mit à trembler. Elle la mordit, mais sans pouvoir retenir ses larmes.

– Ah, chérie ! dit Decker en tendant une main vers elle. Je suis en pleine forme, j'ai... j'ai juste un peu de sommeil à rattraper.

Elle s'assit sur le bord du lit et se pendit à son cou. Il réussit à se redresser et serra contre lui son corps chaud, à l'odeur si réconfortante, puisant dans la douce lumière qu'elle répandait de quoi éclairer ses ténèbres.

Ils pleurèrent en silence, mêlant leurs larmes. Distincts mais unis telles deux pièces d'un puzzle. Ils ne se séparèrent que lorsque l'infirmière entra en annonçant que c'était l'heure de la prise de sang.

Decker avait du mal à se dire que la Marge qui dormait entre ces draps blancs et raides était le corps inanimé qu'ils avaient extirpé du ventre boueux de la terre vingt-quatre heures plus tôt. Malgré son masque à oxygène, elle respirait sans assistance. Elle était sous perfusion, donc elle se nourrissait. Les battements de son cœur étaient redevenus forts et réguliers. Trop absorbé par les appareils de réanimation hypersophistiqués qu'il avait devant lui, il n'avait pas remarqué la silhouette en pyjama assise près de la fenêtre. Les coudes appuyés sur le rebord de la fenêtre, le front contre la vitre jaunie, la jeune fille regardait dehors.

Decker se racla la gorge et elle se retourna. Aussitôt, elle se raidit comme si elle avait avalé une épée.

– Décontracte-toi, Vega, lui dit Decker en resserrant la ceinture de sa robe de chambre. D'ailleurs, tu vas retourner dans ta chambre, avec les autres.

– Je vais bien. (Elle détourna les yeux.) Il fallait que je la voie. Pour être sûre.

– Je comprends ce que tu ressens. Moi aussi, il fallait que je la voie.

Vega lui jeta un coup d'œil, mais ne répondit pas.

– Comment te sens-tu ? lui demanda Decker.

– Bien.

– Quelqu'un sait que tu es ici ?

Vega baissa la tête et la secoua de droite à gauche.

– Dans ce cas, il vaut mieux que tu retournes avec les autres. Tu ne voudrais pas que les infirmières s'inquiètent de ton absence...

Vega ne fit même pas mine de bouger.

– Vega ? Tu m'entends ?

– Oui, lieutenant.

Mais elle restait vissée à sa chaise.

– C'est très mal de désobéir, reprit-elle, et de n'avoir pas dit où j'étais. Je suis très méchante.

Decker contourna le lit de Marge et s'approcha d'elle. Il s'assit par terre en resserrant encore le nœud de sa ceinture. Si une infirmière entrait, il ne voulait pas passer pour un pervers.

– Vega, lui dit-il avec douceur. Il n'y a pas une once de méchanceté en toi. Tu es quelqu'un de très bien, tu le sais, non ?

– J'ai sauvé le bébé. C'était très bien.

Decker poussa un soupir audible.

– Non, ce n'était pas seulement très bien. C'était héroïque ! Extraordinaire ! Mais il te suffit d'être toi pour être quelqu'un de bien. Tu comprends ce que je te dis ?

Elle ne comprenait pas.

– Je suis bonne quand je fais quelque chose de bien, mauvaise quand je fais quelque chose de mal.

– Non, non, dit Decker en secouant la tête avec véhémence. Ce n'est pas comme ça que ça marche. Les gens bien, comme toi, restent bien même quand ils font des erreurs.

– Je n'ai pas dit une erreur, j'ai dit quelque chose de mal.

– Même ça, ce n'est pas vrai. Tu peux désobéir, avoir un moment de méchanceté, ça ne fait pas de toi quelqu'un de mauvais. Ça fait de toi quelqu'un de bon qui a désobéi ou qui a fait quelque chose de mal. Ça ne change pas ta nature, qui est bonne. Tu comprends ce que je veux dire ?

Elle ne répondit pas.

– Prenons un exemple, dit Decker qui tenta de faire appel à son sens logique. Tu as suivi les conseils de Marge. Bon. Pour la secte, c'est mal, tu as désobéi au règlement. Mais moi, je sais que c'est quelque chose de bien. Plus important, surtout, tu sais toi aussi qu'en l'écoutant, tu as bien agi. Sinon, elle serait morte.

Une larme roula sur la joue de Vega.

– Tous les membres de la secte sont morts. Peut-être qu'en suivant Marge, j'ai provoqué tout ça, dit-elle.

– Mais non, mais non ! Ils avaient déjà tout prévu pour mourir ensemble bien avant que Marge, ou Lauren – sœur Andromède – ou l'agent Elise Stone n'entrent par le tunnel. Et en plus, ils allaient commettre des meurtres avant de s'en aller. Tu le sais, toi qui as vu... (il avala sa salive) toi qui as vu les bébés. Si tu étais restée, tu aurais été assassinée comme ils l'ont été.

Elle l'avait écouté en le dévorant des yeux.

– Maintenant, ils sont dans un monde meilleur, dit-elle en détournant le regard. Ce n'est pas si mal.

Mais ses larmes avaient redoublé. Decker eut envie de la prendre dans ses bras, mais il se retint. Aux yeux de la jeune fille, tout, dans cet univers, celui des violateurs, était étranger. Qui sait ce qui pouvait la consoler ? La consolation faisait-elle seulement partie de son vocabulaire ?

– Nous avons vu beaucoup d'adultes qui sont venus nous parler, dit Vega. Ils étaient en robe blanche, comme nous à la secte. Peut-être est-ce pour nous faire croire qu'ils sont des amis et non des violateurs.

– Euh, dans le monde des violateurs, les médecins portent une blouse blanche.

– Donc, ils n'ont pas d'arrière-pensées ?

– Non.

– Ces médecins, dit-elle. Ils nous voient en groupe, ils nous voient individuellement. Ils nous posent des questions, ils nous font passer des tests. La femme qui s'est occupée de moi a dit que j'étais très, très intelligente.

– Tu l'es.

– J'ai surpris une de leurs conversations. Ils disent que nous sommes tous très intelligents, que nous sommes exceptionnellement forts en math, physique, chimie, bien plus forts que les enfants de notre âge. Ils disent aussi que notre compréhension des textes écrits est très élevée.

– Je suis sûr que tout cela est vrai.

Elle le regarda en face en essuyant ses larmes.

– Si le père Jupiter et ses adeptes ont produit une progéniture aussi intelligente, qui étudie et essaie de comprendre la physique et la métaphysique de l'univers, pourquoi tout le monde s'acharne-t-il à le condamner, lui et la secte ? (Elle renifla.) Les violateurs n'ont pas le droit de condamner la secte ! Elle n'était pas mauvaise, pas du tout !

Decker acquiesça d'un signe de tête.

Elle s'essuya le nez sur sa chemise de nuit d'hôpital.

– Les violateurs ne comprennent pas ! Ils disent que nous sommes intelligents, mais que la secte est malfaisante ! Ils sont en pleine contradiction ! Il ne faut pas dire ça, c'est très mal de leur part !

Les critiques à l'encontre de la secte lui étaient pénibles à entendre et elle défendait les siens bec et ongles. Le faisait-elle par habitude, par loyauté ou par culpabilité ? À la première occasion qu'elle avait eue d'exercer son libre arbitre, c'était Marge et non la secte qu'elle avait choisie. Parce qu'elle avait su instinctivement trouver la voie juste et bonne.

Il n'osa pas le lui expliquer. Il valait mieux laisser ce genre de tâche aux professionnels.

Les enfants faisaient l'objet d'une évaluation exhaustive. Avant de sombrer dans le sommeil, Decker avait parlé au responsable, un psy qui avait travaillé pendant des années comme expert auprès de la police au commissariat de Westside et qui avait la réputation d'être un excellent pédopsychiatre. Les huiles l'avaient chargé, avec d'autres, de mettre sur pied le programme de réadaptation. Le médecin avait pris le temps de parler à Decker et celui-ci, malgré sa méfiance envers le jargon qu'il employait, s'était surpris à trouver la conversation intéressante. Ce type savait manifestement faire passer le courant avec les flics.

– Je suis sûr que beaucoup de violateurs ne comprennent pas le père Jupiter et l'Ordre de l'Alliance de Dieu, reprit Decker. Mais je vais te dire ce que moi, j'ai compris.

– Oui ?

Il passa un doigt sur l'arête du nez de Vega.

– Je sais que tu es quelqu'un de très bien. Et je sais que tu vas faire de grandes choses dans ce monde. Tu seras non seulement une grande scientifique – si c'est ce que tu choisis de devenir –, mais aussi une personne très morale, parce que tu as un sens moral développé.

Elle garda le silence.

Une scientifique doublée d'un être moral. Decker repensa soudain aux accusations portées contre Emil Euler Ganz *alias* père Jupiter. Parjure. Adultère. Plagiat. Un sadique qui prenait plaisir à détruire les carrières – à en croire les souvenirs de sa propre fille. Pourtant, les autres voyaient en lui un dieu et un sauveur. Où était la vérité ? Si elle existait, en tout cas elle n'était pas absolue.

– Une scientifique et une personne très morale, répéta-t-il. Parce que tu as un sens moral très aigu. Tu es née ainsi.

– Je crois que nous sommes tous nés avec certaines caractéristiques, lieutenant. Mais cela ne nous définit pas entièrement. C'est notre père Jupiter, aidé de nos professeurs et de nos gourous, qui a façonné mon être. Vous essayez de séparer des choses inséparables.

Decker observa son jeune visage baigné de larmes. Naturellement, elle avait raison. L'ironie de la situation lui apparut : cet être moralement supérieur, cet esprit pur, issu d'une secte plongée dans l'immoralité et dirigée par des leaders vénaux et assassins, se laisserait-il corrompre par la liberté maintenant qu'il s'était affranchi de ces fous dangereux ?

– Il faut arrêter d'accuser l'Ordre de l'Alliance de Dieu et notre père Jupiter à tort et à travers, reprit Vega. C'était un saint homme. Les violateurs ont tort de dire du mal de lui.

– Qu'est-ce qui te dérange le plus ?

– Ils disent qu'il était malveillant, et fou. Qu'en savent-ils ? C'était un prophète ! L'élu de Dieu, dont la mission était de répandre Sa parole. Ils ne comprennent pas.

– C'est vrai. Ils ne comprennent pas.

Elle regarda par la fenêtre.

– Ils ne savent pas à quel point les professeurs de l'Ordre sont merveilleux. Ils n'ont pas vu les soins et la charité dispensés envers les plus démunis d'entre nous. Nous n'avons jamais manqué de nourriture. Nous avons toujours été propres, nous avons toujours eu chaud. Nous étions constamment immergés dans un merveilleux océan de savoir. Ils ne comprennent pas, répéta-t-elle en hochant la tête.

Ils ne comprennent pas parce qu'aux yeux du public tout ce qu'il reste de ça, c'est un immense charnier. Une tragédie qu'on aurait pu éviter. Un épouvantable gâchis de vies humaines. Une minute de plus et Marge y laissait la vie.

– Peut-être, un jour, écriras-tu un livre dans lequel tu nous expliqueras tout cela, dit Decker. Tu essaieras de nous éclairer.

– J'aimerais vraiment beaucoup.

Il lui fit un bref sourire et regarda le lit d'hôpital. Vega remarqua le subtil détournement d'attention.

– L'inspectrice Marge s'en tirera sans problèmes ?

– J'espère... je crois, oui.

– C'est votre amie ?

– Oui, Vega, c'est mon amie.

– Quand elle ira mieux, peut-être qu'elle sera mon amie aussi...

– Elle l'est déjà, Vega.

– Comment le savez-vous ? dit-elle, le visage illuminé.

– Dès qu'elle t'a rencontrée, elle a dit beaucoup de bien de toi. Pourquoi crois-tu qu'elle est allée risquer sa vie dans ce tunnel ? C'était pour toi.

Vega sembla méditer ces paroles, puis elle s'éclaircit la voix.

– Elle m'a dit qu'elle me verrait bien en astronaute. Je crois que je vais suivre son conseil.

– Bonne idée.

– J'aimerais explorer l'espace. L'idéal, ce serait de voler sans vaisseau... comme le Petit Prince. Mais ça ne peut se faire qu'en fantasme. Donc, je serai astronaute et je volerai dans un vaisseau spatial. C'est moins bien, mais nous sommes liés par les lois de la physique.

– Tu feras une excellente astronaute, Vega.

– Merci. Et peut-être qu'un jour, avec un peu de chance, je verrai le Petit Prince.

– Dans l'espace ? demanda Decker en souriant.

– Non, lieutenant, il n'existe pas dans l'espace, dit-elle d'un air grave. J'espère le voir dans mes rêves.

– Vous allez mieux, on dirait.

Decker pivota. Tiens, le Dr Little, l'honorable coroner en chair et en os, se dit-il, trouvant aussitôt son expression d'un goût douteux.

– Salut, Judy.

– Alors, ils vous ont déclaré comestible ?

– C'est à peu près ça, dit-il en s'arrêtant de remplir sa valise. D'ailleurs, je suis déjà à moitié bouffé aux mites.

– Je veux bien vous croire, dit-elle en s'asseyant sur le lit d'appoint. Ils vous ont fait passer la batterie de tests habituelle ?

– Oui, tous plus pénibles les uns que les autres.

Il jeta son rasoir dans un petit sac reporter et se percha sur le bord de son lit.

– Ils m'ont fait passer tout un tas de tests d'équilibre et de coordination. Vous voyez le style, debout sur un pied, yeux fermés, touchez le bout de votre nez avec votre doigt. Ces trucs-là ont dû être inventés par un neurologue qui s'amusait comme un fou à vous donner l'impression d'être un pantin désarticulé.

– Si je comprends bien, les résultats sont bons ? dit-elle en souriant.

– Si j'ai des lésions au cerveau, elles datent de bien avant l'existence de la secte.

– Quand sortez-vous ?

Decker consulta sa montre.

– Ma femme et mes gosses devraient être là dans une demi-heure. Mon comité d'accueil... je m'étonne qu'ils n'aient pas loué une fanfare. Vous connaissez ma fille aînée, Judy ?

– Je ne crois pas.

– Elle est flic.

– Vous plaisantez ?

– Pas du tout. Je n'ai pas été ravi de sa décision, mais elle est heureuse. C'est tout ce qui compte. (Il sourit en son for intérieur.) Elle est super. Tous mes gosses sont super.

– Pas trop gaga tout de même ?

– Tout le monde a le droit de pavoiser un peu au nez et à la barbe des voisins.

– Ils ont des laissez-passer ?

– J'imagine, oui. Pourquoi ?

– La sécurité a été renforcée. Ils sont beaucoup plus stricts ici que sur les lieux du drame.

– Les gosses de la secte sont hospitalisés ici.

– Justement. Tout le monde veut les voir. Qu'est-ce qu'ils espèrent ? Découvrir des petits robots ?

– Sans doute.

– Les vigiles repoussent la presse, ça afflue de tous les côtés. (Elle eut un petit sourire.) Quand ils ne posent pas pour la photo.

– Allez-y, voici mon meilleur profil, dit Decker en riant.

– C'est à peu près ça. Il m'a fallu plus d'une demi-heure pour entrer.

– J'espère que c'est plus rapide pour sortir. (Il ferma la glissière de son sac.) Je déteste les hostos. Je serai ravi de dire adieu à celui-ci. En tant que malade, du moins, ajouta-t-il en pensant à Marge.

– Comment va la tête ? demanda Little avec une expression peinée.

– Ça cogne, ça crie, ça sonne, ça siffle. J'ai toute une section de percussions dans la cervelle. On n'arrête pas de me répéter qu'il faudra du temps pour que ça se remette, alors... ai-je le choix ? Le capitaine Strapp m'a dit de prendre une semaine... plus, si nécessaire. Comme vous le savez, le service a d'excellentes indemnités d'invalidité.

– Vous vous en tirerez, j'en suis sûre.

– Souhaitons la même chose à Margie.

– Comment va-t-elle ?

– Marge, dit-il en soufflant le mot dans un soupir..., d'après les médecins, elle est en bonne voie... elle sait son nom et celui du président en exercice. Ses capacités cognitives... ça vous plaît ce mot-là ?

– Drôlement compliqué, pour un flic.

– Je suis plus calé que j'en ai l'air. (Une pause.) Bref, je crois que Marge en sait beaucoup plus long qu'elle ne peut le dire.

– Elle parle ?

– Oui, et c'est bon signe, même si elle ne dit que deux ou trois mots à la fois. Elle reconnaît tout le monde. Scott, moi et les collègues, elle nous a reconnus tout de suite.

– C'est bien.

– Elle se souvient même qu'elle a travaillé sur l'affaire Ganz. Elle se rappelle vaguement l'élevage de poulets, où elle était juste avant de venir nous rejoindre à la secte. Elle se rend parfaitement compte qu'elle est à l'hôpital – elle a du mal à respirer et elle sait qu'elle est sous oxygène –, mais elle ne sait pas ce qui l'y a amenée. Elle n'a aucun souvenir de ce qui lui est arrivé. Et tout le monde a l'air de trouver ça normal.

– Elle a subi un choc terrible. Il arrive que l'esprit se mette au repos en même temps que le corps.

– Je sais. Je l'ai constaté je ne sais combien de fois au Vietnam.

– Vous étiez au Vietnam ?

– Dites-moi que j'ai l'air trop jeune pour ça, dit-il, tout sourire.

– Vous avez l'air trop jeune pour ça.

– Vous mentez superbement.

– Quand on veut rester politiquement correct, je crois qu'on dit : « J'ai un handicap de moralité. »

Decker eut un petit rire, mais son cœur était lourd. Il redevint grave, tout à coup.

– Oui, au Vietnam, j'ai à peu près tout vu. Ce qui est arrivé à la secte... (il haussa les épaules), ce n'est pas tellement différent. À la guerre comme à la guerre. (Il se frotta le front.) Simplement la mission était beaucoup plus courte.

– Mais maintenant, c'est fini, dit Little.

– J'ai encore une montagne de paperasse qui m'attend. Et tant que Marge ne sera pas sur pied, rien ne sera fini pour moi.

Il y eut un silence, qui se prolongea.

– Elle va s'en tirer, dit-il d'une voix ferme, histoire de s'encourager.

– Et vite, j'en suis sûre, renchérit Judy.

– Et le charnier, ça se présente comment ?

– C'est atroce, reconnut-elle. On déblaie un mélange de corps en charpie et de terre. Il y a du sang partout. Il va falloir des mois pour remettre les morceaux ensemble.

– Vous ne savez donc pas encore si Bob ou Vénus comptent parmi les morts ?

– Pour l'instant, nous recueillons des dents pour l'identification. Nous faisons faire des radios des mâchoires. Il ne nous reste plus qu'à essayer de procéder par comparaison avec du matériel intact, et il ne reste presque rien. Tout ça avec des dizaines de familles suspendues à nos lèvres. Certains parents n'ont pas eu de nouvelles depuis des années et espèrent que leurs disparus avaient quitté la secte avant le carnage. (Elle leva les mains au ciel.) À leur place, moi aussi je m'accrocherais au plus petit espoir.

– Et moi aussi. Avez-vous appelé Annie Hennon ?

– La fée des dents ?

– Son titre officiel est « odontologiste expert en médecine légale ».

– On l'a appelée, oui. (Soupir.) Elle est avec nous dans les ruines, elle fouille les cendres. Ce qui est sympa de sa part. Elle a un cabinet où elle exerce à plein temps.

Little leva les yeux au plafond.

– J'ai vu des centaines de cadavres, lieutenant. J'ai pratiqué des autopsies sur des milliers de corps. Rien ne nous prépare à ce genre d'horreur. (Elle le regarda dans les yeux.) Et moi qui me plains de mon sort alors que vous étiez en première ligne...

– À chacun son boulet, dit-il en haussant les épaules. Au moins, moi, je rentre chez moi.

– Oui, tant mieux pour vous. (Elle sortit quelques notes de son blouson.) Je sais que j'arrive après la bataille, dit-elle, mais j'ai trouvé la source probable de l'arsenic qui a empoisonné le roi Jupiter.

– Et c'est ?

– Ses vitamines.

Decker revit tous les flacons qu'il avait étiquetés et emballés un à un. Il avait inspecté le contenu de certains. La plupart des médicaments étaient sous forme de comprimés. Il s'en étonna auprès de Judy.

– C'est vrai, dit-elle, mais il y avait aussi des gélules. En particulier, les préparations à base de plantes telles que le gingko et le ginseng. Il semblerait que quelqu'un y ait introduit quelques microgrammes de poudre d'arsenic.

– La manipulation n'est pas difficile.

– Non, pas du tout.

– Ce cas réunit tous les signes typiques de l'empoisonneur : un personnage lâche et sournois qui évite les conflits. Et qui est dans les parages, pour voir souffrir sa victime. (Decker se gratta la tête.) Bob tout craché.

– Bob s'est montré capable d'affronter un conflit lorsque ça s'est révélé nécessaire, lui fit-elle remarquer.

– Exact, mais c'était après la mort de Jupiter.

– Ah, concéda Judy, pourtant peu convaincue. Son nom de famille était bien Russo, non ?

– Oui, bien sûr. Pourquoi cette question ? demanda Decker soudain en alerte.

– Parce qu'il paraît qu'il aimait bien changer de nom, à l'occasion.

– Ah... Europa, la fille de Jupiter, confirme que lorsqu'elle a fait sa connaissance, il lui a dit s'appeler Ross. Ensuite, nous avons découvert que c'était Russo

– Mais Russo, c'est bien son vrai nom de famille ?

– Où voulez-vous en venir, Judy ?

– On a trouvé ce nom-là sur les flacons empoisonnés.

– Vous voulez dire que ces médicaments avaient été préparés sur ordonnance ?

– Non, non. Les vitamines sont des médicaments en vente libre. Je parle du nom du fabricant : Russo Holistic Supplements. J'ai fait des recherches sur la société. C'est une entreprise qui a pignon sur rue. Son président est...

– Robert Russo ! s'écria Decker en enfouissant son visage dans ses mains. Grands dieux !

– Ce n'est pas une coïncidence ?

– Le PDG est Robert Russo Sr.

– Le père de Bob.

– Je n'ai pas demandé d'analyse d'ADN pour me le confirmer, mais j'en jurerais devant un tribunal. (Decker se leva et se mit à arpenter la chambre.) Bob senior détestait Emil Ganz. Dans un courrier des lecteurs publié quelques jours après la mort de Jupiter, il l'accusait de parjure et d'adultère... Probablement avec sa femme.

– La mère de Bob junior ?

– Oui.

– Bob junior aurait donc empoisonné Jupiter pour venger l'honneur de Bob senior en puisant dans les réserves de papa ? Très œdipien ! Où est le chœur grec ?

– D'après le peu que j'ai pu voir, Bob junior haïssait son père. Il m'a confié qu'Emil Ganz était son héros et son père spirituel. J'ai eu le sentiment qu'il s'était acoquiné avec Jupiter pour vexer son père, certainement pas pour lui plaire.

– C'est donc que quelque chose l'aura fait changer d'avis. Parce que c'est un fait, il y avait de l'arsenic dans les gélules.

Decker gardait le silence.

– Il y a quelque chose qui vous tracasse ? lui demanda Judy.

– Les flacons empoisonnés. Au labo, a-t-on pratiqué les tests sur les flacons ouverts, ou non ouverts ?

Little réfléchit.

– Je ne sais pas, dit-elle.

– Est-ce qu'ils ont encore des flacons scellés en provenance de Russo Holistic Supplements ?

– Je ne sais pas. Il faudra demander... (Elle s'interrompit net et eut un gloussement de surprise.) Vous pensez que l'arsenic pouvait provenir de Bob senior ?

– Il haïssait Ganz de toutes ses tripes.

– Mais comment pouvait-il savoir que Ganz était client chez lui ?

– Judy, il est propriétaire et président de la société. Il sait où vont ses expéditions. Il a dû se rendre compte que sa société faisait des envois à la secte...

– Mais comment ? Ils doivent avoir des centaines de paquets en partance chaque jour.

– Quand on voue à quelqu'un une haine aussi farouche, quand on traîne une rancune vieille de plusieurs années, ce sont des choses qu'on remarque.

Sceptique, Judy haussa un sourcil.

– Pour le fabricant, mettre un peu d'arsenic dans les gélules est facile comme bonjour, dit Decker.

– Là n'est pas la question...

– Si, au contraire.

– Pete, même si Bob senior savait que la secte était cliente chez lui, dit Little en remettant ses notes dans sa poche, il ne pouvait pas savoir que les médicaments étaient destinés à Jupiter.

– Peut-être que si. Peut-être qu'il y avait son nom sur les emballages.

– Vous en avez la certitude ?

– Non. Il faudrait que je vérifie ses étiquettes d'inventaire. Que je me procure un mandat pour aller fouiller chez lui.

– Même si les boîtes étaient spécifiquement destinées à Jupiter, il prenait le risque d'empoisonner d'autres personnes.

– Ça expliquerait qu'aucune des gélules n'ait contenu de dose mortelle. Remarquez, il s'en moquait peut-être complètement. (Decker s'arrêta au milieu de la pièce.) C'est une question qui appelle une réponse simple. Si le labo a des flacons non ouverts, nous les ferons analyser. S'ils contiennent de l'arsenic, nous saurons que le poison provient de chez le fabricant.

– Ça ne suffira pas à accuser directement Bob senior.

– Non, mais ça me permettra d'obtenir un mandat pour passer sa société au peigne fin. Ensuite, par les numéros d'inventaire, je pourrai voir si les étiquettes correspondent aux flacons expédiés à Jupiter. En réunissant suffisamment de preuves, je pourrai même arrêter Bob senior pour tentative de meurtre.

– Mais ce n'est pas l'arsenic qui a tué Jupiter.

– Ça, il ne le sait pas, dit Decker.

– Mais le jury le découvrira.

– On s'en souciera plus tard.

– Et si le labo n'a pas de flacons vierges ?

– Alors, avec un coup de veine extraordinaire, nous retrouverons peut-être dans les décombres un flacon entier et vierge. Mais je reconnais qu'il y a de fortes chances pour que tout ait été réduit en cendres, auquel cas nous ne saurons jamais s'il faut accuser le père ou le fils.

– L'un des deux Bob s'en tirerait donc à bon compte après avoir empoisonné Jupiter ?

– Aucun des deux Bob ne s'en tire à bon compte. Je présume que Junior est mort. Ce qui veut dire que Senior a perdu son fils unique. (Decker réfléchit en silence.) En fait, Senior a perdu Junior quand il a rejoint Jupiter, il y a longtemps. Et même s'il a exercé sa vengeance sur Jupiter, au bout du compte, c'est la secte qui lui a détruit son fils. *Midah keneged midah.* C'est une expression en hébreu, qui veut dire : « Œil pour œil, dent pour dent. » Mais sa vraie signification, c'est : « Qui sème le vent récolte la tempête. » Et ça, mon amie, ça résume toute la vie !

37

Il eut l'impression d'avoir le dos transpercé par son regard. Il entendit sa voix avant même qu'elle prenne la parole.

– J'imagine qu'au lycée vous faisiez partie de l'équipe de football américain, dit-elle.

– Oui, répondit-il, les yeux toujours sur les photographies.

Silence.

– Mon Dieu, je suis vraiment horrible.

Decker passa du paysage lunaire à Europa, qui était assise à son bureau. Elle lui parut plus petite que dans son souvenir. Sa posture, sans doute : épaules voûtées, tête baissée.

– En quoi êtes-vous horrible ?

– À cause de mes préjugés élitistes et snobs. Je vous ai jugé sur votre apparence.

Il la jaugea à son tour : peau pâle, presque blafarde. Elle portait un tailleur anthracite et un chemisier blanc. En l'espace de quelques semaines, ses cheveux courts semblaient s'être parsemés de gris.

Elle avait l'air déprimé, ce qui n'avait rien d'étonnant. D'après les journaux, son aliéné de père – l'ange déchu de l'astrophysique – avait engendré une société de fous, adorateurs de Satan. Les rumeurs n'étaient guère éloignées de la réalité. Si Europa était furieuse de l'héritage laissé par son père et se sentait écrasée par lui, c'était à juste titre. Quand on pensait à toutes les horreurs qu'elle avait entendues de la part de ses collègues à l'époque où Ganz était devenu Jupiter... Et maintenant que la secte était annihilée, une fois de plus, elle endurait des attaques. Les journaux noircissaient le personnage de son père, oubliant un peu vite qu'il était mort plusieurs jours avant le massacre.

– Eh bien moi, je trouve votre déduction intelligente, docteur Ganz. J'ai en effet le physique d'un ancien joueur de football américain.

– Ce n'est pas ça. J'ai dit : « au lycée », pas : « à la fac ». Parce que vous êtes flic, je suis partie du principe que vous n'aviez pas fait d'études. Je suis désolée.

– C'est un jeu de la vérité ? demanda Decker en souriant.

– Je me surprends moi-même, répondit-elle. On dit que l'espace occupé par un corps humain est fini, or je me découvre une capacité infinie à la culpabilité.

Révélateur, songea Decker.

– Vous avez raison, je n'ai pas fréquenté la fac, dit-il. Enfin si, mais j'ai repris mes études beaucoup plus tard, et j'étais bien trop vieux pour jouer au foot américain.

– Des études de quoi ?

– Sciences de la police. Ensuite, je me suis tapé trois ans de fac de droit. En cours du soir. Remarquez, j'ai fait toutes mes études supérieures en cours du soir. Mais j'ai décroché une mention et j'ai été admis au barreau. Du premier coup. Pas mal pour un flic, hein ?

– Pas mal pour n'importe qui, dit-elle avec un sourire pâle.

– J'ai travaillé avec mon ex-beau-père, poursuivit Decker. Droit notarial. Testaments, legs... J'ai tenu six mois, puis j'ai décidé de suivre ma voie.

– Autant de gagné pour les forces de l'ordre.

– Merci. Je crois ne pas être mauvais dans mon boulot. (Il s'assit en face d'elle.) Mais je me demande encore si j'ai fait ce qu'il fallait avec la secte. En particulier avec Bob.

– C'est-à-dire ?

– Avec un peu plus de doigté, peut-être aurais-je pu arriver à le convaincre.

– Je vous donne mon avis pour ce qu'il vaut, lieutenant : je ne crois pas qu'il y avait grand-chose à faire. Bob était décidé à inscrire son nom dans l'histoire.

– Pourquoi cette question sur le football, docteur Ganz ?

– Je ne sais pas... peut-être parce que mon père aimait ce sport.

– Il y jouait ?

– Je ne sais pas. Vous voyez comme nous étions proches.

– Mais vous savez que ça lui plaisait.

– Il regardait les grands matches, le Rose Bowl et le Super Bowl. Quand j'étais toute petite, je l'accompagnais, mais je n'ai jamais bien compris les règles du jeu.

– Personne. On fait tous semblant, dit Decker avec un sourire.

De nouveau, un sourire vague et fugace joua sur les lèvres d'Europa. Ses yeux étaient tristes et las.

– Donc, quand vous étiez petite, reprit-il, vous assistiez aux matches avec lui ?

– Surtout le Rose Bowl. C'était une tradition du nouvel an. Une fois, mes frères étaient encore tout petits, il m'a emmenée à son bureau, à l'université. Moi toute seule. Je me souviens d'avoir regardé le défilé de ses fenêtres du sixième étage. L'immeuble a disparu depuis longtemps, il a été remplacé par le Space Sciences Center. Mais à l'époque, nous étions aux premières loges. La vue était époustouflante. Après le défilé, nous avons regardé le match à la télé.

– Jolis souvenirs.

– J'en ai si peu.

– Mais vous l'avez conservé pendant toutes ces années.

– En effet.

– Il vous a guidée à travers toutes ces époques sombres.

Elle l'observa.

– Vous n'êtes pas du genre à jouer au psy. Qu'est-ce qui vous amène réellement ici, lieutenant ?

– J'essaie de mettre en place les dernières pièces du puzzle.

– Quelles sortes de pièces ?

– Après la destruction de la secte, j'ai eu un peu de temps à moi. Pas beaucoup, mais suffisamment pour fourrer le nez dans les affaires des autres.

– Qu'est-ce que ça veut dire ?

Elle devenait grincheuse. Il eut l'impression qu'elle le perçait à jour.

– Harrison. Ce nom vous dit quelque chose ? demanda-t-il.

Elle le dévisagea un moment, puis détourna les yeux.

– Vous vous rappelez que la secte possédait une ferme... qui doit vous revenir, maintenant, poursuivit-il. Bref, Benton, le factotum que nous avons interrogé au sujet du meurtre de Nova, y travaillait. C'est d'ailleurs comme ça que votre père l'a rencontré. D'après Benton, il serait venu le trouver un jour.

Elle ne répondit pas.

– Maintenant, c'est un centre de réhabilitation pour drogués et alcooliques, poursuivit-il. Mais pendant les années Reagan-Bush, Harrison accueillait des malades mentaux. C'était après la fermeture de la plupart des grands hôpitaux psychiatriques suite à l'arrêt des subventions pour les traitements non ambulatoires. Harrison fonctionnait sur un petit budget. À l'époque, la maison hébergeait quelques malades mentaux. Et comme elle recevait des subventions fédérales pour certains programmes de soins, cela occasionnait beaucoup de tâches administratives.

Les épaules d'Europa se voûtèrent encore davantage.

– Si on en venait au vif du sujet, lieutenant.

– La directrice actuelle est une certaine Florine Vesquelez. Depuis vingt ans qu'elle y travaille, elle connaît ses dossiers par cœur. Elle m'a permis de fouiller dans les archives. Devinez quel nom j'ai trouvé parmi les résidents ?

– Keith Muldoony, dit-elle avec un soupir.

– Savez-vous qui est Keith Muldoony ?

– Non.

– Pluton.

– Oh. (Elle se gratta le nez.) Ça ne m'étonne pas, remarquez.

– C'est lui qui a eu l'idée d'inscrire votre père à Harrison sous le nom de Muldoony ?

– Je l'ignore. À l'époque, j'étais tenue totalement à l'écart de tout ça.

Decker hocha la tête.

Europa lâcha un soupir résigné.

– Vous ne me croyez pas, n'est-ce pas, si je vous dis que je n'ai rien à voir avec tout ça ? Eh bien, tant pis pour vous, conclut-elle en haussant les épaules.

Decker resta quelques instants songeur, puis il lui dit :

– Docteur Ganz, pouvez-vous m'aider sur cette affaire ?

– J'aurais le choix ?

– Vous pouvez me mettre à la porte, répondit-il. Rien ne justifie officiellement ma présence ici.

– Vous avez fait toutes ces recherches tout seul ? s'étonna-t-elle.

– Oui.

– Et vous n'attendez rien de moi ?

– Pardon ?

Elle ne releva pas.

Decker sourit, mais il était troublé.

– Vous avez peur que j'essaie de vous faire chanter ?

– C'est le cas ?

– Pluton vous faisait chanter ?

Elle garda le silence.

– Je ne suis qu'un curieux invétéré qui se retrouve avec un peu de temps devant lui, dit Decker. Ce que nous nous dirons ici restera strictement entre nous.

– Et je suis censée vous croire ?

– Si vous ne me croyez pas, c'est votre problème.

Elle lui fit son petit sourire pâle.

– Allez-y, qu'on en finisse.

– Tout d'abord, je me demande comment Pluton s'y est pris pour vous convaincre de faire venir votre père de Virginie à Los Angeles.

– Il ne s'est rien passé de la sorte. Je vous ai déjà dit que je n'étais au courant de rien. C'est ma mère qui s'est mis en tête de ramener mon père à Los Angeles.

– Votre mère ?

– Oui, mais à l'époque je ne le savais pas.

– Mais pour quelle raison le ramener subitement ? J'imagine que c'était elle qui l'avait fait interner dans ce petit hôpital psychiatrique de Virginie.

– J'imagine, oui.

– Pour se débarrasser de lui.

– Davantage pour le cacher aux yeux du monde. Pour l'empêcher d'achever de se ridiculiser. Alors qu'en fait il inspirait plutôt la pitié.

– Alors, pourquoi risquer d'exposer au grand jour ce qu'elle essayait désespérément de cacher ?

– Je ne peux pas répondre à cette question, lieutenant. Et ma mère est morte. Donc, j'imagine que nous ne le saurons jamais.

Decker garda le silence.

– Je ne le tiens pas de source sûre, mais je crois que Pluton l'a menacée de révéler les problèmes psychiatriques de mon père si elle ne coopérait pas.

– Ah, fit Decker en hochant la tête. Je n'étais pas loin. Le chantage était bien dans les méthodes de Pluton.

– Je n'en doute pas.

– Vous avez dû en vouloir à votre mère quand vous avez découvert la vérité. Que votre père n'avait pas disparu, mais qu'il dépérissait dans un asile, je veux dire.

– Oui, ça m'a un peu fâchée, dit-elle avec un air qui reflétait davantage la fureur que l'irritation. (Elle se leva et se dirigea vers la cafetière.) Vous prenez votre café noir, n'est-ce pas ?

– Bonne mémoire.

Elle attrapa le récipient et s'absorba dans sa tâche.

– En vérité, je suis restée un bon moment sans lui adresser la parole, reprit-elle. D'une certaine manière, pendant des années j'ai été séparée de mes deux parents. Après, longtemps après..., quand j'ai vu qui était mon père..., ou plutôt ce qu'il était devenu..., je me suis calmée.

Elle versa de l'eau dans la machine.

– J'ai commencé à pouvoir me mettre à la place de ma mère. Pendant la disparition – entre guillemets – de mon père, elle continuait d'être considérée comme l'épouse de l'honorable Dr Emil Euler Ganz. Southwest lui versait des subsides, qui l'aidaient à élever ses trois enfants. Après tout, personne n'avait jamais su ce qui était arrivé à papa. Et comme il avait déjà reçu des lettres de menaces, il n'était pas exclu qu'il lui soit arrivé quelque chose.

– Des lettres comme celles envoyées au journal après sa mort ?

– J'imagine. J'étais trop jeune pour qu'on me les laisse lire, mais j'en connaissais l'existence.

– Donc, quand vous m'avez dit que votre mère avait engagé des détectives, vous m'avez menti ?

– Non, elle a effectivement mis des privés sur ses traces, pour entretenir l'illusion. (Elle sourit.) Aucun d'entre eux n'a jamais rien trouvé, tant elle avait pris soin de bien le cacher. La Virginie, c'est loin de Los Angeles. Étant interné, il n'avait aucune existence administrative. Et j'imagine qu'il était trop fou ou trop déjanté pour révéler sa véritable identité à quiconque. Il a littéralement été rayé de la surface de la terre pendant des années... jusqu'à l'arrivée de Pluton.

– Votre mère aurait dû m'engager, moi. Je l'aurais retrouvé.

Europa s'arracha un gloussement moribond.

– Je vous crois volontiers.

– J'imagine qu'elle n'avait pas envie de renoncer aux rares bénéfices que pouvait encore lui procurer son mariage.

– Exactement. Elle avait déjà perdu mon père comme soutien de famille, pourquoi tout perdre ?

– Et ensuite Pluton découvre la véritable identité de votre père alors qu'il travaille comme garçon de salle à l'hôpital.

Elle mit la cafetière en route, et le café se mit à couler en gargouillant.

– Il paraît que les malades mentaux se font tous passer pour des personnages éminents dans telle ou telle profession. Même si papa avait dit qu'il était un savant célèbre, je doute qu'on l'aurait cru. Mais Pluton, lui, avait entr'aperçu la vérité. Il ne devait pas être si obtus que cela.

– Il était même extrêmement perspicace et habile. C'est pour ça que votre mère s'est laissé si facilement influencer quand il lui a dit de ramener votre père à Los Angeles.

– Elle a forcément dû coopérer, en effet

– Qui a eu l'idée de le placer à Harrison ? Elle ou lui ?

– Je ne sais pas.

– Et elle l'aurait fait sur ordre de Pluton ?

– Vous avez eu accès aux archives, vous connaissez le dossier mieux que moi.

– Sous le nom de Keith Muldoony.

Elle haussa les épaules.

– C'est sous ce nom-là que vous l'avez trouvé, dit-il.

– Exact.

– Et tout cela à votre insu.

– À mon insu et à celui du monde.

Elle lui servit une tasse de café. Decker le but à petites gorgées tout en continuant d'élaborer son scénario.

– Quelque chose vous tracasse ?

– Je ne connais rien aux lois de l'État de Virginie, mais je sais qu'en Californie, il est très difficile de faire interner quelqu'un sans sa permission.

– Vous pensez que mon père se serait prêté à la manœuvre de son plein gré ?

– Ça ne lui aurait pas ressemblé ?

– Non. Mais qui sait si ma mère ne lui donnait pas des sédatifs...

Son raisonnement était logique.

– Et une fois votre père interné à Harrison, Pluton n'a plus jamais sollicité votre mère ?

– Pas que je sache.

– Aucune nouvelle jusqu'au jour où, par un coup de fil anonyme, il vous annonce qu'un certain Keith Muldoony enfermé à Harrison prétend être le célèbre savant Emil Euler Ganz.

– C'était une lettre.

– Qui est arrivée le jour de votre vingt et unième anniversaire.

Cette fois-ci, Europa le dévisagea bouche bée. Elle se reprit aussitôt.

– Eh bien vous, quand vous vous attelez à quelque chose...

– Non, je me suis contenté d'imaginer que, logiquement, Pluton vous aurait contactée au moment de votre majorité.

– Ah, dit-elle en hochant la tête. Oui, bien sûr. C'était là que tout se jouait. Dans le fait que j'étais en âge d'endosser la responsabilité de mon père.

– Parce que votre mère avait refusé de le reprendre chez elle.

Elle ne répondit pas.

– Cette lettre, la lui avez-vous montrée ?

– Oui. (Pause longue.) Ça lui a fait un choc terrible. Un choc physique. Elle a failli s'évanouir. Quand elle a repris ses esprits, elle l'a déchirée en tout petits petits morceaux et m'a dit de faire comme si je ne l'avais jamais reçue. C'est à ce moment-là que j'ai compris que tout était vrai.

Il attendit.

– Je suis allée à Harrison, reprit Europa. Je l'ai vu... (Les larmes aux yeux, elle laissa subitement éclater sa colère.) Ils l'employaient comme gardien, nom de Dieu ! Il était complètement shooté à la Thorazine ! Il bavait en parlant. Ses mains tremblaient. Un vrai zombie ! Il vivait dans la terreur ! Voilà ce qu'était devenu mon père ! Je me sentais redevable envers lui, ne serait-ce que du patrimoine génétique qu'il m'avait transmis. Je ne pouvais pas permettre qu'un homme aussi extraordinaire continue de vivre dans des conditions aussi dégradantes.

– Votre mère n'a pas eu autant de scrupules.

Elle se leva d'un bond.

– Ma mère avait trois gosses à élever et mon père lui avait fichu une trouille bleue avec ses idées et ses théories tordues.

– Mais vous ne vous en rendiez pas compte ?

– Les enfants ont une capacité étonnante à nier la réalité. C'est vrai, il avait des idées de fou. Mais ce n'était pas nouveau. Et c'était là-dessus qu'il avait bâti sa renommée scientifique. Comment pouvais-je savoir à douze, treize ou quatorze ans, lesquelles de ses élucubrations étaient géniales et lesquelles étaient démentes ?

Decker reconnut qu'elle n'avait pas tort.

Elle se rassit en essayant de recouvrer son calme ; elle masquait le tremblement de ses mains en serrant très fort sa tasse de café.

– Vers la fin, maman disait qu'il la menaçait ! Que vouliez-vous qu'elle fasse ? (Elle souligna ses mots en frappant un grand coup sur son bureau, puis elle renversa la tête en arrière.) En l'éloignant, elle a dû penser nous sauver la vie, conclut-elle.

– C'est peut-être le cas.

– Je ne sais pas. En tout cas, dit-elle en le regardant dans les yeux, on ne peut pas dire que mes frères se soient débrouillés dans la vie. Bien que brillants, ils n'ont jamais réalisé leur potentiel. Ils ont tous les deux laissé tomber leurs études. Pour faire comme papa, j'imagine. Parce qu'ils n'avaient jamais connu Ganz le savant, seulement papa le dingue. L'un des deux, Jason, est ermite en Inde. Il y a cinq ans que je suis sans nouvelles de lui. L'autre, Kyle, passe son temps à chasser la baleine avec les Eskimos d'Alaska. Il a dit qu'il descendrait pour les obsèques, si jamais elles ont lieu un jour.

– Pourquoi votre mère ne l'a-t-elle pas fait interner plus près de chez elle ?

– Mais je n'en sais rien ! lâcha-t-elle. Peut-être par peur qu'on découvre la vérité, peut-être parce qu'elle préférait le savoir loin d'elle. Bon Dieu, mais qui sommes-nous pour la juger ? s'écria-t-elle, les yeux pleins de larmes.

– Vous avez raison, Europa. Je suis désolé de vous avoir fait de la peine.

– Non, non. (Elle ferma les yeux.) Toutes ces questions, je me les suis déjà posées. (Elle hésita, puis rouvrit les yeux.) Je conçois parfaitement qu'elle nous ait menti lorsque nous étions enfants. Ce que je n'arrive pas à comprendre, c'est pourquoi elle a continué lorsque nous sommes devenus adultes. Apprendre la vérité par une lettre anonyme, ç'a été épouvantable ! Elle aurait dû me mettre au courant... Elle aurait dû me mettre au courant, répéta-t-elle.

– Donc à vingt et un ans, vous vous êtes retrouvée avec un père dépendant sur les bras. Vous avez pris un avocat et vous êtes devenue sa curatrice.

Elle ne répondit pas tout de suite.

– À vingt-deux, le corrigea-t-elle enfin. J'ai mis un an à faire le tri.

– C'est tout à votre honneur.

– Mais je n'ai pas eu la vue assez longue. Dès que mon père est sorti, Pluton lui a mis le grappin dessus. Au début, j'étais soulagée. J'étais étudiante, j'avais du mal à joindre les deux bouts, et voilà un type qui connaît mon père depuis des années et qui s'offre pour prendre soin de lui... pour pourvoir à ses besoins. Ce n'est que lorsque mon père a fondé la secte que j'ai compris les véritables intentions de Pluton. Malgré sa folie, mon père était un leader charismatique puissant ; il avait un magnétisme extraordinaire. Pluton était tout le contraire. Il aurait offert une douzaine de prostituées à un bateau entier de marins soûls qu'ils auraient tous tourné les talons. Il était répugnant, au sens propre du terme. Il n'avait aucune chance d'attirer le moindre adepte. Mais il savait se faire l'éminence grise de mon père, qui avait tout ce qu'il fallait pour se rallier des foules entières.

Elle leva les yeux au ciel.

– Quand on parle de travail d'équipe... Comment appelle-t-on ça ? Une folie à deux ? Deux dingues qui s'unissent pour nourrir mutuellement leurs grandioses tromperies et faire des ravages autour d'eux ?

Elle poussa un grand soupir.

– La bataille était perdue d'avance. Pluton alimentait les lubies de mon père... il le manipulait complètement.

– Mais une fois la secte prospère, c'est votre père qui tenait les rênes.

– À mon avis, Vénus a contribué à minimiser l'emprise de Pluton sur lui. J'aurais dû lui en être reconnaissante. Mais à l'époque, j'étais furieuse contre elle.

– Manipulé par Pluton, manipulé par Vénus. Mais c'était vous qui déteniez le pouvoir. Pourtant, à aucun moment vous n'avez envisagé de le faire réinterner.

– Je sais que ça peut paraître bizarre, mais je ne supportais pas l'idée de le savoir de nouveau derrière les barreaux. Comme un minable branquignole... qu'il était, d'ailleurs.

– Vous avez agi par bonté.

– C'était pile ou face. Médicalisé et enfermé, ou fou et libre. À tort ou à raison, j'ai eu le sentiment qu'il méritait de vivre sa vie tordue dans la dignité.

– Alors même que sa démence avait fait de lui – et de vous par la même occasion – la risée de la communauté scientifique.

– Oui, il s'était pas mal ridiculisé. Mais ce n'était pas le pire. Il s'était bâti des théories complètement loufoques sur les extraterrestres et le voyage dans le temps. Elles étaient en partie – je pense au voyage dans le temps – fondées sur des faits scientifiques solides. Mais dans l'ensemble, elles ne tenaient pas la route. S'il s'était cantonné à la théorie, ç'aurait été un moindre mal. Mais il s'est mis à construire une machine en puisant dans ses anciens comptes en banque. Il vivait dans un monde irréel, mais il n'avait pas oublié les numéros de ses comptes.

– C'est drôle comment ça marche.

– Drôle, je ne sais pas. Mais tragique, oui. Le temps qu'on s'en rende compte, il avait pris presque tout l'argent que ma mère avait économisé sou à sou. Elle m'a tout reproché en bloc. Elle n'arrêtait pas de répéter que le mieux est l'ennemi du bien et que si je m'étais tenue tranquille, rien de tout ça ne serait arrivé. Je me suis retrouvée à vingt et un ans responsable de tous les problèmes de mes parents.

– Rien d'étonnant à ce que vous ayez laissé Pluton prendre le contrôle de la secte.

– C'était une erreur. Au moins ne s'est-il pas tiré avec le fric, je dois le reconnaître.

– Peut-être que votre père ne lui en a jamais laissé l'occasion.

Elle se frappa le front.

– Non, bien sûr. Il a dû utiliser le pécule pour fonder la secte.

– Il est mort avec des économies, vous savez.

Elle haussa les épaules.

– Tout est à vous, maintenant.

– Non. J'hérite de l'assurance vie de mon père. Mais ses économies – qui se montent à des sommes à cinq zéros – appartiennent à ces pauvres enfants qui se retrouvent orphelins. Elles auraient pu revenir à mes demi-frères et sœurs, mais ils sont morts dans l'explosion.

Elle soupira de nouveau.

– Vous voulez que je vous dise quelque chose ? s'exclama-t-elle tout à coup. Je crois que la secte a fait beaucoup de bien à mon père. Elle lui a permis de retrouver en partie sa santé mentale..., de se ranger, en quelque sorte. Elle lui a donné un titre, un forum où exprimer ses idées tordues, du respect, un foyer, une femme. Quand il m'appelait, au moment de mon anniversaire, je le trouvais moins parano que quand il sortait d'Harrison.

Elle se frotta la bouche.

– À l'époque, il souffrait terriblement. Il avait peur de son ombre, il me regardait avec des yeux d'enfant abandonné. Comme si j'allais lui faire du mal, moi ! La paranoïa et les drogues psychotropes lui avaient... décapé l'âme. Mais quand je l'avais au téléphone, il était différent. D'accord, il était un peu disjoncté, mais... pas comme à Harrison. Il n'avait certainement pas toute sa raison, certes, mais au moins il n'était plus terrorisé.

Decker hocha la tête.

– J'ai entendu dire que, parfois, les hallucinations paranoïaques diminuent avec l'âge, poursuivit Europa. Les voix se font toujours entendre, mais le patient est assez raisonnable pour ne pas les écouter.

– Il entendait des voix ?

– Les hallucinations auditives sont les plus fréquentes. Même enfant, avant son départ, je me souviens qu'il disait que les extra-terrestres allaient venir nous prendre si nous ne nous enfuyions pas dans sa machine à voyager dans le temps.

Decker se rappela qu'elle le lui avait déjà dit.

– Ces voix, il les entendait toujours.

– Comment le savez-vous ? demanda-t-elle en se redressant.

– Juste avant sa mort, il projetait de construire une machine.

Elle réfléchit à ce qu'il venait de dire.

– Donc, si ça se trouve, il n'allait pas mieux du tout. Il vivait toujours dans la crainte des extraterrestres. C'est triste.

– Il connaissait peut-être des hauts et des bas, dit Decker en se voulant rassurant. Qui nous dit que, ballotté sur les montagnes russes entre santé et démence, il n'a pas été amené à commettre cet acte extrême ? Qui nous dit que ce ne sont pas les voix qui lui ont dicté de s'envoler grâce à la vodka et aux barbituriques et qui l'ont poussé à se suicider ?

– Vous ne m'avez pas dit qu'il avait été empoisonné ?

– Si, mais pas à dose mortelle.

– Donc, vous croyez à la thèse du suicide ?

– Oui, maintenant, je crois que votre père s'est suicidé.

– Je ne sais pas si c'est mieux ou pire, pour moi.

– Au moins est-il mort en paix. On ne peut pas en dire autant des autres.

Le silence se fit dans la pièce.

– Si je ne l'avais pas fait sortir de son asile, la secte n'aurait sans doute jamais existé.

– Vous pensez que tout cela est de votre faute ?

– Non, bien sûr que non, dit-elle avec une grimace.

– Votre père, bien que mentalement atteint, a dû être un homme très puissant. Il était le chef incontesté de l'Ordre de l'Alliance de Dieu, et, à ce titre, il avait les pleins pouvoirs non seulement sur ses adeptes – qui n'étaient certes pas les toupies les plus stables de tout le coffre à joujoux –, mais aussi sur ses gourous, qui étaient de dangereux psychopathes. Pendant des années, la secte a vécu en paix avec le voisinage. Si Bob n'avait pas commis cet acte d'autodestruction, ils seraient tous aujourd'hui sous l'égide de Pluton. C'est la mort de votre père qui a déclenché cette série apocalyptique.

– Mais s'il n'était pas sorti d'Harrison, rien de tout cela ne serait jamais arrivé.

– En remontant assez loin, docteur Ganz, on s'aperçoit que tout est lié. Les scientifiques ne disent-ils pas qu'il y a des lustres, juste avant le *big bang*, les quatre forces physiques qui gouvernent l'univers n'en faisaient qu'une ?

– Oui, c'est la théorie qui prévaut actuellement. (Europa posa les coudes sur son bureau et appuya son menton dans ses mains.) Vous savez, c'est étrange, la manière dont les choses s'enchaînent. On ne connaît jamais les conséquences à long terme de nos actes, n'est-ce pas ?

– Non, en effet, dit Decker. C'est pour ça que je crois en Dieu et pas en la science.

38

Au bout de quinze jours de repos, Decker ne tenait plus en place tant il s'ennuyait. Il mourait d'envie de reprendre le travail. Jusqu'au jour où il retourna au bureau, et où il regretta son impatience.

En fait, la première journée ne fut pas si épouvantable que cela, même s'il fut content de la voir toucher à sa fin et de se retrouver chez lui. Le travail avait été le refuge idéal pour chasser ses visions de bébés morts, d'adultes plongés en plein enfer, de corps déchiquetés. Pourtant, il n'avait pas pu passer devant le bureau de Marge sans ressentir une nausée insidieuse au creux de l'estomac. Elle se remettait bien, et devait reprendre ses fonctions dans un mois. Mais son absence lui rappelait tout ce qu'il cherchait à oublier. Et il savait qu'il n'était pas le seul. La brigade des homicides tout entière aurait eu besoin d'une bonne dose de Prozac. Au lieu de cela, on avait opté pour le bon vieux bar à flics, en invitant Decker aux festivités. Il avait décliné en disant que sa famille méritait au moins une figure paternelle à défaut d'un véritable père.

Lorsqu'il ouvrit la porte de chez lui, il fut surpris de trouver Marge assise sur son canapé. Un grand sourire aux lèvres, il alla lui donner une accolade affectueuse.

– Tu restes dîner ?

– Non, patron, pas ce soir, dit-elle en le serrant elle aussi dans ses bras.

– Non ? Où vas-tu ? Qui est l'heureux gagnant de ce soir ?

– Quatre adolescentes qui sont toujours aux soins des services sociaux.

– Ah. Des gosses de la secte. (Il s'assit en tapotant le coussin vide à côté de lui.) C'est merveilleux de payer ainsi de ta personne... de rester en contact aussi étroit avec elles.

– Je n'ai pas le choix. Tant qu'elles sont sans foyer, je ne peux pas les abandonner.

– Lauren Bolt te donne un coup de main ?

– Elle l'a fait pendant un temps. Mais... ç'a été trop dur pour elle... la presse, tout. Même les héros ont besoin de souffler un peu.

Et ils le méritent bien, c'est le moins qu'on puisse dire. Decker se remémora le visage de Lauren quand elle était sortie du tunnel : l'ombre d'elle-même. Comme eux tous, d'ailleurs.

– Bref, poursuivit Marge, elle part pour l'Australie avec Lyra. Maintenant que Lyra n'a plus sa mère... Enfin, elles vont voir ce que donne la vie aux antipodes.

– C'est une bonne idée.

– Oui, hein ?

– Tu devrais y penser... pour des vacances, je veux dire.

– En Australie ?

– En Australie, aux îles Fidji, à Hawaii. (Il lui sourit.) Tu as le temps, profites-en.

– Pas pour l'instant, dit-elle en lui rendant son sourire. J'aimerais ne pas trop m'éloigner de chez moi. Et il y a les gosses.

Decker regarda cette femme qui était sa partenaire depuis plus de dix ans, son amie depuis plus de quinze.

– Margie, les gosses sont entre les mains de professionnels très compétents.

– Épargnez-moi cet argument.

– Détends-toi, quoi ! L'occasion ne se représentera pas de si tôt.

– Peter, je sais que vous parlez pour mon bien, dit-elle en lui prenant la main. Tout le monde veut mon bien. Mais il faut absolument que je fasse ce que j'ai décidé de faire. (Elle secoua la tête.) Vous ne pouvez pas comprendre ce que j'ai enduré.

Il ne trouva rien à répondre.

– Aucun des psy ne réprouve le fait que je reste aux côtés des filles. L'un d'entre eux a même été jusqu'à dire que c'est salutaire pour moi. Je crois qu'il a raison.

– Margie, c'est merveilleux que tu sois le rocher sur lequel elles peuvent s'appuyer. Mais je ne peux pas m'empêcher de me demander ce qui arrivera quand elles seront placées. Que deviendras-tu ?

Elle eut un sourire plein de bonté, et de larmes.

– Je me débrouillerai.

Cette fois, il lui prit la main.

– On s'attache à ces petits couillons. Ils sont comme les sangsues, on les a dans le sang, littéralement.

– C'est vrai. (Elle dégagea sa main et fixa quelque chose derrière lui.) Mais j'ai Vega qui habite avec moi.

– Quoi ! Comment ça, qui habite avec toi ?

Elle le regarda droit dans les yeux.

– Je ne vois pas comment me faire comprendre plus clairement. Vega habite avec moi.

– Pour combien de temps ?

– Cinq ans, peut-être six.

– Mais tu es cinglée !

– Merci de votre soutien, dit-elle en se raidissant. Heureusement que j'en ai parlé à votre femme avant.

Decker voulut dire quelque chose, mais se retint.

– Bon... (Il tapa du pied.) C'est super, c'est vraiment super de ta part. J'espère que tu sais ce que tu fais, ajouta-t-il dans sa barbe.

– Bien sûr que non, je ne sais pas ce que je fais ! s'écria-t-elle. Mais je sais qu'il faut que je le fasse. Pete, ce n'est pas vous qui voyez son petit visage tous les jours, ni son regard pitoyable qui semble appeler au secours. Elle est complètement perdue ! Ils sont tous complètement perdus !

Elle s'essuya les yeux.

– Pete, j'ai reçu un cadeau, un cadeau extraordinaire. (Elle avala sa salive.) Ce cadeau, c'est une seconde chance de vivre. Je reviens de chez les morts, et tout ça grâce à vous.

– Je n'ai rien fait...

– D'après ce qu'on m'a dit, vous avez tout fait.

Il ne répondit pas.

– Vous croyez que je pourrais me regarder dans la glace si je ne leur tendais pas la main ? Comment pourrais-je ne pas... (Elle détourna la tête et retint ses larmes.) Je sais que je ne peux pas sauver le monde entier. Je suis flic, nom d'une pipe, et je connais à peu près toutes les injustices qui existent. Je ne peux rien contre. Mais peut-être, je dis bien peut-être, puis-je apporter un tout petit quelque chose à cette jeune fille perdue et si vulnérable.

– Je... (Decker se mordit la lèvre.) Je trouve ça stupéfiant de ta part. Simplement... je me fais du souci pour toi. Notre vie change au contact des enfants. C'est irrévocable, irréversible, Margie. On ne peut pas faire demi-tour quand la traversée devient agitée. Et ça va être houleux.

– Je ne changerai pas d'avis.

Il la regarda dans les yeux, tout en sachant qu'elle lui parlait du fond du cœur.

– Bon, dit-il.

– Vous abandonneriez les vôtres ? lui demanda-t-elle.

– Quelle question ! Mais j'ai de l'aide, moi. (Il prit une profonde inspiration, puis expira lentement.) Tu veux la vérité vraie ? Sans Rina, je n'y arriverais jamais. Je foutrais tout en l'air. Dieu sait que je fais déjà assez de dégâts, même avec elle.

– Si vous y étiez obligé, vous feriez face à vos obligations de parent unique.

– Dieu m'en garde ! pria-t-il de tout son cœur. Et toi, Margie ? Ta vie amoureuse ? Tu crois que tes petits copains vont apprécier tes nouvelles responsabilités ?

– S'ils ne veulent pas de Vega, je ne veux pas d'eux. Bon Dieu, Decker, j'ai trente-six ans et aucun candidat ne pointe à l'horizon. Mon horloge fait un tic-tac d'enfer. J'aime les enfants. J'ai passé dix ans comme flic à la brigade des mineurs. Je ne suis peut-être pas la mère nourricière type, mais je ne suis pas dénuée de sentiments maternels.

– Il y a toujours les guides.

– Ah, c'est un peu facile comme blague.

– Je te demande pardon.

Elle sentit les larmes lui serrer la gorge.

– Peter, je n'ai pas demandé ce qui m'arrive. C'est une sorte de défi qui m'a été lancé. Il faut que je puisse vivre sans avoir honte de moi. Je ne peux pas la laisser tomber. Ni maintenant... ni jamais. Bon, il faut que j'y aille, dit-elle en se levant.

Il l'imita et la prit par les épaules.

– Si j'osais, je te dirais que tu as l'air heureuse.

Elle leva les yeux au ciel.

– Tu aurais pu l'amener. Ici, dit-il.

– Elle est avec les autres..., ses frères et sœurs spirituels. Tout le monde s'accorde à dire qu'il serait dramatique de les séparer si tôt.

– Ils sont tous orphelins ?

– Tous, oui, mais pas sans famille. Certains ont des oncles et des tantes. D'autres des grands-parents. Mais – sans compter qu'il leur faut un certain temps d'adaptation – les démarches légales sont longues. Il y a des tonnes de papiers à remplir, pour la garde ou l'adoption.

Une pause.

– Et puis il y a ceux, comme Vega, qui n'ont aucune famille. Qui se retrouvent seuls au monde, dit-elle en secouant la tête.

– N'en parle pas à Rina. Si on la laissait faire, elle adopterait la terre entière.

Decker ne plaisantait qu'à moitié.

– Elle est sereine, non ? Compte tenu de tout ce qu'elle a subi.

– Très sereine, dit Decker, plein d'admiration pour sa femme. C'est parce qu'elle a élevé des enfants. Certaines personnes sont plus tolérantes envers les ambiguïtés de la vie.

Marge l'embrassa sur la joue.

– Si vous appelez demain et que je ne sois pas chez moi, ne vous inquiétez pas. Si tout va bien, j'emmène les quatre filles les plus choquées faire leur première sortie au centre commercial.

– Je te souhaite bonne chance.

– Au départ, je voulais aller à Disneyland. Mais le psy qui dirige l'équipe a jugé que la stimulation sensorielle serait trop forte.

– En voilà un qui a la tête sur les épaules.

Marge sourit, et son sourire lui mit du baume au cœur.

– À bientôt. (Elle se tordit le cou du côté de la cuisine.) Au revoir, Rina !

– Attendez !

Rina sortit en courant avec un saladier dans la main.

– Bon, on se retrouve comme convenu demain ?

– À dix heures précises, oui.

– Quoi ? dit Decker, stupéfait. Tu fais partie de l'expédition ?

– Et Cindy aussi. Que ça te plaise ou non, nous sommes partenaires dans le crime. (Elle se hissa sur la pointe des pieds pour lui planter un baiser sur la joue.) Comment s'est passée ta première journée au bureau ?

– Ah oui, c'est vrai ! dit Marge.

– Bien.

– J'espère vous rejoindre dans un mois.

– Rien ne me ferait plus plaisir.

– Il y a du neuf ? demanda Marge après avoir marqué une pause.

– Oui, euh, Judy Little a trouvé... (Il regarda Rina.) Il me semble que ça sent le brûlé.

Rina adressa un sourire entendu à Marge.

– Il croit me protéger, dit-elle en tapotant la joue de Decker. Bon, je lui laisse ses illusions. À demain.

Elle quitta la pièce. Decker attendit quelques instants, puis il murmura :

– Une partie de mâchoire. Une mandibule avec deux molaires carbonisées. Seuls les amalgames ont résisté au feu. Annie Hennon les a comparées à une radio dentaire de Vénus.

– Ah... dit Marge en hochant la tête. Donc elle y était ?

– Il semblerait.

– Et Bob Russo ?

– Encore rien de définitif, dit-il. Mais ça ne veut rien dire. Le site est un immense champ d'ossements, duquel l'ironie veut que seuls soient absents ceux de Jupiter. Ils sont toujours dans une chambre froide, en attendant qu'on y recherche des traces d'arsenic... à condition qu'on arrive à mettre la main sur ses flacons de vitamines...

– Comment ça ?

– Il semblerait qu'ils aient été égarés.

– Quoi ?! dit Marge, sous le choc. Le labo a perdu les flacons ?

– D'après eux, ils les auraient rapportés dans la salle des pièces à conviction. Or ils n'y sont pas. Donc, c'est encore à moi de jouer les Sherlock Holmes et d'essayer de mettre la main sur ces sacs plastique. Comme par hasard, l'info est tombée aujourd'hui. Elle a atterri sur mon bureau au moment même où je franchissais la porte du commissariat. J'ai passé la moitié de ma première journée à essayer de retrouver la trace de ces maudits flacons dans ces saloperies de paperasses du labo.

Il se tut et agita une main en l'air.

– Tu vois, je vais mieux. Les vétilles m'agacent de nouveau, dit-il en souriant. La prochaine fois, viens dîner avec Vega. Peut-être que ses manières déteindront sur mes gosses.

– À mon avis, ce sont plutôt les leurs qui vont déteindre sur elle.

– Hélas, oui.

À son bruit un peu poussif, il reconnut la voiture de Sammy qui rentrait.

– Attends, dit-il à Marge.

Il ouvrit la porte et cria :

– Ne bloque pas la voiture de Marge, Sammy ! Elle s'en va.

Sammy passa outre, coupa le moteur et sortit la tête par la vitre baissée.

– Tu n'auras qu'à me demander, je la déplacerai, dit-il.

Les trois enfants descendirent de la Volvo, les deux garçons ployant sous de gros sacs à dos, Hannah libre comme l'air.

– Papaaaa !

– Hannaaaah ! répondit Decker en la prenant dans ses bras et en la balançant au-dessus de sa tête.

Marge sortit dans le crépuscule brumeux.

– Je pars tout de suite, Sam, lui lança-t-elle.

Sammy jeta les clefs à Decker.

– Bien attrapé, papa. Et d'une seule main. Tiens, tu peux déplacer la voiture ? J'ai plein de boulot pour demain.

Marge dévisagea l'adolescent, qui ne se rendait absolument pas compte de ce qu'il venait de faire. Elle éclata de rire.

Decker rit avec elle. Il partit, Hannah sur l'épaule, agitant les clefs dans sa main.

– Et tu veux le faire alors que rien ne t'y oblige ? lui demanda-t-il.

– Je suis folle, dit-elle.

Nous le sommes tous, songea Decker. Mais il prit Hannah, l'attacha sur son siège et déplaça la voiture de Sammy sans rien dire. Il considérait plutôt comme un compliment le fait que Sammy ne le prenne plus avec des pincettes. Leurs relations retrouvaient une tournure normale.

Il rentra chez lui. Quand il voulut poser Hannah par terre, elle plia les jambes et il eut un mal fou à la faire tenir debout.

– Va donc regarder des dessins animés, trésor.

– Tu viens avec moi ?

– Je peux me reposer une minute ?

– Deux minutes, même, si tu veux, papa.

– Quelle magnanimité ! (Il déposa un baiser sur sa joue soyeuse.) Je crois que c'est Scoubidou, ce soir. À tout à l'heure.

Elle partit sur ses petites jambes. Il se laissa tomber sur le canapé et renversa la tête en arrière, les yeux au plafond. Un peu plus tard, Jacob vint s'asseoir à côté de lui et posa la tête sur son épaule.

– Fatigué ? demanda-t-il.

– Un peu, dit Decker en l'embrassant sur le front. Et toi ?

– Un peu.

– Il est plus de six heures. Où étiez-vous passés tous les trois ?

– Sammy et Hannah sont venus me chercher au centre « Allô suicide ».

– Ah ! dit Decker qui se redressa aussitôt. Comment ça s'est passé ?

– Bien... (Jacob fit craquer ses articulations.) Je n'ai jamais été violé par mon grand-père : je peux m'estimer drôlement heureux.

Decker fit la grimace.

– Et j'ai découvert que le divorce... le divorce, c'est pas coton. C'est même peut-être pire que de perdre un parent.

– Ça dépend comment ça se passe.

– Eh bien, pour ceux qu'on a au bout du fil, je peux te dire que ça se passe très, très mal. Mais évidemment, on n'appelle pas un SOS ados quand tout va bien, ou qu'on fait semblant. (Il resta songeur quelques instants.) On a reçu quelques appels pour maltraitance. Maltraitance physique. Des parents qui cognent sur leurs enfants à coups de poing. Les coups de poing, c'est l'un des critères adoptés par le centre pour savoir s'il s'agit bien d'un cas de maltraitance.

– Tu as pris la ligne toi-même ?

– Non. J'ai simplement écouté le magnétophone. Tu sais, ils m'épatent, les conseillers. Ils ont mon âge et ils prennent les gens en charge avec une expérience de professionnels. Moi, à leur place, je ne saurais pas quoi dire. Je... je crois que je resterais sans voix. Ou pire, je dirais ce qu'il ne faut pas et j'enverrais quelqu'un dans le Pacifique sans gilet de sauvetage. Ils sont absolument étonnants.

– Ils ont appris, Jacob. Toi aussi, tu apprendras.

– J'espère.

– Ils t'ont bien accueilli ?

– Très bien. Oui, ça s'est bien passé. Je me sentais plutôt à l'aise. (Il renversa la tête sur le coussin.) Il y a des gens qui en bavent, dans la vie. (Il se tourna vers son beau-père.) Je ne rigolais pas, tout à l'heure, tu sais, quand je disais que j'ai de la chance.

– Tant mieux.

– J'ai une mère qui m'adore, j'avais un père qui m'adorait et j'ai un beau-père cool.

– Je suis cool, moi ? dit Decker en souriant d'une oreille à l'autre.

– Super cool. (Il lui planta un baiser sur la joue.) Je te bats aux échecs quand Hannah sera couchée ?

– Ça marche.

Jacob se leva.

– Depuis le temps que je repousse, il faut vraiment que je me mette à ma gemara. À ton avis, le dîner est bientôt prêt ?

– Je crois, oui.

– Tu peux dire à Eema que je mangerai dans ma chambre ? Mes notes sont catastrophiques, il faut que je travaille.

– Tu envisages de suivre le programme de Johns Hopkins ?

– On verra, dit Jacob en haussant les épaules. À plus.

Il tourna les talons et disparut dans sa chambre en claquant la porte. Le bruit résonna dans la tête de Decker, s'amplifia.

Cela dura dix secondes, vingt, trente.

Et s'arrêta brusquement.

Plus rien.

Plus rien que le bruit des dessins animés à la télé, des CD que Sammy écoutait un peu trop fort et de quelque chose qu'on faisait frire à la cuisine.

Les bruits réconfortants de la maison.

Bénie soit la solitude. Il respira profondément...

Il laissa s'écouler une minute, puis deux.

Il s'abandonna au confort de son canapé, loin des sollicitations, loin du téléphone, loin des exigences et, surtout, délivré de ses bourdonnements d'oreilles.

Enfin, la paix.

Que demander de plus ?

Il s'attarda encore un peu, puis il se leva et se dirigea vers la chambre.

C'était bien Scoubidou qui l'attendait.

Achevé d'imprimer en septembre 2001 par
BUSSIÈRE CAMEDAN IMPRIMERIES
à Saint-Amand-Montrond (Cher)
N° d'édition : 48651. - N° d'impression : 013908/1.
Dépôt légal : octobre 2001.
Imprimé en France
COMPOSITION : I.G.S. CHARENTE-PHOTOGRAVURE À L'ISLE-D'ESPAGNAC

Dans la même collection

Brigitte Aubert
Les Quatre Fils du docteur March
La Rose de fer
La Mort des bois
Requiem caraïbe
Transfixions
La Mort des neiges

Lawrence Block
La Balade entre les tombes
Le diable t'attend
Tous les hommes morts
Tuons et créons c'est l'heure
Le Blues du libraire
Même les scélérats
La Spinoza connection
Au cœur de la mort
Ils y passeront tous
Le Bogart de la cambriole
L'Amour du métier
Les Péchés des pères
La Longue Nuit du sans-sommeil
Les Lettres mauves

Jean-Denis Bruet-Ferreol
Les Visages de dieu

Sarah Cohen-Scali
Les Doigts blancs

Michael Connelly
Les Égouts de Los Angeles
La Glace noire
La Blonde en béton
Le Poète
Le Cadavre dans la rolls
Créance de sang

Le Dernier coyote
La lune était noire
L'Envol des anges
L'Oiseau des ténèbres

Robert Crais
L'Ange traqué
Casting pour l'enfer
Meurtre à la sauce cajun

Eno Daven
L'Énigme du pavillon aux grues

David Laing Dawson
La Villa des ombres
Minuit passé, une enquête du Dr Snow

William Olivier Desmond
L'Encombrant

Bradley Denton
Blackburn

Robert Ferrigno
Pas un pour sauver l'autre

Stephen W. Frey
Offre publique d'assassinat
Opération vautour

Sue Grafton
K... comme killer
L... comme lequel ?
M... comme machination
N... comme nausée
O... comme oubli
P... comme péril

George Dawes Green
La Saint-Valentin de l'homme des cavernes

Dan Greenburg
Le Prochain sur la liste

Jack Hitt
Meurtre à cinq mains

Anthony Hyde
China Lake

David Ignatius
Nom de code : SIRO

Jonathan Kellerman
La Clinique
La Sourde
Billy Straight
Le Monstre

Philipp Kerr
Une enquête philosophique

Paul Levine
L'Héritage empoisonné
Cadavres incompatibles
Trésors sanglants

Elsa Kewin
Le Parapluie jaune

Herbert Lieberman
Nécropolis
Le Tueur et son ombre
La Fille aux yeux de Botticelli
Le Concierge

Michael Malone
Enquête sous la neige
Juges et Assassins

Henning Mankell
Le Guerrier solitaire

La Cinquième Femme
Les Morts de la Saint-Jean

Dominique Manotti
Sombre Sentier

Alexandra Marinina
Le Cauchemar
La Mort pour la mort
La Mort et un peu d'amour
La Liste noire

Andreu Martín
Un homme peut en cacher un autre

Dallas Murphy
Loverman

Kyotaro Nishimura
Les Dunes de Tottori

Michael Pearce
Enlèvement au Caire

Michael Pye
Destins volés

Sam Reaves
Le taxi mène l'enquête

Edward Sklepowich
Mort dans une cité sereine
L'Adieu à la chair

April Smith
Montana avenue

Mike Stewart
Mon frère en Alabama

Austin Wright
Tony et Susan

L. R. Wright
Le Suspect
Mort en hiver
Pas de sang dans la clairière